Michel Bussi

Michel Bussi, géographe et professeur à l'université de Rouen, a notamment publié aux Presses de la Cité *Nymphéas noirs*, polar français le plus primé en 2011 (prix Polar méditerranéen, prix Polar Michel Lebrun de la 25e heure du Livre du Mans, prix des lecteurs du Festival Polar de Cognac, Grand Prix Gustave Flaubert, prix Goutte de Sang d'encre de Vienne). *Un avion sans elle* a reçu le prix Maison de la Presse en 2012, ainsi que le prix du Roman populaire, et s'est déjà vendu à plus de 750 000 exemplaires. Il est actuellement l'auteur français de romans policiers le plus vendu en France. Ses ouvrages sont traduits dans 27 pays, les droits de plusieurs d'entre eux ont été vendus pour le cinéma et la télévision. Il est aussi l'auteur, toujours aux Presses de la Cité, de *Ne lâche pas ma main* (2013), *N'oublier jamais* (2014) et *Maman a tort* (2015).
Gravé dans le sable, paru en 2014, est la réédition du premier roman qu'il ait écrit, *Omaha crimes*, et le deuxième qu'il ait publié après *Code Lupin* (2006). Avec cet ouvrage, Michel Bussi avait obtenu le prix Sang d'encre de la ville de Vienne en 2007 et, en 2008, le prix littéraire du premier roman policier de la ville de Lens, le prix littéraire lycéen de la ville de Caen, le prix Octave Mirbeau de la ville de Trévières et le prix des lecteurs Ancres noires de la ville du Havre.

Retrouvez toute l'actualité de l'auteur sur :
www.michel-bussi.fr

GRAVÉ DANS LE SABLE

DU MÊME AUTEUR
CHEZ POCKET

UN AVION SANS ELLE
NYMPHÉAS NOIRS
NE LÂCHE PAS MA MAIN
N'OUBLIER JAMAIS
GRAVÉ DANS LE SABLE

MICHEL BUSSI

GRAVÉ DANS LE SABLE

ROMAN

PRESSES DE LA CITÉ

Note de l'éditeur

Ce roman a paru sous le titre *Omaha Crimes* aux éditions des Falaises. *Gravé dans le sable* est une nouvelle édition revue et corrigée par l'auteur.

Pocket, une marque d'Univers Poche,
est un éditeur qui s'engage pour la préservation
de son environnement et qui utilise du papier fabriqué
à partir de bois provenant de forêts gérées
de manière responsable.

ISBN 978-2-266-25547-9

Ce roman est né d'une illusion

Si ce roman est aujourd'hui publié pour la première fois par les Presses de la Cité, sous le titre *Gravé dans le sable*, je l'ai cependant écrit il y a longtemps. Vingt ans, très exactement.

Si mes romans ne sont liés par aucun héros récurrent, ne comportent aucun ordre ; si chaque lectrice ou lecteur pourra découvrir mes livres en commençant par n'importe laquelle de mes histoires, celle-ci occupe une place particulière dans ma vie d'écrivain, puisque c'est le premier roman que j'ai écrit. Même si j'avais alors presque trente ans, peut-on qualifier *Gravé dans le sable* de roman de jeunesse ?

Oui, sans aucun doute !

Oui, parce que lorsque j'écrivais *Gravé dans le sable*, j'ignorais s'il serait publié un jour (et même, à vrai dire, je n'y croyais pas trop). C'est déjà une différence fondamentale avec tous mes autres romans.

Oui, parce que lorsque j'écrivais *Gravé dans le sable*, j'ignorais alors tous les codes de l'écriture d'un roman policier, je les inventais, je les imaginais, je les transformais. Peut-être les descriptions des lieux étaient-elles trop longues, peut-être le détective privé trop romantique, le tueur à gages trop maladroit, mais sans doute ai-je ainsi inventé ma façon de raconter mes histoires.

Oui, parce que ce roman est ainsi truffé de clins d'œil, de références, d'obsessions peut-être, qui seront repris, parfois développés dans mes romans suivants ; je vous laisse les découvrir au fil des pages…

Oui, parce qu'en 1994 les écrivains n'avaient pas à leur disposition Internet, Google Earth, des encyclopédies en ligne… Ils ne pouvaient pas, d'un simple clic, afficher cent photos de revolvers ou la liste complète des décorations de l'armée américaine depuis George Washington. En 1994, il fallait choisir entre se lancer dans un long travail de recherche… ou tout inventer ! Mes romans postérieurs sont tous documentés avec soin, décrivent avec précision les lieux (du moins presque toujours), sont ensuite relus par des correctrices vigilantes. *Gravé dans le sable* est passé à travers le tamis de la réalité et le lecteur pourra s'amuser à démêler le vrai du faux, ce qui relève des faits et ce qui relève de l'imagination pure de l'auteur, transformant le réel à sa guise, sans que jamais la vraisemblance du récit n'en soit affectée. Mieux même, peut-être en sort-elle renforcée, et je peux avouer ici que je regrette parfois tous ces nouveaux outils à la disposition de l'écrivain ; je rêve de pouvoir décrire des lieux comme je les imagine et non pas tels qu'ils apparaissent sur mon écran omniscient, de pouvoir inventer des marques de voitures, de vêtements ou d'alcool, de suivre des procédures judiciaires telles qu'elles me semblent devoir se dérouler et non pas sanglées par les véritables lois, décrets ou règlements… Vous pourriez me répliquer que rien ne m'en empêche et vous auriez parfaitement raison ; c'est sans doute ce que je ferai un jour. D'ailleurs, pour être tout à fait sincère, je le fais déjà parfois, en douce, moi qui écris des romans policiers sans jamais avoir mis les pieds dans un commissariat !

Oui, parce que ce roman a connu plusieurs vies. Trois, pour être plus précis. Lors de la première, il a dormi pendant dix ans dans un tiroir de mon bureau, sous le titre *L'Ardoise*, avant qu'un éditeur accepte de le publier. Lors de la deuxième, rebaptisé *Omaha Crimes*, il me révéla au monde du roman policier. Appelé désormais *Gravé dans le sable*, il poursuit sa belle aventure et entame sa troisième vie. Avant, qui sait, d'en connaître une quatrième sur grand écran...

En effet, l'idée de ce roman est née d'une illusion de cinéma. J'étais persuadé, d'après mes souvenirs du film *Le Jour le plus long*, que les rangers américains partaient à l'assaut d'une falaise, d'un mur de béton, selon un ordre préétabli hurlé par un lieutenant. 1, 2, 3, 4... J'ai depuis revu ce film : nulle trace de ce décompte macabre. Mais aucun historien n'a été à l'inverse capable de m'affirmer qu'il n'y avait pas d'ordre établi lors de l'assaut, ni les modalités de définition de cet ordre. Faute de vérité historique, je les ai imaginés.

Bonne lecture en compagnie d'Alice, Lison, Nick, Ralph, Emilia, Lucky, Ted... Tous occupent une place particulière dans mon cœur, comme des amis d'enfance dont on se souvient mieux que de ceux qui suivront.

Je sais que pour les lecteurs qui m'ont lu depuis le début, qui ont découvert *Gravé dans le sable* sous le titre d'*Omaha Crimes*, avec sa couverture noir et blanc et les péniches du débarquement qui évoquaient un livre de souvenirs de guerre, ce livre possède une saveur particulière, et reste peut-être leur préféré. Peut-être même verront-ils avec une pointe de jalousie l'évasion de ce roman régional vers toutes les librairies de France, même incognito, sous un nouveau nom. Avec une pointe de mélancolie aussi, un peu comme lorsqu'on laisse un gosse du coin partir vivre sa vie ailleurs, en lui recommandant de ne pas oublier pour autant d'où il vient.

Il y a quelque chose de miraculeux à ce qu'un premier roman, publié par un éditeur de province, vive, quelques années plus tard, une sortie nationale, internationale, et plus qu'une troisième vie, des milliers de nouvelles vies, car chaque rencontre avec une nouvelle lectrice ou un nouveau lecteur en est une.

Michel Bussi
2014

À ma mère

PREMIÈRE ÉPOQUE

1944
Mourir en Normandie

1

L'assaut

6 juin 1944, Omaha Beach, la Pointe-Guillaume

La péniche ouvrit son ventre. Les cent quatre-vingt-huit rangers plongèrent dans l'eau froide puis se dispersèrent rapidement. Vus du haut de la Pointe-Guillaume, ils n'étaient guère plus grands que des fourmis sur une nappe froissée.

Difficiles à viser.

Lucky Marry parvint le premier sur la plage, à peine essoufflé. Il s'allongea dans le sable humide, protégé par un petit bloc de granit et la lourde caisse d'explosifs qu'il posa devant lui. Il entendit des bruits de pas rapides dans son dos et un souffle court. Ralph Finn se jeta lui aussi derrière l'abri de fortune.

Vivant !

Il regarda un instant la Pointe-Guillaume, tout en haut dans la brume, puis le mur de béton, cinquante mètres devant eux. Il sourit à Lucky, un sourire de brave type pris dans la tourmente du monde, et pourtant prêt à se comporter jusqu'au bout en héros anonyme.

Une explosion retentit à moins de dix mètres d'eux.

Sans un cri. Des nuages de sable mouillé s'élevèrent. Alan Woe surgit du brouillard et s'allongea à côté de Lucky et Ralph.

Vivant lui aussi !

Son regard s'enfonça dans celui de Lucky. Un regard calme, empreint de sagesse. Un supplément d'humanité. A quoi cela lui servait, ici ?

— Un ! hurla le lieutenant Dean.

Immédiatement, comme des machines bien entraînées, Lucky, Ralph, Alan pointèrent leurs armes en direction de la Pointe-Guillaume et tirèrent. La mitraille devint soudain assourdissante. Une pluie de balles s'abattit sur le blockhaus juché au sommet du piton rocheux. Tout en visant, Lucky se forçait à penser à Alice. Il s'en sortirait, grâce à elle, comme toujours.

Un hurlement déchira le vacarme des détonations. Le malheureux Benjamin Yes n'était pas allé loin.

— Deux ! hurla Dean

Déjà ?

Tout en continuant de tirer à l'aveugle, Lucky se retourna. Dans le flux et reflux de l'eau souillée, il observa un instant les corps des compagnons tombés, les corps des compagnons blessés, les corps inertes aussi de ceux qui n'avaient pas osé aller au bout, courir à découvert, sortir plus que la tête de l'eau.

Parmi eux, Oscar Arlington. Il parvenait enfin sur la plage. Trempé, rampant dans la boue grise, il se rapprochait lentement de la caisse d'explosifs. Il tremblait, incapable de saisir son arme, les yeux injectés de sang.

Lucky croisa le regard effaré d'Arlington.

— Trois ! hurla le lieutenant Dean.

Une violente explosion répondit à la mitraille des rangers. Des débris de terre ocre mouillée les recouvrirent. Oscar Arlington, maculé de terre, d'eau et de larmes, presque méconnaissable, l'avait rejoint derrière les explosifs.

Lucky ne lui accorda pas un regard. Il lui fallait oublier. Il lui fallait se concentrer sur le visage d'Alice, sa fiancée, sa si belle fiancée. Il allait gagner de toute façon, comme toujours, d'une manière ou d'une autre, il gagnerait, contre tous les Arlington de la terre.

— Quatre ! hurla le lieutenant Dean.

Un immense frisson parcourut Lucky. Il sourit. Jamais, au poker, il n'avait connu une telle excitation. Même sur ses mises les plus incroyables. La vie était un formidable jeu, un jeu à 1,44 million de dollars ! Il ferma les yeux puis les rouvrit : le doux visage d'Alice remplaçait désormais le brouillard de poudre.

Il était immortel.

Il sentit la main molle d'Oscar Arlington chercher à agripper un pan de son treillis.

Trop tard.

Ne plus hésiter maintenant.

Il allait enfin savoir. Trouver la réponse à cette folie entreprise trois jours plus tôt. Lucky était-il le plus insensé ou le plus génial de tous les rangers de l'opération Overlord ?

Trois jours plus tôt...

2

Loterie funèbre

3 juin 1944, port de Denton, Angleterre

« Ils montèrent au ciel d'un jour où il tombait des cordes. » Cette phrase hantait Oscar. Il avait dû lire ça quelque part, il n'y a pas longtemps. Ou bien il l'avait entendu quelque part, de la bouche d'un con. Ça ne manquait pas de cons capables de dire cela, sur cette péniche. De cons se prenant pour des prophètes. De cons devenus mystiques, deux ou trois jours avant le Jugement dernier.

Oscar enfonçait sa grosse tête ronde dans le hublot et regardait les cordes tomber. On ne distinguait plus rien dehors, ni l'eau du port, ni le ciel, ni les bâches grises dissimulant les péniches, à peine la lumière clignotante d'un phare, ou d'un bar, enfin juste d'une vie quelconque dehors, loin.

Sûr qu'il en tomberait, des cordes, ce putain de 6 juin, sur cette putain de plage, là-bas en face. Sûr que l'eau serait glacée, que le sable serait lourd et lui collerait aux bottes, si jamais il l'atteignait, ce sable…

Sûr qu'il ferait un temps pourri, histoire qu'ils ne quittent pas cette terre avec trop de regrets.

Sûr qu'il tomberait des cordes !

Oscar pensa alors bêtement que, de toute sa vie, il n'était jamais parvenu à monter à une corde, ni à l'école, ni lors des entraînements avec le commando. Il était toujours resté planté à un mètre du sol comme un gros cochon suspendu. Il sourit. Cela prouvait bien qu'il n'avait rien à faire ici, dans cette péniche, parmi ces héros inconscients…

Ces héros étaient exactement cent quatre-vingt-huit, cent quatre-vingt-sept sans compter Oscar Arlington. Cent quatre-vingt-sept jeunes Américains composant le 9e Rangers, tous serrés dans cette péniche, tous supportant sur leurs épaules le poids de l'une des missions les plus délicates du débarquement de Normandie : se rendre maîtres de la Pointe-Guillaume.

La Pointe-Guillaume se présentait comme un piton rocheux dominant la falaise normande, coiffé d'un blockhaus et hérissé de canons ; elle était considérée par les stratèges comme l'un des sites les plus importants de l'opération Overlord. Dans la péniche s'entassaient donc cent quatre-vingt-sept jeunes volontaires américains enthousiastes, pétant de santé à grimper et redescendre depuis un mois les falaises anglaises, facilement maintenant, ayant désormais la main ferme, sans vertige, bruyants le soir au bar, buvant et riant, fiers et confiants, en eux, en leur étoile, dans les étoiles de ce drapeau protecteur qu'ils devaient aller planter en haut de la Pointe-Guillaume.

Pourtant, dans la plus grande salle de la péniche, la salle qu'on utilisait habituellement comme bar, un silence absolu régnait. On avait rangé les cartes, les bières, les dés, tout ce qui servait à tuer le temps sous la bâche. Les cent quatre-vingt-huit rangers s'y tenaient serrés. Certains, comme Oscar, appuyés contre un hublot, d'autres ayant réussi à s'asseoir sur un coin de table ou de tabouret, quelques-uns par terre, la plupart restaient simplement debout. Ces cent quatre-vingt-huit jeunes Américains, le crâne rasé à faire peur, ordinairement pleins d'histoires salaces et de pensées cochonnes, se regardaient muets. Ça puait l'humidité, ça puait la promiscuité suante, ça puait la respiration forte, ça puait comme dans un vestiaire de football. Mais pas un ne disait un mot…

Le vestiaire de l'équipe qui aurait perdu. Où chacun attendrait la punition, où chacun espérerait qu'elle tomberait sur un autre. Les cent quatre-vingt-huit paires d'yeux regardaient au centre de la pièce un petit tabouret tout bête avec dessus un casque posé.

Simplement un casque, fixé par tous comme la statue d'un diable.

Mais qu'est-ce que je fous là ? pensait Oscar.

Oscar suait, suait encore plus qu'un autre. C'était d'une telle évidence, il n'avait rien à faire parmi ces sportifs rasés. Il n'avait rien à faire ici, parmi ces rangers. Ils étaient tous grands, forts, bronzés même sous la pluie anglaise. Lui était petit et grassouillet.

Mais qu'est-ce que je fais là ?

Qu'est-ce que je vais aller foutre sur cette plage ?

Ils vont me dégommer tout de suite, gros comme je

suis… Je ne pourrai même pas me planquer derrière un autre. Même le plus myope des soldats allemands ne pourra pas me rater !

Et tout cela par la faute d'une seule personne.

Oscar Arlington ferma un instant les yeux.

Emilia Arlington, sa propre mère. Parce que, bien sûr, maman voulait que son fils soit un héros. Bien sûr, elle avait insisté pour que son fils fasse partie des rangers, si possible ceux qui allaient se taper la grimpette de la Pointe-Guillaume.

Merci, maman. Salope ! Un héros, moi ! Grimper en haut de la falaise en rappel ! J'ai déjà peur dans mon lit, du haut de ma mezzanine, et pas seulement quand j'étais petit. Encore maintenant. S'il existe encore un maintenant.

Et tous ces jeunes cons de rangers qui rêvent de gloire, qui croient que les Boches vont se sauver dès qu'ils verront un bateau. On va tous crever le cul trempé et la gueule dans le sable, face à un mur de craie.

Oscar regarda tristement les rangers assis en silence à côté de lui.

Jeunes inconscients… Si vous saviez… Je sais, moi, j'ai longuement parlé avec Teddy Baur, l'un des rares cerveaux développés sur ce cercueil flottant. Teddy Baur est un artiste, il ne comprend pas ce qu'il fait là, lui non plus. Mais par contre, lui, il sait ce qui nous attend. Il est déjà venu en France avant la guerre, pour peindre. Il connaît par cœur les côtes normandes. C'est d'ailleurs pour cela qu'on l'a collé ici. Lui non plus, il n'a rien demandé, il est artiste, pas alpiniste. Il les a dessinées, les falaises normandes, il les a observées pendant des heures, il les a mesurées. Surtout la Pointe-Guillaume, il l'a peinte sous toutes les lumières du jour. La Pointe-Guillaume, c'est un piton de craie, d'une craie particulièrement dure, si dure que la mer, le vent et le reste n'ont pas réussi ici à l'éroder comme ailleurs, abandonnant aux hommes un donjon pour mieux surveiller ce château fort qu'est la côte normande. C'est debout sur ce piton, paraît-il, que Guillaume le Conquérant a un jour rêvé de prendre l'Angleterre, alors qu'il était encore enfant. Ce serait donc ici, selon Teddy, que Guillaume le bâtard serait devenu Guillaume le Conquérant, et le rocher a gardé naturellement le nom de Pointe-Guillaume. Son père, Robert le Magnifique, qu'on appelait aussi le Diable, avait un petit château, à un kilomètre à l'intérieur des terres. C'est ici que séjournait souvent Guillaume enfant, son bâtard de fils. Il reste aujourd'hui un village qui a conservé le nom de Château-le-Diable. C'est du moins ce qu'a raconté Teddy Baur.

Château-le-Diable…

L'objectif numéro deux des rangers, après le piton et son blockhaus…

Rendez-vous à Château-le-Diable !

Au moins, le programme a le mérite d'être clair. Et ces jeunes fous qui croient être attendus rue du Paradis ! Selon Teddy Baur, du haut de la pointe, la vue est imprenable. D'en bas aussi, c'est imprenable, avait-il ajouté. Un véritable mur de craie, une longue plage à découvert puis un grand mur sans faille. On ira mourir sur la falaise comme les vagues lors de la grande marée. Il restera deux ou trois marques rouges sur la craie, quelques dégoulinures de sang, puis plus rien avec la prochaine marée.

Enfin, pour couronner le tout, il y avait ce fameux mur de béton. Les gradés n'en avaient parlé qu'avant-hier. Même Teddy Baur n'était pas au courant. Ce mur au beau milieu de la plage, les Allemands l'avaient construit pendant la guerre.

Histoire de corser l'affaire, pensa Oscar, d'assurer le coup. Comme si la falaise de soixante mètres de haut et les mitrailleuses au-dessus ne suffisaient pas. Ces sadiques d'Allemands avaient donc dressé un mur de béton pour protéger le bas de la falaise. Un mur de plusieurs mètres de haut, suffisamment éloigné de la falaise pour empêcher de lancer des grappins, suffisamment en contrebas du blockhaus pour qu'on ne puisse pas s'abriter derrière, suffisamment hérissé de barbelés pour qu'on ne puisse pas l'escalader sans rester accroché à attendre que quelqu'un là-haut vous achève. Pour résumer, avaient conclu ces sadiques de gradés américains par la bouche du plus sadique d'entre eux, le lieutenant Dean, avant même de lancer l'assaut, il fallait faire sauter le mur de béton, au milieu de la plage, complètement à découvert.

Ce sera un carnage, disait Dean avec gravité. Un carnage… Et Dean avait laissé un silence, pour bien faire comprendre la situation à ces cent quatre-vingt-huit rangers, presque tous volontaires. Tout le monde attendait la suite. Les rangers n'y croyaient pas, à ce carnage. On n'envoie pas ainsi se faire massacrer tout un commando, un commando américain ; ils savaient aussi que cette histoire de mur n'était pas une blague. Alors ils attendaient la solution, la savante stratégie pensée par les états-majors pour contrer ce piège boche. Ils attendaient avec confiance, suspendus à la bouche du lieutenant Dean. Le silence se prolongeait.

Sauf, avait ajouté au bout d'un moment le lieutenant, sauf que nous n'allons pas laisser des Boches nous massacrer, n'est-ce pas, les gars ? Nous n'allons pas tomber dans leur panneau, n'est-ce pas, les gars ? Nous avons trouvé la solution pour réduire au minimum nos pertes humaines.

Réduire au minimum les pertes humaines.

Ça sent l'idée à la con ! avait aussitôt pensé Oscar Arlington.

Et c'était bien une idée à la con. Plutôt que le commando entier aille se faire mitrailler en se ruant vers le mur de béton, l'idée de Dean et des gradés était d'envoyer seulement certains rangers, un par un, avec pour mission d'amener l'explosif jusqu'au mur, d'armer le tout, puis éventuellement de revenir à toute pompe, et de faire alors tout sauter pour ouvrir une brèche dans le mur. Certains rangers, avaient-ils dit.

Qui ?

C'était cela le plus sadique dans leur idée : *on allait tirer au sort !* On mettrait cent quatre-vingt-huit papiers dans un casque, avec cent quatre-vingt-huit numéros, de 1 à 188. Celui qui tirerait le numéro 1 irait en premier, et ainsi de suite… C'est la solution la plus juste, avait cru bon d'ajouter Dean, qui lui bien sûr ne participait pas au tirage, celle qui épargnera le plus de vies.

Ben voyons, pensait Oscar. Il avait discuté juste après avec Teddy Baur. Teddy Baur était formel : ceux qui tireraient les numéros entre 1 et 20 seraient déjà morts ! La distance était trop grande. Avec le poids de l'explosif à traîner, il serait impossible de ramper. Les premiers se feraient descendre comme des lapins. On ne pourrait progresser que très lentement, mètre par mètre, cadavre par cadavre. Vingt types condamnés, avait dit Teddy. Cela voulait dire que, pour assurer le coup, il fallait miser sur 30, voire davantage. Il fallait éviter de tirer un numéro entre 1 et 40.

Oscar suait de plus en plus en repensant à tout cela. Il y était cette fois-ci, face à ce casque, réuni avec tous les autres dans cette salle pour ce putain de tirage au sort. Il tremblait déjà comme une feuille, rien qu'à tirer un bout de papier. Qu'est-ce que ce sera là-bas ? pensait-il, dans la lumière, sur la plage… De toute façon, je crèverai noyé dans la flotte, même s'il n'y a que cinquante centimètres d'eau. Je ne pourrai jamais atteindre la plage. Alors, que je tire le numéro 1 ou 188…

Pourtant il fixait, comme les autres, le casque posé sur le tabouret.

Le silence était presque insupportable. Personne n'osait s'avancer vers le casque. Chacun pensait à son fragile destin. Mais qu'est-ce que je fiche là, moi, Oscar Arlington ? Elle aurait pu me faire réformer vingt fois, maman, si elle l'avait voulu. Elle connaît personnellement la moitié des officiers américains. Elle aurait pu me faire affecter dans un bureau, à répondre au téléphone ou coller des timbres, un truc planqué, même utile, je m'en foutais, mais planqué ! Mais non, il fallait que son fils soit un héros, un héros mort mais un héros quand même. Le plus important, c'était le prestige de la famille. Et la carrière politique d'Emilia Arlington ! Il ne doit pas y avoir aux Etats-Unis plus de dix femmes qui font de la politique, et il a fallu que l'une d'elles soit ma mère.

Maudite famille !

Salopards d'Arlington ! De ma mère jusqu'au premier Arlington qui a fait la route en sens inverse, d'Angleterre pour débarquer en Amérique. Et moi, j'ai été trop con pour dire quoi que ce soit, pour protester. J'ai eu peur de lui demander : Maman, tu vois, j'aimerais bien ne pas y aller, là-bas à la guerre, si jamais c'était possible, j'aimerais bien ne pas mourir, si jeune, pour une guerre dont je n'ai rien à faire. Alors tu vois maman, si c'était possible de laisser ma place, d'attendre un peu… En plus je manque d'entraînement, et puis il y a tant de jeunes dans ce pays qui ne rêvent que de ça, d'aller là-bas se couvrir de gloire, hein, maman, chacun son tour, les Arlington ont déjà donné depuis 1787. Mais non, cela ne se dit pas, chez les Arlington ! Enfin nom de Dieu, ces choses-là se sentent ! Une mère devrait comprendre sans qu'on lui dise ! Une mère devrait pleurer son fils qui part pour ne peut-être pas revenir. Elle le savait bien qu'il ne voulait pas y aller, son enfant chéri, se faire trouer la peau en Normandie. Qui le voudrait ? N'importe quelle mère, si elle en avait la possibilité, aurait essayé de sauver son enfant. N'importe quelle mère mais pas Emilia Arlington, la dame de fer virginienne, la droite et inflexible Emilia Arlington dont parlent les journaux. Salope ! Elle espère sans doute que je crève comme mon père. Je me souviens juste d'un mort-vivant en pyjama passant sa vie à cracher et tousser. Il est mort en 31, j'avais six ans. Il avait attrapé une saleté aux bronches dans les tranchées, en

1918. Un gaz, un truc qui vous dévore de l'intérieur petit à petit. Mais à Emilia Arlington, ça ne lui suffit pas, un héros dans la famille. Elle y a pris goût !

Oscar fixait toujours ce casque, dont aucun ranger n'avait encore osé s'approcher.

Non, ce serait trop facile ! Je m'en sortirai ! Je ne crèverai pas ici au nom de l'héroïque et tragique destinée familiale. Ton fils sera un héros, maman, mais pas un héros mort. Ta carrière, ta fortune, j'en profiterai aussi, longtemps, crois-moi !

La loterie funèbre débuta.

Quelques premiers rangers avaient commencé à tirer, par courage ou par superstition. Le premier ranger avait lu à haute voix le numéro qu'il avait tiré, le 123. Tous les autres avaient alors pensé qu'il était naturel de l'imiter, comme si cela faisait partie du rituel.

Une bonne quinzaine de rangers avaient déjà tiré leur numéro. Putain, pensait Oscar, les petits chiffres ne sortent pas vite. Lui, il attendait. Il faut attendre, attendre, attendre, réfléchissait-il. Pas de panique ! Sur la plage, tu seras le cancre du commando, mais ici, au milieu du troupeau de bisons, tu as ton intelligence pour toi, alors calcule, bon Dieu, calcule.

Un jeune serveur de Denver au regard doux, dont Oscar ne connaissait pas le nom, venait de tirer le 3. Il demeura pétrifié. Les autres n'osèrent pas croiser son regard toujours doux mais maintenant humide aussi. Ouf, pensa Oscar. Toujours ça de parti. Attendons encore.

Barry Monroe s'avança pour tirer. Il s'imposait

comme la grande gueule du commando, d'habitude, mais là il ne bronchait pas. Oscar le détestait. Il le trouvait vulgaire, mais surtout, ce qu'il ne supportait pas chez Monroe, c'est qu'il adorait la guerre, qu'il était le petit roi ici, un petit seigneur de la péniche. Il avait le droit de faire ici tout ce qu'on lui interdisait d'ordinaire, d'utiliser enfin ce pour quoi il était doué : la haine et la violence. La guerre lui avait offert une chance incroyable de briller, au moins une fois dans sa vie. Ça le changeait de la médiocrité dans laquelle il devait vivre tous les jours, il se vengeait ici, de son patron, de ses profs, de ses parents, de sa femme peut-être, de tous ceux qui l'avaient humilié toute sa vie. Pour Oscar, c'était cela le pire, pire que la guerre même : être obligé de supporter le même dortoir que ces porcs qui pètent, rotent et punaisent des filles à poil sur les murs.

Barry Monroe tira le numéro 5. Bien fait, jubila intérieurement Oscar, je vais finir par croire en Dieu ! Monroe hurla, d'abord, en levant la gorge au plafond, puis donna un grand coup de poing dans le mur, continua à hurler, chercha enfin un regard pour se raccrocher ; tout le monde baissa les yeux, alors brutalement, Monroe fondit en larmes comme un gamin.

Oscar attendait toujours. Il s'avancerait dans les derniers, il l'avait décidé. Il se raccrochait au fol espoir que tous les numéros entre 1 et 20 soient sortis avant. Les rangers continuaient de défiler, tirant leur numéro, un à un, avec des fortunes diverses ; Teddy Baur, le peintre, avait tiré le 19…

Sur le fil, pensa Oscar. 19… Le Teddy va avoir du mal à dormir. Il va essayer de mesurer et de remesurer dans sa tête la taille de la plage, la distance au mur, le nombre moyen de mètres que peut espérer franchir un ranger traînant l'explosif, multiplier le tout par 19. Il n'est pas près de pioncer. Bien fait pour lui ! Il n'avait qu'à pas nous miner le moral. Chacun son tour !

Lucky Marry venait pour tirer. Lui non plus, Oscar ne pouvait pas le sentir. Lucky, c'était la mascotte du régiment, le gendre idéal, belle gueule, pas con, et toujours souriant, cet enfoiré. Comme sorti d'un film d'Hollywood, un Errol Flynn perdu dans la réalité, mais qui continuerait à jouer son film comme si les balles n'étaient pas vraies ; un modèle réduit de l'image qu'aimerait se donner l'Amérique, de ce pour quoi ils étaient là, finalement, pour l'image de l'Amérique et de sa mère Mrs Arlington. C'est bien pour tout cela qu'il ne l'aimait pas, ce Lucky Marry. Pour cela et également pour sa chance, incroyable, légendaire sur la péniche : une chance du diable pour tout, surtout au poker. Il avait plumé tout le régiment, il avait gagné toute la monnaie, vidé tous les fonds de poche, tout ce qui restait aux matelots, la moitié de la péniche devait lui appartenir… Lucky fut le seul à s'approcher en souriant. Il piocha rapidement dans le casque et tira le numéro 148. Lucky n'en rajouta pas, on le sentit presque gêné, il s'éloigna rapidement.

L'enfoiré ! pensa Oscar. Si ça se trouve, c'est truqué !

Ironie du sort, juste derrière Lucky, un jeune étudiant en droit, Benjamin Yes, tira le numéro 1. C'était un timide, presque personne ne le connaissait. Il ferma les yeux. Il devait penser à sa famille, il avait encore une ou deux journées à vivre, puis on ouvrirait les portes de la grande péniche et quelques minutes plus tard, il serait mort. C'est ce que signifiait ce numéro 1.

Il n'y a plus que le 4, pensa immédiatement Oscar. Tous les numéros entre 1 et 25 sont sortis, sauf le 4. Ensuite, il reste seulement le 31 et le 39. Si je compte bien, ils sont encore une quinzaine à ne pas avoir tiré de numéro. Ça s'annonce plutôt bien, finalement. Patience, encore un peu de patience, il suffit de ne pas paniquer, en fait, un peu d'intelligence suffit.

Un jeune s'avança, il tira le 121. Un autre, celui que tout le régiment appelait « la Branlette », s'avança à son tour, il tira le 69 ; tout le monde éclata de rire. Quelle ambiance dans les péniches, pensait Oscar, putain, peut-être qu'il vaudrait mieux y rester, sur la plage, plutôt que de supporter ces bovidés jusqu'à Paris… Puissiez-vous tous crever demain ou après-demain ! Il reste combien de rangers ? Douze, je crois, peut-être moins. Le 4 n'est toujours pas sorti ! Une image le hantait : il avait de plus en plus de chances de tomber sur le 4. Pour l'instant, encore une chance sur douze. Un autre s'avança. Je le connais pas, raisonnait Oscar. Mais il avait l'air abruti, une figure figée de condamné. Allez, fais un effort, mon con, tire le 4 !

Il tira le 98.

Enculé ! Une chance sur onze !

Un autre s'avança… Allez vas-y Johnny, fais plaisir à Oscar.

59.

Merde ! Une chance sur dix ! Oscar sentait qu'il devait y aller. Une chance sur dix. C'était le moment idéal. Après ce serait trop dur à supporter. Malgré lui, Oscar ne parvenait pas à bouger. Vas-y, putain, maintenant, il ne reste plus que les trouillards comme toi, ceux qui font dans leur froc. Vas-y, merde ! Mais le corps d'Oscar refusait d'obéir. Il ne bougea pas.

Un petit maigre, voûté et tremblotant, vint tirer. Le genre à n'avoir jamais eu de chance, à croire simplement en la fatalité, résigné avant même d'avoir pris le papier, certain de choisir le dernier numéro à un seul chiffre. Il va le tirer le 4, le 4. Allez, bon Dieu… Je te le jure sur la sainte famille Arlington, je n'aurai plus de pensées obscènes dans ton église.

Le condamné, à sa propre stupéfaction, tira le 113.

Une chance sur neuf, merde… Et il traîne encore le 31 et le 39 ! Vas-y, bon Dieu.

Oscar ne s'en croyait pas capable, mais il parvint tout de même à avancer. Il devinait dans son dos le regard pesant de tous les autres soldats. Oscar savait qu'ils ne l'aimaient pas, parce qu'il était différent, parce que sa mère était connue, parce qu'il était riche, parce qu'il les emmerdait, eux et cette putain de guerre, parce qu'il n'avait pas l'intention de crever en Normandie, lui !

Il plongea sa main dans le casque, toucha l'acier glacé, prit du bout des doigts un papier, hésita un instant. Il sentait le regard hostile des Américains moyens, leurs ondes négatives. Il laissa tomber le papier, remua le fond du casque et en prit un autre.

Oscar le déplia, le lut : 4.

3

Le déserteur au village

6 juin 1944, Omaha Beach, Château-le-Diable

Toute la journée du 6 juin 1944, Lison Munier et ses parents restèrent dans la cave de leur petite maison de pierre au centre de Château-le-Diable. Toute la journée, il était tombé des bombes. Lison, dans sa cave, avait la même sensation que les dimanches de pluie, quand elle était petite, quand elle n'avait pas le droit de sortir alors que tous les autres jouaient dehors. Le soir, on entendit les bombes s'éloigner, comme un orage qui passe. Lison, son père et sa mère sortirent regarder le ciel, juste devant chez eux. Ils étaient les premiers du village à s'aventurer dehors, ils avaient dû céder à l'impatience de Lison.

— Il faut aller voir s'il y a des Américains blessés, dit Lison à son père, tout excitée.

— Quoi ?

— Sur la plage. Il y en a sûrement. On ne peut pas les laisser comme ça ! On est à cinq cents mètres.

— Voyons, Lison, les Américains n'abandonnent pas leurs blessés… Ils les emmènent, ils les soignent…

— Tu parles ! Tu parles s'ils ont le temps de vérifier, avec les Allemands qui leur tirent dessus… Les blessés, c'est le travail des civils !

Le père de Lison haussa les épaules, sa mère ne semblait pas vouloir se mêler de l'affaire.

Résignée devant l'immobilisme de son père qu'elle avait sans doute prévu, tout en continuant de parler, Lison avait enfourché sa bicyclette.

Elle avait vingt ans, elle était belle, elle le savait. Elle voulait pédaler de toutes ses forces vers la falaise, en faisant voler dans le vent sa robe de paysanne, comme une héroïne de roman, comme une héroïne intemporelle… Le hasard avait transformé ce trou perdu de Château-le-Diable en un rivage où se joue le destin de l'humanité et où les héros viennent s'échouer, à deux pas de son royaume… Oh non, Lison ne voulait pas laisser passer l'occasion.

— Tu restes là, Lison ! cria son père, prenant enfin conscience de la détermination de sa fille. Il y a des mines partout ! Lison, tu m'entends, je t'interdis de continuer ! On n'a pas survécu à cinq ans de guerre pour que tu te fasses tuer le jour de la libération !

Lison s'arrêta.

Net.

Son vélo tomba sur le flanc dans la boue, souillant sa robe de princesse… Sa grosse robe de paysanne, en vérité. Subitement, elle n'était plus une héroïne de roman. Les mots de son père avaient déchiré son rêve. Elle était Lison Munier, fille de Jean Munier, un petit maçon trouillard, surtout pas résistant, même pas collabo. Trouillard, c'est tout, trouillard jusqu'au bout. Elle lui en voulait tant. Elle ne serait pour toujours que la fille de ce Jean Munier, et cette hérédité insignifiante lui semblait une injustice, la révoltait, elle valait tellement mieux, elle voulait tellement plus, elle, Lison.

— Tu me dégoûtes ! explosa Lison. C'est pour toi qu'ils sont venus mourir ici, les Américains… Ils ont mon âge, ils n'en ont rien à foutre de nous et ils sont venus quand même crever là. Ils ont grimpé par-dessus la falaise en se faisant mitrailler, rien que pour nous… Et nous pendant ce temps-là, on se planque dans la cave. Et même après, quand tout est fini, tout sauf peut-être quelques-uns de nos sauveurs qui ne sont pas tout à fait morts, on reste planqués, on ne sait jamais… Désolée, moi j'y vais !

— Lison !

Mais elle était partie et Jean Munier la regardait bêtement s'en aller, en lançant un regard d'impuissance résignée à sa femme, qui lui retourna un regard furieux.

Telle mère, telle fille !

Le pauvre Jean Munier n'eut pas d'autre choix que de courir vers son propre vélo et de suivre sa fille, en la maudissant, elle et sa mère.

C'est à peu près à ce moment-là que sortirent les autres habitants de Château-le-Diable, en regardant le ciel d'un œil méfiant. Ils ne virent que les Munier père et fille pédaler bravement vers la falaise, sous le regard fier et droit de madame Munier mère. Cela les étonna un peu, surtout de la part de Jean Munier, qui n'était pas spécialement réputé dans le village pour sa témérité. Mais bon… On ne peut réaliser des actes exceptionnels que dans des circonstances exceptionnelles, et c'est dans ces instants particuliers où le monde bascule que les véritables héros doivent se résigner à enlever leur masque de gens comme tout le monde.

Jean Munier, pour l'instant, pédalait nerveusement, sans franchement reprendre du terrain sur sa fille, injuriant la lande, sans encore savoir qu'il tirerait par la suite de cette promenade improvisée une gloire locale durable. Quelques années plus tard, sa diligence à secourir les Alliés lui permettrait d'entrer en bonne place au conseil municipal de Château-le-Diable, et même de devenir maire de 1958 à 1977. Pour le canton, il serait toujours barré par les vrais résistants.

Lison pédalait contre le vent et contre la lande déformée en de vastes cratères. Son père était loin derrière. Lison fixait son objectif, quelques objets brillants dans le timide soleil, au loin. Des casques sûrement, des casques américains. Elle vit en même temps les cinq corps étendus et l'un d'eux bouger. C'était peut-être le vent, ou son imagination, mais dans le doute, elle redoubla d'efforts.

Ce n'était pas son imagination !

Dans un petit cratère, presque enterré sous quatre cadavres de rangers, un soldat américain frissonnait, tremblait… respirait !

Même si Lison et le ranger survivant avaient eu des caractères épouvantablement opposés, même s'ils avaient été l'un ou l'autre particulièrement laids, ils se seraient sans doute tout de même aimés. Les circonstances étaient trop fortes. Lison souleva doucement la tête du soldat américain, le fit boire avec précaution, lui épongea délicatement le visage, dégageant d'une face noire deux grands yeux bleus et un sourire blanc.

Le ranger la vit arriver comme un miracle. Il se voyait mourir là dans ce trou d'obus boueux qui puait déjà la charogne de ses amis, et son salut tomba sous la forme d'une robe à fleurs qui volait autour de deux jambes nues qu'il eut l'occasion d'admirer jusqu'à mi-cuisse. Les deux héros ne pouvaient que s'aimer, à cet instant ! D'ailleurs, ils s'aimèrent, et ils continuèrent bien après.

Jean Munier se retrouva avec l'Américain dans les bras au moment même où il descendait de vélo et espérait reprendre son souffle. Ils le portèrent jusque chez eux, pour stopper l'hémorragie ; le soldat avait une balle dans le dos.

Il raconta un peu plus tard ses derniers souvenirs : ils étaient cinq à s'être séparés du commando pour partir en éclaireurs contourner Château-le-Diable. Ils n'avaient rien vu, rien compris. Simplement, en un instant, il avait entendu Stan Robinson, le ranger qui fermait la patrouille, hurler. Une fusillade avait couvert la fin de sa phrase. Ils n'eurent pas le temps de se retourner, tous les cinq furent abattus de dos, sans savoir par qui ni pourquoi. Ils étaient sans doute passés à côté d'un soldat allemand isolé, sans l'apercevoir. Celui-ci, caché et apeuré, avait dû espérer que la patrouille américaine poursuive sa route sans le voir. Stan Robinson, le dernier de la colonne, avait sans doute été trop vigilant, un simple regard appuyé une seconde de trop peut-être, et dans l'instant suivant cinq jeunes Américains étaient tombés sans riposter au fond d'une crevasse où personne ne songerait à aller les rechercher.

Le médecin du bourg vint dans la journée à Château-le-Diable opérer le ranger. Il ajouta qu'il avait besoin de repos, qu'il fallait le signaler aux Américains, qu'ils avaient établi un hôpital de campagne, à Colleville, à quinze kilomètres. Lison dit qu'elle allait s'en charger ; elle n'en fit rien. Elle garda son Américain chez elle et l'Américain n'insista pas.

Petit à petit, le ranger survivant dévoila son identité à ses sauveteurs : il leur dit qu'il s'appelait Alan Woe. Il n'avait aucune famille aux États-Unis, pratiquement aucun proche pour le pleurer. Là-bas en Amérique, il n'existait pour personne. Pour les Américains ici, il était mort. Alan n'avait aucune envie de continuer à se battre, même pendant quelques mois. Il avait le sentiment d'avoir fait sa part dans cette guerre. Et puis il était collé au lit, telle une momie recouverte de pansements, prisonnier dans cette chambre au côté d'une jolie Normande pour le veiller, jour et nuit. Cela lui faisait beaucoup de bonnes raisons pour déserter.

Il déserta donc ; il resta au village.

Après la guerre, il fit d'abord un peu tous les travaux qui se présentaient. Ça ne manquait pas de pierres à transporter, de bois à abattre ou à hisser, de coins à reconstruire à cent pour cent. Comme il était plutôt plus solide que la moyenne normande et qu'il apprit aussi vite le français que Lison apprit l'anglais, cela l'aida à se faire accepter rapidement par les gars du coin.

4

Et la craie redevient falaise

19 novembre 1944, Normandie

Dans le car qui menait de Caen à Château-le-Diable, Alice Queen récitait dans sa tête ce poème de France que Miss Porcy leur avait appris, ce poème écrit pendant la guerre. D'un auteur dont Alice n'avait jamais entendu parler. Jacques Prévert. Cela parlait de l'oiseau-lyre. Ce nom d'oiseau étrange avait intrigué Alice. Le poème parlait aussi de la falaise.

De la craie qui redevient falaise.

Des murs qui s'écroulent tranquillement.

Des vitres qui redeviennent sable.

De l'encre qui redevient eau.

Alice ferma les yeux lentement, elle voulait tout oublier, oublier tout ce qu'elle voyait, oublier ce car roulant au pas sur ces vestiges de route, ne pas penser à ce qu'elle trouverait au bout de ce chemin, ne plus penser qu'à ce poème…

La craie redevient falaise. Les vitres redeviennent sable.

Répétez ! disait le maître. Avant que ne passe l'oiseau-lyre… Répétez !

Alice ferma les yeux plus fort encore, elle était loin de ces ruines, dans une classe blanche à Washington, avec des filles de son âge, Miss Porcy lui souriait.

Répétez !

Deux et deux quatre.

Le poème de Prévert commençait par une addition, une simple addition à répéter.

Deux et deux quatre.

Quatre et quatre huit.

Huit et huit font seize.

Répétez ! dit le maître.

Alice répétait. Pour la quinzième fois, elle récitait dans sa tête son chapelet laïc. Mais elle le connaissait désormais tellement que cela ne suffisait plus pour l'empêcher de penser à autre chose. Comme penser à cette route normande défoncée qui lui faisait si mal au dos. Alice s'était assise juste sur la roue, deux rangées après le chauffeur. Elle n'avait pas fait attention, elle ne pensait pas que les routes de France étaient en si mauvais état. Pour elle, la France, la Normandie, c'était une peinture impressionniste. C'était une lumière, des herbes, quelques fleurs, la mer, le vent qui remue le tout et mélange les couleurs, par touches, du vert, du jaune, du bleu. Elle la connaissait si bien, la Normandie, elle en avait admiré tant de paysages à la National Gallery, sur le Mall, à Washington. La Normandie était pastel, une harmonie de champs émeraude, de voiles blanches, de chapeaux jaune paille et de dentelles.

L'autocar sautait sur chaque pierre de la route cabossée, il devait rester une demi-heure de route avant d'arriver à Château-le-Diable. Alice voulait penser à l'Amérique, à son village, Litchfield, au temps d'avant, elle voulait penser à Lucky, à Lucky vivant. Elle voulait fermer les yeux et ne plus voir ces affreux villages normands encore fumants, elle voulait voir à la place une toile peinte, une chaumière, une mare, un peuplier, elle voulait penser à Litchfield, son village, son village éternel.

Quand Alice était arrivée à Litchfield, dans l'Ohio, elle avait tout juste quinze ans. A l'époque, c'était un billet pour l'enfer. Pire encore que l'orphelinat où elle avait été élevée : placée comme apprentie vendeuse, à l'épicerie de Litchfield, dans le trou le plus perdu des Etats-Unis. Avec trois mètres carrés de grenier au-dessus de l'épicerie pour dormir. Quand elle y repensait aujourd'hui, partir pour Litchfield, c'était l'horreur. Elle avait tant pleuré et supplié pour ne pas quitter l'orphelinat. Et puis, tout de suite, Lucky Marry était apparu et tout alors avait changé. Alice se souvenait de Lucky lorsqu'il avait quinze ans, lui aussi. Pendant au moins un mois, elle n'avait pas vu Lucky autrement qu'en train de courir dans la rue, l'unique rue du village, et en train de rire.

Ce n'était pas un garçon mais une tornade. Il vous souriait juste le temps d'en tomber amoureuse, puis il fuyait en courant sans même vous laisser une image assez nette pour rêver de lui. Petit à petit, Lucky s'était aperçu de la présence, dans la seule boutique de Litchfield, d'une étrangère, d'une fille pas d'ici. Et le miracle s'était produit, lui aussi était tombé amoureux. La mascotte du village, le capitaine de l'équipe de base-ball de Litchfield, aimait une étrangère. Cela fit jaser un peu au début. Mais les gens n'étaient pas méchants à Litchfield, pas méchants sans raison en tout cas, et ils n'avaient aucune raison d'en vouloir à Alice, la mignonnette orpheline qui travaillait jour et nuit sans jamais se plaindre. Alice abandonna vite son grenier et s'installa chez les parents de Lucky. Ils l'acceptèrent comme leur fille. Puis Alice reprit des études, des études de français. Elle était même plutôt douée. Litchfield, ce n'était plus le bagne, c'était un village de conte de fées, de Blanche-Neige, sans les nains mais avec le prince charmant.

Ce fut sa période gaie. Elle s'était rapidement fait une spécialité, et même une petite réputation locale, dans les grimaces les plus sophistiquées. Elle se révélait capable pour quelques instants de déformer son visage adorable en quelque chose de monstrueux, puis de redevenir immédiatement adorable, dans un éclat de rire. C'était aussi cela qui charmait Lucky, la beauté naturelle d'Alice, cette beauté de tous les jours, belle même derrière un comptoir, dans la poussière d'un trottoir ou en sueur sur les gradins d'un stade. Belle même lorsqu'elle jouait les garçons manqués, belle même lorsqu'elle tordait son visage d'une grimace. Si belle dans les yeux de Lucky.

Les yeux de Lucky…

Le car remuait de plus en plus. Un coup de frein déconcentra Alice. Elle plissa fermement le front pour garder les yeux clos. Si belle dans les yeux de Lucky… Comment désormais pourrait-elle être belle, si Lucky n'était plus là ? Sans lui, elle ne serait plus jamais capable de déformer son visage par une grimace. Elle ne serait plus jamais belle, ou laide, elle ne serait plus rien. Sans Lucky, elle redeviendrait transparente.

Le car ralentissait encore pour éviter des gravats coupant la moitié de la route. On n'arriverait donc jamais ? Alice voulait accélérer la cadence de ses souvenirs. Des flashs défilèrent, des bals du 4 juillet sous le soleil, sous les rires de toutes les générations réunies de Litchfield. Alice hurlant sur la touche du terrain de base-ball. Hurlant pour Lucky, qui une fois de plus faisait gagner à lui tout seul son équipe. Lucky porté par tout le village après la victoire en coupe, en 41. Et Alice fière, si fière d'être celle qui embrassait le héros de tout le village, d'être la seule femme aimée par ce héros, ce petit héros d'un petit village de l'Ohio. Son centre du monde à elle.

Le car pila. Alice dut ouvrir les yeux malgré elle. Une grosse femme monta, rouge et boursouflée, respirant fort, mettant un temps fou à se hisser dans le car. Elle s'installa au premier rang, près du chauffeur. Elle mit un certain temps pour parvenir à glisser entre les fauteuils sa robe sale à fleurs et ses grosses jambes recouvertes de bas filés.

Alice sentait monter en elle un dégoût. Ainsi, c'était cela, la France ?

C'est cela que cachaient ces auteurs qu'elle chérissait, cette civilisation des Lumières, de Zola, d'Hugo ? Ces Normands aux exceptionnels destins décrits par Maupassant ou Flaubert ?

Des vieilles femmes gémissantes.

C'était pour cela, pour une campagne laide peuplée de gens laids, que la jeunesse américaine était partie pour ne pas revenir ? Le dégoût montait, mais Alice voulait lutter : non, il ne fallait pas penser comme cela.

Non…

Même si elle puait, cette fermière qui venait de monter. Même si elle empestait comme les vaches de Litchfield. Même si elle ne cessait pas de s'agiter. Même si elle parlait maintenant. Même si elle parlait fort, au chauffeur. Alice tenta de refermer les yeux, d'oublier tout cela. Non, Lucky ne pouvait pas être mort, elle ne pouvait pas le croire, il avait toujours tant de chance, Lucky réussissait toujours tout ce qu'il entreprenait, il changeait en or tout ce qu'il touchait ; il était ainsi, Lucky, heureux, béni des dieux, protégé !

— Tu m'arrêteras à Deux-Jumeaux, hurlait la Normande au chauffeur. Sacrée galère, la route défoncée !

Une vache, pensait Alice. Cette Normande est une vache.

Où étaient-elles, les demoiselles aux robes longues et ombrelles, celles qui déjeunaient sur l'herbe ou se baignaient nues ?

Quand tous les jeunes de Litchfield durent partir vers l'Angleterre, pour aller se battre en Normandie, toutes les jeunes filles de Litchfield pleurèrent. Toutes sauf Alice.

— Il paraît qu'ils ont dérouillé aussi, à Colleville ?

Alice n'avait pas pleuré sur le quai du train qui emportait vers l'océan tous les jeunes hommes de Litchfield. Ni elle ni Lucky. Lucky se savait invincible. Il savait bien que rien ne pouvait lui arriver. Alice aussi le savait. Lucky n'était pas un homme comme les autres, ce n'était pas une guerre qui allait les séparer.

Une guerre, qu'est-ce que c'était que la guerre à côté de leur amour et de leur jeunesse ? Surtout une guerre si loin en Europe. Et puis, Lucky, lui, mourir ? Non, on ne pouvait pas imaginer Lucky mort. Lucky partait confiant et Alice l'attendait rassurée. C'était une certitude, on ne meurt pas en Normandie !

— A Deux-Jumeaux aussi, ça a morflé ! Et pas que les Boches. C'est aussi tombé de là-haut…

Alice voulait se boucher les oreilles.

On ne meurt pas en Normandie !

Se boucher les oreilles, fermer les yeux, ne plus voir de cette Normandie que des impressions peintes, les façades du Vieux Bassin d'Honfleur, la cathédrale de Rouen de l'aube au crépuscule, les falaises d'Etretat.

— Margot, c'est vrai ce qu'on raconte, sur votre bombardement ? demanda le chauffeur.

— Ben tiens, si c'est vrai, répondit la fermière qui s'appelait donc Margot. Le village est détruit à 99 %. C'est les gendarmes qui l'ont dit : 99 % ! Je sais pas comment ils ont calculé. Surtout le 1 % qui reste. Je l'ai pas vu moi, le 1 % encore debout. A moins qu'ils comptent les caves et les puits… Sans parler des dix-sept morts. Dix-sept morts sur une guerre, c'est pas grand-chose, c'est sûr, mais pour un village de cent trente habitants ! Moi j'ai perdu personne… C'est l'avantage de vivre toute seule. Sauf mon chien… Ça m'a fait une sacrée peine, j'vais pas mentir, mais bon, je suis quand même pas la plus à plaindre. Ça, ils y ont pas été mollo, les Anglais…

On ne meurt pas en Normandie, essayait de penser Alice.

Ne pas écouter leur conversation. Penser à Lucky. Lucky vivant !

— C'étaient les Anglais ? demanda le chauffeur. C'est sûr ?

— C'est sûr. On les a bien vus, le temps de se planquer, même si on s'est pas attardés à regarder le ciel. Et pis les gendarmes nous l'ont dit après. Ils nous ont tout expliqué : tiens-toi bien, Rémi, tu sais pourquoi ils ont lâché les bombes, les Anglais ?

— Ben, à cause des Boches. Pour tuer des Boches, quoi… Forcément, c'est pas facile de viser des Boches de là-haut en avion, alors ils éclaboussent toujours un peu au passage, mais on peut pas leur en vouloir, aux Anglais, quand même…

— Tu parles. Pas du tout ! Y avait pas un Boche, pas la queue d'un Boche au village. Et ils le savaient bien, les Anglais. Tiens-toi bien, Rémi, ils ont fait sauter le village pour couper la route !

— Pour couper la route ?

— Ouais, Rémi. Ils ont fait des gravats avec nos maisons pour couper la route.

— Ils ont fait sauter tout le village pour en faire une barricade ?

Qu'ils se taisent ! Alice ne parvenait plus à se concentrer.

Qu'ils gardent leur malheur pour eux ! La vraie tristesse, ça ne se crie pas sur les toits. Le malheur, c'est contagieux !

— Ouais, c'était exactement ça leur idée, continuait Margot. Faire un barrage avec nos fermes. C'était pour couper la nationale, la nationale d'Isigny à Caen. A Isigny, il y avait une garnison de Boches, alors il fallait pas qu'ils puissent rappliquer trop vite vers la plage au moment du débarquement. Du coup, ils ont décidé de couper la route en bombardant Deux-Jumeaux.

— Mais, demanda Rémi après un court moment de réflexion, ils y étaient plus, les Boches, à Isigny. Ils sont partis le 3 juin. Tout le monde le savait ici.

— Et ouais…

— Tu veux me dire que le bombardement de Deux-Jumeaux, c'était juste pour bloquer la route à des Boches qui étaient déjà passés là depuis deux jours ? Nom de Dieu ! Alors ils sont tous morts pour rien ? Le père Duval… Léonard de Corneville et son gosse… Les sœurs Carrouges… Enfin les dix-sept morts, quoi… Ça n'aurait servi à rien ?

Il y eut quelques instants de silence dans le car, ou plutôt on n'entendait plus que le bruit irrégulier du moteur et de la ferraille qui vibrait. Alice ne pouvait pas davantage se concentrer sur ses souvenirs.

Trop de silence maintenant. Elle écoutait.

Rémi klaxonna rageusement trois poules qui traversaient la route sans se presser, indifférentes aux malheurs des hommes.

— Putain, siffla le chauffeur. Et vous leur avez fait quand même la fête, aux Anglais, quand ils sont arrivés ?

— Pour sûr… Qu'est-ce que tu veux y faire, c'est la guerre… Et puis le jeunot qu'a grimpé nos falaises, c'est pas le même que celui qui a lâché les bombes de l'avion, là-haut à l'abri… Et puis pareil, celui dans son avion qui a lâché ses bombes, c'est pas le même que celui qui lui a dit de le faire, qui devait être planqué dans une cave à Londres… Avec sur une grande table une grande carte de Normandie, et en tout petit sur la carte, le village de Deux-Jumeaux. Un petit point noir. Et le type s'est dit : « Tiens, si on bombarde là, ça serait pas con, ça retarderait les Boches. » Lui aussi, il a fait que son boulot. Même les Boches, pour la plupart, ils faisaient que leur boulot, on le voyait bien, tu parles, des jeunots pas plus méchants que d'autres, ils croyaient bien faire. Tout le monde croit bien faire pendant la guerre. C'est ça le plus con…

Alice ne fermait plus les yeux. La Normande devant ne puait plus. Elle était comme elle une femme seule au milieu de ces hommes jouant aux héros. Alice regardait ces fermes autour desquelles broutaient des vaches indifférentes.

Autant de petits Litchfield ! Le centre du monde pour leurs habitants. De simples petits points noirs sur une grande carte pour les autres.

Elle pensait, avec maintenant les yeux grands ouverts, à ce courrier que les parents de Lucky avaient reçu, trois mois plus tôt : la lettre annonçait la mort de Lucky, tombé parmi les premiers, lors de l'assaut, au bord d'une falaise de Normandie, la Pointe-Guillaume. Alice n'avait pas voulu le croire.

Pas Lucky !

C'était impossible, on ne meurt pas en Normandie. Et Lucky moins qu'un autre ! Alors elle était venue aussitôt que cela avait été possible, jusqu'ici, en France. Les parents de Lucky lui avaient payé le voyage pour chercher Lucky, pour résoudre ce malentendu, pour rapporter une bonne nouvelle à tout Litchfield. Maintenant, elle croisait la désolation des paysages et ses convictions se fissuraient. La Normandie était une terre tragique. Quel que soit l'horizon vers lequel elle tournait son regard, elle ne voyait que la mort, même en fermant les yeux, désormais.

Le car entra dans Deux-Jumeaux. Il n'y avait plus de village, plus rien que des ruines, des maisons décapitées recouvertes de tôles de fortune.

Le car s'arrêta un instant. Margot descendit, seule. On pouvait vivre encore ici ? On avait planté un bâton de bois pour figurer l'arrêt de bus, avec un petit panneau en carton. On devinait au loin des formes sombres et courbées, poussant charrettes ou brouettes, déjà occupées à redonner un équilibre à ces pierres et ces gravats épars. Entre ces silhouettes, dont celle de Margot qui s'éloignait lentement, et le car, il restait une immense place vide. Le chauffeur se tourna vers Alice :

— C'était la place de l'église. Pour sûr, j'ai pas été souvent à la messe dans ma vie. Mais ça fait quand même drôle, un village sans église !

— Ils en reconstruiront une, répondit doucement Alice, une moderne…

— Ce sera pas une église ! Une vraie église, ça doit être vieux, ça doit être la plus vieille chose d'un village. Ça sert à rien, c'est juste là, comme un bibelot sur une cheminée. Ça décore ! C'est comme un souvenir de famille qui se refile de génération en génération. Une église moderne, ça nous rappellera pour toujours ce qui s'est passé ici. Ça sera pas une église, au fond. Ça sera comme un monument aux morts !

Il démarra. La mer n'était plus qu'à quelques kilomètres. La route se résumait désormais à un chemin de terre défoncé coupant une lande d'herbes folles. Au bout du chemin, le chauffeur déposa Alice, avant de retourner vers la grande route.

— Voilà, Miss, c'est ici, Château-le-Diable !

Il ajouta, presque gêné :

— Bon courage.

Château-le-Diable n'était qu'un hameau. Une vingtaine de maisons tout au plus, dispersées autour du carrefour. La seule trace de vie demeurait le petit café qui faisait le coin, juste en face de l'arrêt de bus. Une enseigne pendait au-dessus de la porte : *Le Conquérant*. Il y avait quelques fleurs sur les fenêtres, des rideaux à carreaux rouges : un peu de couleur dans la poussière, juste un soupçon de gaieté. Tout le reste était triste et désert. Il est vrai qu'il n'était que 8 heures du matin.

Alice descendit. Elle n'attendit que quelques instants. Une Jeep déboucha à vive allure du chemin qui menait à la falaise. Un militaire américain en descendit.

— Alice ?

Le soldat posa un regard appuyé sur Alice, qu'elle prit, naïvement, pour une attitude militaire.

— Oui.

— Je suis le lieutenant Dean. Je dirigeais le commando rangers qui a mené l'assaut. J'ai reçu votre courrier. Je suis désolé, pour Lucky. Je comprends que vous soyez venue, je crois qu'il faut se rendre ici pour comprendre. De là-bas, des Etats-Unis, on ne peut pas imaginer, il faut venir ici sentir la mort et la poussière. Si vous en avez le courage, accompagnez-moi jusqu'à la plage, vous comprendrez encore mieux.

Alice monta dans la Jeep à côté du lieutenant.

— Je…

Alice hésita à utiliser le présent. Finalement, elle l'utilisa tout de même :

— Je n'arrive pas à croire à la mort de Lucky.

Le militaire se tourna vers Alice :

— Bien sûr… Je peux me mettre à votre place, j'ai connu Lucky aussi, un peu. Il était, disons, comme un enfant. Cela semblait impensable de le voir mourir à la guerre. La guerre, ce n'était pas un jeu pour lui. Mais il ne faut plus vous faire d'illusions, mademoiselle, Lucky est mort ici. Je l'ai vu, comme une centaine d'autres rangers. Il est tombé parmi les premiers, avant l'assaut, en allant porter l'explosif. Nous avons été dix, vingt à nous pencher sur son corps et à le pleurer. Ce n'était pas une guerre pour lui… Mais il est mort en héros, Alice, en véritable héros, croyez-le…

Le lieutenant gara la Jeep sur un parking de terre, au bout du chemin. Ils marchèrent quelques mètres, en contournant un blockhaus à peine ébranlé par les impacts de balles, et se retrouvèrent en haut de la falaise, dominant un abrupt de soixante mètres. En bas s'étendait une immense plage grise et sale, abandonnée par des vagues qui se retiraient mollement. Des militaires, comme des insectes verts, s'affairaient en colonnes à déminer, évacuer, nettoyer des tonnes de ferraille inutile.

Comment ont-ils pu venir se heurter à ce mur ? pensa Alice. Comment ?

La plage lui paraissait si immense, la falaise si haute.

Combien de soldats ont dû tomber avant de prendre ce blockhaus ? Comment avoir le courage de s'élancer ? De courir sur cette immense plage vide, simplement en priant qu'un canon de fusil, là-haut, ne se braque pas vers vous ?

La mort de Lucky, elle la sentait maintenant, elle la ressentait au plus profond d'elle-même. La chance n'avait plus rien à faire ici. Il fallait qu'elle vienne pour s'en persuader. Elle posa néanmoins la question :

— Mais, lieutenant, Lucky était si chanceux… Si… Comment dire ? Il était un héros dans son village, vous savez, à Litchfield. Il ne ratait jamais rien, il était si…

— Si joyeux… Si aimé… Et il est venu mourir ici, comme des milliers d'autres jeunes Américains chanceux, joyeux et aimés dans leur village. La guerre ne fait pas le tri !

— Comme des milliers d'autres, répéta Alice.

Ils restèrent là, silencieux. Dean cherchait un mot de réconfort. Enfin il trouva :

— Mais Lucky a au moins ceci d'exceptionnel : il était sans doute le ranger le plus aimé.

Alice se retourna vers lui, étonnée.

— Alice, vous êtes la seule, en tous les cas la première petite amie d'un ranger tombé ici à venir. J'ai reçu ce mois-ci quelques parents, mais vous êtes la première compagne. C'est un bel hommage que vous rendez.

— Je peux rester un peu ici ?

— Bien sûr, vous pouvez même descendre sur la plage. Faites simplement attention, ne sortez pas des sentiers tracés. Tout est encore miné…

Le lieutenant Dean regarda Alice s'éloigner. Certes, il n'était peut-être pas objectif, il n'avait été quasiment entouré que d'hommes depuis dix-huit mois, mais il ne se rappelait pas avoir déjà croisé une jeune fille aussi jolie qu'Alice Queen. Il admira sa silhouette se détacher au loin dans les bruyères de la Pointe-Guillaume. Même en l'observant de dos, il conservait en mémoire l'image de son regard, deux grands yeux bleu clair, d'un bleu comme il n'en avait pas vu depuis des semaines, entre cette mer sale et ce ciel pourri de Normandie. Deux sourcils en demi-cercle couronnaient les yeux d'Alice, d'une courbe si pure et fine qu'on les aurait crus épilés puis redessinés au crayon ; ces sourcils renforçaient encore l'intensité de ce regard, comme deux accents sur des voyelles.

Alice là-bas commençait à descendre les marches qui menaient à la plage, taillées dans la falaise. Sa silhouette aussi était parfaite : un corps d'adolescente, des formes minces. Ce mélange de physique juvénile et de maturité précoce lui conférait un charme troublant. Hélas, il n'eut bientôt plus que les longs cheveux blonds d'Alice à admirer, puis plus rien.

Alice descendait lentement, sans même se tenir à la rampe. Lucky était mort… En héros, avec tous les honneurs et tous les hommages. Mais il était mort, anonymement…

Alice désormais le savait.

Elle marcha longuement sur la plage, parla avec les militaires, s'appliquant à tout regarder comme pour graver ces souvenirs dans son cœur désormais de marbre. Elle resta longtemps devant l'immense mur de craie. Le poème de Prévert lui revenait.

Et la craie redevient falaise.

Et les vitres redeviennent sable,

L'encre redevient eau…

Elle s'inventait la suite.

Et la chair redevient sable, et le sang redevient mer.

La nature était la plus forte, éternellement. Les soldats nettoyaient tout et il ne resterait bientôt plus aucune trace de tout ce carnage sur cette plage. La marée viendrait effacer toutes les marques de craie trop rouges, les traces de pneus, de bottes, de corps rampant ou ne rampant plus dans le sable. Comme sur une immense ardoise d'école. Un coup d'éponge et on tracerait de nouvelles pages d'histoire à la craie. Tout serait alors comme avant, les enfants reviendraient se baigner sous le soleil, au milieu des rires et des parasols de toutes les couleurs. Et certainement sur cette même plage, quand les hommes se seraient pardonné, on pardonne toujours si rapidement, surtout le plus horrible, pour l'oublier plus vite, nus et bronzés, sans uniformes pour se déguiser, on parlerait français, allemand, anglais, russe, italien… Un père de famille allemand ramasserait en souriant le ballon d'un jeune Américain.

La mer remontait. Non, la chance n'avait rien à voir avec tout cela. Lucky était mort ici et la mer avait déjà presque tout effacé. A 12 h 45, Alice remonta vers Château-le-Diable pour reprendre le car.

Le car avait du retard. Alice n'était pas seule à attendre. Un Normand moustachu était venu garer à côté d'elle un vieux cheval et une charrette plus vieille encore, dans laquelle étaient empilées une centaine de fines et étroites planches blanches. Sans doute les éléments d'une barrière, ou quelque chose comme cela.

La vie continue en Normandie, pensait Alice. La vie se reconstruit petit à petit.

Les maisons, les jardins et les barrières pour les séparer.

Le soleil essayait de percer par un fragile carré de ciel bleu. En face d'Alice, de l'autre côté de la route, une jeune Normande brunette et souriante s'acharnait à nettoyer les vitres poussiéreuses du bar-restaurant le Conquérant, le rose aux joues, aux bras et aux jambes.

Lison Munier.

Sa chair appétissante jaillissait sans complexe de ses manches retroussées et de sa jupe du même vichy rouge que les rideaux de l'établissement. Dix minutes passèrent, sans car à l'horizon. Alice n'avait pas bougé d'un pouce. Le cheval gardait toujours la charrette de son maître moustachu parti au bar d'en face.

Lison finit par se retourner : elle n'était pas seulement gaie et fraîche, elle était belle. Belle comme une poupée ronde aux grands yeux clairs, comme une insulte aux ruines tout autour. Elle adressa un sourire innocent à Alice. Elle devait avoir le même âge qu'elle, à peine vingt ans. Alice lui répondit simplement en levant vers elle son regard triste. Lison comprit immédiatement et n'insista pas.

Une Américaine, cela se remarque.

Alors une jeune Américaine triste perdue en Normandie… La raison de son malheur était évidente.

Le sourire se figea alors également sur le visage de la madone normande des ruines. Comme un remords, comme si sa joie de vivre était brutalement devenue honteuse. Lison demeura figée, muette, pensive, à regarder Alice, gênée et piégée. Le car arriva enfin et sauva la petite Normande, séparant définitivement le trottoir du bonheur de celui du désespoir. Alice monta.

Le car mit quelque temps à redémarrer. Le chauffeur – ce n'était pas Rémi mais un autre – attendait visiblement le propriétaire de la charrette. Le moustachu sortit précipitamment du bar et commença avec le chauffeur du car à charger les planches sur la galerie.

Lison avait profité de l'arrivée du car pour détourner son regard, mais elle était restée sur le pas de la porte du bar. Alan Woe sortit à son tour du Conquérant. Il boitait légèrement. Son bras gauche était plâtré et tenu en écharpe. Son visage restait couvert de pansements.

Alice le dévisagea, longuement.

Ce Normand avait la prestance d'un soldat américain ou canadien. Mais non… Il était habillé en civil dans un bar de Normandie. De son bras valide, Alan entoura la taille de Lison.

Idiote ! pensa Alice. Certains Français, certains Normands ont aussi participé à cette guerre, sans y mourir, survivant et revenant aimer leur femme.

Alice détourna les yeux pour ne pas faire monter en elle une quelconque colère. Le car ne démarrait toujours pas, le chauffeur et le moustachu prenaient leur temps.

— Tu me les déposes à Colleville, disait le moustachu. Les ricains sont au courant. C'est pas dur, ils vont bien comprendre, ils ont juste à assembler les planches deux à deux, une courte avec une longue. J'ai fait une marque au milieu pour centrer le clou.

— Ça te fait une sacrée commande, commenta le chauffeur. Y a là au moins une centaine de croix ?

— C'est rien, ça, répondit le menuisier moustachu, c'est juste un essai. Si les ricains sont contents de mon boulot, des croix, ils m'en commandent trente mille !

— Trente mille ?

— Ouais, trente mille croix toutes pareilles ! L'affaire de ma vie ! Alors fais gaffe, fais pas le con à la livraison. J'irais moi-même si j'étais pas en charrette.

— T'inquiète pas, je te la ferai, ta livraison…

Le chauffeur monta dans le car.

Trente mille croix blanches, pensa Alice. Lucky n'était qu'une de ces trente mille petites croix blanches…

Alice se retourna une dernière fois vers ce village, Château-le-Diable. Elle observa ce Normand au bras blessé. Curieusement, celui-ci la fixait avec insistance, extrêmement concentré, comme s'il essayait de reconnaître quelque chose sur le visage d'Alice, à travers les vitres troubles du car, de faire resurgir un souvenir en lui, de déchiffrer une énigme.

Ce regard insistant gêna Alice, plus encore que l'amour de ces deux Normands. Heureusement, le car démarra.

Derrière le car, dans le nuage de terre que le véhicule soulevait, Alice n'aperçut pas l'Américain courir quelques mètres, boitillant et effectuant comme il pouvait des signes désespérés de son bras valide. Le chauffeur ne l'aperçut pas non plus et le véhicule continua sa route vers Caen via Colleville.

De-ci de-là, au gré des bosses et des ornières, le car perdait des planches blanches mal fixées sur la galerie… Des dizaines de morceaux de petites croix blanches semées sur ce chemin déjà baptisé par les Alliés « route de la Liberté ».

Après une course d'une centaine de mètres, l'Américain s'arrêta, essoufflé au milieu de la route. Il toussota dans la poussière. Il avait enfin trouvé ce que le visage de cette jeune fille au regard triste dans le car lui rappelait. Mais il avait mis trop de temps à réagir. Il ne s'y attendait pas. Elle était définitivement partie.

Il ne l'avait manquée que de quelques secondes, mais maintenant il était trop tard.

Définitivement trop tard.

— Alan ! Alan ? Qui c'était ? cria Lison au loin, sans quitter le pas de la porte du Conquérant.

— Rien, personne, j'ai dû me tromper, répondit Alan.

— Qui c'était ? insista Lison. C'était une Américaine, j'en suis sûre ! Tu la connaissais ! Tu l'as reconnue ?

— Mais non. J'ai cru, c'est tout...

— Elle était plutôt mignonne, continua pourtant Lison. Triste, mais si belle. Alan, qui était-ce ?

Alan revint doucement, essoufflé, vers le bar.

— J'ai cru que c'était la femme d'un ami. Un ami du commando. J'ai cru, mais je ne suis pas sûr, tu sais. Je ne la connaissais que par une photo, alors tu vois... Ce n'était peut-être pas elle... Sûrement pas, d'ailleurs !

— Un ami du commando. Qui ?

— Un ami qui est mort. Qui est mort pour elle !

Lison et Alan restèrent sur le bord du chemin, devant le Conquérant, bien après que le car de Caen fut parti.

— C'était qui, cet ami ? insista encore Lison.

— Tu ne le connais pas, répondit Alan. Il m'avait juste montré une fois la photo de sa copine, avant le débarquement. Voilà tout !

— Et tu t'es souvenu d'elle ! Seulement grâce à une photo ! C'est vrai qu'elle est jolie, cette Américaine.

— Ce n'était peut-être pas elle ! D'ailleurs, c'est sans importance.

Alan haussa les épaules et chercha autour de lui un motif pour changer de conversation.

— Alan, continua Lison, c'est la première fois que je te vois ainsi t'intéresser à quelqu'un qui appartient à ton passé. Elle n'a vraiment aucune importance pour toi, cette fille ?

— Non, je te l'ai dit. C'est du passé, tout ça !

— Et son copain ?

— C'est aussi du passé.

— Je ne connais aucun de tes amis, Alan. Je ne sais rien de toi à part ton nom. Parle-moi de cet ami. S'il te plaît…

— Il est mort !

— Justement ! Il ne faut pas que tu gardes en toi ces vieux cauchemars. Comment s'appelait-il, cet ami ?

Alan prit une mine résignée.

— Si tu veux vraiment tout savoir, il s'appelait Lucky. Il était mon meilleur ami, le seul, même, sur la péniche.

— Continue…

— Lucky… Lucky était le type le plus fou que j'aie rencontré. Il, comment dire, il avait de la chance dans tout ce qu'il entreprenait. Tout lui réussissait. Il m'avait tout piqué au poker, à moi comme aux autres.

— Tu jouais au poker ! plaisanta Lison, faussement indignée.

— Il était une sorte de modèle, pour nous. Tu as vu, rien que sa copine, quand il nous montrait sa photo, on rêvait tous de l'avoir.

Lison fit une moue amusée.

— Avant que je te rencontre, je veux dire, corrigea Alan. Lucky était un type qui devait avoir un contrat avec Dieu, qui devait avoir un ange au-dessus de lui.

— Un ange ?

Lison regarda vers l'horizon.

— Alors son ange a dû se faire descendre par les canons allemands juste avant le 6 juin ! Tu parles d'une chance… Venir mourir ici sur la plage !

Elle prit Alan par le cou.

— Mon amour, tu es dix fois plus chanceux que lui… Tu es sorti vivant du débarquement ! Et puis tu as une femme beaucoup plus belle, n'est-ce pas ?

Alan ne répondit pas et Lison fit une nouvelle moue, moins amusée cette fois.

— Son destin, expliqua doucement Alan, Lucky l'a toujours maîtrisé. Sa mort sur la plage, c'est lui qui l'a choisie.

Alan marqua un court silence avant de poursuivre.

— Etre protégé par un ange n'empêche pas de vendre sa vie au diable.

— Comment ça ?

— Ce sont des histoires d'hommes, Lison. Des histoires d'Américains. Des histoires qui appartiennent au passé. Je crois qu'il vaut mieux que tu n'en entendes jamais parler.

— Tu en as trop dit, Alan, protesta Lison. J'ai envie de savoir !

Lison ne sut jamais pourtant. Alan savait garder un secret.

5

Sydney ou ailleurs...

20 novembre 1944, aéroport du Bourget, Paris

Après le train de Caen à Paris, Alice prit un taxi jusqu'au Bourget. L'avion pour New York partait à 18 h 59. Alice, toujours absente, fixait dans le grand hall du Bourget ce nom. « New York ».

New York sans Lucky.

Litchfield sans Lucky.

Mais avec les parents de Lucky, les amis de Lucky, tous les proches de Lucky, ces dizaines de personnes charitables pour la consoler, la questionner, la harceler, l'obliger à oublier.

L'obliger à être heureuse malgré tout.

Non, à Litchfield, ils n'étaient pas du genre à abandonner la jeune orpheline !

Hélas… C'est pourtant tout ce que désirait Alice : être abandonnée dans un coin sans avoir rien d'autre à faire qu'à penser à Lucky. Sans avoir à paraître gaie, ou triste, selon les circonstances. Tout ce que désirait Alice, c'était devenir transparente…

New York, 18 h 59.

C'était le seul vol. L'aéroport recommençait à peine à redevenir un aéroport civil. D'autres rares destinations étaient annoncées.

Londres, 17 h 13.

Stockholm, 19 h 24.

Sydney, via Londres, 17 h 13.

Devenir transparente…

Alice fixa une dernière fois les panneaux, puis, comme une somnambule, se rendit au guichet le plus proche. Sydney ou ailleurs…

Qu'est-ce que cela lui importait, désormais ? Partir loin, simplement, loin de tout et loin de tous, pour le temps que durerait sa peine.

Pour toujours, pensait-elle.

Pour moins longtemps qu'elle ne le croyait, en réalité.

6

Le secret d'Alan

De décembre 1944 à janvier 1964,
Château-le-Diable, Normandie

En 1945, Victor Munier, le patron du Conquérant, par ailleurs oncle de Lison, se retira en Provence d'où était originaire sa femme, qui n'avait jamais vraiment apprécié l'humour de comptoir normand. Victor Munier, entre son dernier calvados et son premier pastis, proposa à sa nièce de reprendre l'affaire. Lison accepta et le Conquérant devint un lieu prisé dans le canton : on pouvait y être servi avec le sourire, soit par la plus belle fille de la contrée, soit par « l'Américain ».

Et, des deux attractions, l'Américain n'était peut-être pas la moindre…

On se pressait pour voir Alan verser les petits blancs et les calvas, en parlant patois avec son accent américain qui faisait rire les paysans du coin et craquer les jeunettes du canton, sous l'œil vigilant de Lison. Alan devint un peu la fierté du village : leur Américain ! Ses amis, les vrais, se mirent à l'appeler « le déserteur ». C'était leur plaisanterie. En fait, tous les habitués du bar aimaient bien ce grand gaillard fidèle, un peu timide, toujours souriant, qui était venu de si loin se faire tirer dessus ici. Ils étaient surtout fiers que ce garçon venu du bout du monde se soit arrêté là, sur ce petit bout de terre sur le rebord de la mer, et se soit laissé hypnotiser par le charme de la plus belle fille du coin. Il y avait en Normandie des villages qui possédaient leur musée militaire, d'autres leur cimetière, d'autres leur monument, d'autres leur église neuve.

Les Casteldiablais possédaient leur Américain !

Lison n'avait jamais espéré tant de bonheur. La jeune héroïne follette courant la lande s'était rapidement muée en femme ravissante et radieuse, mais sage. Heureuse tout simplement, sans avoir à rêver d'autre chose que ce qu'elle avait. Comblée d'un bonheur suffisant, d'un bonheur sans nuage qui l'unissait à Alan. Ou presque sans nuage, à peine un ou deux moutons dans son ciel bleu quotidien.

La question du bébé, par exemple. Lison insistait, voulait cet enfant, rapidement, mais Alan refusait de céder. « Il y a, disait-il, une guerre tous les vingt ans. Je ne veux pas faire un enfant, l'élever, l'éduquer jusqu'à sa majorité, pour ensuite le voir devenir dans un coin sordide de la planète un assassin, ou un cadavre, ou les deux. » Et quand Lison protestait, il lui répondait qu'elle ne pouvait pas comprendre, qu'elle n'avait pas été mobilisée, qu'elle ne s'était pas entassée dans une péniche sous la tempête, qu'elle n'avait pas couru sur une plage entre les balles, qu'elle n'avait pas tiré sur des gens de son âge simplement parce qu'ils ne parlaient pas la même langue. Lison ne pouvait rien dire. Elle restait patiente, elle pensait qu'avec le temps Alan changerait, qu'Alan finirait par se laisser convaincre. Ils étaient jeunes, après tout.

Mais le temps n'y fit rien, et l'obstination d'Alan finit par intriguer Lison, même si elle n'osait guère le questionner. Alan aimait tant les enfants des autres, quand il en venait au bar. Alors pourquoi ce refus ? Y avait-il une autre raison, datant d'avant la guerre, en Amérique ?

Alan n'aimait pas parler de son passé, il ne l'évoquait pratiquement jamais, jamais sérieusement en tout cas. Il disait simplement qu'il n'avait plus de famille, plus d'attaches, plus rien. Lison devait s'en contenter, même si parfois, elle ne pouvait empêcher ses pensées de tourner : et si son compagnon ne s'appelait pas vraiment Alan Woe ? Et s'il avait une famille aux Etats-Unis ? Et s'il avait déjà une femme là-bas ? Et s'il avait déjà des enfants ? Cela expliquerait… Lison ne voulait pas penser ainsi, ce petit nuage était si insignifiant face à son immense ciel bleu. Sauf qu'il y avait aussi les lettres. Le deuxième petit mouton dans son azur.

Régulièrement, Alan recevait des lettres des Etats-Unis, toujours du même expéditeur, une écriture féminine et une enveloppe parfumée. Alan répondait toujours, sans montrer à Lison l'enveloppe, se cachant comme un adolescent maladroit pour aller poster ses courriers. Au début, Lison insista, joua tour à tour la curiosité et la jalousie. Ce fut même entre eux le seul et unique motif de dispute, mais Alan refusa toujours de dire quoi que ce soit à propos de ces lettres. Ce n'est rien de grave, jurait-il, simplement un secret qu'il voulait être le seul à porter. Au bout de quelques années, Lison céda et n'insista plus, même si pourtant son imagination s'égarait parfois vers le pire, par cycles réguliers, au rythme de ces lettres d'Amérique.

En janvier 1964, toute la côte normande se préparait à célébrer dans l'année les vingt ans du débarquement. A Château-le-Diable, plus simplement, on avait programmé pour le printemps une fête à l'occasion des vingt ans de rencontre de Lison et Alan, même si tous les deux ne s'étaient jamais mariés.

Alan n'était pas très en règle du point de vue de l'état civil.

Le matin du 10 janvier, un banal matin d'hiver, Alan se planta devant Lison, la mine étrange. Généralement, des deux, c'était plutôt Lison qui avait du mal à se réveiller. Mais cette nuit-là, Alan n'avait pas dormi. Cela ne lui était plus jamais arrivé depuis ses cauchemars de 1945. Pourtant la veille encore, Alan et Lison avaient passé une soirée à rire avec des amis du village : Chaventré, le cousin de Lison ; Téton, son « amoureux d'enfance » ; Paul Teyssier, qu'on appelait l'instit sans vraiment savoir s'il l'avait un jour été ; Fernand Prieur, un fonctionnaire aux archives à Caen. Le bar avait fermé tard, on avait remué une multitude de vieux souvenirs.

Maintenant, Alan et Lison se tenaient l'un en face de l'autre, assis dans la cuisine froide, simplement séparés par une petite table et une toile cirée blanche et noire. Alan semblait décomposé, Lison tremblait de le voir ainsi.

— Lison, dit-il doucement, il faut que je retourne aux Etats-Unis.

Lison ne répondit pas.

— Je n'en aurai pas pour très longtemps, juste une affaire à régler.

Lison essayait de réfléchir, Alan n'avait pas reçu récemment de lettres, ni de visites. Elle se demanda ce qui pouvait le bouleverser à ce point, elle le lui demanda.

— Non, Lison, je suis désolé, je n'ai pas le droit de t'en parler. Tu le sais bien. Il vaut mieux que tu restes en dehors de tout cela.

Pendant ces vingt ans, Lison n'avait eu qu'une peur : qu'un jour Alan s'en aille, lassé, qu'il reparte vers la vie qu'il avait abandonnée pour elle en 1944. C'est pour cela qu'elle craignait tant ces lettres, ces lettres qui comme un fil liaient encore Alan à l'Amérique. Mais pourquoi partir maintenant, vingt ans après, au moment même de leur anniversaire de rencontre ?

Vingt ans d'exil, c'était assez pour lui ?

Lison explosa.

— Vingt ans en France, cela te suffit ? Tu en as assez de moi, tu en as assez de ta petite Française ! Si tu ne t'en vas pas tout de suite, tu as peur d'être trop vieux ensuite. De devoir finir tes jours en France.

— Non, Lison, je te jure.

Alan essayait de répondre le plus calmement possible.

— C'est cette femme, coupa Lison. Cette femme qui t'écrit ? Ta petite amie ? Ta fiancée ?

Elle marqua un bref silence.

— Ta femme ? Elle t'attend là-bas, peut-être même avec un enfant ?

— Non, Lison.

— Alors explique-moi, Alan ! Pourquoi ? Pourquoi pars-tu maintenant ? Explique-moi qui écrit ces lettres.

— Il ne le faut pas… Lison, sois raisonnable, je n'en aurai que pour quelques semaines.

— Emmène-moi, alors.

— Non, je ne peux pas, il faut que j'y aille seul !

Lison sentait que l'orage qui avait explosé en elle passait.

— C'est si loin, Alan, les Etats-Unis.

— Je t'écrirai… Quelques semaines, Lison, ce sera vite passé.

L'orage en Lison se transformait en une petite pluie fine et triste, comme un crachin normand dont on a l'impression qu'il ne cessera jamais.

— Je t'attendrai, Alan, dit-elle, que tu reviennes ou que tu ne reviennes pas. Que tu t'en ailles ou non pour une autre femme, je t'attendrai. Toujours…

— Lison, fais-moi confiance, je t'en supplie ! Oui, je vais là-bas à cause d'une femme, cette femme qui m'écrit ! Mais pas pour l'aimer, oh non, crois-moi, pas pour l'aimer, bien au contraire !

Alan s'arrêta là. Des larmes coulaient des yeux de Lison, tombaient sans se briser sur la toile cirée, mouchoir glacé, continuaient de rouler jusqu'au sol.

Alan n'était pas habitué aux paroles de tendresse, il ne s'en sortit pas si mal.

— Lison, je te ferai un enfant, si tu le veux, à mon retour… Nous n'avons pas encore quarante ans. Avec de la chance, il sera trop jeune pour la prochaine guerre et trop vieux pour celle d'après. Mais auparavant, il faut que j'y aille, c'est une promesse que je dois tenir, une vieille promesse, je n'ai pas le choix.

Lison resta longtemps assise à pleurer au-dessus de la toile cirée. Lison pleura encore derrière le car qui partait vers Caen.

— Je t'attendrai, murmura-t-elle dans la poussière.

Elle l'attendit.

Mais elle ne revit jamais Alan.

Le triste et gris crachin s'était définitivement installé en elle.

DEUXIÈME ÉPOQUE

1964
Le sang du traître

7

Sortie des écoles

Mai 1964, Blue Hill, Oklahoma

L'averse tomba par surprise sur Blue Hill, sur l'école de Blue Hill en particulier, quelques instants avant la sortie des enfants. Les parapluies s'ouvrirent presque immédiatement, comme par miracle, comme des champignons avec l'humidité. Les mères de famille continuèrent de parler, habituées, malgré le bruit des gouttes sur le tissu tendu, formant de leurs parapluies serrés un vaste chapiteau improvisé multicolore.

Alan Woe, un peu en retrait, était l'un des rares hommes à attendre devant l'école. Il était également l'une des rares personnes à ne pas se protéger sous un parapluie. Alan pensait qu'on devait le prendre pour un satyre, à serrer ainsi son imperméable trempé sur lui, à se tenir à moitié caché, à trente mètres de la sortie de l'école, à épier avec insistance les mères et leurs enfants. De toute manière, il s'en fichait, personne ne le connaissait ici. Cela faisait plusieurs semaines qu'il n'avait pratiquement parlé à personne, mis à part peut-être à Mrs Park, la gérante de l'auberge du Lac.

La pluie redoublait. Quelques voitures sur la nationale 108 traversaient le village trop rapidement et éclaboussaient à la ronde. Non, avec cette pluie, personne ne faisait attention à lui. Personne ne faisait attention aux badauds. Et puis, sa quête se terminait... Elle était ici, cette femme rousse, parmi cette dizaine de mères qui attendaient leurs enfants.

Une femme rousse ?

Toutes les mères portaient chapeau, capuche ou parapluie. Laquelle de ces femmes était ce fantôme après qui il courait depuis un mois ?

Mary Tanner, l'institutrice, siffla et les enfants sortirent en tornade comme s'ils espéraient devancer les gouttes, tête nue. Parmi cette masse compacte, Alan cherchait à distinguer les chevelures : deux enfants roux...

A l'arrivée des enfants, le chapiteau de parapluies se disloqua, chaque mère se préparant à héberger sa progéniture. La mêlée se dispersa tout aussi naturellement et chaque enfant courut se réfugier sous son propre toit de toile.

Deux enfants roux, un garçon de treize ans et une fillette de quatre ans, se précipitèrent vers l'une des femmes.

C'était donc elle !

Alan les suivit le long de la nationale 108. La femme se tenait courbée pour que ses deux enfants puissent bénéficier de l'abri. L'équipage ne progressait donc pas très vite. Pour Alan, ce n'était pas une filature évidente, d'autant plus que le village se résumait pour l'essentiel à cette nationale qu'ils suivaient, sans vraiment d'endroits pour se dissimuler. Il était obligé de laisser entre lui et la famille rousse sous le parapluie un espace de plus en plus important. Deux cents mètres devant lui, la femme et les deux enfants traversèrent la nationale et disparurent dans une rue perpendiculaire. Alan pressa le pas.

Dans son dos, une voiture en stationnement alluma ses phares. Deux essuie-glaces dégagèrent la pluie. Le moteur se mit à tourner, la voiture démarra lentement. Il parvint enfin en face de cette rue perpendiculaire dans laquelle la famille fantôme s'était engagée. Il se précipita sous l'averse pour ne pas perdre de vue la jeune mère et ses enfants, traversant la rue sans même faire attention à cette voiture si lente, cent mètres derrière lui.

Si dangereusement lente.

8

La veuve et les soldats

Juin 1964, Château-le-Diable, Normandie

Pour les vingt ans du débarquement, un temps maussade s'attardait sur la Normandie, ni suffisamment beau pour une fête, ni suffisamment calamiteux pour rappeler aux anciens le climat du printemps 44.

Alice se tenait à l'arrière de l'autocar. Elle avait longtemps hésité à participer à ces cérémonies du souvenir en Normandie, mais finalement ce pèlerinage était plutôt sympathique. Les souvenirs lui revenaient par bouffées, dans ce car, sur cette route normande de Caen à Isigny, via la Pointe-Guillaume. Le voyage n'avait pourtant pas grand-chose à voir avec celui qu'elle avait effectué vingt ans auparavant sur le même parcours : l'autocar aujourd'hui était beaucoup plus confortable ; la nationale avait été fraîchement et impeccablement bitumée pour l'occasion ; Alice n'était pas assise derrière le chauffeur mais à l'arrière du car ; les villages que l'on traversait n'étaient que drapeaux agités, guirlandes suspendues, enfants chantant et riant. Tout le monde semblait avoir oublié la guerre, le vouloir en tout cas.

Pas Alice, ou si peu. Elle était quasiment la seule femme du groupe, mis à part quelques grands-mères, ou plutôt quelques femmes âgées, venant pleurer leur fils, mort avant d'avoir fait d'elles des mamies. Mis à part également une ou deux femmes de soldats, qui semblaient s'ennuyer atrocement et regretter d'avoir accompagné jusqu'en Normandie un mari passant sa journée à échanger avec d'autres hommes des anecdotes grivoises. Comme si toute cette guerre n'avait été qu'une gigantesque partie de rigolade. Les retrouvailles des vétérans du 9e Rangers, c'était pire qu'une beuverie d'après match de base-ball, un espace dont les femmes étaient bannies. Ces rares femmes tentèrent de parler à Alice, mais Alice n'avait jamais beaucoup aimé partager ses souvenirs.

Elle se prit néanmoins d'affection pour la mère d'un soldat du Wyoming, Christina Adams. Elle lui rappelait un peu la mère de Lucky. Le fils de Christina était lui aussi tombé lors de l'assaut de la Pointe-Guillaume. Christina l'avait élevé seule : elle avait tout perdu, ce matin de juin. Christina Adams savait elle aussi ce que représentaient de longues années de solitude. C'est sans doute cela qui les rapprocha. Pour la première fois, entre longs périples en car et soirées d'hôtels, Alice raconta sa vie à quelqu'un.

Alice était restée quinze ans en Australie. Elle y était rapidement devenue professeur de français, mais n'avait jamais remplacé Lucky, ni dans son cœur, ni dans son lit. Au début des années 50, Alice avait renoué le contact avec la famille de Lucky, par courrier, après plus de cinq ans de silence. Là-bas, à

Litchfield, tout le monde pensait qu'elle s'était suicidée, quelque part en France. Les courriers entre l'Australie et Litchfield étaient au fur et à mesure devenus plus réguliers, les lettres de Litchfield s'étaient faites plus insistantes.

Il y a un peu plus de cinq ans, en 1959, Alice avait cédé. Elle était retournée vivre à Litchfield : ils recherchaient à l'époque un enseignant de français pour le collège, Alice fit parfaitement l'affaire. Alice avait repris alors une vie quasiment normale, à laquelle il ne manquait que l'amour ; elle avait repoussé de nombreuses fois, en Australie ou à Litchfield, de jeunes collègues troublés par le charme intact de la belle veuve. Elle avait renoncé pour toujours à aimer. Elle s'en moquait. Elle croisait d'ailleurs tant de femmes dans son cas, qui se passaient très bien d'amour, pour avoir été jugées laides par les hommes, ou pour s'être laissé prendre au piège d'un mariage et d'un enfant hâtif, ou pour tant d'autres raisons… Alice à quarante ans ne se sentait pas la plus à plaindre. Elle, au moins, avait connu l'amour, vingt ans plus tôt. Un amour encore intact aujourd'hui, en comparaison de ceux usés de toutes les femmes de son âge.

Le car traversa sans s'arrêter le village de Deux-Jumeaux. Alice ouvrait grands les yeux au fond du car. Elle eut juste le temps d'apercevoir un grand parking entourant une église neuve, une curieuse église géométrique de béton, sans clocher. Alice pensa fugitivement à cette femme qui vivait ici, vingt ans plus tôt. Margot. Elle n'avait jamais oublié son nom. Qu'était-elle devenue ?

L'autocar atteignit quelques minutes plus tard le

carrefour de Château-le-Diable. Le bar le Conquérant se tenait toujours là au coin, avec ses rideaux à carreaux rouges. Le véhicule ralentit légèrement pour tourner ensuite vers la Pointe-Guillaume. On avait pris du retard sur le programme officiel, le midi, dans ce restaurant de Cabourg. Les vétérans avaient un peu trop bu, les rires et les chants fusaient dans le car. Un capitaine éméché, debout à l'avant du véhicule, entonnait *Five Piggies*.

Alice, indifférente, repensait à ce couple de Normands, à la porte du Conquérant, vingt ans plus tôt. Ils semblaient si heureux, au cœur de cette tragédie. Cette jeune Normande lui était apparue si belle…

Dans l'instant suivant, au moment même où le car accéléra sur le petit chemin menant à la falaise, Alice aperçut un visage à l'une des fenêtres du deuxième étage du Conquérant.

Une femme, qui regardait tristement passer ce joyeux équipage américain.

Cette seconde suffit à Alice pour reconnaître le visage de la jeune Normande. Beau et sinistre à la fois. En cet instant, Alice crut se voir dans un miroir. Alice aurait voulu descendre du car, aller lui parler, la réconforter, elle se sentait attirée par cette femme, cette femme dont le destin croisait le sien. Joyeuse et insouciante jadis. Que le malheur semblait avoir frappée depuis.

Le véhicule américain passa devant le blockhaus de la Pointe-Guillaume, pour se garer cent mètres plus loin, sur le parking de terre, juste en face de la plaque de granit que l'on venait inaugurer, quelques lignes gravées en l'honneur du 9e commando rangers et de ses héros tombés lors de l'assaut. La plaque était scellée sur un monument moderne et compliqué, aux formes piquantes, censé rappeler un lancer collectif de grappins, mais évoquant davantage un nid d'araignées ou un bouquet d'orties. Dans le car, le capitaine qui se tenait debout à l'avant et menait le chant, mimant cochons et autres animaux de ferme, aperçut, le premier, le blockhaus, le monument et la falaise. Il se tut immédiatement et tout le car fit de même. Pour la première fois du voyage, la gravité frappait les pèlerins.

Les rangers sortirent du car en silence, entre ce blockhaus intact, cette falaise fouettée par les vents, cette immense plage que la marée basse agrandissait encore. Chacun se retrouvait face à ses propres souvenirs, face à ses propres peurs, jamais oubliées, et pas un n'eut à cet instant le courage de plaisanter pour les refouler, comme ils avaient si bien su le faire depuis le début de ce voyage, depuis vingt ans pour certains. Les quelques femmes du voyage profitèrent de cette occasion qu'elles n'espéraient plus pour prendre la main ou la taille de leur mari.

Avec Christina Adams, Alice se retrouva la seule femme isolée. Quelques rangers purent alors se rendre compte qu'Alice n'était pas, comme les autres, une femme de soldat. Un ranger en particulier dut penser à cet instant que parler à cette jolie femme solitaire était un excellent moyen d'exorciser ses propres angoisses.

— Vous n'êtes la femme de personne ? demanda-t-il gauchement.

Sa maladresse toucha Alice.

— Si. Ne croyez pas que je sois seule. Celui que j'aime est ici.

Le ranger semblait avoir du mal à comprendre. Il regardait autour de lui. Alice sourit.

— Disons plutôt, continua Alice, que cette falaise est l'endroit sur cette terre qui me rapproche le plus de lui.

Le vétéran comprit enfin.

— Désolé…

Il se sentit un peu idiot et se donna un violent coup de poing sur le front, ce qui fit sourire Alice. Il tenta comme il put de trouver une réplique intelligente.

— Il doit être fier, je pense, que vingt ans plus tard, vous ne l'ayez pas oublié.

— Merci.

— Je crois que la plupart des gars qui sont tombés ici n'avaient ni femmes, ni petites amies, en tout cas personne pour les pleurer aussi longtemps.

Alice garda le silence. Le ranger s'enhardit.

— Quel gâchis, tout de même ! Mourir ici alors qu'une fille aussi belle que vous l'attend aux Etats-Unis. Cela vous dérange si je vous demande qui c'était, ce malheureux ?

— Lucky Marry.

— Alice ! répliqua aussitôt le ranger. Vous êtes Alice ! Que je suis bête ! (Il se donna à nouveau un violent coup de poing sur le front.) J'aurais dû m'en douter.

Cette fois-ci, c'est Alice qui ouvrit des yeux incrédules.

— C'est sûr, continua le ranger, ça doit vous surprendre que je connaisse votre prénom. Mais il y a des détails comme cela que l'on se rappelle toute sa vie. Votre visage, je ne l'aurais pas reconnu, vingt ans après. Lucky ne m'avait montré votre photo qu'une fois ou deux. Mais votre prénom, ça… Vous savez, Lucky, c'était la vedette de la péniche. On le connaissait tous. Il racontait sa vie à tout le monde. Tout le monde pensait d'ailleurs qu'il devait en rajouter un peu. Alors il parlait de vous aussi, de son grand amour, Alice. Il nous narguait, il nous montrait votre photo, il l'embrassait à chaque fois qu'il gagnait au poker. Vous étiez devenue une légende sur la péniche, on se demandait si vous existiez vraiment ou si Lucky nous faisait marcher avec une photo découpée dans un magazine. Vous étiez si belle, il faut dire…

Le ranger regarda Alice et se sentit encore idiot, mais se retint de se frapper une nouvelle fois le front.

— Enfin, je veux dire, vous l'êtes toujours, vous savez. Mais, comment dire, à l'époque, sur la photo je veux dire, vous aviez en plus l'air si gaie, si heureuse… Faut bien dire… On était tous jaloux de lui, ce salopard de Lucky.

Le ranger se rendit compte au même instant qu'il était peut-être allé trop loin.

— Excusez-moi, mademoiselle, bafouilla-t-il. Vous ne devez pas me trouver bien finaud…

— Ce n'est pas grave, répondit Alice en souriant. Je préfère que l'on parle de lui ainsi.

Le ranger en profita pour s'enhardir encore un peu plus.

— C'est tout de même incroyable, continua-t-il. J'ai toujours cru que vous étiez une légende. On ne devrait pas avoir le droit de mourir lorsqu'une femme telle que vous vous attend. Comment peut-on aller narguer la mort lorsque l'on est aimé par la plus belle femme du monde ?

— Narguer la mort, répondit Alice pensive,

visiblement insensible aux compliments du soldat. Lucky était ici comme vous tous. Il n'avait pas choisi cette guerre.

— Bien sûr, je sais… Justement, il y avait déjà assez de risques comme ça d'y passer. Lucky n'avait pas besoin d'aller faire le con en plus…

Alice hésita un instant.

— Que voulez-vous dire ? Qu'est-ce que Lucky a fait en plus des autres ?

— Ben vous savez bien.

Le vétéran eut un sourire complice et continua :

— Ce truc en plus… Une belle connerie, c'est sûr, mais une connerie sacrément bien payée. Telle que je vous vois là, vous êtes peut-être la veuve la plus triste des Etats-Unis… mais aussi la plus riche…

Alice fit une mine étonnée.

— Qu'est-ce que vous me racontez ? Lucky n'avait aucun argent… Son père était ouvrier et sa mère serveuse.

Le soldat la regarda, incrédule :

— Vous vous fichez de moi ? Vous êtes quand même bien au courant de l'histoire…

— Comment cela, quelle histoire ?

— Vous n'allez pas me dire que vous n'avez jamais touché d'argent ?

— On n'était même pas mariés, avec Lucky. Alors la pension, vous savez…

— Non, ce n'est pas cela, bien sûr… Vous n'avez vraiment rien touché ? Vous ne vous fichez pas de moi ?

Son poing serré frappa sèchement son front.

— Putain… Le salaud ! L'ignoble salaud !

Le visage d'Alice se ferma.

— C'est de Lucky que vous parlez ainsi ?

— Mais non, bien entendu, Lucky était un saint. Un saint et le plus grand couillon de l'histoire, d'après ce que vous me dites.

Alice haussa le ton pour la première fois :

— Je ne comprends rien à ce que vous essayez de me raconter. Allez-vous enfin vous expliquer ?

— Nom de Dieu ! Lucky s'est fait baiser ! Ça alors ! Attendez, je vais appeler Barry… C'est à lui de vous expliquer ça. C'est grâce à Lucky si ce gros crétin de Barry est encore vivant aujourd'hui. Quand il va apprendre que vous n'avez pas touché un dollar !

— Barry ! cria le ranger.

Un vétéran chauve et bedonnant se retourna. Alice le reconnut tout de suite, il appartenait au petit comité de l'avant du car qui depuis le début du voyage les abreuvait d'histoires et de chansons grasses.

— Ouais, de quoi, Jimmy ? répondit Barry.

— Amène-toi, mon gros. Devine qui est ici ?

— Eisenhower ? lança-t-il.

Il se retourna et aperçut Alice.

— Putain, non, la fille d'Eisenhower.

— Ramène-toi, crétin… Je te présente la fiancée de Lucky. Ouais, Alice !

Le ranger toussota, rougit, tendit sa grosse main en bredouillant :

— Barry Monroe, désolé, heu… Enchanté, mademoiselle !

— Attends avant de lui dire merci, continua le ranger, qui se nommait donc Jimmy, elle n'est au courant de rien. L'histoire avec Oscar Arlington, je veux dire. Vrai, elle n'a pas touché un penny !

Barry eut un temps de réaction, le temps de

comprendre comment cette situation apparemment incroyable pouvait être possible. Puis il hurla à son tour :

— Le bâtard ! L'enfoiré de sa mère ! Heureusement pour lui qu'il a pas fait le voyage, ce salaud ! Tiens, si je le tenais…

Pendant plusieurs minutes, il hurla ainsi du haut de la falaise, le vent dispersant ses jurons vers l'horizon.

9

Cérémonie du souvenir

Juin 1964, Sheraton City Center, Washington

La plus grande salle du Sheraton City Center était pleine à craquer. Pleine d'uniformes en rangs d'oignons sur leurs chaises et de drapeaux pendouillant du plafond, des bannières étoilées, uniquement. Oscar Arlington levait la tête et comptait les drapeaux. Il pensait que cela devait lui donner l'air rêveur, pensif, concentré, à défaut d'autre chose.

Compter les drapeaux…

Cela allait lui prendre du temps. Il semblait y en avoir encore plus que dans les rues, ce n'était pas peu dire.

Oscar se demanda si quelqu'un avait déjà pensé à calculer le nombre de drapeaux qui flottaient sur Washington. En temps normal simplement, même pas un jour de commémoration comme aujourd'hui. Le total devait défier l'imagination. Pourquoi l'Amérique éprouvait-elle un besoin si ostentatoire de se rassurer ? Surtout depuis que John Fitzgerald s'était fait flinguer ! Tous ces drapeaux étoilés qui flottaient sur le moindre toit… On se serait cru au milieu d'une république bananière juste après un coup d'Etat.

Oscar Arlington avait rapidement abandonné l'idée de dénombrer les drapeaux, mais les regardait toujours, pour regarder quelque chose, autre chose que les gens. Il n'était pas très à l'aise, sur ces sièges épais de cuir vert, à la vue de tout le monde, c'est-à-dire de près d'un demi-millier de vétérans du débarquement, ceux qui n'avaient pas pu refaire le voyage en Normandie. Il serait encore moins à l'aise dans quelques minutes, il le savait, quand il recevrait la médaille. Parce qu'il était là pour recevoir une médaille. Quelle médaille ? Cela, il n'en savait strictement rien, et d'ailleurs il s'en fichait, il s'en fichait complètement. Une médaille quelconque pour service rendu à la nation.

Merci, maman…

Oscar se pencha vers son voisin, qui malgré son relatif jeune âge arborait sur sa poitrine une demi-douzaine de décorations rutilantes. Sans doute une de ces médailles, pensa Oscar, une de ces belles médailles qui plaisent aux filles, qui permettent aux hommes virils de porter eux aussi leurs bijoux dorés. Ou peut-être une autre, il existe sans doute d'autres décorations. Les militaires sont dans ce domaine d'une surprenante imagination… pour des militaires ! Mon héros de voisin ne doit sûrement pas avoir toute la collection, sinon il ne serait pas là. Allez, gloire aux survivants ! On vous l'avait promise, la médaille dorée avec votre nom dessus, si vous restiez bien sage à obéir, si vous couriez sans mollir sur la plage… Allez, cessez de saliver, les survivants, depuis vingt ans qu'on vous fait attendre, l'heure de gloire est arrivée ! Et puis, de toute façon, il ne fallait pas s'en faire, les gars, tout le monde a gagné. Regardez, même moi, ils vont me décorer ! Même moi j'ai droit au gros lot ! Chapeau, maman ! De quoi j'ai l'air, sur cette estrade, aux yeux de tous ?

Parmi ces cinq cents héros, il y en a bien quelques-uns au courant de mon histoire ; un ou deux qui savent qu'à l'heure actuelle, je devrais être en train de pourrir sur le sable de Normandie ; un ou deux habilement répartis dans l'assistance pour faire circuler plus rapidement la rumeur. Ils doivent bien rire dans mon dos, sur les bancs, de me voir ici sur mon fauteuil en velours, à jouer aux héros. Pourquoi faut-il que maman ait eu l'idée de cette médaille ? Je me portais très bien sans les revoir, depuis vingt ans, ces crétins kaki. Je me suis conduit comme un gros dégueulasse, mais je me fichais de leur opinion. On ne se reverrait jamais, on n'était pas du même monde.

Mais ça, c'était compter sans maman et ses trouvailles de génie.

« Va chercher ta médaille, mon fils ! » Maman, même si tu ne peux pas soupçonner l'ordure qu'est ton fils, tu devrais au moins te rendre compte qu'il n'a pas la carrure d'un héros. Tu devrais le savoir, maman, c'est tout de même à cause de ton cocon que je suis resté une larve, c'est tout de même à cause de ton ombre que je me suis fané si tôt.

Positivons, alors... Elle aurait pu avoir l'idée suprême de me renvoyer là-bas, en Normandie. Il paraît qu'ils ont réussi à remplir un car de vieux rangers pour retourner à la Pointe-Guillaume bénir une plaque de granit, avec le nom des morts.

Pas le mien !

Nom de Dieu, je ne pourrai jamais accepter cette décoration.

Combien sont-ils à savoir ? Dix, vingt, cinquante, davantage ? Je ne suis tout de même pas le seul déserteur dans cette assemblée. Allez, s'il y a un planqué dans cette salle, qu'il se lève !

« Oscar Arlington », annonça de sa voix grave le général aux tempes argentées. Oscar se leva lentement, les yeux en l'air, fixant toujours les bannières étoilées. Ils rient tous, pensait-il, ils rient tous de moi. Ils savent tous.

Le général l'accueillit avec un sourire complice qui troubla Oscar. La médaille brilla autour de son cou. Oscar réfléchit, il le connaissait, ce général, il l'avait reconnu, à défaut de se rappeler son nom : il était venu plusieurs fois manger à la maison. La dernière fois, c'était il n'y a pas très longtemps. Il se souvenait surtout de sa femme, une femme très laide, dont les bijoux brillaient plus encore que les médailles de son mari, et qui surtout n'avait pas laissé au général l'occasion de finir une phrase de toute la soirée. Comme quoi on peut ne pas avoir de couilles et faire carrière dans l'armée. Si j'avais su cela avant !

— Oscar, Oscar…

Oscar baissa enfin les yeux vers le général et sa main gantée qui se tendait dans le vide. Oscar réagit et lui serra la main.

— Félicitations, Oscar.

Par bonheur, il n'ajouta pas : « Ta mère va être fière… »

Quelques heures plus tard, la médaille tirait sur le cou d'Oscar et le champagne commençait à lui monter à la tête. Il avait trop bu, il le savait, et il continuait… Aujourd'hui, pensait-il, je devrais être mort sur une plage de Normandie, alors pourquoi se priver de ces plaisirs ? Cela m'aidera à faire les comptes… De ce que j'ai aujourd'hui, qu'est-ce que j'ai mérité ? Cette médaille qui m'étrangle, je l'ai volée… Mon argent, ma maison, ma Plymouth, mes collectors de Chuck Berry, on me les offre… Merci, maman ! Non, je n'ai rien mérité de tout cela. Les filles ? Rassurons l'humanité opprimée et les damnés de la terre, de l'argent et une voiture ne suffisent pas. On peut avoir presque quarante ans, conduire une Plymouth, et être encore puceau. Mais si, maman ! Tiens, j'allais oublier ma mère dans l'inventaire. Ma mère… Ah non, elle non plus, je ne la mérite pas !

Oscar observa un instant la foule d'anciens militaires qui se pressaient au buffet, qui se souvenaient, qui riaient bruyamment. Ici se mêlaient toutes les classes de la société américaine, toutes les races, toutes les religions, toutes rassemblées dans ce grand idéal et ce grand souvenir.

L'armée de la liberté !

Tous les Américains, même les plus débiles sortis de leur zone ou de leurs fermes, avaient fait preuve en cette occasion d'un courage exemplaire. Et lui, lui seul était exclu de cette grande union. Le vilain petit canard de cette armée de la liberté. Alors, de quoi serait-il jamais capable ? Putain que cette médaille autour de son cou était lourde.

Oscar but encore. Il sentit alors brutalement le sol sous lui se dérober. Il tenta désespérément de se raccrocher à la nappe du buffet, mais elle ne supporta pas son poids et céda, entraînant avec elle une douzaine de coupes de champagne et deux plats de petits-fours heureusement presque vides.

Il y eut un silence. Les gens se retournèrent. Le général en personne vint relever Oscar et lui glissa à l'oreille : « Arlington, mon vieux, vous avez trop bu. Faites-vous raccompagner maintenant, pensez à votre mère… »

Connard, pensa Oscar Arlington.

— Je ne suis pas Arlington, hurla-t-il brusquement. Je suis le numéro 4. Vous entendez, le numéro 4 ! Un mort-vivant !

Le général et un aspirant dévoué sortirent de force Arlington dehors, dans le jardin, devant la salle des congrès. Ils l'appuyèrent sur une fontaine en plâtre.

— Prenez l'air, mon vieux, fit le général en profitant de l'eau de la fontaine pour nettoyer la manche de son uniforme, sur laquelle Oscar avait bavé. Respirez et reprenez-vous ! Vous êtes un héros de l'Amérique maintenant. Depuis ce soir, vous êtes marié avec elle, vous portez l'alliance autour de votre cou… Vous avez un devoir envers elle, vous comprenez ? Alors mon vieux, faites un effort !

Oscar arracha la médaille et la jeta dans la fontaine.

— Je suis un mort-vivant, mon général, le numéro 4 est un mort-vivant.

Le général haussa les épaules et murmura à son aspirant :

— Quelle pitié ! Quel camouflet pour sa mère ! Surveillez-le discrètement. Je ne voudrais pas qu'il reprenne la route dans cet état.

L'aspirant se retourna alors : Oscar Arlington n'était plus appuyé contre la fontaine. Inquiet, il se pencha en avant : non, il n'était pas dans la fontaine non plus ! Un instant plus tard, il aperçut au bout de l'allée une Plymouth vert bouteille démarrer, épargnant par miracle les voitures officielles à petits drapeaux garées à proximité.

10

Le contrat

Juin 1964, la Pointe-Guillaume, Normandie

Barry Monroe continuait de brailler de sa voix éraillée :

— Alors vous ne savez rien, mademoiselle. C'est vrai ? Putain ! Si Lucky m'avait écouté… Faut que je vous dise, Alice, si je suis vivant, c'est grâce à Lucky. Rien que pour ça, j'ai bien envie de vous embrasser.

— Profite pas de la situation, vieux vicieux, coupa Jimmy. Je suis pas venu te chercher pour ça… Traîne pas, raconte toute l'histoire.

— Ouais. J'y arrive ! Toute l'affaire remonte à ce putain de tirage au sort dans la péniche, trois jours avant le débarquement. De cela, vous êtes au courant, Alice ?

— Oui. Les officiels m'ont expliqué. Lucky avait tiré le 4.

— C'est vraiment ce qu'ils vous ont raconté, ces caves ? Et vous avez cru ça, Alice ! Lucky tirer le 4, avec la chance de cocu qu'il avait !

— T'es vraiment lourd, Barry ! commenta Jimmy.

— Mademoiselle, continua Barry, Lucky, il n'avait pas tiré le 4, il avait tiré le 148. Vrai ! Il était sauvé. Moi j'étais déjà mort, j'avais tiré le 5, alors vous pensez… J'en ai chialé, de ce moment-là jusqu'au débarquement. Regardez !

Barry Monroe montra à Alice une cicatrice sur son poing fermé.

— Je me la suis faite tout seul, contre le mur de la péniche, juste après le tirage. Et encore, à cet instant, c'est la tête que j'ai failli me cogner. Et puis cet enfoiré d'Oscar Arlington a tiré le 4. Lui, personne ne pouvait le sentir, surtout pas moi. Une ordure, un trouillard, un plein aux as, un fils à sa mère. Vous la connaissez peut-être, Emilia Arlington, elle est au Congrès.

Alice fit un signe négatif de la tête. Elle ne s'intéressait guère à la politique.

— Moi, continua Barry, j'étais pas rassuré de savoir que c'était Arlington qui courait juste devant moi, je savais que ce salaud ne jouerait pas au héros. Quand il a tiré le numéro 4, il s'est chié dessus, vrai de vrai, et personne n'a rigolé, même si on pouvait pas le blairer. Il avait tiré le numéro 4. Il était un condamné à mort en sursis, lui aussi, comme moi. Même si c'était un salaud, une exécution partagée dans les quarante-huit heures, ça rendait solidaire… Mais bon, pour être honnête, je pense qu'il y en avait un paquet dans la péniche qui n'étaient pas mécontents de voir Arlington en première ligne. Moi, je pensais déjà plus à tout ça, avec mon numéro 5 !

Alice fronçait les sourcils pour tout retenir, la bouche un peu ouverte, repoussant fréquemment en arrière ses longs cheveux blonds ébouriffés par le vent. Fantasme de leur jeunesse devenue réalité à l'âge de leur démon de midi, Alice ne semblait pas apparemment consciente du charme dont elle irradiait les rangers alentour.

— Raconte pas ta vie, viens-en au fait, coupa Jimmy.

— Tu peux pas comprendre ça, toi, t'avais le 127. Enfin bon, j'abrège mes états d'âme pour en venir à ceux d'Arlington, qui n'en avait pas beaucoup, le bâtard ! Le soir même, il a laissé courir le bruit qu'il était prêt à échanger son numéro avec n'importe qui, dix mille dollars par numéro d'écart... Tout le monde a trouvé cela dégueulasse, dégueulasse et con, parce qu'on était certain que personne accepterait. On se disait qu'il se ridiculisait, une fois de plus. Que c'était plus bas que bas, qu'il savait même pas mourir. Tout le monde fermait sa gueule avec son numéro. C'était presque religieux. Et lui venait mettre ses millions à la con dans la balance.

Alice dit doucement :

— Et Lucky a dit oui...

— Ouais, mademoiselle, ce petit con a dit oui. Il avait le numéro 148. Faites le calcul, il a échangé son numéro pour 1,44 million de dollars. Une fortune, c'est sûr... Evidemment, aucun gradé n'a été au courant, ils auraient pas été d'accord. Lucky a accepté ce contrat de fou : prendre la place d'Oscar pour 1,44 million de dollars. Oscar devait verser immédiatement la somme une fois revenu aux Etats-Unis.

— La verser... La verser à un mort, murmura Alice. Lucky n'était pas si naïf. Même lui devait savoir qu'en endossant le numéro 4, il risquait sa vie.

— Ouais, je sais pas... On lui a dit qu'il était taré.

Mais quand on lui parlait de la falaise, des Boches, des mitrailleuses, il haussait les épaules. Je sais pas s'il était inconscient ou s'il faisait semblant. Et si tu y restes, on lui disait ? Alors, le pactole sera pour ma fiancée ! Je vous jure, Alice, c'est ce qu'il a dit. Je m'en souviens comme si c'était hier. « On est tous là à jouer sa peau pour quoi ? qu'il disait. Pour du beurre, des clopinettes, pour des ordres des généraux qu'on pige même pas, par trouille de déserter. Tandis que moi, ma peau, je vais la jouer pour 1,44 million de dollars… Ça donne un peu de piment à la charge héroïque, non ? Ça devrait me faire pousser des ailes. »

Jimmy trépignait un peu à côté, essayait d'interrompre son camarade pour raconter lui aussi, mais il semblait impossible d'arrêter Barry une fois lancé.

— On lui a dit qu'il était fou, continua-t-il. « Quand vous serez morts sur la plage, qu'il nous répondait, Lucky, qu'est-ce qu'on rendra de vous à vos parents, à vos gonzesses ? Vous leur laisserez quoi ? Un uniforme troué taché de sang, une cantine en fer-blanc, une gourmette, une montre brisée ? Que dalle, quoi ! Non seulement vous n'aurez vécu que vingt ans mais en plus, vous serez morts comme des cons. Sitôt nés, sitôt morts, sitôt oubliés… Moi je mets 1,44 million dans le testament ! Sur la plage à courir en travers comme des rats dans une cage, on sera comme les milliers de billets d'une grande loterie, chacun avec son petit numéro. Mais moi je serai le billet gagnant ! »

— Vous l'avez laissé faire, dit lentement Alice.

— « Méfie-toi, Lucky », je lui ai dit plein de fois. « Méfie-toi, Oscar est une enflure ! »

Quel charlot ! pensa Jimmy. Il ne put s'empêcher d'intervenir :

— T'en rajoutes pas un peu, là ?

— Sûrement que j'lui avais dit qu'Oscar était une enflure ! Et peut-être même pire. Le Arlington, il me faisait pas peur à moi. « Vous inquiétez pas, les gars, qu'il nous répondait, Lucky, j'ai tout bétonné. Tout est sur le contrat. Si je suis tué, le million et demi de dollars va à ma fiancée, Alice. » Je vous jure, Alice, il y avait votre nom sur le contrat, votre photo, votre adresse, et celle des parents de Lucky, à Litchfield. Vous voyez, je me souviens même de votre village. Tout était prévu. Si Oscar était tué dans le débarquement, c'est la mère d'Arlington qui devait honorer la dette, Oscar l'avait écrit comme dernière volonté sur le contrat.

— Et ce contrat, qu'est-ce qu'il est devenu ?

— C'est là le mystère, mademoiselle. Lucky avait pris deux témoins. Moi, je m'étais proposé, mais Lucky avait pas voulu. Tiens, s'il avait su ! S'il m'avait choisi, vous n'auriez pas appris tout ça vingt ans après !

Jimmy haussa les épaules. Pourquoi avait-il eu l'idée stupide d'aller chercher Barry ? Tout cela, il aurait aussi bien pu le raconter lui-même à cette poupée blonde qui ne le regardait plus, qui ne quittait plus maintenant ce gros Barry des yeux ! Son poing et son front le démangeaient.

— Qui étaient-ce, ces témoins ? demanda Alice.

— Le premier, c'était un Alan je-ne-sais-plus-quoi. Un brave gars… Pas très bavard. De ce que je me rappelle, il est mort dans le débarquement. Pour être exact, il a été porté disparu. Ça ne change pas grand-chose, vu que, comme des milliers d'autres, il est jamais réapparu… L'autre témoin, dans la péniche, tout le monde l'appelait « la Branlette »… On l'appelait comme ça parce qu'on l'avait surpris en train de… Enfin bon, je détaille pas. D'ailleurs, je crois bien que c'est moi qui lui avais trouvé son surnom. Il n'était pas bien malin, la Branlette, je crois. Enfin, il était surtout timide, et cette histoire-là n'avait rien arrangé. Faut dire qu'on était plutôt du genre à insister. A l'époque, on faisait pas dans la dentelle. Il n'y a guère que Lucky qui l'appelait autrement, Lucky et Alan… Le nom exact de la Branlette, par contre, ça, je ne l'ai jamais su. Il s'en est tiré lui, je crois.

— Et le jour du débarquement, vous avez des détails sur… ?

— Sur la mort de Lucky ? C'est bien cela ? Jusqu'à ce que l'on débarque, Lucky croyait toujours à son étoile. Il pensait s'en sortir, même avec le numéro 4. Moi, comme je vous ai dit, j'avais le numéro 5. Les numéros 1 et 2 se sont fait faucher sans avoir fait dix mètres. Le numéro 3 a amené l'explosif un peu plus loin. Mais tel que c'était parti, je me voyais condamné, et je n'étais pas le seul. Même les numéros 50 ne devaient pas en mener large tellement on se faisait canarder dès que l'on sortait à découvert. Et puis Lucky a foncé et la pluie de balles s'est comme écartée devant lui, les balles le frôlaient sans l'atteindre. Quand les premières balles l'ont touché, c'était au bras, à l'épaule, à la jambe. Lui a continué de courir, je ne sais pas comment. On s'attendait tous à le voir tomber, d'un instant à l'autre. J'étais déjà prêt à foncer, sans réfléchir, comme une machine, comme les autres. C'était comme cela, on ne réfléchissait plus. Sous la pluie de balles, Lucky a tout de même réussi à placer l'explosif. Au pied du mur de béton, il était un peu plus protégé. Il a armé l'explosif et puis il a foncé vers nous, comme s'il y croyait encore. Il a sprinté, juste en face. On le voyait, il souriait, il courait en riant, il savait qu'il avait réussi. De dos, il était la cible idéale pour les Boches qui n'en demandaient pas tant. Ils l'ont mitraillé. Il a été touché dix fois, vingt fois, mais plus rien ne pouvait l'arrêter. Quand il nous est tombé dans les bras, il souriait toujours, mais il était mort. Je ne sais pas à quel moment exact il est mort. Mais je suis presque sûr que, lorsqu'il continuait de courir, il l'était déjà. Comme si sa volonté de terminer sa mission était plus forte que tout. Puis le mur de béton a sauté et nous avons tous foncé.

Barry Monroe fit une pause. Il regarda Alice, hésita à s'excuser pour les détails qu'il venait de donner, mais il avait senti qu'Alice voulait savoir, tout savoir. Jimmy était ému lui aussi. Il avait bien fait d'aller chercher Barry, finalement. Lui Jimmy, avec son numéro 127, ne l'aurait pas raconté aussi bien. Il n'avait pas participé tout à fait à la même guerre…

— Voilà mademoiselle, reprit Barry, c'est grâce à Lucky que je suis en vie. Et la moitié du commando des rangers peut sans doute en dire autant.

Pendant le récit de Monroe, une partie importante du groupe des vétérans s'était rapprochée. La rumeur circula vite, la présence d'Alice, la dette d'Arlington. Christina Adams s'avança et prit la main d'Alice, ce qu'aucun ranger n'avait osé faire, malgré leur désir. Chacun confirma les paroles de Barry Monroe. Chacun voulait s'approcher d'Alice, lui dire un mot, appuyer encore ce que venait de révéler Barry, rappeler le courage de Lucky, maudire Oscar Arlington.

— Et Arlington, demanda enfin Alice, il s'en est tiré ?

— Pour sûr qu'il s'en est tiré, répondit Barry. Sans une égratignure. Vous pensez, toujours derrière. Je ne sais pas s'il a tiré une seule cartouche… Le salaud ! Toujours planqué derrière un copain, même un mort. Mais bon, ça c'est rien. Le pire, c'est qu'il a trahi sa parole. Vous n'avez vraiment pas touché un dollar ?

— J'étais en Australie pendant quinze ans…

— Mon cul, maintenant, vous êtes revenue ! Et puis il avait l'adresse des parents de Lucky. Ils n'ont jamais déménagé, eux, je parie ?

Alice fit non de la tête

— Ils étaient au courant, les parents de Lucky, que vous étiez en Australie. Je vous fiche qu'il ne les a jamais contactés non plus.

Alice fit de nouveau non.

— Pourtant, tout le monde savait que Lucky était de Litchfield. Et Arlington encore plus, c'était sur le contrat ! Non, Alice, ne cherchez pas d'excuses à ce salaud. C'est dégueulasse, mais cela dit, il fallait s'y attendre avec lui. Ah, si j'avais été témoin ! Maintenant, vingt ans après, vous n'êtes pas près de le retrouver, votre fric. Même si moi, je suis prêt à témoigner.

Les « Moi aussi » fusèrent de tous côtés.

— Mais vous savez, continua Barry, je crois qu'aucun officier n'était au courant. Ça aurait fait un scandale.

— Et le contrat. Quelqu'un l'a récupéré ?

— Il y en avait quatre exemplaires : un pour chaque témoin, Alan Woe et la Branlette, plus un pour Lucky et un pour Arlington. Celui d'Arlington, vous pouvez vous asseoir dessus. Celui de la Branlette, on doit pouvoir le retrouver.

— Et celui de Lucky, qui l'a récupéré ?

— C'est Alan, je crois, c'était son meilleur ami dans le commando, c'est lui qui avait conservé toutes ses affaires. Mais Alan…

— … a été porté disparu, dit doucement Alice. Lui et les deux contrats qu'il possédait.

— Faut pas laisser passer, mademoiselle ! lança un ranger anonyme.

— Faut pas qu'Arlington s'en sorte comme ça ! lança un second.

— Je suis prêt à tout raconter ! crièrent d'autres.

Alice pour la première fois depuis longtemps souriait, lançant des regards à la cantonade, semblant avoir retrouvé enfin un sens à sa vie.

Lors du voyage du retour, Alice se fit confirmer les détails, commença à élaborer un plan, prit des adresses. Elle expliqua que l'argent n'avait rien à voir là-dedans. L'argent, elle s'en fichait.

Même une telle fortune, 1,44 million de dollars.

Ce qui importait pour elle, c'est que Lucky ne soit pas mort comme un autre sur cette plage. Cette mort, il l'avait décidée, il l'avait voulue. Lucky n'avait pas fait la guerre, il avait joué. Il n'était pas mort, il avait simplement perdu au jeu, perdu momentanément, tant qu'Arlington n'avait pas payé.

Mais Lucky finirait par gagner, comme toujours,

Alice s'en chargerait, Alice ne vivrait plus désormais que pour cela.

Tous les rangers présents dans le car le comprirent.

Alice n'était plus programmée désormais que pour une mission, une seule : faire payer les Arlington.

Leur faire payer cette dette.

11

Quartier des ambassades

Juin 1964, quartier des ambassades,
nord-est de Washington

A Washington, le quartier des ambassades compose un curieux microcosme, un petit condensé de la géopolitique mondiale rassemblé sur quelques hectares. Une ambassade, c'est la vitrine d'un pays à l'étranger. Une ambassade aux Etats-Unis, c'est la plus importante des vitrines. Toute la culture d'un pays doit s'y résumer en une seule bâtisse. Quelques rares ambassades ont choisi de s'installer dans le cœur de Washington, l'Australie, le Chili, l'Indonésie… Mais la plupart des Etats se sont sagement retirés à l'écart du centre de la ville, dans un anodin petit quartier résidentiel, au nord-est, au-delà de Rock Creek.

Le quartier des ambassades permet au promeneur ou au touriste égaré de s'adonner à un petit jeu distrayant : s'amuser à reconnaître les Etats, en évitant, bien sûr, de lire le nom sur le portail… La première méthode consiste à identifier les drapeaux, qui dépassent le plus souvent de la cime des arbres et donnent au lieu un air de kermesse permanente, de fête non pas nationale, mais planétaire. Néanmoins, pour reconnaître un pays à son drapeau, mis à part la Chine, le Canada, le Royaume-Uni et peut-être le Brésil, il faut être calé en géographie. C'est rarement le cas des passants américains, qui confondent avec résignation tous ces drapeaux si banals, sans étoiles ni aucun autre dessin, simplement composés de bandes colorées verticales ou horizontales, quel que soit le pays. Le pire demeure tous ces petits Etats européens, la France, l'Allemagne, la Belgique, l'Italie, l'Irlande, dont les drapeaux tous sinistrement tricolores dénotent un manque incontestable d'imagination.

La seconde solution pour reconnaître un pays est bien plus amusante que la première : il s'agit de l'imaginer en observant l'architecture de l'ambassade. Le portail aux formes compliquées et aux couleurs vives laisse deviner facilement le bâtiment chinois ; une grande et respectueuse maison dans le plus pur style victorien permet d'identifier le Royaume-Uni ; l'ambassade d'Allemagne, plus bunker que palais, est peut-être la plus imposante ; c'est surtout au jardin, aux statues et aux fontaines du parc qu'on reconnaît l'ambassade d'Italie. Des bâtisses beaucoup plus petites, tassées, exposées sur la rue et non plus dissimulées au fond d'un vaste parc, dont le drapeau pendouille simplement à une fenêtre, figurent ces pays indifférenciés, souvent africains, en tous les cas du Sud, dont d'ailleurs, même si on leur révélait le nom, les Américains n'auraient jamais entendu parler.

L'ambassade française est encore différente : moderne, bâtie selon des formes géométriques curieusement compliquées, blanche comme une station orbitale, plantée selon un savant équilibre au milieu d'un grand et sobre parc. Plutôt que d'avoir été construite, elle semble s'être posée là un jour, simplement en visite, prête à décoller, comme le refuge d'une nation sinon extra-terrestre, du moins extra-américaine…

Les Arlington habitaient l'ancienne ambassade de l'Equateur, qui avait été abandonnée après la Seconde Guerre mondiale pour une autre, plus moderne. Il restait désormais de l'ambassade une belle demeure coloniale, dont les colonnes néo-romaines avaient beaucoup vieilli, mais dont la végétation abondante dissimulait assez bien les rides.

Maria se leva comme tous les matins à 6 heures. Elle sortit le jus d'orange, le café, trois tranches de pain, qu'elle beurra. Elle étendit la nappe sur la table, elle disposa les bols, les cuillers, en double, le journal, le *Washington Post,* plié, à la place de Mrs Arlington. Elle regarda un instant le réfrigérateur et commença à penser au menu de la journée. Elle consulta sa montre : 6 h 15. Oui, du fenouil, cela plairait à Monsieur Oscar. Il ne lui resterait plus qu'à trouver une idée de poisson. Elle ferma la porte derrière elle et, comme tous les matins, se dirigea vers l'angle de Prospect Street et la 38th pour attendre le camion de primeur qui se rendait au marché. C'était son astuce, le camion s'arrêtait une minute au carrefour pour la servir. Elle avait la primeur des primeurs… C'était le privilège de travailler pour Mrs Arlington.

En sortant, elle vit tout de suite la Plymouth verte

garée au coin de la rue. Tiens, pensa-t-elle, Monsieur Oscar n'a pas mis la voiture au garage... Elle se fit la réflexion que ce n'était pas raisonnable, que Monsieur Oscar était vraiment un enfant trop gâté. Une si belle voiture, une décapotable, la laisser ainsi, ouverte, dans ce quartier désert la nuit, dans la ville des Etats-Unis où le taux de délinquance est le plus fort. Enfin, continua-t-elle de raisonner, toujours prête à pardonner, c'est vrai qu'hier soir, Monsieur Oscar recevait sa médaille...

Elle sourit et continua de marcher. Elle sursauta en passant devant la voiture : Monsieur Oscar !

Il dormait !

Il avait ainsi passé toute la nuit dans sa voiture, le nez dans la portière ! Tout de même, cela ne ressemblait pas à Monsieur. La négligence, oui, mais pas de telles excentricités ! Elle hésita un instant. Elle avait l'habitude de ne pas se mêler de ce qui ne la regardait pas. Il fallait bien qu'elle passe devant la voiture, soit, mais elle détournerait les yeux, elle n'avait rien vu. Dans une heure ou deux, Monsieur se réveillerait, viendrait prendre son petit déjeuner et elle ne poserait aucune question.

Elle s'efforça donc de détourner la tête en passant devant la Plymouth, mais la curiosité fut trop forte, ou peut-être le réflexe de gouvernante qui avait si longtemps bordé Oscar, son gros bébé. Elle regarda fugitivement : Oscar dormait dans une position étrange. Le corps recroquevillé. Elle ne voyait de sa tête que ses cheveux, coincés en touffe sur la vitre de la portière... Et...

Mon Dieu...

Du sang !

Une trace rouge descendait du haut de la vitre de la portière jusqu'au visage caché d'Oscar. Maria demeura immobile, seul son regard tournait. Elle détailla le sang séché, l'uniforme froissé, l'étui du pistolet, vide, ce même pistolet tombé par terre, aux pieds d'Oscar. Et une lettre, même pas pliée, simplement posée là, en évidence, sur le tableau de bord, écrite de la main d'Oscar, de sa grosse et hésitante écriture ronde. Une écriture de fille.

En plus de trente ans au service d'Emilia Arlington, elle avait appris patiemment à contrôler sa curiosité. Mais l'émotion ce matin-là fut trop forte. Depuis plus de trente ans, Oscar était aussi un peu son enfant. Monsieur Oscar, mort, se suicidant. Non, cela lui ressemblait si peu… Il lui fallait comprendre. Maria lut le billet, malgré elle, tout en sachant parfaitement qu'elle commettait là une faute grave. Ce qu'elle lut ne la rassura pas :

Je suis un lâche. Un garçon de mon âge est mort à ma place sur une plage de Normandie. Pour la première fois de ma vie, j'ai décidé de faire preuve de courage… J'ai décidé de mettre fin à cette vie de mensonge… Oscar Arlington.

C'était tout, quatre grosses lignes en haut d'une page, comme un testament précipité.

Maria reposa le mot, puis retourna mécaniquement, comme une machine bien programmée, dans la villa Arlington, pour réveiller Mrs Arlington. Maria avait fait son devoir. Maintenant, elle pouvait pleurer. Elle ne s'en priva pas. A 6 h 30, le camion de primeur passa au coin de la rue, attendit un instant, puis repartit vers le marché avec son fenouil et le reste.

Très digne, blanche mais impassible, Mrs Arlington se pencha sur la Plymouth, prit le dernier mot qu'avait écrit son fils, le lut rapidement, puis le glissa dans sa poche.

— Il faudrait peut-être le laisser, suggéra Maria. Pour la police…

— Quoi ? demanda Mrs Arlington.

— Ben, le papier…

— Quel papier, Maria ?

— Eh bien…

Maria comprenait vite, mais Mrs Arlington enfonça le clou.

— Il n'y a jamais eu de papier, Maria, jamais ! Vous m'avez bien comprise ?

12

Il court, il court le secret

Maria avait bien compris. Maria tint promesse. Elle ne parla pas du papier, jamais, à personne.

Pourtant, elle le connaissait par cœur, les quelques lignes étaient à jamais gravées dans sa mémoire. Cette histoire de mort en Normandie, c'était tout de même une sacrée histoire… Même si elle ne comprenait pas tout, elle avait bien senti le parfum de scandale autour de cette histoire. Il y avait tant de gens pour en vouloir aux Arlington.

Alors, elle n'en parla jamais. Sauf une fois, une semaine ou deux plus tard, un soir, à son mari, Jack.

C'était venu comme cela dans la conversation. Mais parler à son mari, ce n'est pas pareil, ce n'est pas vraiment trahir un secret. Le véritable péché, ce serait de ne pas tout dire à son mari, non ? Maria se rassurait ainsi quand elle y pensait en faisant le ménage chez les Arlington. Et puis, de toute façon, Maria avait fait promettre à Jack de ne jamais le répéter, et Jack avait promis. C'était important, le travail de Maria était en jeu, c'était leur seule ressource depuis que Jack ne pouvait plus travailler sur les chantiers, à cause de son dos. Sans parler de la réputation de Mrs Arlington. Si ces histoires se répandaient…

Mrs Arlington avait toujours été si bonne avec eux. Elle avait trouvé leur appartement, elle les avait aidés lors de l'opération du dos de Jack, elle avait écrit au patron de Beverly Clothes pour que Jane, leur fille, soit recrutée comme vendeuse. Et puis, se rassurait Maria pour définitivement oublier cette histoire, Jack, son mari, il n'était pas du genre bavard.

Jack n'en parla jamais lui non plus. Il l'avait juré à sa femme. Enfin, pour être plus exact, il en parla juste une fois, en pleine nuit, en pleine partie de poker, à trois potes, Jim, Pat et Jerry. Ils étaient tous les trois défoncés au whisky. C'était rare. Cela n'arrivait d'ailleurs à Jack qu'une fois ou deux dans l'année, c'est pour cela que Maria le tolérait. Assurément, aucun de ses trois partenaires n'était en état de croire, ni même de se rappeler ce que Jack venait de dire. Il l'avait simplement raconté pour frimer. Les autres avaient dû croire que c'était du bluff, comme au poker. De toute façon, ils n'allaient pas le crier sur les toits. Ils savaient que c'est le genre de confidence que l'on garde pour soi.

Jim, célibataire, n'en parla jamais, à personne. C'était un ours, d'ailleurs il ne savait même pas qui était Mrs Arlington.

Longtemps, Pat n'eut pas davantage l'occasion d'en parler, il n'était pas bavard non plus et il ne voyait jamais personne en dehors de sa femme, ses deux filles, ses parents et son beau-père. Néanmoins, quelques mois plus tard, lors du mariage d'un cousin, il se trouva à la droite d'un type qui faisait de la politique. Pat n'avait pas ouvert la bouche de tout le repas, qui était pourtant commencé depuis plusieurs heures, et qui n'avait pas davantage l'air de vouloir s'achever. Il résista longtemps, puis après cinq heures de mutisme, il posa la question :

— Vous connaissez Mrs Arlington ?

Tout le monde le regarda, comme surpris qu'il ne soit pas muet. Le reste vint naturellement. Pat conclut, à la réaction peu concernée de son voisin, que soit il ne l'avait pas cru, soit le type était républicain, comme cette Mrs Arlington, et préférait s'écraser.

Jerry en parla le lendemain même de la partie de poker à sa femme. Sa femme se leva tôt le lendemain. En une matinée, elle réussit à refiler le scoop, « le fils Arlington aurait eu des choses pas claires sur la conscience », à trois commerçants et cinq amies rencontrées « par hasard ». Une fois rentrée chez elle après avoir suffisamment traîné dans le quartier et croisé toutes les habituées, elle passa une dizaine de coups de fil et parvint à glisser huit fois l'anecdote dans la conversation. Les jours suivants, elle eut d'autres ragots à colporter…

13

Emilia Arlington

5 juillet 1964, quartier des ambassades, Washington

Alice attendait patiemment dans le salon de Mrs Arlington. Maria l'avait fait entrer avec gentillesse. Le sourire de Maria, sa simplicité tranchaient avec le froid décor de la maison Arlington. Pour parvenir jusqu'au salon, il fallait traverser d'immenses halls de faux marbre, monter et descendre d'inutiles et dérisoires escaliers blancs glissants de quelques marches, qui menaient d'un couloir à un jardin, d'un jardin à un cloître. De l'eau suintait de-ci de-là le long de rocaille ou de plantes vaguement exotiques. Le tout était uniquement blanc ou vert, lisse, propre et brillant. Cela voulait ressembler à de l'ancien, mais sans usure ; à de l'antique, mais fonctionnel tout de même. Cette hypocrisie architecturale dérangeait Alice, à l'image de l'ensemble de cette ville de Washington.

Les murs du salon étaient blancs et le velours des fauteuils vert comme les plantes exotiques au-dehors. Les humbles citoyens américains venus mendier les services de la sénatrice étaient épiés par une galerie de tableaux suspendus aux murs, qui représentaient divers héros américains en perruque et uniforme, à pied ou à cheval. Alice n'était pas très calée. Elle reconnut Washington bien sûr, peut-être Adams, Jefferson aussi... Sur les vingt tableaux, ce n'était pas beaucoup.

Alice n'avait pas trop la tête aux devinettes. Cela faisait presque un mois qu'elle cherchait à rencontrer Oscar Arlington. Elle avait téléphoné tous les jours, plusieurs fois par jour, plus de cinquante appels au total. Mais impossible, Oscar Arlington ne sortait pas, il fallait passer par sa mère ! Chacun avait les mêmes consignes, son secrétariat, son attaché, Maria... Et il n'était pas facile non plus de joindre Emilia Arlington.

Alice s'était renseignée sur les Arlington. Ce nom évoquait surtout pour elle celui du Cimetière national. Elle avait alors appris qu'il s'agissait de l'une des plus grandes familles de Virginie, où l'on faisait depuis cent cinquante ans fortune dans le coton et dans la politique, alternativement ou en même temps. En cent cinquante ans, la famille Arlington avait offert sept sénateurs virginiens au Congrès...

Les Arlington n'avaient rien à voir avec la célèbre commune d'Arlington, au sud-ouest de Washington. Néanmoins, il faut bien reconnaître que leur nom, déjà illustre, le devint plus encore lorsqu'en 1868 le général Montgomery décida de faire de la petite colline d'Arlington le Cimetière national. Dans l'esprit de l'Américain moyen, il ne faisait désormais nul doute que l'Arlington National Cemetery et les sénateurs Arlington étaient de la même souche. Arlington ne représentait plus le nom d'un village, mais celui d'un personnage illustre, vraisemblablement compagnon des premiers jours de George Washington, et dont les Arlington, ceux qui faisaient de la politique aujourd'hui, étaient les descendants directs.

Si l'on excepte cette célébrité sinon usurpée, du moins non glanée au champ d'honneur, Jonathan Arlington fut le dernier grand nom de la famille et fit preuve d'originalité en faisant carrière dans l'armée. Il eut par contre la malchance de devenir général juste avant que l'Amérique n'entre dans la Première Guerre mondiale. Quand il revint d'Europe, il toussait comme un damné. Il passa le reste de sa vie chez lui en robe de chambre, à crachoter du matin au soir. Sa toux lui rendait les conversations pénibles, pour lui comme pour les autres. Il ne le supporta pas longtemps et finit par ne plus sortir de sa chambre. Il s'essaya quelques mois à l'écriture, apparemment sans entrain ou sans talent. Il fit alors livrer chez lui plusieurs caisses de livres sur l'histoire américaine et s'installa dans un large fauteuil en cuir. Il y mourut peu de temps après, sans même avoir achevé le premier des trois cent cinquante-huit ouvrages qu'il avait commandés. Les vapeurs des tranchées avaient mis cinq ans et trois mois à le tuer. Alors seulement, Jonathan Arlington devint un héros.

Sa femme, Emilia, accrocha son portrait dans le salon, entre George Washington et Benjamin Franklin ; les visiteurs qui ne l'avaient pas connu se torturaient les méninges pour deviner qui pouvait bien être cette glorieuse figure historique américaine. La longue déchéance de son mari donna à Emilia les pleins pouvoirs. Elle exerça d'abord sa tyrannie sur la maison, puis sur leur domaine de Tysons Corner en Virginie. Enfin, elle se lança avec un surprenant succès en politique. Elle profita du nom de son mari, allant jusqu'à s'installer provisoirement pendant sa campagne électorale dans la commune même d'Arlington, idéalement située, en Virginie mais juste en face de Washington, sur la rive droite du Potomac : personne ne lutta contre une candidate qui pouvait se passer d'affiche... Le nom d'Arlington était inscrit partout, Arlington Memorial Bridge, Arlington National Cemetery, Arlington Boulevard, Arlington House... Même si la candidate n'était en rien la châtelaine des lieux, l'électeur moyen se laissa impressionner.

Elle fut la troisième femme des Etats-Unis à être élue au Congrès, en 1959. Son parcours politique fut souvent montré en exemple, elle qui n'était à sa naissance que la fille cadette d'un armateur de Baltimore, au nom polonais compliqué, américanisé à la sauvette. Une famille assez riche, mais sans renom ni passé. Désormais, elle était Mrs Emilia Arlington. Elle déménagea rapidement pour résider en quasi-permanence à Washington, ne retournant dans le domaine virginien de Tysons Corner qu'une fois tous les deux mois, le premier dimanche des mois impairs.

Pour toutes ces raisons, Mrs Arlington était une femme occupée fort difficile à joindre. Sur sa ligne téléphonique s'embouteillaient la presse, les collègues du Congrès, les chargés de mission divers, les citoyens à la recherche d'appuis, les enquiquineurs de tout poil... Alice, qui appelait pour une affaire extrêmement grave, mais non, Miss, elle ne voulait pas parler par téléphone, eut toutes les peines du monde à se faire écouter. Alice ne voulait rien révéler de sa démarche, pour ne pas laisser aux Arlington le temps d'organiser une défense. Les secrétaires ne voulaient pas déranger Mrs Arlington pour cet appel qui ressemblait à un canular.

« Soyez plus précise, mademoiselle. Mrs Arlington a un emploi du temps très chargé… » Alice avait écrit également, plusieurs fois, restant vague, sollicitant simplement un rendez-vous. Au bout du compte, les secrétaires avaient dû trouver qu'elles perdaient plus de temps à l'envoyer promener au téléphone trois fois par jour qu'à lui trouver un trou d'un quart d'heure dans l'agenda de Mrs Arlington.

Quinze jours plus tôt, Alice avait enfin obtenu une date de rendez-vous avec les Arlington. Six jours plus tôt, elle avait lu dans les journaux l'annonce du décès d'Oscar Arlington, retrouvé mort dans sa voiture au petit matin.

Suicide, avait conclu la police, faute de mieux. Il s'était tué avec son pistolet de l'armée, entre 3 et 4 heures du matin. Il y avait ses empreintes sur l'arme, mais par contre aucun témoin, aucun mot pour expliquer son acte. On savait simplement qu'il avait la veille fait un scandale, au cours d'une cérémonie organisée pour les vingt ans du débarquement. Il avait trop bu, apparemment. On évoquait aussi dans le journal le fait qu'Oscar Arlington souffrait depuis la guerre d'une longue dépression dont il ne s'était jamais complètement remis. Il y avait quelques témoignages d'amis et de personnalités plus ou moins proches, des rappels historiques élogieux sur la famille Arlington et la dette de la nation envers elle (on notait qu'Oscar Arlington avait lui-même été médaillé, quelques heures avant son geste funeste), et enfin des chapitres émouvants sur le courage exemplaire d'Emilia Arlington, si cruellement touchée par chacune des deux dernières guerres mondiales, son mari d'abord, son fils maintenant…

Tragique destinée !

Les journaux ne transcrivaient par contre aucune déclaration de la famille.

La mort d'Oscar Arlington ne changeait rien à la résolution d'Alice. Il était trop simple de mourir ! Oscar était encore un héros. Il avait été décoré, la veille de sa mort. Dans tous ces journaux, on le présentait comme un vétéran de la Seconde Guerre mondiale, comme un combattant inoubliable. Lucky, lui, n'avait jamais reçu le moindre hommage militaire, même à titre posthume. Non, il fallait que les journaux parlent d'Oscar Arlington comme d'un lâche, d'un assassin. Et de Lucky comme d'un héros.

Il fallait que la famille Arlington paye sa dette.

La porte s'ouvrit.

Un couple endimanché venu voir Mrs Arlington pour une quelconque requête vitale sortit timidement. Alice entra.

Mrs Arlington n'était pas belle. Elle avait le visage carré, un cou lourd, des épaules larges, c'est tout ce qu'Alice voyait de la sénatrice, immobile derrière son bureau. Dans ce buste massif, les yeux détonnaient, des yeux vifs et pétillants qui sur tout autre visage auraient été charmeurs. Mais sur cette figure et ce corps sévères, ils ressemblaient à de petits animaux sournois, des espions furtifs et malins, épiant pour un cerveau intelligent, froid et organisé. Rien ne semblait trahir Mrs Arlington, aucun tic, aucun tremblement. Ses mains étaient posées sagement, obéissantes. Tout son corps semblait parfaitement contrôlé.

Alice s'était renseignée. Mrs Arlington était une femme douée d'un tempérament exceptionnel. Son premier coup d'éclat, celui qui l'avait rendue célèbre précocement et populaire chez les agriculteurs, avait été de parvenir à elle seule à limiter lors de l'été 1953 les crédits attribués au plan Marshall en Europe, pour reverser les fonds aux exploitants agricoles du sud des Etats-Unis, touchés par la sécheresse.

Le regard d'Alice s'arrêta sur le seul signe d'humanité dans l'austère pièce, une série de photographies en noir et blanc punaisées en pêle-mêle dans un petit cadre en bois, posé sur le bureau.

Emilia Arlington prit la parole, sèchement.

— Autant vous le dire, mademoiselle, mes secrétaires n'ont absolument rien compris à votre histoire. Il s'agirait d'une affaire secrète… concernant mon fils ? Vous le comprendrez, ce n'est pas vraiment le moment.

Pas une fois sa voix ne trembla.

Sait-elle ? se demanda Alice.

Sait-elle, ou joue-t-elle la comédie ? De toute façon, peu importait. Quelle que soit la détermination de Mrs Arlington, Alice se sentait au moins aussi forte qu'elle. Et elle, Alice, n'avait rien à perdre.

Alice, calmement, froidement elle aussi, raconta mot pour mot le récit des vétérans rangers. Elle conclut simplement en précisant qu'il y a encore un mois, elle n'était au courant de rien, ce qui expliquait son silence depuis vingt ans, mais qu'on ne pouvait mettre en doute ces faits, puisque plus d'une vingtaine de témoins les certifiaient.

Emilia Arlington n'avait pas bronché. Ses petits yeux fureteurs étaient maintenant fixes, face à Alice, qui, malgré elle, dut baisser son regard. Elle en profita pour détailler quelques photographies du pêle-mêle. On y voyait un gros bébé, sans doute Oscar, et un militaire aux oreilles décollées, Jonathan peut-être, avant sa maladie. Alice chercha Mrs Arlington sur les photographies mais ne la trouva pas.

— Et maintenant, que voulez-vous au juste ? demanda Mrs Arlington.

— Tout d'abord faire éclater au grand jour la vérité, répondit Alice sans se démonter. Ensuite récupérer le million et demi de dollars. Comprenez bien que ce n'est pas l'argent qui est important. L'important, c'est que ce contrat passé en juin 44 soit honoré. Pour la mémoire de Lucky Marry.

— Bien entendu, mademoiselle, fit Emilia Arlington dans un sourire cynique. L'argent, ce n'est pas le plus important. L'argent n'est qu'accessoire... 1,44 million de dollars, qu'est-ce que c'est ? Bien entendu, vous faites tout cela pour l'honneur. L'honneur par le scandale ! Je vais essayer de rester calme, mademoiselle, mais j'espère que vous êtes consciente de l'ignominie de votre démarche. Vous venez salir la mémoire de mon fils moins d'une semaine après sa mort !

— J'en suis désolée, mais ce rendez-vous est pris depuis quinze jours...

Les yeux d'Alice après avoir lancé leurs poignards retombèrent vers les photographies. Elle observa un cliché du bébé Oscar, dans les bras d'un général qu'Alice reconnut : Eisenhower ! Et à côté d'eux, tout sourire, « Jonathan les oreilles décollées », en uniforme lui aussi. Toujours pas d'Emilia Arlington sur les photos.

— C'est abject ! reprit la sénatrice. Vous déballez votre fable, vous accusez mon fils de tous les vices alors qu'il ne peut plus se défendre. Je pensais que les charognards mettaient plus de temps à se pencher sur les cadavres.

— Je sollicite ce rendez-vous depuis un mois, vos secrétaires le confirmeront. Vous le savez parfaitement, d'ailleurs.

— Vous l'avez déjà dit. Sortez, maintenant, mademoiselle, vous devriez savoir, si vous vous êtes un minimum renseignée sur moi, que je ne suis pas le genre de femme à céder à un chantage, et surtout pas à un chantage basé sur une histoire aussi grotesque. Vous êtes folle, ou stupide, je ne sais pas, mais que je ne vous revoie jamais.

Mrs Arlington avait l'air parfaitement offusquée, scandalisée. Pourtant, Alice sentait intimement que tout cela n'était qu'une comédie. Quelque chose clochait. Cette volonté trop farouche de défendre l'honneur de son fils, peut-être. Une mère connaît son fils. Elle devait donc savoir qu'il n'était pas un ange, qu'il n'était qu'un froussard parfaitement capable de préférer sa vie à son honneur et celui de sa famille. Si elle avait tout ignoré de l'affaire, elle aurait au minimum eu un doute, elle aurait été ébranlée, elle aurait reçu le récit d'Alice comme un électrochoc, une deuxième mort de son fils. Non, Mrs Arlington savait que l'histoire d'Alice était vraie. Et elle le savait sans doute avant qu'Alice n'entre.

— Il ne s'agit pas d'un chantage, madame, continua Alice. C'est tout le contraire, et vous le comprenez parfaitement ! Il s'agit d'un contrat à honorer !

— Un contrat ? Mais je vous en prie, montrez-le-moi...

Alice sut qu'elle avait été imprudente. Elle répliqua néanmoins :

— J'ai un régiment entier de rangers prêt à témoigner.

— Pas de contrat, donc ? Vous vous contredisez déjà, Miss Queen. Vous auriez dû mieux préparer vos mensonges !

Alice, la première, haussa le ton :

— Cessez cette comédie ! Vous traiterez également de menteurs tous les rangers rescapés du commando de la Pointe-Guillaume ?

— Et que savent-ils, ces vétérans ? De quoi se souviennent-ils, vingt ans après ? Des rumeurs, des ragots, comme il en court toujours sur les personnalités en vue. Comme en font courir les jaloux, les envieux, les malchanceux... Sur chacun d'entre nous. C'est le lot de toutes les familles influentes. Un mystérieux contrat ? De mystérieux témoins morts ou disparus ? Vous n'avez aucune preuve, pas le moindre début de preuve !

Emilia Arlington haussa elle aussi pour la première fois le ton :

— Fichez-moi le camp et laissez-moi porter mon deuil !

Tant pis, pensa Alice, c'est elle qui aura voulu la guerre. Elle se décida à lancer un des arguments qui lui trottaient dans la tête depuis le début, un argument massue, pas très noble, dont elle aurait préféré ne pas avoir à se servir, mais qui ébranlerait à coup sûr cette tête de mule.

— Mrs Arlington, demanda doucement Alice, pourquoi pensez-vous que votre fils se soit suicidé ? Justement au moment où j'ai obtenu un rendez-vous avec vous ? Il a eu peur d'affronter la réalité, madame. Votre fils était un froussard, vous le savez très bien ! Il a passé sa vie à fuir. Sa dernière fuite dans la mort ne le sauvera pas. Non, Lucky Marry ne sera pas mort pour rien !

Mrs Arlington demeura inflexible, comme si elle avait prévu l'attaque d'Alice. Le contre fut aussi cinglant qu'imprévu. Ce fut lui qui ébranla Alice.

— C'est vrai, mademoiselle, qu'il était bien pratique pour vous que mon fils meure avant que vous ne veniez ici faire votre numéro. Cela était même indispensable à votre chantage. Mademoiselle, j'ai l'intime conviction que mon fils ne s'est pas suicidé. Mais jusqu'à aujourd'hui, je ne voyais pas qui pouvait avoir un intérêt à le tuer. Depuis votre visite, je le sais !

Le retournement de situation laissa Alice muette quelques instants. Emilia Arlington l'accusait bel et bien de meurtre. Alice était d'autant plus troublée qu'elle avait l'étrange sensation qu'Emilia Arlington était cette fois-ci sincère, que cette riposte n'était pas une manœuvre, une nouvelle preuve de sa mauvaise foi. Mrs Arlington pensait réellement que son fils avait été assassiné !

Le regard d'Alice se réfugia vers le petit cadre. Non, décidément, la sénatrice n'était présente sur aucune photographie. Trop laide, se força à penser méchamment Alice, trop laide même à vingt ans. Elle devait être dégoûtée par sa propre image.

Alice se força alors à reprendre le débat. Elle souhaitait maintenant l'écourter :

— Mrs Arlington, si vous n'honorez pas ce contrat, j'intente un procès ! Vous n'échapperez pas au scandale.

— Un procès ? Mais avec quelles preuves ? Vous allez vous couvrir de ridicule. Il n'y a et il n'y aura toujours qu'une vérité : mon fils fut un héros de guerre. Il est mort décoré. C'est la seule vérité qui est et qui sera jamais. Le nom des Arlington ne sera pas souillé. Je ne vous conseille pas de traîner mon fils dans la boue, surtout maintenant. Je pense être beaucoup plus puissante que vous, mademoiselle.

— Des lettres de rangers, des témoignages de personnes neutres dans cette histoire ne vous feront pas changer d'avis, je suppose ?

— Aucunement, je vous ai déjà dit ce que je pensais des ragots.

— Alors nous nous reverrons au procès ! J'ignore si vous êtes sincère ou non, si vous connaissiez tout de cette histoire ou si je vous l'ai apprise. Mais sachez que je n'ai plus qu'un but dans ma vie : faire payer cette dette.

— Pour ma part, mademoiselle, sachez que je ne me pose pas la question. Vous n'êtes pas sincère ! Vous êtes une menteuse odieuse, une intrigante dont le seul but est l'argent. J'ai une certaine expérience des gens, croyez-moi. Votre démarche déshonore même la mémoire de ce Lucky dont vous prétendez défendre l'honneur. Moi aussi, je n'ai désormais qu'un seul but, vous n'avez pas le privilège des sanglots, mademoiselle. Mon mari est mort. Mon fils aussi. Mon but, c'est de garder cette maison propre. Cette maison et ce nom que l'on m'a confié !

Elle appuya sur le petit interphone de son bureau et Maria entra. Avec douceur, elle raccompagna Alice hors du bureau, et ferma la porte derrière elle.

— Vipère, pesta Mrs Arlington à voix basse aussitôt la porte fermée. Petite vipère… Maria, dit-elle, cette fois-ci à voix haute. Pouvez-vous prendre rendez-vous pour moi, cet après-midi ?

— Bien sûr. Rendez-vous avec qui ?

Mrs Arlington sortit une petite carte de son bureau et la tendit à Maria.

Maria lut : *Ted Silva, coiffeur pour hommes et femmes, 1351 Farraguth North.*

Intriguée, elle demanda confirmation :

— Pour cet après-midi, ? Ted Silva, coiffeur pour… ?

Mrs Arlington, agacée, grogna plus qu'elle ne répondit :

— Vous savez lire, tout de même, Maria ?

Maria savait lire… Mais cela faisait plus de quarante ans que Mrs Arlington n'avait pas mis les pieds chez un coiffeur.

Elle en avait horreur.

14

Le signe des quatre

5 juillet 1964, agence Nick Hornett,
115, 11th Street

Nick Hornett était devenu détective privé par défi. Ses parents avaient muselé pendant toute sa jeunesse ses délires et ses jeux pour qu'il se consacre uniquement à des études sérieuses, qu'il passe avec succès ses diplômes, qu'il réussisse mieux qu'eux, anonymes ouvriers de Bisenstein, une usine chimique dans la banlieue de Washington. Pour son bien, ils avaient choisi les études les plus sinistres qui soient : une licence de droit. Sitôt le diplôme en poche, Nick chercha le métier le plus amusant qu'on puisse exercer après des études aussi ennuyeuses : il devint détective privé et se brouilla à cette occasion définitivement avec ses parents qui maudirent ce fils ingrat pour qui ils avaient tout sacrifié.

Le temps l'avait apparemment puni ! Il approchait les quarante ans et vivait désormais seul, ses cheveux avaient curieusement blanchi très tôt, et il devait multiplier les joggings du matin pour empêcher son corps de s'arrondir. Nick supportait plutôt bien la solitude. Il avait vécu pendant sept ans avec une femme qu'il n'aimait pas vraiment, mais qu'il ne détestait pas assez pour la quitter. Par miracle, ils n'eurent pas d'enfants pour se ligoter définitivement mutuellement. Par un second miracle, ladite femme tomba amoureuse de son meilleur ami et ils osèrent le lui avouer, honteux, sans savoir qu'ils rendaient là le plus grand des services à Nick. Maintenant qu'il avait connu les contraintes de la vie de couple, il savourait avec délice sa solitude.

Les cheveux blancs, Nick préférait dire grisonnants, loin d'être un handicap, lui donnaient un air de maturité naturelle, une garantie de sérieux et, autant le dire, une certaine classe, qui lui était fort utile dans sa vie professionnelle et, quand il était motivé, dans sa vie sentimentale.

Lorsque Nick Hornett entendit la sonnerie de la porte d'entrée, signalant que quelqu'un montait l'escalier et allait entrer dans son bureau, il prit tout de suite cette position décontractée qui lui semblait si bien convenir à un détective privé. Les pieds croisés sur son bureau, la chaise à roulettes reculée au maximum, les fesses en équilibre sur le bord. Une cigarette à la main. *Le gars cool,* pensait Nick, *la position du type cool qui n'attend personne, qui ne se fait pas une montagne d'une visite de plus ou de moins. Tout le contraire du gars qui n'aurait pas croisé un client depuis un mois et qui l'attendrait avec impatience. Tout le contraire de moi !*

Alice entra.

Oh putain, pensa Nick. En un instant, il sentit que ce mouvement de surprise avait rompu son équilibre instable et que la chaise à roulettes avait tendance à s'éloigner dangereusement du bureau, ses fesses commençant vainement à chercher à quoi se raccrocher. Ce ne fut que grâce à une résistance dont il ne croyait pas ses chevilles capables qu'il parvint à éviter la catastrophe, c'est-à-dire la honte d'accueillir la belle cliente qui venait d'entrer les jambes en l'air et le cul sur la moquette.

Car nom de Dieu qu'elle était belle… C'est ce que résumait le « Oh putain » pensé par Nick.

Déjà, des clients, il n'en rentre pas tous les jours dans mon bureau… Mais des filles comme elle… Généralement, le client, il est plutôt du genre petit, chauve et bedonnant… Il vient ici rechercher l'aventure, il tend une photo de sa femme, une salope qui le trompe, il en est sûr. La salope en question est généralement laide à fuir, et pourtant les photos arrangent, et le type a de plus dû trier parmi quinze albums la plus indulgente des prises de vue. Bref la femme en question est vieille et moche, à se demander comment elle a pu trouver un mari. Trouver en plus un amant tiendrait du miracle, comme le type qui gagnerait deux fois à la loterie… Mais bon, le type est persuadé qu'elle a un amant, ça doit le rassurer, lui faire croire que sa femme est encore séduisante. Alors moi, je file la femme présumée adultère, je ne pense pas, je suis, je croise indifférent les plus belles filles sur le trottoir, mon regard ne fixe que cette vieille ridée devant moi. Je la prends même en photo. Au téléobjectif, en gros plans, en maudissant les paparazzis sur les îles, qui zooment planqués dans un cocotier les top models qui se baignent nues dans les océans bleus.

Tandis que ce canon qui vient d'entrer dans mon

bureau... C'est pas possible, elle s'est trompée de boutique, elle va me demander si c'est bien ici qu'on loue des Jaguar ou qu'on tond les caniches, elle va me faire un grand sourire et elle va disparaître.

Nick pensait vite, il n'arrêtait jamais de penser, très vite, trop vite. Nick estimait que c'était un grand avantage dans son métier, même si cette gymnastique cérébrale lui donnait très vite mal au crâne. Il tenta d'arrêter de réfléchir avant la migraine, se contentant de profiter du spectacle !

Alice était vêtue d'une jupe courte à carreaux et lui montrait ses jambes.

Nom de Dieu ce que je peux aimer les jambes des femmes... Surtout celles-ci.

Nick leva les yeux vers Alice. Elle portait un ample pull vert.

Chez les femmes en décolleté, j'aime également la poitrine. En fait, j'aime ce que les femmes montrent à moitié. Belle étrangère, en attendant de contempler le reste, je me déclare amoureux de tes jambes !

Nick avait beau penser vite, Alice commençait à s'impatienter. Nick n'avait pourtant aucune envie d'être poli et de convier Alice à s'asseoir. Des jambes comme celles-ci ne se cachent pas derrière un bureau ! Nick s'entendit néanmoins prononcer ces mots :

— Excusez-moi, mademoiselle, je pensais à autre chose… Veuillez vous asseoir.

Alice s'assit.

Mais pourquoi as-tu dit ça, crétin ? Tu n'étais pas si mauvais dans ton rôle de vieil ours vicieux. Allez, prie maintenant, prie pour qu'elle ne vienne pas à cause de son mari, qui la trompe mais qu'elle aime...

Qu'elle ne veut pas quitter. Pour éviter le scandale... A cause des enfants !

Alice commença à raconter toute l'histoire pour la deuxième fois de la journée.

Je le savais, avec de tels yeux tristes (et de telles jambes), elle n'est pas là pour une sale histoire d'adultère. Oh non, elle est bien au-dessus de tout ça. Cette tristesse, cette résolution, cette dignité, ce n'est pas une cliente qui vient d'entrer, mon petit Nick, c'est une héroïne de roman ! Allez, ne te déconcentre pas, Nick, écoute ce que te dit la dame...

Alice en était au contrat.

Quatre contrats... Le signe des quatre... On se croirait dans une nouvelle de Conan Doyle. Un secret, un contrat, quatre exemplaires... Nom de Dieu, l'affaire est presque aussi belle que la dame ! Mystérieuse et envoûtante... Allez, Nick, souris, essaye de prendre l'air intelligent, aie l'air compétent, bouge la tête, bande les muscles, tourne le cou pour mettre en évidence tes tempes argentées qui font tout ton charme : fais ce que tu veux mais qu'elle ne foute pas le camp, nom de Dieu !

Alice commença à parler de Mrs Arlington.

La dame du Congrès, c'est ce qu'elle a dit, une sénatrice de Virginie ? Elle a dit ça comme si je devais la connaître. D'ailleurs, j'ai fait la tête du type qui la connaissait, mais qui ne veut pas l'interrompre. Tu parles, comme si je connaissais le moindre élu du Congrès. Moi en politique, à part le président... La famille Arlington, c'est bien ce qu'elle a dit ? En matière d'Arlington, je ne connais que Tom Scott-Arlington, celui qui a joué une demi-saison aux Cougars de San Diego, en 56. Un bourrin dans un club de seconde zone, mais c'est le seul Arlington que je connaisse.

— Voilà, conclut Alice avec un sourire ravageur. Vous croyez que ce sera suffisant pour gagner le procès ?

Nick était en train de penser à autre chose.

Si je me résume, le seul type que cette créature de rêve a dans sa vie, c'est un gars mort il y a plus de vingt ans. C'est pas croyable, Nick ! C'est les copains qui se sont cotisés et qui t'envoient ce mannequin pour te faire marcher. Dans le doute, Nick, vas-y, fonce, joue le grand jeu, c'est l'occase de ta vie !

— On le gagnera, mademoiselle, déclama Nick avec entrain, on le gagnera, ce procès. Avec autant de témoins, c'est du gâteau, ce sera réglé en moins de deux.

Mais pourquoi t'as dit ça, connard ! Il fallait dire le contraire, que cela allait durer des années, qu'elle allait devoir collaborer longuement, passer des dizaines de nuits de veille avec toi.

— Je m'adresse à vous, continua Alice, parce que je ne sais pas trop par quel bout commencer…

Allez, c'est le moment, aligne la science, montre-lui ce que c'est qu'un professionnel.

Nick se redressa sur son fauteuil :

— Ce n'est pas si compliqué, vous savez, c'est surtout une question de méthode. D'abord, il faut recueillir les témoignages. Tous, même si cela ne sera pas facile. L'idéal, ce serait d'avoir le témoignage de gradés. Mais ce n'est pas du tout certain qu'il y ait eu des gradés au courant. Ensuite il faut retrouver l'identité de ce type, la Branlette… Ça ne devrait pas être très dur. Une fois que l'on a son nom, on le retrouve, il nous file le contrat, et l'affaire est dans le sac. Peut-être même peut-on éviter le procès ! Enfin dernière piste, la moins sûre, mais il ne faut rien négliger : Alan. Il faut lancer des petites annonces dans tout le pays. Il est porté disparu, mais il n'est peut-être pas mort. Et puis, même s'il est mort en 44, ce qui demeure l'hypothèse la plus probable, quelqu'un, un membre de sa famille, a sans doute récupéré ses affaires. A priori, cet Alan avait en sa possession son propre exemplaire du contrat, plus celui de Lucky ! Ça nous fait donc déjà trois pistes à mener de front. Quand on pense qu'il y a des affaires où l'on n'en a pas une seule par où commencer, c'est comme si cette fameuse Mrs Arlington vous signait déjà le chèque !

Voilà, ça c'est envoyé ! Si après ça elle va sonner chez un confrère, je me fais porter volontaire pour le Vietnam !

— J'aimerais mieux, dit Alice.

Qu'est-ce qu'elle aimerait mieux ? Ah oui, le chèque... Mais pourquoi elle aimerait mieux ?

— Parce que pour l'instant, continua Alice, je n'ai pas vraiment les moyens de m'offrir un détective privé, surtout de votre renommée.

Elle fait de l'humour ou elle est sincère ? Me payer à ma renommée ? C'est une façon habile de m'arnaquer ?

— Mais bien sûr, ajouta Alice avec un nouveau sourire envoûtant, si je gagne le procès, sur le million et demi de dollars, vous prendrez ce que vous voulez.

Pas conne en plus... L'intéressement au bénéfice... 1,44 million de dollars... Même pour 1 % de la somme, je m'y mets jour et nuit et je fais bosser toute la famille jusqu'aux petits cousins de l'Arkansas.

— 1,44 million, c'est une sacrée somme, fit Nick.

C'est nul, comme phrase. N'oublie pas, ducon, que c'est une héroïne de roman que tu as en face de toi, pas une marchande de tapis.

— N'allez pas croire que je fais cela pour l'argent, Mr Hornett. Ces millions ne m'intéressent pas.

Ben tiens, prends ça dans les dents.

— Ces millions, je n'y toucherai pas. Je fais cela uniquement pour la mémoire de Lucky. Il est mort à cause de ce contrat. Alors, honorer ce contrat, c'est agir pour qu'il ne soit pas mort pour rien. Vous comprenez ? Vingt ans après, cela peut sembler stupide de remuer tout ça, mais c'est ma manière de donner un sens à ma vie. Et surtout à celle de Lucky. Pour définitivement tout effacer. Pour que la craie redevienne falaise…

Pardon ?

— Pardon ?

— Oh, excusez-moi, bredouilla Alice. Je pense tout haut. C'est l'extrait d'un poème, un poème français. J'ai oublié de vous dire que j'enseigne le français. Jacques Prévert, vous connaissez peut-être ?

Tu sais, ma belle, moi, à part le base-ball... Des noms d'écrivains français, j'en connais à peu près autant que des peintres sur jarres pakistanais.

— Non, désolé…

— Ça a été écrit pendant la guerre. De toute façon, c'est intraduisible en américain.

Mon Alice... Tu es un diamant aussi pur à l'intérieur que fascinant de l'extérieur. Et toi, mon petit Nick, tu es en train de tomber amoureux. Fais attention, je ne t'ai pas connu comme ça depuis... depuis... depuis jamais, en fait.

— Bien sûr, balbutia Nick.

Bien sûr quoi ? Ajoute un truc, là. « Bien sûr », c'est ridicule comme phrase... Elle va vraiment finir par te prendre pour le dernier des demeurés.

— Miss Queen, ajouta Nick, rassurez-vous, remuer tout cela vingt ans après, ce n'est pas stupide. Cela inspirerait même plutôt le respect, une telle passion, intacte, vingt ans après.

— Merci, Mr Hornett. Vous savez, même si cela peut sembler étrange, Lucky est le seul homme que j'aie jamais aimé, et le seul homme que j'aimerai jamais.

Et merde !

15

Triste attente

Juillet 1964, Isigny, Normandie

C'était à croire que toute la population d'Isigny et des alentours s'était donné rendez-vous à la même heure dans le minuscule bureau de poste. Comment se pouvait-il que dans un coin de campagne aussi désertique, la file d'attente soit aussi longue devant l'unique guichet de cette poste ?

L'autre, derrière son guichet, ne semblait guère pressé. Dans la file patientait un échantillon classique de la clientèle habituelle.

Un travailleur étranger voulait transférer quelques centaines de francs à sa famille dans un village du fond du Mali, et le préposé ouvrait devant lui des yeux ronds, comme si c'était la première fois qu'on lui demandait quelque chose d'aussi compliqué ; une grand-mère voulait vider son compte, ou presque, et repartir avec les économies d'une vie dans son cabas ; un homme qui ne tenait pas très bien debout et qui parlait fort refusait de croire qu'il ne lui restait plus rien, pas même un billet à retirer ; un commerçant portait la caisse de la semaine, trois gros sacs de pièces jaunes, à compter, une à une, en petits tas de dix ; des enfants couraient partout en s'énervant et s'accrochaient au guichet.

Lison Munier s'en moquait. Elle avait le temps. La poste d'Isigny était devenue son petit pèlerinage mensuel, son rituel pour honorer la mémoire d'un disparu, comme d'autres se rendent au cimetière. L'attente dans la file faisait partie du rituel, comme une procession, une marche volontairement ralentie pour obliger l'esprit à penser, à prier, à se rappeler ces vingt dernières années, Alan, la vie d'avant… Elle suivait la file qui avançait lentement, perdue dans ses souvenirs. Souvent certains clients profitaient de ses rêveries pour lui prendre son tour.

Ridicule ! Comme si l'on doublait à la messe en allant communier !

Enfin parvenue devant le guichet, Lison tendait ses enveloppes au préposé, qui évitait toujours de croiser le regard triste de Lison.

— Pour les Etats-Unis ? demandait-il pour confirmation.

— Pour les Etats-Unis.

Lison payait et s'en allait. Depuis cinq mois maintenant, elle faisait mensuellement passer des petites annonces dans les journaux américains.

Recherche Alan Woe, 41 ans, né à Knutson, Ohio. Sans nouvelles depuis février 1964. Contacter Lison Munier, Château-le-Diable, 14250, Calvados, France.

Elle n'avait reçu strictement aucune réponse pour l'instant.

Lison consulta sa montre. Il n'était que 11 h 15. Elle avait le temps avant le car de midi. Finalement, la file d'attente n'avait pas été aussi longue que cela aujourd'hui. Elle pensa à ce qu'elle pourrait bien faire. Les boutiques ? Elle n'en avait aucune envie.

Elle avait abandonné le café-bar le Conquérant depuis un mois. Seule, elle n'avait plus le courage, plus la volonté de sourire, d'écouter toute la journée les blagues ou les misères des autres. Un gars du coin avait repris le Conquérant, René Mulot, un brave type. Lison vivotait depuis en restant chez elle. Elle réalisait à la commande des travaux de couture ou de broderie. Des robes de mariée, des aubes de communion, du linge d'hôtel-restaurant. Elle avait même une piste avec le musée de Bayeux pour des reproductions. Auparavant, elle avait horreur de cela, broder, coudre… Maintenant, elle alignait les points comme une machine, précise et régulière. Cela occupait son corps sans déranger son esprit. A Château-le-Diable, les habitués du Conquérant, lorsqu'elle faisait un saut au bar, la surnommaient « Pénélope », ou bien « Mathilde ».

Elle s'y rendait de plus en plus rarement maintenant.

Que faire en attendant le car de midi ? Un journal ? Pour y lire quoi ? Elle décida finalement d'aller s'asseoir devant l'arrêt d'autocar. Elle n'était pas la première. Une vieille dame sale, qui jetait du pain aux moineaux en les insultant, occupait déjà la moitié du banc.

16

La vieille dame et le coiffeur

6 juillet 1964, 1351 Farraguth North, Washington

C'était la fin de l'après-midi. Emilia Arlington était la seule cliente de Ted Silva. Il était resté ouvert exceptionnellement tard aujourd'hui. Parce que Mrs Arlington avait insisté, et Mrs Arlington, ce n'était tout de même pas n'importe qui ! Le salon de Ted Silva n'était repérable de l'extérieur que par une petite porte de verre opaque, sur Farraguth North, une rue où l'on passe en voiture mais pratiquement jamais à pied. Pour s'y faire coiffer, il fallait connaître.

Ted Silva avait entendu parler d'Emilia Arlington, bien entendu. C'était son métier, les personnalités influentes de Washington. Ted Silva se tenait au courant. Le suicide d'Oscar Arlington, il s'en souvenait parfaitement, il avait une excellente mémoire pour tous ces potins.

Mrs Arlington se laissa faire, le manteau dans le vestiaire, la blouse bleue, la tête en arrière, les mains délicates de Ted Silva sur ses épaules, le shampooing, l'eau qui dégouline dans le cou, les doigts de cet homme qui lui masse le cuir chevelu, une petite pression pour qu'elle tourne la tête.

Quelle horreur !

Depuis l'âge de vingt ans, elle s'était pourtant juré de ne plus jamais retourner chez un coiffeur.

Ses cheveux, elle les lavait et elle les coupait seule.

Et ce Ted Silva qui lui parlait de tout, de rien, de la crasse du monde, de la beauté de ses cheveux…

Ils sont hideux, mes cheveux, comme le reste. Mrs Arlington en était consciente. C'est pour cela, entre autres, qu'elle détestait les coiffeurs. Quel supplice de se voir ainsi imposer sa propre image dans ce grand miroir pendant de si longues minutes, ce visage encore plus horrible les cheveux mouillés, tirés à l'arrière, ces rides si apparentes… Ces cheveux qui tombaient par touffes…

Et ce Ted Silva qui continuait de parler. Parler… En voilà un autre supplice, pensait Emilia Arlington. Comment les gens peuvent-ils aussi facilement se confier à leur coiffeur ? A un type qu'ils ne connaissent pas, de plus dans un salon plein à craquer de vieilles en bigoudis venues simplement pour épier le moindre ragot. Comment discuter ainsi avec des individus que l'on ne connaît pas, des inconnus ? Comment peut-on parler, raconter sa vie ou n'importe quoi, aux commerçants, aux secrétaires ou aux femmes de ménage, aux voisins d'occasion d'une salle d'attente, aux voisins tout court ? Comment est-il possible de supporter tous ces bonjours, ces remarques sur le temps qu'il fait, le temps qui passe, l'herbe qui pousse, les enfants qui grandissent, les vacances trop courtes, les impôts trop élevés ?

Toutes ces conversations obligées et stupides. Ces lieux communs érigés en vérités lui faisaient horreur.

Elle ne voulait converser qu'avec les gens de sa classe, de thèmes profonds et choisis. Elle n'aurait jamais pu être une élue « de terrain », serrer des mains, aller dans les quartiers rencontrer les gens, simuler un intérêt pour leurs problèmes, les écouter avec l'air compréhensif… Cela aurait été au-dessus de ses forces. Emilia Arlington n'y voyait pourtant pas un handicap pour sa fonction : elle considérait la plupart des politiciens comme des hypocrites. Les politiques sont élus pour gérer des dossiers avec méthode, recul et neutralité. Sa distance au peuple, à l'électeur, au citoyen incompétent, c'était la meilleure preuve de son intégrité !

Et l'autre parlait toujours en lui tripotant les cheveux. Il causait maintenant des travaux dans la rue. A cette heure, on n'entendait plus rien, il était trop tard, ils avaient déjà tous fini leur journée, ces fainéants du bâtiment. Mais dans la journée, ces travaux, c'était insupportable. Infernal. Tout cela pour faire un trottoir. Un trottoir ! Je vous le demande, est-ce que j'ai besoin d'un trottoir ? Pour que n'importe qui se promène dans la rue, lorgne à travers la porte vitrée, entre chez moi… Je ne travaille que par bouche à oreille, moi ! Pour une clientèle triée. Je ne recrute pas sur le trottoir ! Hein ?

Il faut abréger, se dit Mrs Arlington. Ce Ted Silva ne semblait pas du genre à faire le premier pas. Il jouait admirablement le rôle de coiffeur obséquieux. C'est d'ailleurs exactement ce qu'on lui demandait, il fallait bien le reconnaître, mais il avait l'air en plus d'y prendre du plaisir. Si ce n'était pas Horace Haldas qui lui avait parlé des services particuliers que rendait ce Ted Silva, Mrs Arlington aurait pensé qu'il s'agissait d'une blague. Mais ce pauvre Horace, avec tous les journalistes à ses trousses depuis la construction d'un palace personnel, financé sur fonds publics, qui plus est en Louisiane, sur des zones inondables, il n'était pas du tout d'humeur à plaisanter. On pouvait faire confiance à Horace Haldas pour ce genre de renseignement. Et donc aussi faire confiance à ce Ted Silva. Emilia Arlington l'avait constaté par elle-même, l'accident de moto mortel de ce jeune journaliste trop fouineur s'était réellement révélé providentiel pour Horace.

Je suppose, pensa Mrs Arlington, que c'est à la cliente de faire le premier pas.

— Chacun ses ennuis, Mr Silva, dit enfin la sénatrice. Vous savez, aujourd'hui, nul n'est épargné.

— Même des personnes de votre qualité, Mrs Arlington ? Même des personnes de votre influence ?

— Surtout elles… Les gens les plus en vue sont souvent la cible des individus les plus malveillants, ces gens qui ne peuvent supporter la réussite, qui dissimulent leur médiocrité derrière une haine tenace.

— A qui le dites-vous…

— Ces parasites… Ces gens qui n'ont plus aucun respect. Ni pour les traditions, ni pour le travail, et encore moins pour la famille ! La famille…

— C'est ce qu'il y a de plus précieux, madame. Moi-même…

Emilia Arlington le coupa. Elle n'était pas venue là pour entendre parler de la famille Silva. Sans aucun doute une tribu à n'en plus finir ! Elle voulait bien jouer à ce jeu d'hypocrite, mais il ne fallait pas en rajouter.

— Vous comprenez, Mr Silva, ma famille est au-dessus de tout soupçon. Une famille frappée par le malheur, meurtrie… Mais une famille digne, surtout dans la douleur !

— Qui pourrait en douter, Mrs Arlington ?

— Ce genre d'individus existe pourtant.

Ted Silva était un discret, c'était son unique stratégie. Minutie et discrétion, telle était sa devise. Il se contenta d'interroger du regard.

— Pas plus tard que ce matin, continua la sénatrice, j'ai reçu dans mon bureau un de ces parasites… Alice Queen ! Une fille qui réside Indiana Avenue, au 318…

Ted Silva enregistrait, tout en continuant de coiffer sa cliente, tout se passait merveilleusement bien.

— Un monstre, continua de confesser la sénatrice. Une vipère qui veut souiller l'honneur de mon fils, un héros qui a reçu la Blue Bravery Cross. Un être ignoble qui espère me faire chanter !

— Dieu met ces créatures sur notre route pour nous éprouver, dit doucement Ted.

— Ces épreuves sont insupportables, répondit sèchement Mrs Arlington.

— Elles sont passagères, croyez-le… Si vous le désirez, je m'associerai à vos prières.

Ted Silva arrêta un instant la course de ses ciseaux et sortit d'un tiroir du placard à sa droite une petite carte blanche, qu'il tendit à Mrs Arlington.

« Ex-voto », lut Emilia sur la carte.

— C'est une petite association, expliqua presque timidement Ted. Une petite association familiale, un groupe de prière, de recueillement. Nous tentons ainsi humblement de lutter contre le mal et les misères de ce monde. Parfois, Dieu nous entend, nous écoute, nous comprend. Le paradis doit se présenter comme une grande administration débordée. Sans me vanter, nos prières sont souvent efficaces. Peut-être que le fonctionnaire céleste qui s'occupe de nos requêtes est particulièrement zélé.

Emilia Arlington lut plus attentivement la carte. Tout était parfait. Aucun nom, seulement celui de l'association, Ex-voto. En bas à droite, on pouvait lire un numéro de compte bancaire.

— Nous sommes une petite association bénévole, continua Ted. Nous ne vivons que des dons de quelques généreux bienfaiteurs.

Puis Ted enchaîna sur autre chose, le ghetto noir, qui descendait de plus en plus bas vers le centre-ville, vers Farraguth North, qui un de ces jours allait définitivement chasser les Blancs du centre-ville.

— Déjà, quand je ferme ma boutique après 8 heures, je ne suis pas fier. Ce n'était pas comme cela avant. Pas en plein jour, du moins… Vous vous rendez compte, à Washington, les Blancs chassés du Mall ? De Foggy Bottom ? De Capitol Hill ? De West Potomac Park ?

Mrs Arlington ne l'écoutait plus. Ted Silva était décidément parfait. L'affaire avait été réglée dans la plus grande discrétion, en moins de deux minutes, en trois phrases. Personne n'avait parlé de crime, de tueur, de commande. Une cliente venait se confier à son coiffeur. Quoi de plus naturel ? Le coiffeur étant en l'occurrence un bon chrétien. Quoi de plus banal ? Il était d'usage, c'est du moins ce qu'Horace

Haldas lui avait précisé, de verser une petite somme à l'association Ex-voto, assez rapidement. Un encouragement pour les prières… Puis, si les « prières » avaient été exaucées et si un miraculeux accident débarrassait la cliente de son embarras, alors il était naturel de verser une somme rondelette sur le compte d'Ex-voto. Le montant du don final était bien sûr laissé à la discrétion de la cliente et de son degré de satisfaction. La plupart, pour plus de crédibilité, donnaient de petites sommes, souvent et pendant longtemps. Il n'y avait bien entendu aucun contrat. Tout ce commerce reposait sur la confiance mutuelle. Ted Silva, d'après les confidences d'Horace, ne travaillait que pour une clientèle triée, uniquement par bouche à oreille. A Washington, épicentre des scandales de toute l'Amérique, Ted Silva ne devait pas manquer de travail.

Le courroux divin, stimulé par les prières de Ted, s'abattait avec diligence, précision et minutie.

L'originalité du système inventé par Ted, outre le fait qu'on ne payait qu'une fois le miracle accompli, reposait avant tout sur le principe de la bonne conscience de ces familles puritaines, embarquées dans des scandales, mais pusillanimes. Comment imaginer que ces bourgeoises chrétiennes pratiquantes puissent venir parler de meurtre ? Comment même imaginer qu'elles puissent concevoir dans leur esprit bien-pensant le plan machiavélique consistant à engager un tueur à gages ? Non, ici, on parlait de justice divine. On parlait de travail, de famille, de morale, de raison d'Etat. Ensuite, il ne restait plus qu'à lire tranquillement son journal. Si la providence avait fait son devoir, alors il était naturel de la remercier, par l'intermédiaire d'un don généreux à une association de bienfaisance. C'était si simple… Chacun s'arrangeait ensuite avec sa conscience, mais un peu de mauvaise foi devait suffire à oublier très vite toutes ces sombres manigances et à se croire parfaitement innocent.

Ces simagrées, cette hypocrisie, Mrs Arlington s'en fichait ! Elle n'avait pas de comptes à rendre à sa conscience ! Ce meurtre commandité, elle l'assumait, elle l'assumait pleinement. Ce qu'elle recherchait chez ce Ted Silva, c'était l'efficacité et le silence. Tout le reste lui semblait très… folklorique. Maintenant, tout était réglé, cela lui avait simplement coûté une pénible séance de coiffure. Elle s'efforça d'écouter un minimum les platitudes que continuait de débiter le coiffeur, pour ne tout de même pas trop le vexer. Sait-on jamais… Elle y tenait tout de même un minimum à son horrible tignasse raide.

Ted Silva parlait toujours, machinalement, et coiffait, mécaniquement. Quand il s'aperçut que, décidément, ses boniments ne passionnaient pas la sénatrice, en homme discret, il se tut et se mit à siffloter, ce qui lui permit de faire le point sur cette nouvelle affaire.

Une affaire qui s'annonçait savoureuse. Mrs Arlington était une cliente rêvée. Au-dessus de tout soupçon. D'une moralité exemplaire. Et surtout d'une solvabilité assurée. Ces derniers temps, il avait été obligé de descendre d'une gamme sa clientèle. La crise… Le scandale ne courait plus les rues, ou bien les journalistes couraient plus vite que lui et le faisaient exploser trop tôt. Ensuite, les accidents devenaient délicats, peu crédibles. Le mois dernier, il avait eu un mal fou à se faire payer d'un minable médecin dont la femme s'était fracassée avec sa voiture contre un saule au bord du canal, le long de Columbia Island. Et le médecin de prétendre qu'il ne connaissait pas Ted, qu'il était juste venu une fois se faire coiffer, que certes il s'était confié, et avait même fait un don conséquent à cette association Ex-voto, mais de là à faire un lien entre ce don et l'accident de sa femme… « Qui certes, Mr Silva, me laisse un solide héritage, mais par pitié respectez ma douleur… » Ted Silva avait été obligé de se déplacer (il n'aimait pas ça, pas ça du tout, c'était très compromettant) et d'évoquer devant ce petit médecin la loi des séries. La loi des séries ? Oui, le destin terrible de ces familles que le malheur frappe plusieurs fois. Un accident peut en cacher un autre, vous me suivez ? Vous voulez appeler la police ? Mais pour lui dire quoi ? Après cela, il avait été payé somme toute assez rapidement, mais il n'aimait pas ça. C'était mesquin et très pénible, ces discussions, ces menaces… Son commerce, c'était tout l'inverse de ces marchandages.

Au moins, avec Emilia Arlington, l'affaire était traitée avec élégance, comme il aimait. Pas un mot de trop. Une ou deux allusions, quelques vœux, un nom, une adresse, et hop. Peut-être même que la sénatrice était dans son bon droit, qu'elle était vraiment victime d'un maître chanteur sans scrupule. Les maîtres chanteurs sont les véritables plaies de la démocratie. Il effectuait un travail de salut public, au fond, il lavait le linge sale dont la justice américaine ne voulait pas. Sur le plan de la mauvaise foi, Ted Silva savait se montrer aussi doué que ses clients.

C'était une belle journée ! En prime, Ted était

assez fier de sa coupe, pas facile, les cheveux raides d'Arlington.

Il retira dans un geste de toréador la blouse bleue, épousseta délicatement les derniers cheveux collés sur les épaules et le cou, passa le miroir avec fierté derrière la nuque de sa cliente.

Pas mal ! Mrs Arlington devait en convenir ; elle en convint et Ted Silva y fut sensible, car il sentit que le compliment était sincère. La sincérité était plutôt rare dans sa boutique. Même si Ted Silva mettait un point d'honneur à ce qu'en plus, ses « clients » ressortent bien coiffés !

Emilia Arlington était pressée de sortir, ce type finissait par l'énerver. Ted Silva lui réclama les vingt-trois dollars pour la coupe, avec naturel jusqu'au bout, lui rendit sa monnaie dont Mrs Arlington ne voulut pas et qu'il mit finalement dans sa poche après plusieurs courbettes. Il lui ouvrit la porte, tout sourire, et ajouta pour finir sa phrase rituelle :

— Nos prières monteront droit au ciel. Je connais les raccourcis.

— J'en suis tout aussi persuadée, Mr Silva.

Mrs Arlington s'assura qu'il n'y avait personne sur le trottoir. Elle siffla alors à l'oreille de Silva :

— Tuez-moi cette salope avant qu'elle ne remue toute cette merde !

Elle voulait au moins une fois voir le sourire se figer sur la figure de ce type qu'elle ne reverrait jamais plus. Ce charognard qui vivait lui aussi en s'accrochant aux poubelles des grandes familles.

Ted Silva se dandina comme un enfant coupable d'avoir écouté par mégarde un gros mot. Il se retourna avec angoisse vers son magasin et fut soulagé en se rappelant immédiatement qu'il était seul, que Teresa son apprentie était partie depuis plus d'une heure, et que le trottoir était désert à cette heure.

Putain de boulot, pensa-t-il tout en refermant la porte de son salon.

17

Les fantômes du Mall

6 juillet 1964, The Mall, Washington

La nuit tombait sur le Mall, la grande avenue piétonnière et gazonnée de Washington, qui commence au Capitole, passe par l'Ellipse et la Maison-Blanche, pour se terminer près du Potomac par le Lincoln Memorial.

De grandes bouffées de brouillard naissaient du fleuve, s'élevaient un peu et allaient se coller sur les grands bâtiments administratifs quelques centaines de mètres plus loin. On ne distinguait plus que les piétons, sous le brouillard, et la cime des bâtiments, au-dessus : le dôme du Capitole, la pointe de l'obélisque du Washington Monument, et toujours quelque part, quelle que soit la direction, un drapeau américain, un bout de tissu que l'humidité froide raidissait en suaire.

L'herbe du Mall était humide. Cela ne préoccupait guère Alice, elle aimait bien cette ambiance un peu lunaire. Pas très loin d'elle, un groupe d'adolescents avait improvisé une partie de base-ball. Dans la brume, ils n'y voyaient rien. Cela faisait rire jusqu'à l'hystérie les jeunes filles pour qui prendre de l'intérêt à jouer à ce sport était un passage obligé pour séduire un garçon. Alice avait connu ça, elle aussi.

Elle s'éloigna de ces ombres gloussantes pour s'arrêter plus longtemps devant le grand bassin, Reflecting Pool. Lui aussi, à son échelle, produisait son petit brouillard personnel. Alice aimait l'eau froide, l'eau froide et immobile d'un lac, d'un bassin, d'une fontaine inanimée, quand il n'y a plus de soleil pour dorer la surface de l'eau, quand il n'y a plus de vent pour faire scintiller cet or, quand il n'y a plus de passants, plus d'oiseaux, plus personne pour colorer l'eau d'un reflet. Quand l'eau est morte, froide et noire, sans même une ride. Alice l'aimait de façon morbide. Ça lui rappelait une plage déserte, une abrupte falaise de craie.

Tout au bout du Mall, immobile dans le majestueux monument sculpté à sa mémoire, la statue de Lincoln semblait s'en moquer. Bien assis dans son immense fauteuil, le président ressemblait à un juge suprême, à Dieu, à Alexandre, à Zeus, à Pharaon… C'est sans doute ce qu'avaient voulu exprimer les sculpteurs. C'était réussi ! Il contemplait, confortablement installé, le regard droit, le soir qui tombait. Le brouillard lui agaçait la barbe, comme si le vieux sage fumait encore la pipe. Lincoln veillait sur sa ville, sur son pays, sur la justice, dans ce soir qui tombait lentement et tranquillement.

Ce fantôme blanc rassura Alice. Après tout, elle n'était qu'une Américaine moyenne élevée dans le rêve états-unien. Elle y croyait, elle aussi, elle voulait y croire, à la justice, au droit qui triomphe, aux puissants qui ne sont pas à l'abri. Elle pensa à l'embarras amusant de Nick, ses bégaiements, sa bonne volonté évidente. Elle avait constaté avec un certain plaisir, un plaisir un peu étonné, qu'elle était encore capable de séduire, si elle s'en donnait la peine. Cet après-midi, elle avait usé de son charme, enfilé une jupe, pour convaincre ce détective de travailler gratuitement. Par obligation, pour Lucky…

Oui, elle était encore capable de séduire. Mais en réalité, elle n'en avait plus aucune envie. Elle était une eau froide, noire et résolue.

18

Cinquante et un témoins, au moins

3 septembre 1964, agence Hornett,
115, 11th Street

— Soyez sincère, Mr Hornett, demanda Alice, qu'est-ce que nous avons réellement comme atouts ? Nous sommes à dix jours du procès. Où en sommes-nous exactement ?

Comme elle est belle, même en jupe longue !

Nick buvait Alice des yeux.

C'est vrai, dans dix jours, le procès : pourquoi n'est-il pas dans dix ans ? Dans dix jours, Alice ne sera plus ma cliente. Allez, Nick, positive, montre à la dame que tu as bien travaillé, elle va être fière de toi, elle va t'aimer très fort ! Pense à ce procès. Si jamais on le gagne, elle va sauter de joie, se serrer dans tes bras, t'embrasser même... Et si elle ne le fait pas, tu auras une bonne occasion de le faire.

— On le gagnera, ce procès, Alice, j'en ai très envie moi aussi.

J'ai eu l'air sincère, là, j'ai forcément eu l'air sincère.

— On va faire le point tranquillement, Alice. Y a du bon et du moins bon…

C'est bien, te mouille pas…

— D'abord, j'ai cinquante et un témoins oculaires qui se rappellent formellement avoir vu Oscar tirer le 4, et quarante-trois témoins qui certifient avoir vu Lucky tirer le 148. Il est officiel, c'est consigné dans le rapport de l'assaut du lieutenant Dean, que Lucky a été le quatrième ranger à s'élancer vers le mur de béton avec l'explosif. Sur les cinquante et un témoins, j'ai déjà trente-huit dépositions écrites, et trente-quatre parmi eux sont prêts à venir au procès. Le lieutenant Dean est d'accord aussi. Vous voyez, c'est plus qu'il n'en faut pour convaincre n'importe quel juge !

— L'échange de numéros, oui… Mais le motif de cet échange, le contrat ?

Ben oui, bien sûr, ne la prends pas non plus pour une idiote…

— Ouais, c'est évidemment là que ça coince. L'échange de numéros, personne ne pourra le nier. Par contre, je n'ai plus que vingt-trois témoins qui ont entendu parler de cette histoire de contrat à 1,44 million de dollars…

— *Que* vingt-trois témoins ? Mais vingt-trois témoins, cria presque Alice, c'est déjà énorme !

Je sais, ma belle, c'est fabuleux, vingt-trois témoins, personne d'autre n'aurait pu y parvenir. Il n'y avait que moi, porté par l'amour…

— Heu oui, enfin, ça m'a pris du temps, c'est sûr, mais ce n'est pas aussi génial que ça en a l'air. Parce que avec ces vingt-trois témoins, on tourne vite en rond.

— Comment cela ?

— Je n'en ai réellement retrouvé que cinq qui se souviennent personnellement avoir entendu Oscar proposer d'échanger son numéro, pour dix mille dollars par chiffre d'écart.

— Cinq témoins, c'est largement suffisant, non ?

— Eh bien, pas forcément, car si on les titille un peu, ils disent bien qu'on ne savait pas si cette proposition d'Oscar, c'était du lard ou du cochon. Disons que tout le monde l'avait prise au sérieux, au premier degré, mais ça aurait pu aussi bien être une plaisanterie, d'un goût macabre certes…

— Et vos témoins, on va les « titiller », lors du procès ?

Titiller... Comme ce verbe évocateur pétille dans ta bouche, belle Alice...

— Un bon avocat, et soyez certaine qu'Arlington aura le meilleur, les titillera, comme vous le dites si bien…

— Et le contrat ?

— Le contrat… J'y viens… Parmi mes vingt-trois soldats au courant de ce contrat, si l'on fouille un peu, en cherchant à savoir comment ils ont eu vent de cette histoire, il n'y en a plus que quatre qui ont une source d'information, disons… directe… Pour ces quatre personnes, c'est Lucky qui les a mises directement au courant de l'histoire. Oscar n'a jamais rien dit, à personne.

— Mais la rumeur a couru sur tout le bateau, et Oscar n'a jamais rien nié !

Ça c'est vrai, bien raisonné, mon Alice.

— Tout juste, c'est un point important. Mais sera-t-il suffisant ? Si l'on résume, on est certain qu'il y a eu échange de numéros : cinquante et un témoins directs au moins. Pour tout le reste, nous ne possédons aucune preuve, seulement une rumeur, basée sur les déclarations de Lucky avant qu'il meure.

— Et les silences d'Oscar.

— Alice, pour être tout à fait honnête, tout cela risque d'être un peu court pour faire cracher à la vieille Arlington le million et demi. Malgré la certitude que nous avons vous et moi sur cette affaire.

Bien joué, Nicky, la dernière phrase, « la certitude que nous avons vous et moi ». Une lumière s'est allumée dans son œil, je l'ai vue ! La certitude, c'est bien trouvé, ça... Et ce « vous et moi », comme deux complices...

— Et les quatre exemplaires du contrat ? Alan… La Branlette ?

J'y viens, j'y viens, j'ai pas chômé, mon Alice, pendant un mois, j'ai pas été courir les femmes infidèles, je te suis resté entièrement dévoué.

— Les quatre exemplaires du contrat… Allons-y… L'exemplaire d'Oscar Arlington, dans tous les cas, on peut s'asseoir dessus.

Attention, Nick, c'est un peu vulgaire ça comme expression. Surveille ton langage, Alice n'aimera jamais quelqu'un de vulgaire.

— Alan Woe, continua Nick, possédait en théorie deux exemplaires, le sien et celui récupéré avec les affaires personnelles de Lucky, après l'assaut. Alan n'avait plus de famille. Juste un oncle, mais qui n'a jamais eu de nouvelles depuis sa disparition en 1944.

— Un orphelin lui aussi ?

— Oui.

— Décidément…

— Oui… Pour l'instant, les petites annonces envoyées au petit bonheur n'ont rien donné. Je continue au cas où, mais notre Alan a l'air bel et bien disparu.

— Vous avez fait paraître des petites annonces en Normandie ?

— En Normandie, pourquoi ça ?

— Eh bien je ne sais pas, s'il avait seulement été blessé lors du débarquement, quelqu'un l'a peut-être soigné là-bas…

Nom de Dieu c'est évident, c'est par là qu'il fallait commencer ! Crétin que tu es ! Honte éternelle face à la belle Alice. Quel preux chevalier ringard tu fais...

— Heu… Oui… Après tout, pourquoi pas, hein ? On peut toujours essayer, qu'est-ce qu'on risque ?

Et faux cul en plus ! C'est une idée de génie, cherche pas à te convaincre du contraire, tu as fait une boulette. Comment veux-tu l'aimer si tu commences déjà à lui mentir ?

— Sinon, bredouilla Nick, il reste évidemment le cas la Branlette…

Bon là, désolé Alice, je peux pas faire autrement que d'être vulgaire, je vais pas l'appeler « le masturbateur masqué » ou « l'inconnu au poignet de fer »...

— J'ai déjà interrogé plus de la moitié du commando. Personne ne se souvient de son nom. Tout le monde l'appelait « la Branlette ». J'ai pour l'instant simplement une description détaillée.

— C'est-à-dire ?

— Un brun, taille moyenne, les yeux clairs, un léger accent du Sud, il aurait peut-être travaillé dans le bâtiment, et enfin, selon ses collègues, il était pas très causant. Faut dire, avec un nom pareil !

— Ce n'est pas très détaillé.

Je fais ce que je peux, ma belle Alice, c'est pas facile tu sais, ton histoire, c'est vieux, tout ça.

— Tout cela date de plus de vingt ans, Alice. C'est très spécial comme enquête.

— Oui, je sais, excusez-moi, Nick.

Nick, elle t'a appelé Nick ! Pour la première fois elle ne t'a pas appelé « Mr Hornett ». Waouh !

— En tous les cas, le cercle se resserre. La Branlette n'est pas l'un des rangers que j'ai contactés. Du moins je l'espère. Peut-être que j'ai eu personnellement ce type au téléphone et qu'il n'a pas voulu me l'avouer pour ne pas avoir d'histoires, ou tout bêtement parce qu'il voulait oublier à tout jamais ce surnom ridicule. Vous imaginez la conversation, Alice ? Je demande : « Allô, je recherche un dénommé la Branlette. — C'est moi… — Enchanté monsieur… monsieur… — Je vous en prie, appelez-moi Bob. » Si en prime, quand j'ai appelé, il y avait sa femme, ses gosses, toute la sainte famille à côté de lui, sur le canapé, qui n'ont évidemment jamais entendu parler de ce surnom, il y a tout de même quelques chances pour que le type joue à celui qui ne se souvient pas de son pseudo.

— Ce n'est pas très encourageant.

— Non. Pourquoi Lucky a-t-il été chercher un tel type comme témoin ? Enfin, en admettant la bonne foi de tous mes correspondants, en fonction des renseignements glanés, ça me laisse, disons, le choix entre une dizaine de noms. Mais il y a aussi des rangers qui ont changé d'adresse et que je n'ai pas pu retrouver. Voilà.

Voilà, ma belle, c'est tout. Je ne vais pas te le

dire, mais sache que pour tout cela, depuis un mois, je bosse comme un fou, comme je n'ai jamais bossé. Que je m'endors le soir sur tes dossiers, à défaut de m'endormir sur toi. Et tout ça pour pas un dollar ! Allez, souris, Nick, maintenant, visage orienté trois quarts, tempes argentées en avant...

— Vous avez fait un travail fantastique, Nick.

Merci...

— En si peu de temps…

Merci, encore...

— Sans que j'aie pu vous avancer le moindre argent. Sans vous, je ne sais pas ce que j'aurais fait.

— Ce n'est rien, Alice, j'ai simplement fait mon travail…

Mais non, mais non, c'est elle qui a raison, tu en as fait beaucoup plus, tellement plus que même un sourire d'Alice ne serait pas suffisant pour te rembourser de tes peines.

— Vous en avez fait beaucoup plus, Nick !

— Un seul de vos sourires suffit à me dédommager !

Eh bien bravo, qu'est-ce qui t'a pris ? Maintenant, elle te sourit et toi t'as l'air d'un idiot ! En plus, je suis certain que t'es rouge jusqu'aux oreilles. Chapeau ! Eh ben maintenant, Valentino, enchaîne. Dis quelque chose !

— On va le gagner, ce procès, Alice, vous allez voir. J'en suis certain. Et puis Lucky est à nos côtés, il ne perdait jamais, vous le savez bien. La chance est avec nous !

— Merci, Nick.

« La chance est avec nous »… Quelle formule à la con ! T'es en forme, mon vieux Nick ! Et en prime, tu

viens remettre Lucky le fantôme sur le tapis. Tu parles à Alice de son sourire, tu rougis... Et pour finir, au cas où, par miracle, devant ton charme grisonnant aux oreilles écarlates, elle aurait commencé à oublier le passé, tu vas lui causer de Lucky ! Histoire de remuer les souvenirs ! Crétin, va, tu ne la mérites pas !

19

Les fleurs du Mall

3 septembre 1964, The Mall, Washington

Le soleil triomphait sur le Mall en ce milieu d'après-midi. Toutes les générations et toutes les couleurs étaient de sortie. Les ballons roulaient entre les landaus. Les canards du bassin se gavaient de goûters d'enfants gâtés. Les monuments dégoulinaient de blanc comme des pavillons neufs de banlieue. Au bout du Mall, Lincoln regardait, l'œil tranquille, son troupeau paître sur sa verte prairie. Comme pour lui rendre hommage, de jeunes bidasses déguisés en soldats du dix-huitième siècle jouaient dans un kiosque, avec tambours et fifres, les ritournelles de l'indépendance. L'été s'achevait paisiblement. L'herbe du Mall n'avait pas encore été piétinée par les Noirs accompagnant le rêve de Martin Luther King ou les Blancs chevelus écoutant pleurer la guitare de Joan Baez.

Alice, en sortant de l'agence de Nick, 11th Street, décida de couper par le Mall avant de rejoindre son appartement d'Indiana Avenue. Pour la première fois depuis très longtemps, elle se sentait gaie. Ce procès qui approchait, tous ces témoins prêts à soutenir la mémoire de Lucky : non, ce procès, elle ne pouvait pas le perdre. Même sans preuve formelle, toute personne de bonne foi verrait immédiatement où se situait la vérité.

Un jeune cadre croisa Alice. Pressé comme tous les fonctionnaires de la capitale, il prit néanmoins quelques secondes de son temps précieux pour se retourner sur son passage.

On se retournait sur elle, à présent ! Pourtant, de l'intérieur, elle se sentait encore si transparente… Peut-être plus tout à fait, finalement. Alice pensa à Nick.

Elle l'aimait bien.

Dans une autre vie, il lui aurait même sans doute plu. Il était amusant, à chercher ses mots, à froncer les sourcils, comme semblant réfléchir tout le temps à ce qu'il allait dire ensuite, à se tromper quand même, à s'énerver intérieurement à chaque gaffe, pour se tromper encore le coup d'après ; à montrer si bien tous les sentiments qu'il cherchait à dissimuler… Cela la faisait sourire. Elle y mettait même un peu de malice, elle devait le reconnaître. Toujours affligée, uniquement préoccupée par le procès, par la mémoire de Lucky, mais lâchant parfois une œillade, un mot tendre, autant d'encouragements pour récompenser les efforts de son dévoué détective bénévole.

D'encouragements à quoi ? A laisser entendre qu'après, lorsque tout serait rentré dans l'ordre, pourquoi pas…

Pourquoi pas ?

Alice ne s'était jamais posé vraiment la question, et elle ne souhaitait pas se la poser. Pas maintenant en tout cas, pas avant d'avoir gagné le procès. Après… Après… Pour l'instant, il lui plaisait d'entretenir le doute avec Nick. Nick n'était pas bête d'ailleurs, Nick avait parfaitement interprété tout cela. Lucky demeurerait un fantôme entre eux tant que son sacrifice ne serait pas remboursé. Ensuite… Peut-être est-ce que le fantôme, satisfait, s'en irait, laissant Alice libre. Comment savoir ?

Pour la première fois, Alice sentait qu'elle soupesait son destin, son attachement à Lucky, d'une façon nouvelle, presque détachée.

Nick ? Pourquoi pas ?

En attendant, entretenir le doute était la meilleure manière de le motiver, à défaut d'argent…

Le long du Mall, Alice passa devant la National Gallery. Elle songea qu'elle ne s'y était pas arrêtée depuis vingt et un ans. A l'époque, elle y passait ses journées. Quand elle étudiait le français…

On critique souvent les injustices en Amérique, mais il existe au moins à Washington un privilège, un libre accès à la culture sans distinction de race ou de richesse qui trouve peu d'équivalent dans les pays pourtant moins libéraux : les musées sont gratuits et leurs portes sont ouvertes. Pour pénétrer dans la National Gallery, pas de file d'attente, pas de fouille, pas de guichet, pas même une porte à pousser. Vous entrez dans le musée comme vous entreriez dans une gare. Vous pouvez venir passer, comme vous le désirez, une minute ou une journée devant Vinci, Botticelli, Van Dyck, Goya, Renoir, Cassatt, Monet… Vous pouvez aller vous asseoir sur un banc devant une toile de maître et y lire votre journal, y écrire une lettre, y attendre un ami, sans rien demander et sans que l'on vous demande rien.

Pendant ses études à Washington, de 1942 à 1944, avant la guerre et tout le reste, Alice restait des heures à la National Gallery, devant les impressionnistes surtout. Elle y avait révisé quasiment tous ses examens. C'est ici qu'elle avait découvert ces paysages de Normandie si irréels, cette terre où elle pensait qu'il était impossible de mourir.

Mais le plus souvent, elle révisait devant une grande toile de Renoir, *La Petite Fille au cerceau,* une enfant pâle, au sourire étrange, sérieuse malgré sa jeunesse, les cheveux noués d'un ruban bleu noble, austère lui aussi. Cette petite fille vous fixait, figée, inquiète dans l'allée de gravier d'un square. Quelle tristesse pouvait bien cacher cette fillette, si grave déjà que le cerceau entre ses mains semblait un objet incongru ?

Alice l'avait bel et bien oubliée pendant des années, cette jeune fille au cerceau, si loin, en Australie, à Litchfield. Aujourd'hui, en passant devant la National Gallery, Alice repensait à elle pour la première fois, avec un peu de honte, comme une amie d'enfance à qui l'on n'a jamais donné de nouvelles, malgré les promesses.

Alice entra dans le musée, mais elle n'alla pas directement voir sa copine au cerceau. Elle flâna d'abord, la fit patienter, contempla les inexpressives beautés italiennes de la Renaissance, les horreurs sanglantes de l'histoire espagnole, les premières expériences cubistes de Picasso. Elle passa rapidement devant les paysages de Normandie, comme devant ces portraits des glorieux Américains de la première heure, qui lui rappelaient trop l'une des pensionnaires actuelles du Capitole…

Au bout du musée, la petite fille au cerceau était là.

Son teint de lait n'avait pas pris une ride. Elle fixait Alice, de son regard de poupée qui aurait reçu le don de la vie, d'un regard moins triste que dans son souvenir.

Oui, c'est bien Alice que la jeune fille fixait sans s'occuper des autres enfants de ce parc parisien. C'est bien pour regarder Alice que la petite fille s'était arrêtée de jouer et retournée.

Non, Alice n'était plus transparente.

20

Court-circuit

3 septembre 1964, 318 Indiana Avenue, Washington

Nelson Raffle, comme tous les jours, était assis derrière sa casquette ouverte au passant, adossé contre le mur, barrant la moitié du trottoir pour forcer les piétons à l'enjamber, au pied du 318 Indiana Avenue, l'immeuble d'Alice. Tous les jours il voyait Alice passer, le plus souvent pour de courtes promenades utilitaires, alimentaires. Aujourd'hui, par contre, elle n'avait rien dans les mains et pour la première fois elle souriait, elle souriait vraiment, elle avait l'air réellement heureuse. Le soleil de septembre, peut-être… Nelson savait observer les gens, intercepter les regards, c'était la base de son gagne-pain. Ça lui fit plaisir de voir passer Alice ainsi. D'habitude elle était seulement belle, aujourd'hui elle était belle et gaie. Radieuse pour résumer, même s'il se fit la réflexion qu'Alice, même triste, n'avait jamais oublié de lui glisser une pièce dans sa casquette, et qu'aujourd'hui elle venait de lui passer devant le nez sans ralentir.

Le bonheur rend les gens égoïstes, se dit-il, pessimiste. Alice ressortit l'instant d'après de la cage de l'immeuble, et d'un sourire désarma Nelson :

— Excusez-moi, Nels, j'allais vous oublier, je pensais à autre chose…

Et elle glissa son obole quotidienne dans la casquette.

Dommage, se dit Nelson, observateur mais pessimiste indécrottable. Son bonheur ne doit pas encore être si parfait.

Alice appuya sur la minuterie crasseuse et monta doucement les cinq étages qui la séparaient de son appartement, regardant pour la première fois depuis deux mois qu'elle habitait ici les noms sur les portes. Elle remarqua qu'il y avait des paillassons de couleur, différents à chaque étage, des décalcomanies sur les portes, des déclarations d'amour ou de haine sur les murs, sous forme de graffitis, plutôt amusants.

Alice savait qu'elle avait tout juste le temps d'une minuterie pour monter les étages, sortir ses clés, ouvrir ses serrures et sa porte. Mais aujourd'hui, elle s'en moquait, elle traînait un peu. Elle ouvrit une à une ses trois grosses serrures. Elle pensait à ce procès, qu'elle gagnerait sûrement ; au visage de Mrs Arlington, qui devrait baisser les yeux, reconnaître que son fils n'était qu'une ordure pourrie par un fric auquel il tenait trop, mais qu'elle devrait quand même cracher, avec en prime des excuses non pas à elle, mais à Lucky, au nom de son fils.

Comme elle l'avait redouté, la minuterie de l'escalier s'éteignit trop tôt. Alice venait juste de tourner la clé dans la troisième et dernière serrure lorsque le palier fut soudain plongé dans le noir. Tant pis,

Alice n'eut pas le courage d'aller à tâtons rechercher le bouton de la minuterie qui se trouvait à mi-palier. Dans le noir, elle ouvrit sa porte et glissa un bras à l'intérieur, recherchant des doigts l'interrupteur de l'entrée de son appartement, tout en évitant de rentrer : le facteur glissait le courrier sous sa porte et elle ne voulait pas marcher dessus dans l'obscurité.

Alice tendit le bras dans le noir : où pouvait bien être ce fichu bouton ?

Sa main au toucher reconnut enfin l'interrupteur, son index se chargea d'éclairer l'appartement.

Elle appuya. L'explosion la souffla !

La porte entrouverte vola en éclats, ainsi que la moitié de l'appartement d'Alice : le meuble d'entrée, le téléphone et sa prise ; la moquette pas même collée ; un mélange de plâtre et de papier peint hideux à fleurs jaunes dont Alice se fichait ; les photos punaisées sur les murs, qui provoquèrent une pluie piquante de portraits déchiquetés de Lucky jeune ; des vêtements ; la moitié du réfrigérateur ; une étagère et des confitures aux fruits rouges envoyées par les parents de Lucky ; des dizaines de livres. Tout cela fut expulsé en une tornade et s'éparpilla au hasard des quarante-cinq marches des cinq étages.

Alice se trouva projetée huit marches plus bas. Elle s'assomma sur le palier du dessous, puis reçut la porte de plein fouet. Puis tout le reste.

21

Une anecdote

3 septembre 1964, 318 Indiana Avenue, Washington

Ted Silva observa l'explosion du coin de la rue. Une belle explosion !

Le Black qui jouait les handicapés au pied de l'immeuble fut le premier à se précipiter dans l'escalier, sans même ramasser sa casquette. Il m'a bien l'air malade celui-là, tiens, pensa Ted. Au fur et à mesure que les badauds accouraient, Ted Silva s'éloigna doucement.

Tout était fini, Mrs Arlington serait contente, c'était du travail soigné. Pourtant le gaz, ce n'était pas trop sa spécialité. Mais avec un bon manuel et un peu de jugeote… Ted retrouvait le sourire, c'était un joli coup, pas le plus joli de sa carrière, mais un joli coup tout de même.

Il souriait, il souriait pour autre chose. Dans ce quartier il avait déjà travaillé une fois, une affaire idiote, une de ses premières… Une dame, pas vraiment riche d'ailleurs, ça l'avait un peu surpris, était venue un jour se faire coiffer. Elle avait passé toute la séance à maudire son mari. Ted avait fait son travail, un échafaudage un peu trop branlant s'était effondré au moment où le mari passait dessous. Travail propre. Ted attendit le chèque mais rien ne vint. Il se renseigna, épia un peu, puis rencontra la cliente en question : elle en était à sa troisième semaine de dépression et semblait réellement ne rien comprendre aux phrases à double sens de Ted, se demandant ce que pouvait bien lui vouloir ce coiffeur chez qui elle s'était rendue une fois par hasard. Pendant un long moment, Ted crut qu'elle se fichait de lui. Puis il dut se rendre à l'évidence : elle était une cliente normale, simplement en colère contre son mari le jour où elle était venue se faire coiffer. Elle s'était laissée aller aux confidences que Ted savait si bien solliciter. Le type était mort bêtement, pour un malentendu, à cause d'une femme trop bavarde et d'un professionnel trop consciencieux.

Depuis, Ted Silva faisait plus attention. C'étaient des situations gênantes, même si, avec le temps, Ted n'avait retenu que le côté cocasse de l'aventure. Si un jour il écrivait ses mémoires… Et puis personne n'aime travailler gratuitement ! Ted n'avait pas insisté avec sa facture auprès de la dame. Même dans sa profession, il faut tout de même un minimum de tact. Il se rappelait bien, c'était un petit appartement au rez-de-chaussée, au croisement de 7th Street et Pennsylviana Avenue.

Ted passa devant. L'appartement était fermé, les volets clos, depuis longtemps apparemment. Les murs et la porte en bois étaient recouverts d'affiches déchirées et de slogans racistes.

22

La Branlette

Septembre 1964, Topeka, Arkansas

Tabatah venait de transformer Jean-Pierre en licorne. Le pauvre Jean-Pierre broutait, l'air morose, dans le jardin pendant que Tabatah se cachait au milieu de ses jouets en espérant échapper à Samantha, qui roulait des yeux ronds furieux en la cherchant.

Ouais… Ça ne passionnait qu'à moitié Ralph Finn. Alors il ne regardait la télévision qu'à moitié ; avec l'autre moitié de son attention il feuilletait le journal. Un enfant d'une dizaine d'années était assis à côté sur le même canapé. il portait un short de boxe et une casquette *World Boxing Association*. L'enfant rouspétait :

— Papa, fais gaffe avec ton journal. Je vois plus la télé.

— Tu n'as qu'à lire le journal. Ça t'instruira plutôt que de regarder ces idioties.

— Tu les regardes aussi, ces idioties.

— Non. Tu viens de me le dire, je lis le journal. Réfléchis un peu, Cassius Clay !

« Cassius Clay » tira alors un peu sur le journal, pour jouer. Son père tira à son tour, répondant au jeu. Ils en vinrent rapidement à se rouler l'un sur l'autre sur le canapé en riant, Ralph faisant de temps en temps semblant d'avoir le dessous. Sa femme, dans la cuisine, souriait de les voir jouer ainsi. Samantha avait beau remuer son nez, sa magie ne parvenait ni à faire reprendre à Jean-Pierre une forme humaine, ni à intéresser à ses malheurs le moindre membre de la famille Finn. Au moment où l'enfant apprenti boxeur commença à confondre un peu trop jeu et brutalité, Ralph fit définitivement semblant d'avoir perdu et laissa à son fils le journal. Peu importait, il avait terminé de lire. Fier, Cassius Clay junior retira sa casquette, prit l'attitude de son père, s'enfonça confortablement dans le canapé, l'air concentré, et étala bien largement le journal pour lui couper le champ de vision. Ralph Finn ne saurait donc jamais si Jean-Pierre était resté ou non licorne. Ça ne l'empêcherait pas de dormir.

— Tiens, écoute ça, papa ! C'est marrant !

— De quoi ?

— Les petites annonces…

— Ah ? C'est quoi ? Des types qui se disent beaux, bourrés d'humour, propriétaires de la moitié du Texas, et pourtant encore célibataires ?

— Non, c'est un type qui recherche un autre type…

— C'est ça qui est drôle ?

— Non, c'est le nom du type. Il a fait la guerre, comme toi, papa. Ecoute : « Recherche vétéran du 9e commando rangers de juin 1944, ayant mené l'assaut de la Pointe-Guillaume, dont seul le surnom, “la Branlette”, nous est connu. Forte récompense. Pour tout renseignement, contactez Nick Horn… »

— Je t'interdis de dire de telles horreurs, cria une voix du fond de la cuisine. Ralph, réagis !

Ralph se leva brusquement, arracha le journal des mains de son fils et le jeta au feu dans la petite cheminée d'angle.

— Ben quoi, c'était pour rigoler, grogna l'enfant, vexé.

Vexé surtout par la réaction brutale de son père. Il n'était jamais si nerveux d'habitude, ça ne lui ressemblait pas, ces gestes violents. Un instant, il avait même cru que son père allait le gifler.

Il alla se réfugier dans la cuisine, laissant son père seul regarder la torche haute et éphémère du journal qui brûlait. Derrière les flammes, Ralph entendait des rires, des rires sous des casques. Il apercevait maintenant le regard moqueur des soldats.

Les hommes casqués riaient et le regardaient.

« La Branlette », disaient-ils en s'adressant à lui.

— Papa, c'est Cassius Clay ! On fait la paix ? cria l'enfant de la cuisine pour se faire pardonner. Le repas est prêt !

C'était insupportable, la péniche. Quand ils se croisaient, dans les couloirs étroits, ils étaient obligés de se toucher.

« Excuse-moi, la Branlette ! »

Il était impossible d'être seul, jamais, pour aucun des gestes quotidiens, encore moins pour dormir.

« Eh, tu dors, la Branlette ? »

Les soldats semblaient dévorés par les flammes de la petite cheminée, mais ils se fichaient du feu, ils continuaient leurs sarcasmes.

« Hé, la Branlette… »

— Papa, c’est prêt !
« Alors tu viens, la Branlette… »
— Papa, t’arrives ?
« Hé, Branlette ! »
— Papa ?
— Oui, j’arrive, fiston… J’arrive.

23

Dame de cœur

3 septembre 1964, 318 Indiana Avenue, Washington

— C'est un accident, rien qu'un accident, insistait Nick. Allez, buvez, Alice… Oui, cul sec ! Un peu d'alcool, ça vous fera du bien…

— J'ai eu si peur, murmura Alice en grelottant encore.

Ne crains rien, je suis là maintenant, ma petite Alice.

— Vous m'étonnez, Alice, continua Nick. C'est incroyable que vous vous en soyez sortie comme cela, presque sans blessure. Juste le bras en sang et quelques plaies au visage. Si jamais vous aviez posé le moindre pied dans l'appartement, vous auriez été déchiquetée. C'est le mur qui vous a protégée, seul votre bras droit a un peu souffert. Ensuite, la porte vous a fait une grosse bosse au front mais vous a servi de bouclier pour tout le reste. Vous étiez tout de même ensevelie sous un bon mètre de gravats. Une chance que ce Nelson ait réagi aussi rapidement, vous lui devez une fière chandelle à lui aussi.

Alice, encore sous le choc, regardait Nick.

Ils s'étaient installés dans l'escalier, au quatrième étage. Le voisin du dessous, un concierge en retraite de la National Geographic Society, l'avait hébergée le temps que Nick arrive. Alice, maculée de confiture et d'autres débris divers, avait ainsi pu prendre une douche. Le petit vieux attentionné avait même prêté à sa voisine du dessus son seul et unique peignoir : une vieille robe de chambre rouge à poil long, de la même matière duveteuse que certains couvre-lits ou poufs criards à la mode. La robe de chambre se fermait par-devant grâce à deux gros boutons en forme de pompon, de la même couleur vive.

Le peignoir miteux habillait sans doute pitoyablement le vieux concierge. Mais, porté par Alice, il devenait étrangement impudique. Taillé pour un bougre ratatiné d'un mètre soixante, le peignoir, une fois enfilé par Alice, lui arrivait au ras des fesses, dévoilant l'intégralité de ses jambes nues. Le col de la robe de chambre pendait, complètement distendu, et les boutons-pompons perdus dans des boutonnières trop larges ne fermaient plus grand-chose. Il aurait suffi à Nick de plonger le regard pour contempler les seins d'Alice.

Il se retint. Les circonstances l'aidaient. Il se contenta d'admirer son visage. Les cheveux encore mouillés, collés à l'arrière à l'exception de quelques mèches rebelles tombant sur ses yeux, Alice ressemblait à un mannequin pour une crème hydratante ou une eau de toilette. Un de ces mannequins qui posent humides sur le papier glacé des magazines féminins, en pleine page.

Qu'elle est belle, bon Dieu... Crève-toi les yeux,

Nick, avant qu'il ne soit trop tard. Quoi ? Il est déjà trop tard ? Bon Dieu, qu'est-ce qui t'arrive ? Qui pourrait bien se douter qu'après son bain parmi les naïades, la Vénus de Botticelli lorsqu'elle se rhabille enfile un vieux peignoir rouge ?

Alice fixait toujours le détective, elle semblait attendre d'autres mots de réconfort.

— Au total, parvint à articuler Nick avec naturel, un sacré concours de circonstances. La minuterie qui s'éteint, la porte qui vous tombe dessus, un clodo qui joue les héros. Une sacrée chance, Alice…

— La chance, Nick, vous savez…

— Oui, je sais, elle n'est pas éternelle, et vous pensez à Lucky en disant ça. Allez, n'y songez plus l'espace d'un instant.

Dis donc, tu parles bien aujourd'hui, mon petit Nick. C'est l'émotion qui t'inspire, ou bien c'est le peignoir grand ouvert sur tes fantasmes ?

— J'ai discuté avec les pompiers, continua Nick. Apparemment ce serait un point de rouille, un minuscule point de rouille qui a provoqué une fuite du tuyau de gaz. C'est rarissime. Ensuite tout a sauté quand l'ampoule s'est allumée. Peut-être une petite étincelle, peut-être simplement la chaleur. En tous les cas vous pouvez faire un procès à votre propriétaire, vous êtes certaine de le gagner, celui-là !

Alice sourit. Elle tira un peu sur le col du peignoir pour le remonter, mais il retomba aussitôt.

Joli aussi ça, le coup du procès au proprio. Décidément, t'es en verve ce soir, mon petit Nick.

— Un accident ? demanda Alice. Vous en êtes certain ?

— Oui. Ou alors, il faudrait un travail… Non, ce

serait impensable, il faudrait parvenir à s'introduire chez vous sans effraction, saboter le tuyau, ou plutôt échanger un tuyau légèrement rouillé avec le vôtre, exactement le même, calculer le volume de gaz qui allait s'échapper jusqu'à votre retour, ni trop ni trop peu. Provoquer une étincelle au moment où l'ampoule s'allume. Non, c'est de la fiction.

Ou alors... Non, non, c'est de la fiction ! Va pas t'imaginer des trucs !

— Vous me rassurez, Nick, j'ai tellement d'idées sombres qui me viennent. Cet accident, à dix jours du procès... Je me monte des plans horribles dans ma tête.

— A propos d'Emilia Arlington ? Je comprends. Mais rassurez-vous, cet accident est une coïncidence. Tout était pourri dans cet immeuble. Vous le savez bien !

Allez Nick, vas-y, maintenant, c'est l'occasion ou jamais, demande-lui si elle a peur, et si oui, tu la prends dans tes bras et, dans la foulée, tu lui proposes de l'héberger !

— Alice, vous avez peur ?

— Non, ce n'est pas ça. Je n'ai pas peur pour ma vie, je m'en fiche. Mais cet accident est comme un présage négatif. J'ai simplement peur que nous ne gagnions pas le combat que nous menons.

Raté pour le câlin ! Essaye tout de même le gîte. On ne sait jamais...

— Le ménage dans votre appartement va prendre un peu de temps, j'ai l'impression. Si vous voulez, Alice, jusqu'au procès, je peux vous héberger. J'ai... Enfin on se tassera !

— Vous êtes gentil, Nick, répondit Alice du sourire

désarmant de la fille qui a tout compris et qui ne veut pas vexer. Mais ça ira. J'ai encore besoin de solitude. J'irai à l'hôtel.

— Comme vous voulez, Alice.

Alice détourna les yeux, pensive. Malgré lui, Nick sentit son regard plonger. Rien qu'un instant, un instant furtif.

T'aurais pas dû...

Nus et libres dans le peignoir, Nick aperçut distinctement les deux seins clairs d'Alice. L'idée saugrenue lui vint qu'ils devaient être suspendus par un quelconque fil invisible, pour défier ainsi les lois de la pesanteur et se tenir en équilibre, droits, presque dressés malgré leur taille envoûtante, grossie encore par son imagination.

Nick se brûla les rétines.

Jusqu'à présent, parmi les filles qu'il avait connues, les seules dont les seins ne tombaient pas n'avaient pour ainsi dire pas de seins du tout !

Nick releva les yeux, cela n'avait duré qu'un instant, Alice semblait toujours perdue dans ses pensées.

Regrette rien, mon petit Nick. Imagine qu'elle ait accepté ton invitation. Imagine-la se balader en petite tenue devant toi, toute la journée, dans ton deux-pièces. Une veuve ayant fait vœu de chasteté... A devenir fou, ou psychopathe. A finir à l'asile ou embarqué par la police des mœurs ! Tu as compris ?

Oui ?

Sûr ?

Alors maintenant, mon vieux, tu peux cesser de l'imaginer en train de se promener toute nue sur ta moquette !

24
Dame de pique

4 septembre 1964, quartier des ambassades, Washington

Emilia Arlington se leva comme tous les matins à 6 h 30. Elle était déjà habillée, elle détestait descendre en robe de chambre. Peu de gens pouvaient se vanter d'avoir vu Emilia adulte autrement qu'en robe et châle.

Elle trouva comme chaque jour un jus d'orange, son café, ses trois tranches de pain beurrées. Un bol, une cuiller, que Maria ne posait désormais plus en double. Mrs Arlington trouva également son journal plié, le *Washington Post,* à sa droite. Comme d'habitude, elle goûta son café, qu'elle trouva trop chaud, commença son journal par la fin, la Bourse, morose, revint aux grands titres, évita le sport et passa très brièvement sur la politique étrangère. Ce n'était pas son truc. Elle resta plus longuement sur la politique intérieure, tout en trempant une tartine dans son café.

Méthodiquement, un paragraphe, une bouchée, un paragraphe, une bouchée…

On y parlait surtout de la ségrégation raciale, on ne parlait plus que de ça depuis qu'on citait le nom de Luther King pour le prix Nobel de la paix ! Bof, ça ne passionnait pas la sénatrice. La ségrégation, ça ne valait même pas le coup d'en discuter, c'était une cause perdue pour les défenseurs de la ségrégation légale : on irait forcément à terme vers une égalité de droit entre Blancs et Noirs. Et une cause perdue pour ceux qui croyaient abolir les inégalités sociales. Malgré leurs droits, les pauvres vivraient toujours entre pauvres, les riches entre riches, les Noirs entre Noirs. Mrs Arlington pensait d'ailleurs que c'était très bien comme cela. Les ghettos ne l'inquiétaient guère. Ceux qui prétendaient qu'il fallait en finir avec les ghettos, et mélanger les pauvres avec les riches, dans les mêmes quartiers, ne résolvaient rien : leur méthode ne diminuait en rien le nombre de pauvres, elle permettait simplement de mieux les dissimuler. Et ils osaient ensuite venir parler de solidarité, ces hypocrites ! Non, tous ces débats ne menaient à rien !

Il n'y avait quasiment rien sur l'économie. Décidément, le *Post* tombait de plus en plus dans la démagogie. Elle devrait peut-être essayer le *Mirror,* mais il est des habitudes qu'on ne change pas facilement. Elle terminait rituellement son déjeuner par le jus d'orange, en piochant au hasard des articles dans les autres pages. Elle aimait bien lire ainsi en diagonale, synthétiser l'information d'une page simplement en promenant son regard et en s'attardant sur quelques titres. Comme lorsqu'elle devait résumer des rapports ou des dossiers de centaines de pages en quelques heures. Elle aimait réduire ces multitudes de détails à une seule information, une seule idée, claire, simple, précise, applicable. Cela demandait une gymnastique intellectuelle redoutable. Il fallait simultanément analyser des milliers d'informations. Trier, classer, choisir et éliminer. Recommencer à analyser ce qui restait, trier, classer, choisir, éliminer devenant de plus en plus difficile. Multiplier les itérations dans sa tête, jusqu'à n'avoir plus qu'une seule équation expliquant l'ensemble du chaos. On l'avait toujours complimentée pour son esprit de synthèse. La clé, en fait, était un sens ultrarapide de la décision : ne pas s'attacher, décider sans hésiter, sans se soucier des détails, en gardant uniquement à l'esprit l'objectif final, savoir éliminer, éliminer encore, pour ne garder que l'essentiel.

A la troisième gorgée de jus d'orange, Emilia Arlington tomba sur un petit article :

EXPLOSION SUR INDIANA AVENUE. Un petit appartement au cinquième étage du 318, Indiana Avenue a été entièrement soufflé hier en fin d'après-midi par une violente explosion due, selon les pompiers, à une fuite de gaz. Par miracle, l'explosion n'a fait aucune victime. La locataire de l'appartement, Alice Queen, professeur de français, qui rentrait chez elle lors de l'explosion, ne souffre que de légères contusions. Néanmoins, cette explosion pose une nouvelle fois le problème de la vétusté du parc locatif privé au cœur même du quartier historique de la capitale. A quand une réelle politique de réhabilitation ?

Le don d'éliminer, pensa Mrs Arlington.

Et dire qu'Horace Haldas lui avait présenté ce Ted Silva comme une perle… Pourtant, elle n'avait pas franchement été mesquine pour son acompte à l'association Ex-voto ! A dix jours du procès, c'était raté. Si Ted Silva était intelligent, et il devait l'être au moins un minimum, il ne ferait pas de seconde tentative aussi rapprochée. Deux accidents, même les plus insoupçonnables, quand ils se suivent, ne sont plus des accidents. Le plus stupide des policiers s'en douterait.

La vipère serait donc présente au procès.

25

Bataille

14 septembre 1964, tribunal de Foggy Bottom, Washington

— Il faut vous imaginer la falaise, monsieur le président, un mur blanc de plus de soixante mètres, hérissé de mitrailleuses, le plus monstrueux des châteaux forts que l'homme ait pu fabriquer… C'est ce rempart-là dont il fallait mener l'assaut !

Teddy Baur phrasait. Il avait un auditoire conquis d'avance. La moitié du public était composée des anciens rangers, l'autre moitié des amis ou de la famille de Lucky Marry. Alors il prenait son temps pour planter le décor, pour recréer l'atmosphère, il lui fallait être à la hauteur de sa réputation d'artiste peintre.

Le procès se tenait dans un de ces tribunaux américains fades, un peu kitsch avec ses boiseries et ses drapeaux, familiers aux téléspectateurs du monde entier, qui les connaissent pour les voir souvent dans les films ou les feuilletons, qui les connaissent même mieux que les tribunaux de leur propre pays.

Robin Le Gris, l'avocat de Mrs Arlington, semblait nerveux… même s'il ne l'était pas vraiment. Ce n'était qu'une apparence. En trente ans de carrière, il n'avait jamais pu se débarrasser de ses sales petits tics, ronger ses ongles, mâchonner un crayon, torturer une boulette de papier, tout ce qui pouvait occuper sa mâchoire ou ses dents. Il ne parvenait à se concentrer qu'à ce prix. Les autres prenaient cela pour de la nervosité, il le savait, il avait essayé de se corriger, mais rien à faire : les tics, les gestes parasites, disaient les spécialistes qu'il avait consultés, revenaient tout de même. Il lui fallait tant de concentration pour éviter à ses doigts de s'agiter que c'est à ce moment-là qu'il devenait un avocat médiocre, car un avocat qui n'écoute que distraitement est un avocat médiocre. Il avait donc abdiqué. Il s'en moquait maintenant, ça ne l'empêchait pas d'être l'un des avocats les plus cotés de Washington, et lorsqu'il se levait pour parler, plus grand monde ne regardait ses mains.

A cet instant, il était en passe de rogner définitivement le capuchon du superbe stylo feutre Waterman que sa fille lui avait offert il y a un mois. On lui offrait ainsi des stylos quasiment tous les ans, cela évitait à sa famille de se creuser la tête à Noël, des stylos feutres de préférence. Ils lui avaient fait cadeau une fois d'un stylo plume, mais l'expérience du rognage jusqu'au percement de la cartouche d'encre s'était révélée catastrophique. Le Gris décapita le capuchon d'un coup de dent rageur et regarda à la ronde si on l'observait. Après tout, ces manies, ce n'était pas pire que de fumer, ni plus coûteux, ni plus ridicule.

Robin Le Gris, malgré son professionnalisme, n'était tout de même pas très concentré. Il faut dire que ce Teddy Baur était le seizième témoin à venir à la barre raconter strictement la même histoire, et qu'en prime, il mettait le temps à décrire le paysage. Profession : artiste peintre. Et pas nerveux, en plus…

Vingt-trois témoins au total. C'est tout ce que l'accusation avait trouvé. A défaut d'avoir des témoignages de qualité, elle avait misé sur la quantité. Mais cela n'abuserait personne, au contraire ! Chaque témoin racontait la même chose et chacun des discours sincères de ces témoins dont la bonne foi était évidente accréditait, en s'empilant les uns sur les autres, l'hypothèse de la rumeur. Il était possible de produire ainsi un millier de témoins qui ont eu vent d'une rumeur, cela ne prouve en rien que la rumeur soit fondée, qu'elle ne soit pas une farce, un canular, un bluff, une calomnie. Alors une rumeur datant de vingt ans, dont tous les protagonistes sont morts ou disparus, dont il n'existe aucune trace écrite…

Ce procès était d'une grande tranquillité, pensait Robin Le Gris, cherchant comment mordre dans son stylo sans se tacher d'encre avant son plaidoyer.

La petite salle d'audience était comble, et presque entièrement acquise à la cause de Lucky. Emilia Arlington n'avait fait aucune publicité, même les membres de sa famille étaient à peine au courant et n'avaient pas été conviés. Elle comptait régler l'affaire vite et discrètement.

Il y avait sur les bancs des rangers venus ici écouter une chronique de leur jeunesse. Il y avait là également une grande partie du village de Litchfield, les parents de Lucky, serrés l'un contre l'autre, des oncles et des cousins, les commerçants du coin, des amis, tous ceux qui avaient connu Lucky jeunot et qui avaient mis leur costume de cérémonie pour monter à Washington, défendre le héros du coin, faire tomber « la Arlington », la sénatrice qui prétendait défendre les droits des paysans. Profiter aussi de l'occasion pour casser du politique, des cravatés du Capitole ou de la Maison-Blanche, qui se foutent tant des paysans des villages comme Litchfield ; mettre dans le même panier la dette d'Arlington envers Lucky et celle du gouvernement envers les éleveurs de l'Ouest, les petits commerçants, les retraités privés dans leur trou à Litchfield d'un réseau de transports en commun digne d'un Etat civilisé.

En bref, une salle hostile, trop hostile. Cela plaisait plutôt à Robin Le Gris, ce mélange des genres. Ça noyait le poisson. Ça renforçait l'idée d'une revendication vague et non fondée, d'un procès de principe et non de faits. Le juge, Carteron, un vieux routier de la justice dont il connaissait par cœur les réflexes, ne se laisserait pas intimider par un tel public, passionné mais naïf.

Alice Queen, la plaignante, semblait différente, si belle et digne dans la douleur. Pas d'hystérie, seulement une détermination sans faille. Vingt ans après, une telle volonté, cela en imposait. En prime, la veuve était vraiment bien conservée. Oui, elle faisait réellement penser à une héroïne de roman. Elle était bien plus dangereuse, bien plus convaincante, par son attitude, par son silence, que ces centaines de supporters bruyants et que cette vingtaine de témoins.

Robin pensa que son admiration pour Alice venait peut-être également de la profession de la plaignante :

professeur de français. Française comme son nom, Le Gris. Pour être exact, Le Gris n'était pas son véritable patronyme. Peu de gens le savaient, l'avocat s'appelait en réalité Robin Grey, mais avait toujours trouvé ce nom d'une banalité affligeante. Un jour, dans un film canadien, il avait lu sur le générique le nom d'un acteur, Hyacinthe Le Gris. Il savait traduire. Il trouva que Le Gris sonnait beaucoup mieux que Grey, pour un avocat de renom, ce qu'il n'était pas encore à l'époque. Le reste fut une histoire d'argent.

On en était au vingt-troisième et dernier témoin, le vingt-troisième ranger, Barry Monroe. Pas un poète celui-ci.

— Il faut l'avoir vécu, ce truc, pour pouvoir comprendre tout ça, monsieur le président, aller tirer un numéro dans la gamelle ! Je m'en rappellerai toute ma chienne de vie. Je peux encore vous citer chacun des rangers, avec en face le numéro qu'il a sorti : Oscar Arlington le 4, Lucky Marry le 148. Y a pas à tortiller ! C'était y a vingt ans mais c'est comme si c'était hier !

Si, on peut s'imaginer, mon gars, pensait Robin Le Gris. T'es le vingt-troisième à nous raconter la scène, alors on commence à avoir une idée assez précise du tableau ! Ils ne viennent pas ici pour témoigner, ils viennent ici se raconter à eux-mêmes leur jeunesse, exorciser les démons de leurs vingt ans, expurger leurs cauchemars quotidiens. Ce n'est plus un tribunal, c'est un immense divan de psychiatre.

Robin Le Gris attendit que le dernier témoin eût fini son récit. Il glissa ce qui restait de son Waterman dans sa poche et se leva :

— Mr Monroe, vous êtes le dernier témoin, puis-je vous poser quelques questions ?

— Pour sûr…

— Parmi les vingt-trois témoins que nous avons entendus, il n'y a aucun soldat gradé. Est-ce un hasard ?

— Non, vous pensez, cette histoire d'échange de numéros, ce contrat, aucun gradé n'était au courant. Vous pensez bien qu'ils n'auraient pas accepté un truc pareil. Oscar avait fait sa proposition en douce !

— En douce ? Je comprends mal… Cette proposition, êtes-vous certain que c'en était réellement une ? Comment Oscar Arlington a-t-il exactement présenté l'affaire ?

— Ben, il était plutôt déprimé, comme d'autres, comme moi, comme tous ceux qu'avaient tiré un petit chiffre. Il se prenait la tête entre les mains, et puis il a dit comme ça : « Ce putain de numéro 4, je le vends à qui en veut, je suis prêt à donner jusqu'à dix mille dollars par chiffre d'écart ! »

— Vous êtes certain que ce sont ses paroles ?

— Ben, c'était il y a vingt ans. Mais c'était quelque chose comme ça…

— Il n'aurait pas utilisé plutôt le conditionnel ?

— Le quoi ?

— Disons qu'Oscar Arlington n'aurait pas plutôt dit quelque chose du genre : « Ce numéro 4, j'aurais tant aimé ne pas le tirer, je serais prêt à donner ma fortune pour ne l'avoir jamais tiré. »

— Oui, c'était quelque chose comme ça. Il y a une différence avec ce que j'ai dit ?

Robin Le Gris se contenta de prendre l'air désolé.

— Ouais, tenta de contre-attaquer Barry Monroe, comprenant que l'avocat cherchait à le manipuler.

Mais j'étais là, moi ! Je me rappelle peut-être pas des mots exacts d'Arlington, mais je me rappelle bien que c'était une proposition claire et nette, pas ambiguë du tout ! On l'avait tous compris comme ça !

— Sans doute… Mais peut-être que pour Oscar, c'était simplement une parole anodine liée à sa déprime, son désespoir, sans aucune arrière-pensée. On peut difficilement condamner l'honneur d'une personne, décédée de surcroît, sur l'interprétation que font les autres de ses déclarations, à partir en plus de souvenirs approximatifs. Et puis personne n'aimait Oscar, tous les témoins nous l'ont dit ou nous l'ont fait comprendre : ses paroles auront naturellement été interprétées dans le sens de la cupidité qu'on lui supposait. Même s'il n'y avait là que de la résignation ! Ces témoignages me semblent tous un peu trop convergents. Il y a toujours, dans un groupe, et plus encore dans un groupe d'hommes, plus encore dans un groupe d'hommes qui s'en vont en guerre, quelques leaders qui se dégagent. Et un bouc émissaire qu'on isole, qu'on accuse de tous les vices, réels, supposés ou inventés. On n'a jamais rien inventé de mieux qu'un bouc émissaire pour rendre un groupe solide, soudé, convergent.

— C'était pas un bouc émissaire, Arlington ! se défendit une dernière fois Monroe. Oh non, monsieur ! C'était un dégonflé, un trouillard prêt à tout pour sauver sa peau…

— Je vous remercie.

Pendant le reste du procès, chacun se contenta de ressasser les mêmes arguments et témoignages dans un sens ou un autre. On n'avança pas beaucoup.

Une bonne heure de palabres plus tard, Robin Le Gris se leva enfin pour conclure sa plaidoirie, confiant. Ce procès était décidément une affaire en or, avec une belle passion qui transcendait les acteurs, à grand renfort d'envolées lyriques, des souvenirs d'eau froide et de brouillard, des balles qui sifflent, des bons et des méchants, de grands destins éteints, avec en prime une bluette entre l'orpheline et la tête brûlée du village, des sensations fortes, beaucoup d'émotions, et surtout… rien de concret, de palpable, rien de suffisant pour aboutir à une quelconque condamnation.

Robin Le Gris, dans sa plaidoirie, revint vite sur son idée de bouc émissaire, pas trop tout de même, il ne fallait pas prendre le juge Carteron pour un demeuré. Il convint, avec la partie adverse, qu'il y avait bien eu un échange de numéros entre Oscar et Lucky (c'était le moins qu'il puisse dire, difficile de faire croire à quiconque que le régiment entier devant le casque avait été victime d'une hallucination collective).

— Il y a donc bien eu échange, dit Le Gris. Bien. Mais sur quelle base ? Pourquoi ? Quel est le montant de l'échange ? Nous n'en savons strictement rien. Tout ce que nous savons de cet échange, nous le savons par la bouche de Lucky Marry, c'est lui qui affirme qu'il a vendu son numéro 148 pour 1,44 million. Lui et seulement lui ! Aucun des témoins ici présents ne l'a lu, ni même vu, ce fameux contrat. Les témoins se contentent de répéter ce que Lucky Marry a bien voulu leur dire, mais aucun exemplaire de ce fameux contrat n'a été produit devant ce tribunal, aucun des deux témoins « officiels », qui posséderaient, selon la légende, chacun un exemplaire de ce contrat, ne s'est présenté aujourd'hui.

« En l'absence de preuves, nous en sommes donc finalement réduits à une seule possibilité : mettre dans la balance la parole de Lucky Marry contre celle d'Oscar Arlington. Lucky Marry a affirmé qu'il avait échangé sa place pour 1,44 million. Oscar Arlington n'a rien dit, mais rien payé, ce qui semble montrer qu'il n'avait pas la même opinion des modalités de l'échange de numéros. L'un des deux a donc menti. Ils sont décédés tous les deux. Nous n'avons aucune raison de croire l'un plutôt que l'autre. C'est pile ou face. Peut-on réellement condamner Oscar Arlington, et avec lui toute la famille Arlington, la dignité d'une grande famille américaine, à pile ou face ? N'y a-t-il pas dans la justice américaine quelque chose qui s'appelle la présomption d'innocence ?

« Si vous condamnez ici Oscar Arlington, alors demain, pourquoi me gêner ? Je m'en vais raconter qu'un jour, il y a une éternité, vingt ou trente ans par exemple, j'ai vaguement sauvé la vie du futur président Kennedy et qu'il m'a promis en échange de ce service quelques millions de dollars, juste le temps de mettre la main sur son carnet de chèques. Puis il disparaît. Je raconte ça à tous mes amis, je raconte même que j'ai signé un contrat, que j'ai des témoins mais qui hélas ont déménagé, sont mystérieusement introuvables ou sont morts. Quelques semaines après l'assassinat du président Kennedy, je m'amène avec mon histoire invérifiable pour récupérer mes millions ! Qui me donnerait raison ?

« Soyons sérieux ! Oui, dans l'affaire qui nous concerne aujourd'hui, il y a sans doute eu échange. Mais pourquoi ? Pour 1,44 million de dollars ? Pour le double ? Pour la moitié ? Pour rien du tout ? Pour un pacte secret entre Lucky et Oscar ? Pour une dette au poker ? Non, à y réfléchir, sûrement pas pour une dette au poker. Lucky était très fort au poker, il était un très grand joueur, il ne perdait jamais, tous les témoins nous l'ont dit. Lucky était doué pour le poker non pas parce qu'il avait de la chance. Non. La chance n'a jamais fait les grands joueurs de poker. Pour être un grand joueur de poker, mesdames et messieurs, je ne vous l'apprendrai pas, il n'y a qu'une règle : savoir bluffer !

« Je vous remercie.

Robin Le Gris regarda en face le public hostile : Alors, pas si mauvais, finalement, le mâchonneur de crayon ? Il l'avait assis, ce public, il était même parvenu, il en était certain, à ébranler la conviction de nombre d'irréductibles partisans de Lucky.

Pour un peu, à s'écouter, il se serait presque convaincu lui-même. Parce qu'en toute honnêteté, il devait bien le reconnaître, même s'il n'y avait aucune preuve, la bonne foi était dans l'autre camp. Le fils Arlington était une limace qui bavait de l'or. Il y avait bien eu échange et l'Oscar pissant de peur à trois jours du débarquement n'avait pas dû promettre un chewing-gum et trois cigarettes à cet inconscient de Lucky pour qu'il accepte d'échanger sa place. Non, l'Oscar Arlington devait être prêt à tout cracher sur la péniche, toute la fortune des Arlington depuis un siècle, avec villa virginienne, champ de coton et esclaves. Tout pour ne pas mourir… Et puis une fois rentré, la peur des balles avait disparu, la seule peur qui restait était celle de sa mère, si jamais elle apprenait la tractation. Il étouffa l'affaire. Peut-être pas ses remords. Cette version crevait le bon sens, mais hélas pour cette belle veuve, elle n'avait aucune preuve ! Même l'avocat d'en face, ce Jonas Jones, qui n'était pas mauvais, un peu jeune mais pas mauvais, ne pouvait rien contre ce manque de preuves.

Quant à la mère Arlington, que pouvait-elle bien en penser, de tout cela ? Le Gris réfléchissait vite, il n'y avait guère que trois hypothèses : soit elle était de bonne foi, et aveuglée par l'amour filial, elle croyait réellement son fils chéri innocent. Cette hypothèse était pour le moins peu probable, car cela supposait de Mrs Arlington une capacité à aimer, à aimer jusqu'à en perdre le bon sens. Cette gentillesse crétine, même envers son fils, cadrait mal avec le personnage.

La deuxième hypothèse était qu'en son for intérieur, la sénatrice devait se rendre à l'évidence : son fils avait fait une belle boulette, une de plus, et mis toute la sainte famille au bord d'une ornière pleine de boue. Mais elle aurait préféré se faire arracher les poils du nez et du menton, qu'elle avait d'ailleurs fort longs, plutôt que de reconnaître la faute de son fils et présenter des excuses publiques. Cela supposait d'Emilia Arlington un grand sens de l'honneur, de la famille, une volonté de fer. Cela lui ressemblait beaucoup plus.

Enfin, dernière hypothèse, la sénatrice savait tout, elle était au courant, son fils lui avait tout raconté, en rentrant de la guerre, ou plus tard, au moment de son suicide. Mrs Arlington connaissait la vérité et jouait le béton. En gros, on en revenait à l'hypothèse 2, sauf qu'au lieu d'être simplement de mauvaise foi, comme son avocat par exemple, la sénatrice était complice. Elle privait délibérément et en pleine connaissance de cause Alice Queen de son million et demi de dollars. D'un point de vue sinon moral, du moins pénal, ça changeait tout de même beaucoup de choses.

Les délibérations durèrent peu de temps. Le juge Carteron admit qu'il y avait eu échange de numéros. Même si aucun gradé n'était au courant, c'était là un fait indiscutable. Mais les éléments du procès ne permettaient pas de savoir avec certitude quels étaient les termes de cet échange. En conséquence, en l'absence de preuves matérielles, Mrs Arlington ne devait rien à Alice Queen. Oscar Arlington demeurait un héros de guerre et conservait toutes ses décorations militaires.

La foule se leva et grogna, des poings se levèrent, la mère de Lucky fondit dans les bras de son mari, des rangers crièrent que c'était une honte et en jetèrent leurs médailles.

On s'énerva un peu, on cria quelques « Vendus », « Parodie de justice », « Arlington, protégés ». Mais ce n'était pas facile car ce juge avait somme toute l'air assez sympathique avec sa barbe à la Lincoln, pas du tout le genre de juge véreux qu'on achèterait ou qui mangerait au râtelier de Mrs Arlington. Le juge répéta doucement à tout le monde de sortir calmement, plusieurs fois. Au bout du compte, tout le monde sortit calmement, et tristement.

Robin Le Gris se planta devant Emilia Arlington, sans fierté déplacée, avec simplement la satisfaction du devoir accompli. Emilia Arlington avait refusé pendant le procès de s'asseoir « en pleine lumière » à côté de son avocat. Ce n'est pas elle qui était accusée, mais son fils. Cela l'autorisait à s'installer avec discrétion parmi le public.

— C'est gagné, fit Le Gris.

— Heureusement, grogna Emilia Arlington. Heureusement qu'il existe encore une justice dans ce pays.

L'avocat, malgré lui, ne put s'empêcher de sourire devant ce qu'il estimait être une marque supplémentaire de mauvaise foi. La sénatrice n'apprécia pas :

— Finalement, vous êtes comme les autres, Le Gris, avouez-le. Vous êtes du côté de cette sorcière de Queen. Je vous paye, assez bien d'ailleurs ; alors vous défendez l'honneur de mon fils, pas trop mal, je le reconnais. Mais au fond de vous-même, vous êtes persuadé que le droit est du côté de cette blonde. Qu'elle n'est qu'une pauvre victime et mon fils une fripouille !

L'avocat n'osa pas démentir. Il pensa simplement : Ça lui écorcherait la bouche de m'appeler maître.

— Sachez alors deux choses, Le Gris, continua la sénatrice, deux vérités que je ne répéterai devant aucun tribunal : la première, c'est qu'Oscar ne s'est pas suicidé. Il n'était pas un assassin. Il n'aurait jamais eu le courage d'assassiner quelqu'un. Et encore moins lui-même. Croyez-moi ou non, je le sais, cela malgré toutes les apparences. La seconde de ces deux vérités, vous aurez encore plus de mal à l'admettre, est que cette veuve éplorée, si belle, si noble, si sublime et si sublimée par son destin, cette Alice Queen qui sait si bien se servir de sa beauté inaccessible pour envoûter les hommes qu'elle croise, ne dites pas le contraire, Le Gris. Enfin bref, cette Alice Queen n'est qu'une petite courtisane dont le profit est le seul but. Cette Alice est une menteuse, une vipère. Une vipère maligne… Difficile à avaler, n'est-ce pas ? Mais je le sais, elle a sans doute deviné que je n'étais pas dupe, mais elle sait également que mon sens de l'honneur et de la famille m'oblige au silence !

Elle est folle, pensa Robin Le Gris. Elle devient gâteuse. Il est temps qu'elle retourne au fond de sa Virginie retrouver son ranch et qu'elle n'exerce plus son autorité que sur une dizaine de domestiques, pas sur le Congrès.

— Il n'y a qu'une seule chose, Le Gris, que je ne comprends pas dans cette histoire, c'est pourquoi Dieu a protégé jusqu'à présent cette créature. Qu'elle aille au diable, maintenant !

Elle est folle, pensa à nouveau Robin Le Gris, avec certitude cette fois-ci. Il avait toujours interprété les références à Dieu et au diable comme des signes irréfutables de folie, une folie fréquente et irréversible chez les personnes d'un certain âge ! Dieu l'en protège !

Alice, au même moment, se retrouva seule avec Nick sur les marches déjà presque désertes du tribunal.

— Lucky est mort pour rien, dit Alice. Tout est fichu.

— Mais non, Alice, répondit Nick. C'était juste une première manche, pour évaluer les forces en présence. On va faire appel. Ça va nous laisser le temps de les trouver, ces putains de témoins et de contrats. Il y a de nouvelles pistes. Le cercle se resserre autour de la Branlette. Je fais passer depuis une semaine des petites annonces en Normandie, pour retrouver Alan Woe. Le juge l'a dit, au fond il est d'accord avec nous, il attend simplement qu'on lui apporte les preuves.

— Nick, vous êtes gentil. Mais vous n'allez pas passer votre vie sur une affaire aussi tordue ?

— Vous me sous-estimez, Alice.

— Cette affaire, depuis un mois, ne vous a pas rapporté un seul dollar.

Si tu savais, Alice, que depuis trois mois, je n'ai aucun autre client... Alors, entre ton affaire tordue et le chômage...

— Pour l'instant... répondit Nick. Mais j'espère que vous n'avez pas oublié le pourcentage promis sur le chèque d'Arlington.

— Nick, nous sommes si minuscules à côté d'eux... Vous avez entendu son avocat, Le Gris. Il a retourné la situation si facilement...

— Et alors, vous avez bien engagé le meilleur détective privé de la capitale !

Elle n'a même pas souri ! Pourtant, d'habitude... Elle va être difficile à dérider, aujourd'hui, la belle Alice.

— Nick, je vous avais engagé jusqu'au procès. Vous avez fait un travail fabuleux. Dites-moi combien je vous dois. Je vous rembourserai. Ça prendra un peu de temps, mais je gagne tout de même ma vie. Ne vous sentez pas obligé de passer votre carrière sur cette affaire. C'est mon destin, c'est mon problème. A moi seule.

— Ne croyez pas cela, Alice. Je n'ai aucune envie que cette affaire s'arrête. Moi aussi je joue gros dans cette histoire !

Où tu t'embarques, là, Nick ? Tu ne vas tout de même pas lui jouer le joli cœur aujourd'hui, sur les marches du tribunal ?

— Vous jouez quoi de si important, Nick ?

— Eloigner les fantômes autour de vous, Alice, pour vous rendre le sourire.

Facile, Nick, facile.

— Vous êtes gentil, Nick…

Je sais, trop gentil même... Je devrais être un salaud et t'embrasser, là, que tu le veuilles ou non !

— N'allez surtout pas penser ça. Tout ça n'est absolument pas désintéressé. Il y a beaucoup d'arrière-pensées derrière ma dévotion !

Tu dérapes, là, Nick. Allez, fais-la sourire, trouve quelque chose...

— Alice…

Nick hésita à poursuivre.

Une chance sur mille pour que ta bouteille à la mer ne se brise pas...

Nick continua pourtant :

— Si je vous dis que je vous aime, là, maintenant, vous allez me répondre que ce n'est pas le moment…

Alice sourit simplement, désarmante :

— Non, Nick, ce n'est pas le moment.

— C'est trop tôt. A cause des fantômes ?

Alice acquiesça.

— En plus, les marches d'un tribunal, ce n'est pas l'endroit rêvé ?

Alice sourit encore :

— Pas vraiment…

— Tant pis, conclut Nick, je serai au moins parvenu à vous rendre le sourire…

Et toi à te faire un peu plus de mal, crétin ! Se rend-elle compte, la traîtresse et son destin tragique, que vénérer un mort qui vous aime fait moins souffrir que vénérer une femme bien vivante qui ne vous aime pas ?

TROISIÈME ÉPOQUE

1964
Le clairon des fantômes

26

Le calva du matin

17 octobre 1964, le Conquérant, Château-le-Diable, Normandie

Les habitués du Conquérant prenaient leur temps. Château-le-Diable se réveillait sous une fine douche froide. La bruine tenace ne poussait personne à sortir dehors en ce matin d'automne normand. Le café du Conquérant, bien chaud, coupé du monde par les vitres embuées, semblait une arche de Noé pour quelques survivants, Eugène Tétrion, Lucien Chaventré, Fernand Prieur, Paul Teyssier, fuyant le déluge, c'est-à-dire femmes, enfants, travail et pluie dehors.

— J'en ai une pas mauvaise, lança, accoudé au bar, Eugène Tétrion (que tout le monde ici appelait Téton). C'est un type qui va à la mairie…

— René, cria Lucien Chaventré en coupant la parole à Téton. Je t'avais demandé un café-calva, pas un café tout court !

— Je t'en ai mis du calva, Chacrevé (c'est ainsi que tout le monde appelait Lucien Chaventré dans le village), répondit René de derrière son comptoir. Tu m'as même vu le verser ! Alors dis pas n'importe quoi !

— Nuance, répliqua Chacrevé du fond du bar. Je t'ai vu sortir une bouteille sans étiquette de sous le comptoir, et verser avec modération dans ma tasse un peu de ce liquide incolore contenu dans ladite bouteille. Mais comme, dans ma tasse, je sens rien que le café, avec peut-être vaguement un arrière-goût de pomme, tu comprends que j'émette des doutes sur le contenu de la bouteille que tu planques sous ton comptoir.

— Du vingt ans d'âge, le salaud ! Et il voudrait faire croire que c'est de la pisse ! J'te foutrai de la flotte, le prochain coup…

— Tu parles, lança Fernand Prieur dans son coin. Le matin, il est déjà tellement imbibé, Chacrevé, qu'il voit même plus la différence. Chacrevé, je me demande vraiment pourquoi tu mets encore du café dans ton calva ?

— Je t'emmerde, ducon. Je bois ce que je veux ! Je bosse dehors, moi. Vas-y bosser dans les champs avec rien que du Banania dans le ventre ! Fonctionnaire !

— Allez, René, répliqua Fernand faussement conciliant. Sois pas salaud, mets-lui la rincette. Ou alors il va devenir méchant.

— Que dalle, fit René, s'il en reveut, y repaye… Du vingt ans d'âge !

— On va le savoir ! lança Chacrevé. Au train où tu le refiles à tes clients, il peut faire cent ans, ton calva !

— Messieurs, intervint alors l'instit (Paul Teyssier avait effectivement été instituteur, en Haute-Loire, mais était venu par le plus grand des hasards passer sa retraite sur la côte normande), si vous pouviez baisser d'un ton vos conversations de soûlards, j'aimerais me concentrer sur *Le Courrier bessin*. Alors René, ayez pitié d'un alcoolique notoire, et abreuvez-le pour qu'il nous fiche la paix ! Si vous ne me dérangez pas trop dans mes lectures, messieurs, je vous soumettrai tout à l'heure une petite énigme intéressante, consécutive à une petite annonce que je viens de lire.

— Donc, en profita Téton, c'est un mec qui se rend à sa mairie…

— J'suis assez d'accord avec l'instit, reprit Chacrevé. Pas sur la forme, c'est-à-dire que mon alcoolisme serait notoire, mais sur le fond, c'est-à-dire de me servir une rincette.

— Que dalle ! confirma René. Ça fait trop longtemps que tu viens boire ici à l'œil, matin, midi et soir !

— Le soir, c'est pas vrai, je vais picoler chez le beau-frère ! Et lui le calva, c'est peut-être pas du vingt ans d'âge, mais il en sert pas des doses de fillette… Si ça continue, tiens, j'irai prendre le p'tit dèj chez lui aussi !

— Et voilà, gémit René, c'est avec des mentalités comme ça que les cafés, ils ferment un par un en France. Comme tout le reste dans les bleds. Il l'a dit, de Gaulle, tout le monde fout le camp dans les villes, et en plus, tout le monde maintenant reste chez lui à picoler devant sa télé. Et du coup les cafés ferment un par un !

— Je ne sais pas si de Gaulle a exactement dit cela, plaça l'instit.

— Si, monsieur ! cria René en frappant de la paume son zinc. Sauf votre respect, l'instit, j'suis quand même au courant. C'est ma partie, non ? Même que de Gaulle, il appelle ça l'aménagement du territoire ! Et les troquets font partie de son plan, avec les autres commerces. Vous rigolerez moins quand je mettrai la clé sous la porte. Vous irez picoler où quand j'aurai fermé ma boutique ? Quand y aura plus de café au village ?

— On ira tous se taper le calva chez le beauf de Chacrevé, ironisa Fernand.

— C'est vrai que ça serait con, plus de café dans le village, réfléchit Chacrevé. Putain, ce serait la mort… Même les chleus pendant la guerre, ils ont pas touché aux troquets, les rosbifs non plus. Ils ont dégommé les églises, ouais, mais les troquets, ils les respectaient !

— Alors penses-y, Chacrevé, avant de vouloir descendre mon « lait de ferme » sans raquer.

— Donc, c'est un gars, comme ça y va à la mairie…

— Bon ben vas-y, Téton, avec ton histoire, coupa encore Chacrevé. Fais-nous marrer, puisque de Gaulle a dit qu'on n'avait p'us le droit de picoler. On a au moins le droit de se marrer. Ça cause pas de tort à l'aménagement du territoire, René, ça, rigoler ?

René haussa les épaules.

— Donc, recommença Téton, y va à la mairie, parce qu'il vient d'avoir un môme, alors il vient le déclarer. Comment vous voulez l'appeler, elle lui demande la secrétaire. Alors, là le type y répond : « J'ai-trois-quins » !

Chacrevé éclata de rire :

— J'ai-trois-quins ! Le con !

— A mon avis, Chacrevé, précisa Fernand, l'histoire de Téton n'est pas terminée.

Chacrevé fit une mine abrutie :

— C'est vrai, Téton ?

— Ben ouais, répondit avec lassitude Téton, normalement, c'est pas encore trop là qu'il faut rire…

— Ah bon ? Déjà comme ça, j'la trouve pas mal, ton histoire…

— Vas-y, Téton, insista Fernand. Continue. T'aurais dit que le mec voulait appeler son gosse « Branlepouc », il se serait marré pareil, Chacrevé.

— Si on n'a plus le droit de se marrer… Plus le droit de picoler non plus… Putain de matinée !

— Bon, je peux continuer ? s'impatienta Téton. Alors la secrétaire, elle regarde le gars et elle lui dit que c'est pas possible, qu'on peut pas appeler un môme comme ça. Alors le type, y se fâche, y dit qu'à la mairie, y a des passe-droits selon ta trogne, qu'ils acceptent les noms qu'ils veulent à la tête du client. La secrétaire, elle comprend pas.

— Prépare-toi, Chavrevé, glissa Fernand. Ça va bientôt être là qu'il faut que tu te marres.

— Ta gueule ! Finis ton histoire, Téton !

— Si vous me coupez tout le temps, soupira Téton, ça va tomber à plat, ma chute. Donc pour finir vite avant qu'un emmerdeur dise une autre connerie, le mec y lui dit comme ça à la secrétaire : « Ma voisine, elle a bien appelé sa gamine "J'ai-six-cats" » !

Tout le monde éclata de rire y compris Chacrevé, tous sauf l'instit…

— Ouais, t'avais raison, Téton, dit Chacrevé, elle est quand même mieux comme ça, en entier.

— Putain de miracle, fit Fernand. Chacrevé a compris l'histoire ! Sortez les bottes, les gars, y va flotter pendant trois mois.

— Elle vous fait pas rire, l'instit ? demanda avec déception Téton. Pour une fois, elle est pas sale…

— Pour une fois, souligna Fernand.

— Elle est pas sale, répondit l'instit, certes, mais elle est pas neuve non plus. Je la connaissais. Et je suis même pas du coin !

— Tout le monde la connaissait, précisa Fernand. Mais elle fait marrer quand même ! Puis, à force de les répéter, Chacrevé finit par les comprendre et arrive à rigoler à peu près quand il faut.

— Je t'emmerde, Fernand, conseiller municipal de mes fesses. Je suis pas près de revoter pour toi !

— Tenez, lança alors l'instit. Comme promis, voici une petite énigme, de quoi vous triturer plus sérieusement vos méninges éthyliques. J'ai sous les yeux une petite annonce. Pourriez-vous me dire quel était le nom de famille de l'Américain qui tenait le bar avant René ?

— L'Américain ? demanda René.

— Le déserteur ? fit Téton.

— Alan il s'appelait ! répondit Fernand.

— Son nom de famille ! reprécisa l'instit.

— Bah, heu, le déserteur, Alan le déserteur ! tenta Fernand.

L'instit secouait négativement sa tête, avec un petit sourire satisfait.

— Tout ce que je sais, dit Chacrevé, c'est qu'avec lui derrière le comptoir, ça radinait pas sur le calva dans le café. C'était l'âge d'or !

— Evidemment, répliqua René, il était maqué avec Lison qu'est ta filleule ! Et ils le recherchent sur une petite annonce, l'amerlock ?

— Oui, vous avez vu juste, répondit l'instit.

— Donc il y a son nom, à l'Américain, sur l'annonce. Ils doivent pas l'appeler « Alan » tout court.

— Oui, il y a son nom, confirma l'instit, mais je veux être sûr que c'est bien lui. Il y a plus d'un Américain qui s'appelle Alan.

— T'as qu'à nous lire son nom, dit René. On va te le dire si c'est le sien. Ça fera tilt ou ça fera pas tilt.

— Et non ! répondit l'instit. Ce serait trop facile. Je ne l'ai pas lu volontairement, pour ne pas vous influencer. Allez, cherchez au lieu de boire, ça va revenir.

— Quel emmerdeur, lui aussi ! envoya René.

— Pensez à l'aménagement du territoire avant d'insulter vos clients, répliqua l'instit, vexé.

— Je l'emmerde, l'aménagement du territoire, et de Gaulle avec, clarifia René.

— C'était pas un nom un peu russe ? suggéra Téton.

Chacrevé, qui n'avait rien dit depuis un certain temps, comme plongé au plus profond de sa mémoire, tapa brusquement sur sa table, faisant sauter la tasse et les cendriers.

— Woe ! Alan Woe qu'il s'appelait. Envoie un godet pour la peine !

— Tout juste, dit l'instit. C'est bien lui.

— Là, Chacrevé, admit René impressionné, tu me la coupes !

— C'est pas très russe, comme nom, lança Fernand à l'adresse de Téton.

— Heu, non… J'ai confondu…

En fait, Téton avait lancé l'idée d'un nom russe pour enchaîner sur : « C'était pas "J'ai-douze-vacs" qu'il se serait appelé » ? Mais il s'était fait prendre de vitesse et maintenant, ça tomberait à plat. Déjà que bien amené, il n'était pas franchement certain de ne pas se taper un bide… Il essaierait de la replacer à l'occasion.

— Et ils lui veulent quoi ? demanda René.

— Ils le recherchent.

— Qui ça ?

— Un autre Américain, apparemment.

— Ils sont rapides là-bas, dit Fernand. Ça fait vingt ans qu'il aurait dû rejoindre son régiment. S'ils mettent la même vitesse pour aller sur la Lune…

— T'es sûr que ça vient pas de Lison, l'annonce ? demanda Chacrevé. Ça fait six mois qu'elle en envoie plein, des petites annonces, aux Etats-Unis d'Amérique.

— Non, c'est signé d'un nom américain, agence Nick Hornett.

— Alors, elle va être contente, ma Lison. D'apprendre qu'il y a du nouveau. Elle file un mauvais coton depuis six mois, ma Lison, depuis qu'Alan est parti. En espérant que ce soit une bonne nouvelle…

— C'est tout de même étrange, réfléchit l'instit. Alan Woe déserte en Normandie pendant vingt ans, personne aux Etats-Unis ne s'inquiète de lui. Et au moment même où il retourne là-bas, les Américains viennent le rechercher ici…

— Ça n'a sûrement rien à voir avec sa désertion, dit René. Vingt ans après, qu'est-ce qu'ils en ont à foutre, les Américains ?

— Ils veulent peut-être l'envoyer au Vietnam finir les mois de guerre qu'il a pas faits en France !

— Dis pas des trucs pareils, Fernand, dit Chacrevé, je l'aimais bien, l'amerlock.

— Ou c'était peut-être un espion russe ? tenta timidement Téton.

— Pourquoi tu dis ça ? demanda Chacrevé.

— Ben heu, parce que… Non, je vais dire une connerie.

— Eh ben dis-la ! insista Chacrevé.

— Ponds-le, ton œuf, termina Fernand. Il te démange le cul depuis tout à l'heure, que tu tournes autour avec tes Russes pour essayer de placer ta connerie.

— Non, c'est nul.

— Vas-y !

— Ben. C'est vous qu'avez insisté, hein ? Son nom de code d'espion russe, c'était peut-être « J'ai-douze-vacs » !

Silence dans le café.

— Ben t'avais raison, c'est nul ! acheva Fernand.

Téton se renfrogna, pensant qu'il n'était pas près de se recreuser la tête pour faire marrer ces enfoirés.

A moins d'en avoir vraiment une bonne.

— Bon, dit Chacrevé en se levant, c'est pas que je m'ennuie avec des types aussi poilants que vous, mais puisque la rincette, c'est comme le Loch Ness, on en parle mais on la voit jamais, je vais vous laisser. J'ai du sillon à creuser. Pis j'ai douze vacs à traire, comme dirait Krouchtchev.

Connard ! pensa Téton.

— Pis surtout, continua Chacrevé, faut que je passe chez ma Lison lui porter les nouvelles. L'instit, ça ne vous dérange pas de me donner la page avec l'annonce ?

27

Des jours comme des années

18 octobre 1964, agence Nick Hornett,
115, 11th Street

— Allô, Alice ? C'est Nick !

Alice répondit d'une voix pleine de sommeil.

— Qu'est-ce qui se passe, Nick ? Il est 3 heures du matin.

— Je tiens une grande nouvelle !

— A cette heure ? Attendez juste deux secondes, vous m'avez fait bondir du lit, je vais me couvrir un minimum.

Nick, espèce de gentleman coincé de mes fesses ! La plus belle fille d'Amérique est nue, en train de te parler... mais au téléphone ! Pourquoi alors bon Dieu tu ne t'es pas déplacé directement pour tout lui annoncer ? Plutôt que de fantasmer au bout du fil !

— Ça y est, Nick, je suis présentable, si je puis dire. Alors, cette nouvelle ?

— On a enfin pêché un témoin !

— Vrai ? Vous avez un témoin ?

— Vrai !

— La Branlette ?

— Perdu… C'est Alan Woe !

— Alan Woe ? C'est incroyable ! Il n'est pas mort en 44, alors ? Il est encore vivant, vous l'avez retrouvé ?

— Non… Enfin pas tout à fait… C'est assez compliqué. En fait, Alan n'avait pas disparu, pendant ces vingt dernières années. Par contre, maintenant qu'on a redécouvert sa trace, on peut dire en quelque sorte qu'il a bel et bien disparu !

— Mais vous venez de me dire qu'on l'a retrouvé ?

Doucement, Nick, doucement, on reprend calmement, il faudra bien que tu lui dises tout.

— Ben, comment vous expliquer…

— Sa trace, comme vous dites, Nick, vous l'avez redécouverte où ?

Ben oui, forcément, elle allait finir par le demander !

— En Normandie…

Allez, vas-y, Alice, envoie les sarcasmes, dis-le que je suis un zéro, que si j'avais pensé tout de suite à faire passer des annonces en Normandie, on aurait peut-être décroché ce renseignement il y a un mois, et donc peut-être retrouvé Alan Woe avant le procès. Allez, dis-le que tout a peut-être foiré à cause de moi.

— Nick ? Nick ? Vous êtes toujours là ? Eh bien, continuez ! Qu'est-ce qu'il faisait en Normandie, Alan ?

Merci, Alice, de ton silence, tu es décidément si parfaite...

— L'amour, Alice, l'amour ! Il a été blessé lors de l'assaut, il a été laissé sur place dans la panique. Il a été recueilli par une jeune Normande, Lison Munier, c'est elle qui m'a contacté. C'est d'ailleurs pour cela que je vous téléphone à cette heure. Lison Munier m'a appelé il y a un quart d'heure, elle ne semblait pas très au courant du décalage horaire. Enfin bref, depuis 1944, Lison et Alan ont vécu vingt ans ensemble, en Normandie.

— Eh bien alors, qu'est-ce que vous me racontez, on l'a retrouvé !

— Pas tout à fait. Il y a six mois, Alan est retourné aux Etats-Unis. Lison Munier ne sait pas trop pourquoi. Apparemment, ça l'a bouleversée. Il lui a promis qu'il reviendrait, vite. Elle a reçu quelques cartes postales, au début, et depuis trois mois plus rien.

— Etrange…

— Oui, c'est le moins qu'on puisse dire. Je lui ai raconté brièvement toute notre histoire. Elle n'était au courant de rien, Alan ne lui avait rien dit ! Par contre, tenez-vous bien, Alice, vous ne devinerez jamais ?

— Eh bien allez-y, puisque je ne devinerai pas.

Ben oui, vas-y, ducon, c'est elle qui a raison. Joue pas sur les mots avec elle, elle est plus forte que toi.

— Lison vous connaît ! Véridique ! Elle a su vous décrire au téléphone comme si elle vous avait croisée hier !

— Me décrire ? C'est ridicule ! Je ne connais personne en Normandie, aucune Lison. Elle doit confondre.

— Non ! Vous ne devinerez jamais où elle vous a vue…

Ducon, t'insistes... C'est la nuit des devinettes ?

Alice pensa rapidement à voix haute.

— En Normandie, je n'y suis allée que deux fois, et je n'y ai pas vu grand monde. Une jeune fille normande de mon âge, vous dites… Mais bien sûr ! Nick, écoutez ça. Lison et moi, nous nous sommes croisées à l'angle d'un café, le Conquérant. Vous ne connaissez que sa voix, Nick, mais sachez que Lison Munier est une femme charmante, elle vous plairait, une ravissante brune…

Ben voilà, t'as gagné, à jouer au crétin avec tes devinettes. T'as toujours pas compris que cette fille est une magicienne ?

— Vous me soufflez, Alice. Vous vous souvenez d'une fille que vous n'avez croisée qu'une fois, deux minutes, il y a vingt ans !

— Nick, il y a des jours dont on a davantage de souvenirs que des années. Et ce que vous ne savez pas, Lison non plus je crois, c'est que je l'ai vue une deuxième fois, il y a quatre mois, quand je suis retournée en Normandie, en juin. Je l'ai aperçue juste un instant à la fenêtre du Conquérant. Ce jour-là, elle semblait aussi triste qu'elle était rayonnante à vingt ans. Un visage de veuve éplorée. Je comprends maintenant, Alan venait de la quitter.

— C'est sans doute pour cela qu'elle est restée gravée dans votre mémoire, Alice. Si belle, si gaie pour ses vingt ans, si triste à quarante, un destin parallèle au vôtre…

Bien joué, Nick, t'es meilleur en psychologie qu'en devinettes…

— Peut-être, Nick.

Sûrement, oui !

— Je pense avoir croisé Alan aussi, continua Alice. Il était au bras de Lison, en 44. Il m'avait regardée étrangement. Je pense qu'il essayait de se souvenir de mon visage. Mais il ne m'a pas reconnue.

— Si Alice, mais quelques secondes trop tard ! Le car était déjà parti. Il a couru un peu, mais vous ne vous êtes pas retournée. C'est drôle à quoi tient une vie. S'il s'était souvenu de vous trois secondes plus tôt, en 44, il vous aurait dit pourquoi Lucky était mort, il vous aurait remis le contrat.

— Je ne suis pas sûre que cela aurait changé quelque chose, Nick ! J'étais si loin de ça, à l'époque, de cet honneur, de ce million de dollars.

Mais si, Alice, cela aurait tout changé... Avec ou sans le fric. Parce que alors...

— Oui mais alors, glissa Nick, on ne se serait pas rencontrés.

— C'est vrai, Nick. C'est gentil. Je suis si égoïste.

Elle marqua un temps de réflexion.

— Néanmoins, Nick, un truc ne colle pas. Comment Alan aurait-il pu se souvenir de moi, il ne m'avait jamais vue ?

— Cherchez un peu, Lison me l'a dit…

— Je ne vois pas… A part une photo… Mais oui, une photo, bien entendu ! Lucky avait une photo de moi, et Alan était son meilleur ami. Lucky a dû la lui montrer sur la péniche. C'est étrange tout de même, me reconnaître ainsi, cinq mois après, à partir d'une simple photo…

Allez, Nick, une perche comme cela, ça ne se rate pas.

— Un homme qui ne se souviendrait pas éternellement de vous, après vous avoir vue ne serait-ce qu'une fois, ne serait-ce qu'en photo, ne serait pas vraiment un homme…

Comme c'est bien dit, en plus.

— Nick… Faites-vous toujours autant de compliments au milieu de la nuit ? C'est vrai que c'était une photo d'avant, de quand je cherchais encore à plaire.

Eh bien... Heureusement que je ne t'ai pas connue alors, Alice, à vingt ans. Déjà que je suis dingue de toi à quarante. Comment Lucky a-t-il pu faire ça ? Comment peut-on risquer sa vie quand on est aimé d'une Alice en fleurs ? C'est un sacré gâchis, mon vieux Lucky... Le million et demi de dollars que tu t'es fait barboter, à côté, c'était rien !

— Nick ? Nick ?

— Oui ?

— Vous rêviez ? Et maintenant, qu'est-ce qui se passe ?

— Lison Munier doit vous envoyer un courrier. Je lui ai dit qu'elle pouvait sans problème vous écrire en français. Je lui ai donné votre adresse, elle doit vous raconter tout ce qu'elle sait et vous joindre les cartes postales d'Alan qu'elle a reçues des Etats-Unis. Ce sera un bon début de piste. On en tient un bout, du fil, Alice. C'était le plus difficile. Maintenant on va pouvoir remonter tranquillement toute la pelote.

— Vous savez si bien rendre l'espoir, Nick. Bonne nuit...

Bonne nuit, mon amour... Et si Lison nous envoie des cartes postales de Floride ou de Californie, je t'emmène enquêter avec moi, mon Alice !

28

... Il est passé par ici

Octobre 1964, 19 Louisiana Avenue, Washington

— Quand mon mari est mort, dit Mrs Waters en déposant délicatement les pains aux raisins entre la théière et la tasse, ils m'ont fait tous les ennuis du monde pour le salon de thé. Pourtant, les papiers étaient à nos deux noms, comme si une femme seule ne pouvait pas tenir un commerce !

— Ça ne m'étonne pas, confirma Cyd Cabell, l'unique cliente à cette heure matinale. Tous ceux qui font de la politique sont des hommes, comment voulez-vous qu'ils s'intéressent à ce genre de problèmes ?

— Ça c'est bien vrai, approuva Mrs Waters, tout vient de là. Il y aurait plus de femmes à faire de la politique. Mais ça, c'est pas demain la veille. La politique, c'est une histoire d'hommes. Il doit en falloir du courage, à une femme, pour entrer en politique…

— Ouais, on n'est pas près de voir une femme présidente !

— Ah ça… Tenez, regardez, Emilia Arlington, vous

savez, la sénatrice de Virginie, celle qui défend les fermiers. Personne n'a su, mais ils lui ont fait un procès, rapport à son fils il paraît !

— Qui ça, « ils » ?

— Ça, je ne saurais pas trop vous dire… Mais voilà bien encore un coup monté contre une femme honnête qui a réussi, en politique en plus. En fait, ce procès, c'était du flan, ils ont rien trouvé du tout, ils ont été obligés de l'avouer ! Une belle bande de salauds, tout de même ! C'est bien des trucs de mecs, ça, tenter d'avoir la peau d'une femme en s'attaquant à son fils !

Mrs Waters déposa le plateau de thé sur la table de Cyd Cabell et reposa sa langue quelques instants, cherchant un nouveau sujet de conversation.

Ce fut pourtant Cyd Cabell qui relança la première la conversation, à voix basse, sur le ton de la confidence :

— Parce que vous n'êtes pas au courant ?

Cyd Cabell était très étonnée de connaître une rumeur dont apparemment Mrs Waters, pourtant professionnelle du ragot (ne tenait-elle pas ce salon de thé depuis dix-sept ans ?), n'avait pas encore entendu parler. Cyd Cabell, bien que peu expérimentée en la matière, tenta de ménager ses effets.

— De quoi ? demanda Mrs Waters en prenant un air faussement détaché, s'occupant à débarrasser les tables alentour.

— Sur la mort du fils Arlington, chuchota Cyd Cabell en essayant de donner à sa voix un ton mélodramatique, il paraîtrait qu'on n'ait pas tout su…

— Oh, vous savez, moi, répondit Waters d'une

voix forte. Ce type de racontars sur les politiques, surtout sur les femmes politiques…

— Eh bien, continua Cyd Cabell, un peu déçue tout de même du peu d'effet de son annonce, il paraît que le jeune Arlington aurait laissé un mot pour expliquer son geste. Mais le mot, la mère l'a escamoté et n'en a jamais parlé à personne.

— Mais comment le savez-vous alors ?

Cyd Cabell prit son temps, ouvrit grands ses yeux myopes, comme pour repérer d'éventuels espions :

— Par la femme de ménage ! C'est elle qui a découvert le corps du jeune Arlington. C'est une relation à moi, disons, heu, plus ou moins directe…

Mrs Waters continuait d'éponger ses tables, semblant toujours écouter distraitement, avec méfiance. Mais Cyd Cabell, malgré son inexpérience, avait remarqué que la table qu'épongeait Mrs Waters était propre depuis longtemps. La patronne était ferrée ! Malgré son air de s'en moquer, elle crevait d'envie de connaître toute l'histoire. Cyd Cabell allait la faire mijoter.

— Et alors, commenta Mrs Waters en haussant les épaules, toute mère aurait fait ça. Elle n'allait pas faire publier la lettre d'adieu de son fils à la une du *Post* !

— Vous avez raison, Mrs Waters, cette affaire-là mérite de la discrétion. Il vaut mieux que je ne vous en dise pas plus.

Elle souffla doucement sur son thé, fière d'elle :

— Et puis j'ai promis de me taire.

Mrs Waters lâcha ses éponges, prit une chaise, et vint s'asseoir à côté de sa cliente :

— Cyd, je vais être très claire avec vous. En matière de déontologie relative aux confidences, un sujet pour lequel j'ai sans me vanter des compétences quasi professionnelles, il y a une règle, une seule : on ne dit rien ou on dit tout ! Ne dire qu'à moitié les choses, sous-entendre, laisser supposer, voilà ce qui fait du mal aux honnêtes gens. Si l'on accuse, il faut apporter les preuves !

Cyd Cabell regarda Mrs Waters, penaude. Incontestablement, elle n'était qu'une amatrice dans ce domaine.

— Vous croyez vraiment ?

— Evidemment ! Vous sous-entendez que Mrs Arlington cache un terrible secret, un secret sur son fils. Bref, vous la calomniez. Et jusque-là de façon totalement gratuite. Après cela, on peut tout imaginer, tout raconter : « Il paraîtrait que le fils Arlington était homosexuel, oui, oui, c'est Miss Cabell qui me l'a certifié ! »

— Mon Dieu, quelle horreur ! s'écria Cyd Cabell, vaincue. Vous avez raison, je préfère tout vous raconter.

Elle prit tout de même le temps de souffler une fois sur son thé.

— Ce serait, raconta-t-elle, une histoire relative au débarquement. Le fils Arlington a été décoré, mais, en fait, il ne serait pas un héros de guerre, plutôt tout le contraire, un lâche. A ce qu'il paraît, un autre soldat serait mort à sa place en Normandie. En tous les cas c'est ce qu'il avouait sur cette lettre.

Mrs Waters prit l'air déçu :

— Mouais, c'est bien ce que je pensais, rien de bien précis, quoi.

Elle retourna travailler derrière le comptoir en enchaînant sur autre chose.

Un quart d'heure plus tard, Cyd Cabell avait bu son thé, salué Mrs Waters, et était sortie.

Mrs Waters guetta alors les clientes qui entraient dans son salon de thé avec le regard avide du chasseur, espérant rencontrer au plus tôt quelqu'un qui pourrait connaître de près ou de loin Emilia Arlington : un ami de la sénatrice qu'elle pourrait chagriner, ou mieux encore, un de ses ennemis qu'elle pourrait faire saliver.

Cette gourde de Cyd Cabell n'avait aucune conscience de la valeur du secret qu'elle venait de lui révéler. Un tel scandale de première main, ça ne vous tombe pas ainsi tout cru dans les oreilles tous les matins.

La journée commençait bien.

29

Lettre d'outre-Atlantique

27 octobre 1964, Washington

Alice avait reçu la lettre de Lison le matin même. Elle ne déchira pas l'enveloppe tout de suite. Elle décida d'aller se promener d'abord, et de l'ouvrir dans un coin tranquille, ombragé d'arbres, comme lorsqu'elle lisait jadis les lettres de Lucky.

Elle eut, pour la première fois depuis qu'elle était revenue à Washington, envie de contourner la ville par le sud, en longeant le Potomac, comme elle le faisait si souvent il y a vingt ans. Entre la ville et le fleuve, il restait alors encore beaucoup de place, de grandes étendues d'herbes à pique-nique. Ce n'était sans doute pas un hasard : les architectes de la ville, prévoyants, avaient volontairement préservé ces hectares vierges idéalement situés, juste en face du Capitole ou de la Maison-Blanche.

Dès l'origine, l'architecte de Washington, le Français Pierre L'Enfant, avait compliqué le strict quadrillage en blocs des villes américaines par de grandes percées diagonales, offrant de multiples perspectives.

On apercevait ainsi la Maison-Blanche de Washington Circle, de Mont Vernon Square, de Thomas Circle, du Capitole… Et le Capitole d'une dizaine d'avenues. A l'époque de Pierre L'Enfant, la ville était simplement centrée autour d'une avenue en L : la Maison-Blanche, le Washington Monument, le Capitole. L'histoire des Etats-Unis était à cette date aussi courte que l'avenue principale de sa capitale.

Mais l'histoire continua, et il fallut alors prolonger l'avenue, le Mall. On dut un siècle plus tard remblayer une bonne partie du Potomac pour installer dessus le mémorial Jefferson face à la Maison-Blanche et le mémorial Lincoln face au Capitole. Depuis peu, l'avenue historique avait même franchi le Potomac, et sur la rive droite du fleuve brûlait désormais la flamme éternelle de John Kennedy, toujours dans le respect de la perspective des monuments dédiés aux glorieux anciens. Bientôt, sans aucun doute, il faudrait encore faire de la place pour les soldats du Vietnam, puis pour les pionniers de l'espace, puis les héros de la prochaine guerre mondiale…

Les successeurs de Pierre L'Enfant devaient ainsi faire preuve d'économie foncière en conservant toujours à l'esprit une vue architecturale à long terme. Ils gardaient donc en réserve ces espaces nus et convoités près du centre-ville, pour que les futurs héros de la nation américaine ne trouvent pas leur monument relégué en banlieue, faute de place. L'avenue historique américaine devait avancer petit à petit, en ordre logique et chronologique, toujours vers l'ouest, peut-être jusqu'au Pacifique, dans quelques millénaires, à l'image de ces allées pavées et sculptées de plusieurs kilomètres qui commandent en Chine l'entrée des tombeaux des empereurs Ming.

Telle était du moins l'image qu'avait Alice de Washington. En 1940, en raison de tous ces monuments futurs prévisibles, les rives du fleuve étaient encore un coin de campagne au cœur de la ville.

Ce mardi d'octobre 1964, Alice fut déçue sitôt qu'elle eut atteint le Potomac. Apparemment, les figures historiques de l'Amérique du futur devraient s'exiler loin. On construirait le monument des héros du Vietnam à Chinatown ou ailleurs.

Il n'y avait plus de friches. Les promoteurs avaient gagné !

Le long du fleuve, les espaces jadis vierges étaient traversés de toutes parts par ces grandes rocades, ces monstrueux échangeurs de deux fois quatre voies superposés et emmêlés par dizaines, toutes ces routes rappelant à Alice un immense plat de nouilles grouillant de petites bêtes : des voitures… des voitures de fonctionnaires soucieux de fuir la ville au plus vite, de quitter ces milliers de bureaux du centre-ville pour se retrouver le plus rapidement possible dans le Nord-Ouest, Georgetown, Bethesda, Chevy Chase… Tous ces quartiers vallonnés et ombragés, ces maisons pas toujours très grandes ou originales, mais au moins individuelles ! Ces jardins qu'il n'est même pas la peine de clôturer, entre voisins de même compagnie… Ces lotissements que l'on retrouve le soir et où l'on peut ralentir, enfin, et sourire, en espérant devoir même rouler au pas au côté d'un enfant, le nôtre, venu à vélo à notre rencontre.

En bref, ces rocades qui écœuraient Alice créaient un second fleuve, de véhicules celui-ci, avec de rares étiages, de nombreuses crues, et une pollution inquiétante : un fleuve sans pont, enfermant comme une île le centre rétréci de la ville, où l'on ne faisait plus que travailler et où dormaient les plus pauvres.

Alice parvint avec courage à suivre plus à distance les rives du Potomac. La circulation bloquée de la fin de journée lui permit de traverser plusieurs fois à gué le fleuve de voitures et, un peu plus loin, les architectes avaient eu la bonne idée de conserver sur la presque continuité de la rive un étroit sentier, tantôt de terre, tantôt bitumé, pour les promeneurs, les cyclistes ou les bébés en poussettes. Les deux roues, quatre roues ou sans roues tentaient ainsi de cohabiter sur ce mince couloir, de se croiser, de se doubler, sans accident.

Alice, à sa grande déception, ne retrouva pas non plus les abords d'antan du petit port de Washington, où l'on pouvait encore croiser jadis quelques pêcheurs authentiques et quelques poissons frétillants sur l'étal de leur agonie. A la place étaient plantés des parasols colorés décorant les terrasses de restaurants spécialisés ou non dans les produits de la mer.

Alice continua, têtue. C'est un peu plus à l'ouest qu'elle se rendait, au confluent du Potomac et de la petite rivière Rock Creek. C'est ici, dans de vieux appartements avec vue sur le fleuve, qu'Alice logeait lorsqu'elle avait suivi ses études de français, pendant quatre ans, de 1940 à 1944, à Georgetown University, quelques miles au nord. Alice les avait beaucoup aimés, ces quelques petits immeubles, presque déjà en campagne. C'était sans doute le seul endroit de Washington, le dernier peut-être, où cohabitaient toutes les races, toutes les religions, tous les Etats, tous les âges. Une espèce de petit territoire de transit pour les nouveaux résidents de la capitale, avant que chacun, une fois intégré dans la ville, ne rejoigne son camp, Georgetown, Chinatown, les quartiers nord et noirs autour d'Howard University…

Sur les cartes de 1964, elle avait remarqué que ces pauvres immeubles ne figuraient plus. Elle vit de loin, à leur place, une cathédrale qui grandissait au fur et à mesure qu'elle avançait. Une cathédrale de verre, dont elle avait lu le nom évocateur sur la carte : Watergate.

La porte de l'eau.

Rien ne manquait, ni fontaine, ni fleurs, tout était neuf et propre. La forme circulaire de l'édifice permettait aux occupants des lieux de choisir à leur guise la vue majestueuse sur le fleuve Potomac, ou la vue intimiste sur Rock Creek.

Alice s'assit sur un banc, dans la grande esplanade intérieure, moins réussie que le reste. Trop de graviers… Même si le décor avait changé, elle pouvait encore se repérer. C'était à peu près à cet endroit, mais sur un autre banc plus ancien, qu'elle venait régulièrement le soir, sous un réverbère, lire les lettres de Lucky, ou lui répondre. Après tout, le coin était toujours éclairé, et même beaucoup mieux qu'avant. Alice ouvrit enfin la lettre de Lison.

Château-le-Diable, le 18 octobre 1964

Chère Alice,

Je me souviens parfaitement de vous. Je ne vous ai vue qu'une minute dans ma vie, il y a bien longtemps, mais j'ai toujours conservé cette minute dans mon petit album de souvenirs personnels. Vous aussi, n'est-ce pas ? J'en suis certaine. On n'oublie pas des moments comme ceux-là, surtout à l'âge que nous avions... Vous étiez aussi triste que j'étais gaie, cela m'avait tellement troublée de croiser ainsi votre regard, enfin plutôt, votre absence de regard, comme si vous désiriez devenir transparente...

La même marée, la même péniche m'avait envoyé à moi un amour, un si grand amour, et à vous le deuil... Ce contraste entre nos sentiments m'avait fait une impression terrible, comme s'il ne fallait en ce monde ni trop de bonheur, ni trop de malheur, mais simplement un équilibre entre les deux, et donc pour que naisse mon bonheur, il fallait qu'il en meure un autre, comme un pacte avec je ne sais quel démon guerrier...

Vivre heureuse, moi, la Normande, me parut soudain très indécent, en vous découvrant ainsi, ce jour de l'été 1944. Je vous devinais américaine, amoureuse, déjà veuve, ayant déjà tout perdu... Chaque Normand devait se sentir un peu honteux, du moins je l'espère, devant ces morts, si jeunes, devait se poser la question : Méritais-je réellement que ces étrangers viennent mourir pour nous délivrer, notre liberté valait-elle ce prix, sommes-nous dignes d'un tel sacrifice ? Mon cas était pire encore. Lucky venait finir sa vie en Normandie, dans ce coin du bout du monde, pour délivrer des inconnus pleutres qui attendaient bêtement que l'on vienne mourir à leur place. Et moi, l'une de ces inconnues pleutres, ironie du sort, au lieu de porter le deuil de ces libérateurs, j'aimais et je vivais les plus belles heures de ma vie. Excusez-moi, j'en fais un peu beaucoup, je sais, mais j'ai si souvent eu honte du manque de reconnaissance de mes compatriotes... Mais sur ce point non plus, je ne peux pas être objective, le débarquement m'a apporté bien plus qu'à eux.

Alice, je comprends ce sentiment aujourd'hui. Vouloir devenir transparente. Alan est parti. J'aurais aimé moi aussi faire comme vous, quand Alan ne m'a plus donné de nouvelles, venir aux USA, aller là-bas me rendre compte, sur place. J'aurais compris, comme vous vous avez compris en venant en Normandie. Mais tout bêtement je n'ai pas l'argent pour cela. Alors je me suis contentée de faire passer des dizaines d'annonces dans des journaux, de passer quelques coups de téléphone, pour rien...

J'ai longtemps pensé qu'Alan avait une vie aux Etats-Unis, une femme... Des lettres qu'il recevait régulièrement, ce secret qu'il voulait conserver... En fait, cette idée m'évitait de penser au pire, me berçait de l'illusion qu'au moins, Alan était heureux, là-bas, auprès d'une femme qu'il était parti retrouver. Jusqu'à ma conversation avec Nick Hornett, votre détective, ce matin, je le croyais encore. Ce que Mr Hornett m'a révélé m'a fait comprendre beaucoup des silences d'Alan, quand il parlait de Lucky, de vous, ou plutôt quand il refusait d'en parler. Plus j'y pense et plus tout cela sonne juste, correspond à Alan. Etre le témoin de Lucky était forcément pour Alan une question d'honneur. Oui, il est fort possible qu'il soit retourné aux Etats-Unis pour cela. Cela me semble même très étrange qu'il ne l'ait pas fait avant.

Depuis, une autre intuition me ronge, plus terrible encore que la première, cette double vie que j'imaginais... S'il est retourné aux Etats-Unis pour cette histoire de contrat, c'était pour vous rencontrer, vous avertir. Vous étiez revenue d'Australie depuis longtemps déjà, d'après ce que m'a dit Mr Hornett. Alan aurait donc forcément cherché à vous rencontrer. Il ne l'a pas fait. Il ne l'a toujours pas fait. Pourquoi ? J'ai si peur qu'on l'en ait empêché. Alan me cachait autre chose que ce contrat non honoré, autre chose de plus terrible, quelque chose qu'il avait découvert et qui l'a poussé en urgence à retourner vingt ans plus tard aux Etats-Unis, quelque chose dont il avait peur, lui aussi...

Depuis son départ, je n'ai reçu d'Alan que trois cartes postales, toutes postées les deux premiers mois, des cartes postales banales, rassurantes, trop rassurantes... Je vous les ai jointes. Puissent-elles vous aider à retrouver sa piste.

Alice, vous êtes une bouée inespérée dans mon océan d'incertitude. Je n'aurais jamais eu les moyens d'une enquête aux Etats-Unis, d'engager un détective privé. Tenez-moi au courant, régulièrement, quoi que vous découvriez.

Nos destins curieusement se croisent, je me sens étrangement proche de vous, Alice, de vos sentiments. Nick Hornett (ce détective semble vous vouer une véritable vénération) m'a dit que vous portiez le deuil depuis vingt ans. J'espère que cette affaire vous aidera à oublier, définitivement. A quarante ans, vous avez encore une vie devant vous. Pour ma part, je prie pour ne pas entrer en deuil au moment où vous en sortirez. Je me connais, comme vous, je le porterai longtemps, au moins vingt ans. Cela me condamnerait, étant donné mon âge, à la douleur à perpétuité.

J'espère que nous nous reverrons. Oui, je le crois. J'espère alors que ce ne sera pas la rencontre de deux veuves, morbides, se racontant mutuellement leurs amours défuntes.

Lison Munier

La même enveloppe contenait une photographie d'Alan Woe et trois cartes postales.

Sur la première, une rutilante machine agricole était exposée sur un socle de bois. On lisait au dos : *Jonathan Feed, 1863, première moissonneuse-lieuse automatique, musée de la Machine agricole, Ashland, Kentucky.*

Sur la seconde, un général à cheval posait sur un socle de granit. Au dos était inscrit : *Général Howard D. Linford, 1798-1859, Effingham Battle, 1837, Effingham.*

Sur la troisième, une rivière apparemment sauvage

transportait malgré elle quelques canoës-kayaks dont les coques et les gilets de sauvetage orange des occupants tranchaient avec le vert environnant. On lisait en bas à droite *Des Moines River, Valentine, Iowa.*

Alice lut rapidement les mots d'Alan, quelques phrases neutres, rassurantes. Alan écrivait que tout allait bien, qu'il serait bientôt de retour, demandait à Lison de la compréhension et de la patience, glissait un mot pour les amis restés en Normandie, concluait par une formule pudique de tendresse.

Ashland, Effingham, Valentine… Alan avait joué les Petit Poucet. Retrouver sa trace, six mois plus tard, ne devrait pas être trop difficile.

30

Ashland, son musée agricole

7 novembre 1964, nationale 452,
Richmond-Franckfort

La nationale 452, après avoir serpenté un minimum pour franchir les Appalaches, déroulait son tapis de bitume rectiligne, plein est, jusqu'à la grande plaine du Mississippi. La route était déserte, comme dans les road-movies américains ou les publicités utilisant ces routes droites et vides pour vanter la puissance de la cylindrée de la voiture à vendre.

Déserte, ou presque. Juste une voiture ou deux : une Ford Fleetwood, roulant lentement, et quelques centaines de mètres plus loin, une Cadillac Eldorado rutilante.

On se traîne, là, Nick, putain, on se traîne ! C'est pas toi qui voulais emmener ta princesse en Californie ?

— Elle n'avance pas, cette voiture, dit Nick en tapotant nerveusement le volant de sa Ford. Excusez-moi, Alice.

— Mais de quoi ? répondit Alice, assise à côté de Nick.

— Mais de ce que ma voiture n'avance pas, c'est minable. On se traîne à 50. On a mis six heures pour faire deux cent soixante-dix miles.

— Ecoutez, Nick, vous faites tout cela gracieusement. De quoi pourrais-je me plaindre ? Vous utilisez votre propre voiture, je n'ai même pas le permis. Ce que vous faites est déjà inestimable.

— On a l'impression de faire du surplace. Pourquoi Dieu a-t-il dessiné des paysages si monotones ? Et les hommes construit des routes encore pires ?

Nick éteignit nerveusement l'autoradio qui grésillait sourdement, laissant simplement deviner entre les sons parasites un vague air country.

— En plus, on ne capte plus rien dans ce trou !

— Vous n'aimez pas sortir de Washington, Nick ?

— Vous avez deviné ça à quoi ? A l'état de ma Ford ? Elle avance pas, d'accord, mais c'est quand même une Fleetwood, c'était le top, quand elle est sortie. Il y a vingt ans.

— A votre humeur, aussi…

Tu te préoccupes de mon humeur, maintenant, Alice ? La première fois où je me fâche… Décidément, tu es trop romantique, mon vieux Nick… Tu vois, tes courbettes ne valent rien, les femmes n'aiment que les voyous et les mauvaises manières.

— Non, c'est vrai, Alice, je ne suis pas un grand voyageur. Je suis bien dans ma ville.

— Je vous remercie pour tout ce que vous faites, Nick. J'ai l'impression que sortir de Washington est un grand sacrifice pour vous.

— Pour ma voiture surtout…

Silence long d'un mile.

Allez Nick, terminé la dentelle, joue les goujats puisqu'il n'y a que ça qui paye...

— Si encore c'était une lune de miel, grommela Nick.

Alice ne releva pas.

Silence de quatre miles, un long silence, donc, à 50 miles/heure.

Trouve un truc original à dire, Nick, creuse-toi !

— C'est grand, Ashland ? demanda Nick.

Génial, ça, mon vieux Nick ! En conversation, y en a pas deux comme toi dans le pays.

— C'est un petit point sur la carte, répondit Alice d'un ton qui se voulait enjoué. Attendez, j'ouvre le guide… Ashland, deux mille quatre cents vingt-huit habitants… Et bien entendu son célèbre musée de la Machine agricole.

— Quelle horreur !

— Pourquoi ? demanda Alice. C'est sans doute intéressant.

— C'est vrai, j'oubliais, vous êtes de la campagne, vous aussi.

— Par adoption seulement. C'est sûrement pour cela que j'y suis si attachée.

— Même pas deux mille cinq cents habitants… Donc je parie qu'il n'y a qu'un hôtel…

— Le guide ne le dit pas.

— Si, faites confiance à un professionnel de la traque, un seul hôtel ! Donc Alan y a forcément dormi. Ce soir, nous marcherons déjà dans ses pas, peut-être même que nous dormirons dans son lit. Si jamais on arrive ce soir à l'hôtel…

Silence de deux miles.

Putain, fait chier de ne pas avoir de musique ! Trouve une autre idée géniale, Nick.

— Chantez-moi quelque chose, Alice.

Alice sourit, tourna le bouton de l'autoradio et un air grésillant de guitare électrique emplit la vieille Ford.

Des fois, mon vieux Nick, tu m'étonnes moi-même tellement t'es nul !

Ils doublaient un panneau « Charleston, 140 miles ».

Ted Silva passa devant le panneau « Charleston 140 miles » une minute plus tard.

Ce n'est pas vrai, pestait-il. Ils ne vont pas dépasser le 50 de toute la route ? J'espère au moins qu'ils ne m'emmènent pas voir le Pacifique. 50 miles/heure ! C'est bien la peine d'avoir une Cadillac Eldorado toute neuve !

L'autoradio grésillait une musique rock inaudible. Putain de galère ! Il observa son autoradio équipé d'un lecteur de minicassettes : le dernier cri ! Sa Cadillac était l'une des premières voitures équipées d'un tel confort. Il enfonça rageusement la cassette des Everly Brothers, qui entamèrent *Bye Bye Love* et le reste pour la sixième fois. Pourquoi n'ai-je pas emporté d'autres cassettes ? Quel con !

Ted avait été obligé de partir en catastrophe. Il détestait les départs précipités, notamment parce qu'il était alors obligé de fermer son salon. Pour combien de temps ? Combien de temps les deux amoureux allaient-ils le promener ainsi dans la campagne ? Il l'aurait bien laissé à Teresa, le salon, mais son apprentie était incapable de se débrouiller toute seule. Elle lui aurait coulé sa clientèle le temps de sa balade. Teresa ! Si elle n'était pas la fille de Gina, sa sœur, il y a longtemps qu'il l'aurait foutue à la porte !

Parce que malgré tout, même en ne comptant que la clientèle « normale », le salon rapportait bien finalement. Et puis ses enfants Sergio et Lella étaient grands maintenant. Etait-ce bien encore de son âge, partir ainsi en safari, avec juste une brosse à dents ? La retraite ? Pourquoi pas, après tout... Sa femme Elena serait ravie, elle qui lui disait toujours qu'il travaillait trop. Ils iraient dans le Sud, ils se rapprocheraient de Lella et de son mari. Elena méritait bien cela, depuis le temps qu'il lui mentait, à sa pieuse femme sans imagination.

Oui, après tout, pourquoi ne pas prendre sa retraite ? Après ce contrat, bien sûr. Il avait beau sentir le plan foireux, ce contrat Arlington, un engagement est un engagement. Ted avait son honneur. Un contrat, surtout non signé, se respecte !

Son intégrité professionnelle lui redonna un peu le moral. Il s'aperçut que, malgré lui, il avait un peu accéléré.

Doucement, Ted, tu sais que rien n'est plus difficile que de suivre ainsi une voiture sur une route déserte. Surtout que ton Eldorado n'est pas discrète... Si seulement je savais où ils me traînent, ces tourtereaux !

Ashland était un petit bourg un peu en retrait d'un grand carrefour routier aménagé vingt ans auparavant, entre la nationale 452 Richmond-Franckfort et la nationale 18 Nashville-Cleveland. D'ailleurs, la capitale de la machine agricole résonnait pour l'instant du son des grues et des bulldozers, qui s'affairaient pour élargir encore les routes, et transformer le carrefour réputé dangereux en un échangeur moderne. Les habitants du coin attendaient beaucoup de ces infrastructures nouvelles, qui sur une carte les plaçaient comme un point stratégique incontournable. Une vraie capitale ! Les responsables locaux croyaient curieusement que ces routes rapides leur assureraient le développement, alors qu'il y avait toutes les chances au contraire pour que la fluidité accrue de la route pousse les passants à moins s'arrêter désormais, et accélère encore davantage la fuite des autochtones.

Nick avait été pessimiste sur les capacités de sa Ford Fleetwood. Ils arrivèrent à Ashland bien avant la nuit. Il avait par contre raison concernant l'hôtel, il n'y en avait qu'un. C'était un hôtel de transit pour routiers et commerciaux, un Hometown, copie conforme de milliers d'autres un peu partout dans le pays. Un type cravaté et grisonnant, très chic, dont on n'aurait jamais pu croire qu'il passait ses journées à vider les poubelles de l'hôtel, faire les lits et passer le balai dessous, les accueillit d'un sourire sincère ; accueillir les clients était la moins ingrate de ses tâches.

Nick se présenta sans détours en tant que détective privé et parla d'Alan Woe, client ici, en mars 1964. Le gérant fit une moue dubitative et expliqua qu'il n'était là que depuis trois mois, ce qui était déjà beaucoup selon lui. On ne se bousculait pas à la sortie de l'école interne de Hometown pour échouer dans ce trou. Alors les responsables faisaient tourner. Par contre, il avait le registre, il était possible de jeter un œil. Ils regardèrent : 21 mars 1964. Alan Woe avait bien dormi ici, deux nuits.

— Bien, conclut Nick, il ne nous reste donc plus qu'à découvrir ce qu'Alan venait chercher dans ce bled. Je ne pense pas que ce soit une passion pour les machines agricoles qui l'ait poussé à laisser tomber la belle Lison en Normandie pour venir visiter le coin. Il va falloir que l'on campe sur place, Alice.

Eh oui, Alice, l'heure de vérité est venue... Notre première nuit ensemble !

— Vous désirez une chambre avec toilettes, avec douche, avec télévision ? demanda le gérant, visiblement ravi de tenir des clients.

— Peu importe, c'est l'agence Hornett qui paye, annonça généreusement Nick. Je fais passer ça en frais de mission auprès de mes clientes !

— Alors, sans douche ni télévision, répondit Alice.

— Alice, l'agence vous remercie d'être si économe.

— Mais nous prenons deux chambres ! précisa Alice, malicieuse.

Bien joué, adorable petit monstre.

La nuit était déjà tombée depuis plusieurs heures sur Ashland. Alice avait du mal à trouver le sommeil. Elle se tenait debout sur le balcon de sa chambre, un petit balcon de bois vert, dans le ton de la façade de cet hôtel, imitation Far West. Ce village endormi d'Ashland lui rappelait Litchfield, son village d'adoption. Sa fenêtre semblait être la seule lucarne encore allumée du village. Il devait être 3 heures du matin. Alice scrutait les ombres, le silence aussi, des souvenirs de ses quinze ans défilaient, des souvenirs qui s'étaient brouillés à Washington dans le bruit de la capitale américaine, et revenaient avec le calme des grands espaces. Elle se sentait bien, la nuit était douce.

La fenêtre de l'appartement voisin s'ouvrit. Nick sortit.

Qu'est-ce qu'il fait froid ! Il faut en avoir du courage, mon petit Roméo, pour sortir à cette heure en caleçon contempler ta belle sur le balcon. Allez, bande les muscles et sors la mandoline !

— Vous ne dormez pas, Alice ?

— Non… Et vous ?

— Heu… Je dormais… Je me suis levé pour boire. J'ai vu une lueur sur le balcon.

Silence long d'une demi-étoile filante.

Nick n'avait jamais vu Alice aussi peu habillée, à part en peignoir rouge, peut-être, le jour de l'explosion. Elle n'avait enfilé qu'un tee-shirt rose d'adolescente, avec un chien gris poilu aux yeux tendres dessiné dessus. Le tee-shirt, un peu trop petit, moulait les formes d'Alice.

Nom de Dieu qu'elle est belle... On lui donnerait dix-huit ans.

Dans la pénombre, vêtue de ce tee-shirt rose trop serré, Alice semblait presque nue. Le tissu tendu accentuait encore ses courbes, des seins fermes d'adolescente, des fesses merveilleusement arrondies… Le galbe de ses jambes, non dissimulé par le tissu, n'avait pourtant rien de moins désirable.

A-t-elle conscience de sa beauté ? Troublante... Paralysante ? Et toi ? Tu fais quoi maintenant que tu as joué les voyeurs ? Si tu n'as rien d'autre à lui dire, opère un repli stratégique... Retourne au lit avec tes fantasmes ! Tu veilles depuis quatre heures pour ça !

— Bon, eh bien… bonsoir Alice, je vais me recoucher… On a du travail demain.

— Oui, vous avez raison, je vais essayer d'y aller aussi.

— Vous regardez quoi, Alice ?

Elle se retourna de trois quarts et regarda le détective avec les mêmes yeux tendres que le chien du tee-shirt.

— Rien… Rien d'important… L'astéroïde B 612 peut-être…

— Pardon ?

— L'astéroïde B 612… Ne cherchez pas, Nick, vous ne pouvez pas comprendre.

J'en ai assez qu'elle me prenne en plus pour un demeuré !

— Bien reçu. Puisque décidément votre chauffeur n'est pas assez intelligent, pas de problème. Il va aller se recoucher pour reposer sa fragile petite cervelle.

Alice sourit et se retourna complètement vers Nick.

— Mais non, Nick, ce n'est pas ça…

Nick leva les yeux au ciel, pour ne pas piéger son regard sur la pointe des seins d'Alice qui semblaient vouloir percer le tissu rose.

— Vous ne me croyez pas assez romantique, alors ?

— Mais non, Nick, ne vous vexez pas. Si vous ne pouvez pas comprendre, c'est simplement parce que vous êtes une grande personne.

Une grande personne ? Ça, tout mon être le ressent. Et toi non plus Alice, je te l'assure, tu n'es plus une petite fille… Oh non !

— Tiens donc, parvint tout de même à demander Nick. Les grandes personnes ne peuvent pas voir cet astéroïde B 612 ?

— Eh non… Vous n'avez jamais lu *Le Petit Prince* ?

— Non. Désolé. Vous savez moi, la littérature, surtout la littérature française…

— *Le Petit Prince* a été écrit à New York, vous savez… En français, je vous l'accorde. On n'a jamais rien écrit de plus beau, je crois. C'est un livre, comment dire, sur le bonheur, malgré sa fin si triste. Un livre d'espoir, même s'il a été écrit vers la fin de la guerre. A peu près à l'époque où Lucky est mort, d'ailleurs…

— Et l'astéroïde 612, dans tout ça ?

— C'est l'endroit où habite le Petit Prince. Lorsque l'auteur, Saint-Exupéry, est triste, il lui suffit de regarder le ciel pour se souvenir de cet ami qui est retourné vivre sur son étoile. Vous voyez, c'est à la fois triste et gai… Cette idée qu'il existe une étoile qui correspond à chaque personne disparue.

Ted Silva, au contraire, avait du mal à ne pas s'endormir. La Cadillac Eldorado était confortable, trop confortable. D'ailleurs il l'avait choisie pour cela, en prévision de ses missions hors de Washington. C'est trop con, jurait Ted, c'est tellement facile. Il n'y a qu'une voiture, une seule voiture, sur ce parking désert. Une voiture sabotée, ce n'est pas du grand art, mais Emilia Arlington doit préférer l'efficacité des accidents à leur originalité.

Il était tard et Ted se sentait fatigué, après cette journée passée à rouler au ralenti. Elle va bien finir par l'éteindre, cette lumière, elle ne va quand même pas camper sur son balcon toute la nuit à regarder les étoiles… A poil en plus ! On dirait bien qu'elle est à poil ! Complètement givrée !

Et lui alors ?

Ce détective ? Pourquoi il n'est pas peinard au lit en train de se la faire, cette blonde sur son balcon, roulée comme une bombe, sans vêtements ni rien ? Ça me laisserait au moins le champ libre… C'est bien ma veine de tomber sur le seul détective pédé de Washington !

Ted but un peu, se passa de l'eau sur le visage, et se replongea dans *Hair Mag 64,* le magazine professionnel des coiffeurs américains, comparant une nouvelle fois les tarifs des séchoirs-casques.

31

La guerre n'était rien, à côté

Novembre 1964, Topeka, Arkansas

Ralph Finn, dans le lit conjugal, ne dormait pas très bien non plus.

La porte s'ouvrit, il entendait des chuchotements, mais avait du mal à distinguer des mots.

— Chut, Barry, ne fais pas de bruit, y a un mec qui dort.

— Mon cul, je vais pas me désaper dans le noir, j'allume.

— T'es chié, il est minuit…

— Rien à foutre, c'est la guerre !

Barry alluma :

— Eh Jim, viens voir, y a un type qui se branle sur son lit. Ouais, vrai de vrai !

— Quoi ?

Barry courait déjà dans le couloir en cognant de porte en porte :

— Eh les mecs, venez voir, y a un type qui se branle dans notre chambre. Vrai de vrai. La Branlette, la Branlette…

Ralph se réveilla trempé. Cela faisait longtemps que Barry et Jim n'étaient pas revenus le hanter. Sa femme dormait à côté, d'un souffle tranquille. Elle ne se doutait de rien, elle n'avait jamais su, cette histoire, ce surnom stupide. Il en aurait crevé de honte.

Oui, ces moments-là furent pires que la guerre. Incontestablement, la guerre n'était rien, à côté. Surtout les jours suivants… Dans un groupe qui se constitue, il faut inventer des codes, des références communes, des expressions, des surnoms, des anecdotes à partager, afin que le groupe se soude et qu'une complicité se crée entre les membres.

La Branlette.

Ce surnom, cette anecdote avait servi à cela.

Souder le groupe… contre lui !

Il y a quelque temps, il avait lu que, selon un sondage, 86 % des hommes se masturbaient. Cela voulait donc dire que 86 % des hommes l'avouaient à un enquêteur. A ce pourcentage, on pouvait bien ajouter quelques types qui n'osaient pas le dire, mais le faisaient tout de même. Cela représentait donc au total une majorité écrasante des hommes. Et encore, le sondage était fait en temps normal, quand les hommes se promènent dans la rue au milieu de filles qui ne disent pas forcément non, pas en temps de guerre, auprès d'hommes séparés de leur femme ou de leur petite amie par un océan. Ralph en concluait que quasiment tous les rangers devaient se branler dans cette péniche, à un moment ou un autre. Il n'avait pas eu de chance, c'était tout !

Avec le recul, maintenant, il devait bien avouer qu'après quelques jours à subir les lourdes plaisanteries de tout le régiment, ce surnom de la Branlette ne devint plus pour la plupart des soldats qu'un surnom comme un autre, sans méchanceté spéciale, comme d'autres se font appeler Mickey, Batman ou Tarzan… La plupart des types du commando ne connaissaient d'ailleurs ni son nom, ni son prénom. Pour eux, il était seulement la Branlette. Peut-être même que certains croyaient vraiment que c'était son nom, il y en avait des tellement frappés, sur la péniche.

Ralph Finn essaya de se tourner sur le côté pour dormir, mais les voix étaient toujours là. Sur tous les tons : « Un café, la Branlette ? », « Un poker, la Branlette ? »… Parfois même des paroles qui lui avaient sauvé la vie : « Fais gaffe à toi, la Branlette ! », « Vas-y, la Branlette, cours, je te couvre ! »…

Lui, par contre, ne s'y était jamais habitué. Ce nom lui faisait mal à chaque fois. Si par miracle, les balles des Allemands l'avaient évité, il avait pourtant été blessé souvent pendant ce débarquement : à chaque fois qu'il l'entendait, ce surnom, et qu'il se retournait malgré lui pour y répondre, pour sourire quand même, puisque tel était son nouveau nom.

Les autres n'avaient pas vraiment conscience des poignards qu'ils lançaient, à part deux ou trois cons, Barry le premier. C'est étrange, à l'école, dans les colos de l'usine de son père, quand il était môme, Ralph n'avait jamais été un gosse timide, un de ces gamins en retrait que le groupe prend immédiatement en grippe parce qu'il est différent, parce qu'il ne court pas assez vite, parce qu'il pisse au lit, parce qu'il pleure souvent… Non, cette position de marginal, il ne l'avait jamais connue. Il était même plutôt dans le groupe dominant, à l'école. Pas le chef, jamais, mais souvent un proche lieutenant… Il repensait à

Gros-Lard, comment s'appelait-il déjà ? Luis, c'est ça… Ils avaient été dans la même classe cinq ans. Dans son souvenir, il l'avait presque toujours appelé Gros-Lard… Sans penser à mal… A la fin, ils étaient même devenus copains, ils étaient allés pêcher plusieurs fois ensemble à Beaver Lake. Non, Gros-Lard, on ne l'appelait pas comme cela pour se moquer, à part peut-être au début… C'était presque devenu un signe d'affection. Maintenant, il en était sûr, Gros-Lard avait dû en souffrir, comme un chien, pendant cinq ans. Lui, Ralph, cela avait duré quatre mois !

Ralph se leva pour boire un verre d'eau. Tout était calme dans la maison.

Mis à part les gradés, sur les cent quatre-vingts membres du commando, seuls Alan et Lucky l'appelaient par son vrai prénom, Ralph. Alan, tout simplement parce que c'était un type bien qui avait tout compris. Peut-être avait-il été « la Pissouille », « le Gogol », « le Couille-Molle » d'une meute cruelle quand il était gamin. Mais non, ça ne ressemblait pas à Alan. Il était simplement plus fin que les autres !

Lucky non plus ne l'appelait pas « la Branlette », mais ce n'était pas pareil. Lucky n'était pas le dernier à faire d'un pauvre troufion la risée de tout un groupe, il savait parfaitement se montrer cruel. Mais Lucky aimait trop se démarquer des autres… Puisque tous les autres rangers appelaient Ralph « la Branlette », Lucky se faisait un point d'honneur d'appeler Ralph par son vrai prénom. Mais si Lucky avait trouvé à Ralph un autre surnom, fût-il plus cruel que le premier, il l'aurait sans doute employé, sans scrupules.

Au moins au début. Après, non, Lucky ne l'aurait plus fait. D'ailleurs, pourquoi penser à cela ? Lucky ne l'avait jamais fait ! Après, lui et Lucky étaient devenus amis. Du moins Ralph voulait le croire. Qui n'aurait pas voulu être l'ami d'un type aussi lumineux que Lucky ? Ralph s'était naturellement rapproché de Lucky, l'un des seuls gars sur le bateau qui l'appelaient par son vrai nom. Ça lui avait permis, lui, la Branlette, d'être l'un de ses proches, de s'asseoir à sa table. Comme un fidèle lieutenant !

Lucky était habile, il savait si bien se faire aimer. Pour gagner l'amitié de Ralph, il ne lui avait suffi que d'une chose.

Ne jamais l'appeler la Branlette.

Un type fin, lui aussi !

En fin de compte, Alan et Lucky étaient les deux seuls types au-dessus du lot, dans ce commando. Et lui, Ralph, était à leurs côtés. L'un d'eux… L'un des quatre !

Ralph reposa doucement le verre dans l'évier, veillant à ne pas le faire tinter.

L'un des quatre ! Il revit cet instant irréel où tous les quatre, Oscar Arlington, Lucky Marry, Alan Woe et lui, s'étaient enfermés dans cette chambre, pour rédiger ce contrat. Lucky l'avait choisi comme témoin, avec Alan. Alan, c'était normal ! Mais lui…

Pourquoi lui ? Pourquoi choisir la Branlette ? Parce qu'il inspirait la pitié peut-être, la sympathie, et donc l'honnêteté. Sans doute… Oscar tremblait ce soir-là… 1,44 million, à l'époque, c'était une somme colossale. Ralph s'était demandé qui était le plus fou des deux, de Lucky ou d'Oscar. En tout cas, Lucky, ce jour-là, lui avait fait confiance ! A ce moment si important, c'est lui, Ralph, que Lucky avait choisi, pas un autre de tous ces petits malins qui passaient des nuits à boire et jouer avec Lucky, se croyant amis avec lui. Non, tous ces soldats n'étaient que des clowns, le meilleur ami de Lucky, c'était lui !

Ralph repensa alors à la petite annonce, ce détective de Washington qui le recherchait pour témoigner, qui recherchait la Branlette.

Une petite voix insistait. « C'est à toi que Lucky a fait confiance ! »

Non ! Lucky avait fait confiance à la Branlette, mais il était trop tard aujourd'hui. La Branlette était mort, définitivement. Ralph ne pourrait plus supporter de porter à nouveau ce surnom, devant les vétérans rangers, devant un tribunal goguenard, devant…

La sueur inondait son front.

Il tremblait rien que de penser que sa femme puisse apprendre ce surnom, que son fils puisse le découvrir…

Désolé, Lucky !

La Branlette est mort… Définitivement.

Maintenant qu'il y repensait, ce surnom, finalement, lui avait donné une force. En revenant de la guerre, il s'était juré de ne plus jamais être l'idiot du groupe. Le paria… Jamais ! Il s'était juré de se construire une vraie vie, avec une famille, une famille qui serait fière de lui, de devenir un père et un mari irréprochable.

Tout ce qu'il avait construit dans sa vie depuis 1944, c'était en grande partie pour ne plus jamais être la Branlette.

Ralph semblait retrouver un peu de sérénité. Le cynisme l'emportait maintenant que les fantômes de Barry et Jim s'étaient éloignés.

Désolé, Lucky. Mauvaise pioche. Tu as mal choisi ton témoin… Ton Alice pourra me chercher longtemps !

32

Café noir

8 novembre 1964, Ashland, Kentucky

A Ashland, la dernière lumière du village, celle de la chambre d'Alice, s'était éteinte.

C'était le moment !

Ted essaya de se secouer… 5 heures du matin. Il se demanda s'il avait dormi ou pas. Non, pas vraiment, peut-être un quart d'heure, juste le temps de s'engourdir. Allez, Ted, il faut y aller, se gronda-t-il. Bouge-toi, mon vieux, c'est le moment.

Le corps de Ted avait du mal à obéir, le quart d'heure de sommeil ne semblait pas lui avoir suffi. Allez, lève-toi, continua Ted pour s'encourager. Finis ce travail et tu dormiras mieux demain.

Il mit tout de même presque dix minutes pour parvenir à s'arracher des profonds fauteuils de la Cadillac. Il marcha à pas mal assurés sur ce parking désert. L'air frais achevait de le sortir de sa torpeur.

Allez, le plus dur est fait. Le reste, c'est la routine.

Il s'approcha de la Ford Fleetwood.

On termine ça vite fait et on rentre. Pas de finesse,

fuite d'essence, tout sautera quand il tournera la clé de contact. Ce sera assez moyen pour accréditer la thèse de l'accident, mais à plus de quatre cents miles de Washington, personne n'ira accuser Arlington. Ni moi d'ailleurs. Et puis finalement, vu l'état de sa bagnole, on ne sait jamais, ça peut tout de même inciter les flics à croire à la thèse de l'accident.

Ted commençait à fureter autour du réservoir quand il entendit du bruit derrière lui. Il se retourna. Non, personne, pas de lumière, pas même un chien. Rien !

Il attendit un peu, aux aguets, puis se pencha à nouveau sur le bouchon d'essence. Le bruit recommença. Ted avait cette fois-ci localisé le son : cela semblait invraisemblable, mais il venait de l'intérieur de ce restaurant-bar minable, genre routier, juste en face du parking.

Il ne va quand même pas ouvrir à 5 heures du matin, ce bar !

Le store du bar émit un bruit métallique, un trait de lumière apparut au sol, s'éleva, comme un soleil qui se lève à l'horizon.

Le type ouvrait bien sa boutique à 5 heures du matin !

Ted ne put détailler qu'une ombre furtive qui se retourna ensuite vers le fond du bar pour poser par terre les tabourets perchés sur les tables.

C'est pas vrai ! pensa Ted. C'est un cauchemar, je vais me réveiller. Il n'y a pas un bar au monde qui ouvre à cette heure-là ! Pas un !

Ted hésita un instant sur la conduite à suivre. Après tout, pensa-t-il, le type dans son bar serait incapable de me reconnaître, emmitouflé dans mon anorak, à cette distance. Ce n'est même pas sûr qu'il m'ait aperçu.

Tant pis, ce n'était pas dans les habitudes de Ted de prendre des risques, mais cette histoire avait déjà assez traîné. Faire de cette voiture une machine infernale serait assez difficile maintenant, mais il pouvait encore assez discrètement scier la direction, avec suffisamment de doigté pour qu'elle ne lâche que dans quelques dizaines de miles. Personne ne ferait le rapprochement, il serait loin alors.

Ted retourna vers son coffre pour chercher ses outils.

Un camion, tous phares allumés, passa devant lui à cet instant. Ted aperçut six grands Noirs dans la benne, assis sur un tas de sable, impossibles à manquer dans leur imperméable jaune fluorescent, et un Blanc mal rasé, en jaune fluo aussi, mais qui lui était assis derrière le volant. Ils se garèrent entre la Cadillac et la Ford. Ils sourirent à Ted, comme pour lui dire avec complicité : « Pas chaud hein, ce matin. Sacrée galère que d'être debout à cette heure-là, si c'était pas le boulot, on serait mieux au pieu. » Sans traîner davantage, ils entrèrent bruyamment dans le bar.

Foutu ! pensa Ted. Je suis grillé dans ce bled. Ils sont sept à m'avoir vu la scie à la main devant la bagnole. Putain ! Une nuit blanche pour rien !

Ted n'avait même plus envie de dormir.

Les types qui travaillent sur le carrefour… réfléchit Ted. Existe-t-il un seul coin dans ce pays de merde qui ne soit pas en chantier ? Et pourquoi ces types commencent-ils à bosser aussi tôt ? Et ce gars dans ce bar, a-t-il si peu de clients dans ce trou qu'il accepte de les servir à cette heure ? 5 heures du matin ! Qu'est-ce que je peux faire ? Tiens, au point où j'en suis, il ne me reste plus qu'à aller me jeter un café avec les négros !

Nick s'éveilla en pleine forme. Alice aussi. Elle avait moins dormi, mais elle en avait l'habitude. Ils prirent un petit déjeuner de prince. Ils étaient les seuls clients, ils eurent de tout, à volonté, jus d'orange, bacon, laitages, fruits…

A la fin du repas, Nick tendit à Alice une photo d'Alan Woe :

— J'ai fait des reproductions. Vous allez voir, Alice, c'est très amusant de jouer les détectives.

Ils se séparèrent et passèrent la matinée dans le village à montrer la photo d'Alan à tous les passants qu'ils croisaient. Sans succès. Dans un second temps, ils entrèrent chez les commerçants, sans résultat non plus. Enfin, ils sonnèrent aux portes. Toujours rien.

Alice allait désespérer lorsqu'elle croisa une vieille dame qui promenait sa petite-fille, dans le petit parc derrière le musée.

— Non, désolée ma fille, lui fit la vieille dame. Jamais vu ce gars.

La petite fille, qui devait avoir environ dix ans, tira la manche d'Alice pour regarder elle aussi. Elle fronça les sourcils :

— On dirait le vilain monsieur, mamie !

— Quel vilain monsieur, Sarah ?

— Tu sais, mamie, celui à qui tu voulais pas qu'on parle. Celui qui restait tout le temps devant l'école à nous regarder dans la cour.

— Tu crois ? Non…

— C'est parce que tu ne l'avais jamais vraiment vu, mamie. Mais moi je suis sûre !

— Qui était-ce, madame, ce « vilain monsieur » ? demanda Alice.

— Un satyre, madame, répondit Sarah. C'est mes parents qui…

— Chut, gronda la mamie, ne raconte pas n'importe quoi, Sarah ! L'histoire dont vous parle ma petite-fille date de six mois environ. Le vilain monsieur, je ne sais pas si c'est celui que vous cherchez, a débarqué d'on ne sait où, une matinée. Il est resté debout devant l'école à regarder je ne sais quoi. Ça a fait un peu parler dans le village, forcément. Il est revenu le lendemain, on a commencé à se méfier. A dire aux enfants de faire attention. Mais bon, il faut bien reconnaître qu'il n'avait pas l'air d'un clochard, ou d'un vicieux, rien de tout cela, mais on préférait faire attention. Ensuite, il a disparu et on ne l'a jamais revu.

— Dans le village, quelqu'un lui a adressé la parole ?

— Non, je ne pense pas, on n'a pas eu le temps. Dites, vous êtes de la police ? C'était bien un criminel, finalement ?

— Mais non, mamie, expliqua encore Sarah. Papa m'a dit que c'était un satyre.

La gifle claqua et Alice se sentit un peu responsable.

Deux heures plus tard, Nick et Alice remontaient dans la Ford.

— Bien, dit Nick, c'est reparti. Bilan de la première étape : très moyen ! Vous voyez, Alice, le métier de détective privé est très ingrat, finalement !

— Je ne trouve pas. C'est au contraire assez excitant.

Ah ça, pour être excitant comme métier... Surtout quand tu croises ainsi tes jambes dans ma voiture. Excitant, ma belle, mais frustrant !

— Excitant, c'est sûr… Mais frustrant aussi !

— Je ne trouve pas, Nick, pourquoi dites-vous cela ?

C'est malin, tiens, débrouille-toi maintenant !

— Ben… Vous ne trouvez pas cela frustrant, vous… Heu… Faire cinq cents miles pour découvrir qu'Alan est en fait un pervers qui fait la sortie des écoles ! J'espère que vous n'allez pas écrire cela à la pauvre Lison !

— Nick ! Positivez ! Nous avançons beaucoup plus vite qu'Alan. Même avec votre voiture ! Nous n'avons dormi ici qu'une nuit et lui trois. A ce rythme, nous allons bien finir par le rattraper. Allez ! En route pour la seconde carte postale : Effingham, dans l'Illinois. Célèbre pour sa bataille, paraît-il…

— Ça promet.

— Courage, il y a à peine cinq cents miles.

— Parlez moins fort, Alice, ma Ford pourrait entendre !

33

Effingham, sa bataille, son général et sa tannerie

8 novembre 1964, Effingham, Illinois

La seconde étape fut plus rapide encore que la première.

Effingham avait effectivement été prospère et célèbre, jadis. Elle ne l'était sans doute plus désormais que pour quelques historiens du coin.

L'éphémère célébrité d'Effingham tenait d'abord à sa bataille : en 1837, un général local, Howard D. Linford, écrasa ici les derniers soubresauts d'une tribu sioux qui avait auparavant égorgé les quelques pionniers habitant avec imprudence les fermes isolées du village, offrant ainsi à l'armée un prétexte à leur massacre.

Effingham tira ensuite une seconde gloire de sa tannerie, la tannerie Meryll, longtemps l'une des plus importantes des Etats-Unis. L'usine, installée sur la Kalastia River, un petit affluent du Mississippi, fournissait avant la guerre le cuir des plus grandes marques de maroquinerie, surtout américaines. Puis, à la fin des années 50, la tannerie fut transférée plus au sud, plus près de la mer et des troupeaux, dans la banlieue de Houston.

Le site Meryll d'Effingham avait pourtant été modernisé dans les années 50 : on avait construit de nouveaux bâtiments pour faire plaisir au dernier héritier du père fondateur de la tannerie, Thomas Meryll. Son aïeul, Israël Meryll, un héroïque trappeur de la période précoloniale des Etats-Unis, s'était lancé dans la tannerie sur le site même d'Effingham, vers 1820, à l'âge de cinquante ans, lorsque ses bras tremblants avaient refusé de continuer à pagayer entre les rochers des rapides. Lorsque mourut le dernier des Meryll, en 1957, les actionnaires n'eurent ni scrupules ni nostalgie à quitter ce coin perdu dont l'accessibilité donnait des migraines aux responsables de la logistique.

La fermeture de l'usine d'Effingham signifiait également la fin de la cantine le midi, des aides pour le logement ou l'équipe de football, la disparition des autocars pour ramasser gratuitement le matin les ouvriers, les enfants, les poubelles… Certains suivirent l'usine au Texas, d'autres préférèrent rester, mais durent partir ailleurs tout de même, quand les écoles, les commerces, tout le reste ferma. Les maisons plates et jumelles d'Effingham n'abritaient pour la plupart plus aucun habitant, et s'il était resté des Sioux en liberté, ils n'auraient guère eu de mal à reconquérir le territoire, seulement défendu désormais par le vieux général Linford, stoïque sur sa stèle, serrant sans lassitude ni crampes les brides de son cheval cabré.

Nick et Alice entrèrent dans la rue principale d'Effingham vers 4 heures de l'après-midi, une longue rue de maisons de briques qui donnait sur la place Howard D. Linford. Une petite vieille souriante les salua de ses mains rouges, indices non pas de son origine indienne, mais d'une vie de tanneuse, les mains plongées dans un bac de teinture ocre.

La Ford s'arrêta. Alice sortit à la rencontre de la tanneuse retraitée, qui leur indiqua que le dernier hôtel était fermé depuis trois mois, et que non, elle ne connaissait pas ce type sur la photo, qu'il pouvait être passé à Effingham, bien sûr, mais qu'elle ne l'avait pas remarqué ; qu'ils pouvaient se renseigner ailleurs, bien sûr, mais qu'ils avaient sonné tout de suite à la bonne porte concernant la mémoire du village et que si elle n'avait pas remarqué l'étranger, elle doutait fort que quelqu'un d'autre l'ait repéré dans ce village. Bon courage tout de même.

Ils se renseignèrent malgré tout auprès des rares indigènes, et durent admettre que la vieille tanneuse avait raison : personne ne savait rien de plus qu'elle. Ils tentèrent leur chance du côté de l'école, mais elle aussi était fermée depuis plusieurs années.

— Qu'est-ce qu'Alan a bien pu venir faire dans ce village fantôme ? se demanda Nick. Ça me dépasse…

— Pas d'hôtel, dit Alice, pratique. On fait quoi ?

— On n'a pas trop le choix. L'endroit est charmant, j'en conviens. Pour celui qui aime le tourisme industriel… Mais comme je n'ai aucun copain possédant de résidence secondaire dans ce village paradisiaque, je crains qu'il ne faille abréger notre séjour. Le troisième caillou de notre Petit Poucet, il se situe où ?

— La troisième carte postale ? Valentine, dans l'Iowa, sur la rivière Des Moines.

— Et le temps de vol estimé ?

— Une bonne dizaine d'heures…

— Pour moi ça va. Je me sens en forme. Ça vous dit de continuer directement sur Valentine ? On y sera pour le petit déjeuner demain matin.

— C'est vous le chauffeur, Nick. Mais votre Ford ?

— Quoi, ma Ford ? C'est moi le chauffeur, non ?

Et voilà le travail... Ou comment avec une habileté qui ne peut être inspirée que par la passion, je fais preuve d'une admirable conscience professionnelle. Et je vais passer ma première nuit avec Alice !

La nuit n'était pas encore tombée quand Alice s'endormit sur le fauteuil passager. Elle était habillée comme d'habitude, de façon neutre, une jupe ample, un chemisier uni, un pull jeté sur ses épaules. Petit à petit, le corps d'Alice s'alanguit, laissant deviner de troublantes zones d'ombre, entre le tissu ouvert de sa jupe et la naissance de ses cuisses, entre l'échancrure de son chemisier et un échantillon de dentelle blanche, qu'on devinait délicieusement tendu.

Vicieux !

Nick se mit alors à conduire doucement : il avait orienté le rétroviseur intérieur vers le visage d'Alice. Il passa une nuit merveilleuse.

La position du rétroviseur de Nick ne pouvait pas lui permettre de s'apercevoir qu'il était toujours suivi. Mais Ted Silva, lui, n'en savait rien, et continuait au prix d'efforts inouïs et d'une conduite élastique à ne pas s'approcher trop, sans vraiment se laisser distancer par peur de les perdre. Après plus de mille miles de filature, ce serait le comble !

Ted pestait. Il n'avait rien pu trouver à manger dans ce village de zombies.

Il avait faim. Il avait sommeil aussi. Et il avait constaté avec horreur que la Ford Fleetwood était passée sans ralentir devant les rares motels qu'ils avaient croisés.

Les salopards, ils vont me le faire ! Ils vont rouler toute la nuit ! Me voilà parti pour une deuxième nuit blanche ! En prime, je ne sais pas ce qu'il a, le détective, ce soir, mais il roule encore moins vite que d'habitude. Je ne pensais pourtant pas que c'était possible ! Quelle galère ! Si au moins je savais où ils vont, ces tourtereaux voyageurs…

Ted luttait contre le sommeil. Ne pas se planter, c'était là sa hantise. A la limite, se faire arrêter un jour ne l'aurait pas tant déprimé que cela. Une fois prisonnier, il aurait été obligé de tout avouer, il avait le sens de l'honneur mais horreur des coups. Il deviendrait ainsi célèbre malgré lui. On parlerait de ses crimes. Il ferait la une des journaux, on l'érigerait au rang de criminel de l'année, du siècle peut-être. Mais s'il s'enroulait anonymement autour d'un platane ou se ratatinait dans un ravin, personne ne saurait jamais quel assassin de génie il avait été. Il resterait pour toujours ce petit coiffeur minable de Farraguth North. Il ne fallait pas compter sur les donateurs d'Ex-voto, d'ailleurs surtout des donatrices, pour lui rendre un hommage post mortem au grand jour !

Ted Silva se secoua un peu. Non, un tel génie du crime ne pouvait mourir ainsi inconnu dans un banal accident.

Il s'était toujours promis d'écrire ses mémoires, plus tard, quand il aurait pris sa retraite, puis de les faire publier à titre posthume. Il surprendrait ainsi le monde entier, il dévoilerait des scandales incroyables. Ce livre ferait l'effet d'une bombe ! Et quelle stupéfaction aussi pour sa femme, ses enfants, toute sa famille, sa frangine Gina, cette grosse vache de Teresa. Lui le rejeton réglo de la tribu des Silva, le seul à n'avoir jamais trempé dans ces petites magouilles du quartier, drogue, fauche et compagnie…

Vos coups sont trop minables, les cousins. Ted Silva est d'une autre race…

Quelle magnifique postérité !

Ted Silva savait que par contre, de son vivant, il n'aurait jamais le courage d'un tel aveu. Il rampait devant la famille, sa femme Elena bien sûr mais les autres aussi. Il ne pouvait rien contre cette soumission. Rien ne servait de lutter. Il l'avait analysé, il était le petit dernier des Silva et il avait été élevé par une mère trop protectrice. C'était ainsi. Il avait besoin d'une double vie pour libérer sa véritable personnalité.

Pour passer le temps, il commença néanmoins à chercher un titre pour ses Mémoires. Ted estimait avoir hérité en plus de ses autres talents d'un joli brin de plume.

« Du sang sur mes ciseaux »… Joli, ça ! A retenir.

« Mes clientes, ces salopes ! » Amusant, la tête qu'elles feraient.

« Mes crimes étaient toujours parfaits ». Bof, non, trop prétentieux.

« Le tueur de ces dames »… Non plus. Elena n'aimerait pas.

« Que votre volonté soit faite »… Pas mal… Peut-être un peu trop bouquin de curé…

« L'Ange noir »… Pourquoi pas ?

Ça l'énerva rapidement de choisir, il avait déjà trop de titres excellents en tête. Comment allait-il pouvoir n'en conserver qu'un ? C'était aussi impossible que de résumer toutes ses aventures en un seul volume. Il enfonça nerveusement sa cassette dans l'autoradio.

Bye Bye Love...

34

Valentine, sa rivière, son barrage

9 novembre 1964, Valentine, Iowa

A l'inverse d'Effingham, Valentine était passée en quelques années du rang de village à celui de petite ville qui ne cessait de grignoter les forêts alentour. Tout ça à cause du grand barrage sur la Des Moines River, inauguré en 1960.

Au début, ce barrage, tout le monde à Effingham était contre. « Tout le monde » se rangeait en fait à l'opinion des quelques paysans qui braillaient plus fort que les autres habitants et expliquaient qu'un barrage, ça ne fait pas joli dans le paysage, ça trouble les habitudes des cascades, des poissons, des oiseaux migrateurs…

Puis « tout le monde » écouta les technocrates promettre le progrès et saliva devant la jolie maquette colorée de la future vallée. Un sénateur en personne se déplaça. Le maire comprit vite qu'il y avait beaucoup d'argent à gagner, et tout le monde fut alors d'accord pour le barrage, sauf toujours les mêmes agriculteurs, dont les champs en contrebas étaient condamnés à être engloutis, et ça ils l'avaient compris depuis le début, même s'ils ne l'avaient pas dit.

Les paysans se barricadèrent chez eux avec leur fusil, comme leurs ancêtres devant les Indiens, ce fut très héroïque et quelqu'un aura sans doute un jour l'idée d'en faire un téléfilm. Mais ce furent les bulldozers qui vinrent, pas la cavalerie, et les paysans restèrent debout, dignes, dans leur jardin, devant leur maison transformée en tas de gravats. Ils attendirent tout de même là, campant chez eux, regardant le barrage se construire, en ricanant, en se persuadant que la Des Moines River était indomptable.

Un matin, le sénateur fit une nouvelle visite, avec des ciseaux, coupa un ruban au-dessus de la rivière et les autorités ouvrirent les vannes. En entendant l'eau gronder, les derniers résistants se réfugièrent sur les hauteurs, le poing levé.

Mis à part eux, personne ne se plaignit : le barrage fournissait de l'électricité à soixante miles à la ronde, de l'eau à volonté et on se mit pour la première fois de l'histoire du coin à cultiver des tomates et d'autres plantes délicates. Le barrage avait également dompté l'eau du torrent et les canoës-kayaks envahirent le plan d'eau, avec à l'intérieur des milliers de touristes, puis autour pour les accueillir des dizaines de commerces.

Lorsque Nick et Alice arrivèrent en vue de Valentine, malgré l'heure matinale, il faisait déjà un temps superbe. Au loin, les sycomores roux se réveillaient, les branches encore engourdies de givre, et se penchaient vers l'eau du lac pour admirer leur reflet.

— Nick, murmura Alice, découvrant le site en ouvrant des yeux encore pleins de sommeil. Quel paysage magnifique !

— Oh, répondit Nick blasé. Ça ne vaut pas ceux que j'ai admirés cette nuit…

Alice réfléchit un instant, l'esprit encore brumeux, et renonça à comprendre l'allusion.

— Vous êtes fatigué, Nick ?

— Ouais… J'ai tenu jusqu'à Valentine, mais là, je prends le premier hôtel que je croise, qu'Alan s'y soit arrêté ou non, et je tombe dans un lit. Après, on avisera.

— Voyons, Nick, ne soyez pas ridicule !

Là, elle me troue ! Je roule pendant une nuit et la première phrase qu'elle me dit au réveil est : « Nick, ne soyez pas ridicule ! » Et le pire, mon petit Nick, c'est que tu vas encore hocher la tête bêtement et dire un truc du genre : « Je plaisantais, Alice... Bien entendu, nous ne nous arrêterons que dans l'hôtel où Alan a séjourné ! Dût-on le chercher trois heures... »

— A vos ordres, mon capitaine, lâcha finalement Nick avec lassitude.

Il y avait cinq hôtels à Valentine. L'auberge du Lac fut le troisième qu'ils visitèrent.

L'auberge du Lac, construite à mi-hauteur, un peu à l'écart de la ville, s'appelait « l'auberge de la Cascade » avant que la vallée ne fût engloutie. Lors de l'immersion, la bâtisse l'échappa belle : l'eau du lac monta à dix mètres des marches de l'hôtel ! Mais le jeu en valait la chandelle car, depuis, l'auberge pouvait se vanter d'être l'hôtel d'Amérique ayant la plus vaste piscine. On pouvait piquer une tête dans le lac de chaque balcon orienté au sud.

Mrs Park, qui tenait l'auberge depuis plus de vingt ans, était ainsi passée de la misère à l'opulence. Elle se souvint immédiatement d'Alan, les convia à entrer, ils avaient l'air si fatigués. Elle les fit s'asseoir avec une gentillesse professionnelle dans un salon ancien, qui laissait parfaitement croire que la demeure était prospère et luxueuse depuis plus d'un siècle.

— Vous auriez vu l'auberge avant le lac, commença Mrs Park, vous ne la reconnaîtriez pas. Je refuse du monde en été !

Alice la questionna plus précisément sur Alan.

— Oui, je me souviens bien de ce jeune homme. C'est amusant, il se disait détective privé, comme vous.

Cela fit un peu sursauter Nick.

— Mais je ne l'ai jamais vraiment cru, continua Mrs Park. Vous oui, mais lui non. Je ne sais pas pourquoi. Et puis il était seul, lui. Il était plus triste que vous, aussi. Il ressemblait un peu à un homme que sa femme a quitté, et qui court après, si vous voyez ce que je veux dire. Ou qui recherche ses enfants qu'il n'a pas connus, un truc comme ça. D'ailleurs, il posait souvent des questions sur l'école, les enfants qui la fréquentaient. Mais avant tout, il recherchait une femme, c'est sûr. Il est resté quinze jours ici, mais il ne m'a rien dit de plus. D'ailleurs, il ne m'a quasiment rien dit, tout cela je l'ai plutôt deviné, par recoupements, en causant avec d'autres.

On tourne en rond, mon petit Nick, cette enquête tourne en rond.

— Vous ne vous souvenez de rien d'autre à son propos ? demanda Alice.

— Je ne sais pas si ça peut vous intéresser, mais il aimait bien la nourriture française. On avait une jeune fille au pair à l'époque, une fille de Nantes, sur l'Atlantique. Il s'entendait bien avec elle, il m'a refilé quelques recettes, des trucs à la crème. Apparemment, il avait dû séjourner un certain temps en Normandie, et pas seulement le temps du débarquement. Sinon…

Alan a séjourné en Normandie ! Ma fille, tu parles d'un scoop ! Elle se mord la queue, cette affaire. Il doit bien y avoir une ou deux questions intelligentes à lui poser, mais je suis trop crevé pour réfléchir.

Les yeux de Nick commencèrent à se fermer dans le confortable canapé. Il rêvait de trucs à la crème servis par une jeune fille au pair nantaise. Alice était trop loin pour lui donner des coups de pied.

— Vous voulez un café ? demanda Mrs Park. Vous m'avez l'air si fatigués. Vous avez vraiment roulé toute la nuit depuis l'Illinois ?

— Merci, dit Nick en sursautant à la simple audition du mot « café ». Et il les occupait à quoi, ses journées ? demanda le détective, dans un réflexe d'élève pris en train de ne pas écouter et qui veut malgré tout prouver le contraire.

— Eh bien, autant que je me souvienne, à questionner les gens, comme le détective privé qu'il prétendait être. Il lisait aussi le journal, souvent. Il revenait toujours avec une pile de journaux, et… Maintenant, ça me revient ! Il passait aussi des annonces. Tous les jours ! Je crois qu'il recherchait un type, aussi. Mais pas dans le village celui-là, puisqu'il le recherchait par petite annonce. Je vais chercher le café.

Un instant plus tard, Mrs Park leur servit le petit déjeuner. Il y avait du café, et des croissants aussi, du beurre et de la confiture française. Mais plus de jeune fille au pair…

— J'y pense, reprit Mrs Park. Pour les petites annonces, au *Des Moines Valley News,* le journal local, sur Ravine Street, ils conservent tout un tas de journaux, ils sont abonnés à peu près à tout ce qui paraît dans ce pays. Demandez à Bill Bosman, c'est un vieil ami, il vous sortira tout ce que vous voulez. Il sera ravi, c'est un vieux gamin qui adore les romans policiers.

— A part cela, demanda Alice hésitante, avez-vous une idée concernant l'endroit où Alan Woe s'est rendu, après votre hôtel ?

Alice craignait la réponse. Elle avait raison.

— Ah non, ça, absolument aucune. Il est parti un jour, charmant comme toujours, mais sans un mot de plus. Il a disparu sans laisser d'adresse. Comme tous les autres clients, ma foi !

Après avoir remercié leur hôte, Alice et Nick achevèrent de se réveiller à l'air frais du bord du lac.

— Eh bien voilà, dit Nick, plus de petits cailloux blancs. C'est le bout de la piste, Alice !

— Peut-être les petites annonces…

— Mouais…

35

Petites annonces

9 novembre 1964, Valentine, Iowa

Ravine Street portait bien son nom. Valentine, du moins la partie la plus ancienne du bourg, était construite sur un petit éperon rocheux, une butte choisie par les pionniers comme abri contre les caprices de la rivière, avant que le barrage ne la dompte. Autour du bourg, ceinturant la base de la butte, une vieille digue de pierre servait jadis de rempart aux maisons les plus basses contre les crues de la rivière. Cette fortification circulaire donnait à ce village américain l'allure incongrue d'un oppidum médiéval, l'un de ces villages perchés typiquement européens. Ravine Street partait de l'église, au sommet de la butte, et descendait en une ruelle étroite jusqu'à la digue, tout en bas.

La place dans cette jolie ruelle centrale était très disputée, entre piétons, voitures, camions de livraison, chaises en terrasse, présentoirs de cartes postales, expositions sauvages d'artisans sur des tables ou des tapis de fortune. Un petit Mont-Saint-Michel en plein

Iowa, sans la mer, mais avec tout de même un lac et parfois une marée, certes tous les deux artificiels.

Alice et Nick durent se garer assez loin. Par contre, ils trouvèrent facilement le *Des Moines Valley News* et sa vitrine tapageuse rouge et blanche, illustrée de posters d'inconnus, sans doute célèbres dans le coin. Bill Bosman, un blond rougeaud, les accueillit avec un sourire de grand bébé nourri à la télé américaine :

— Je suis au courant, Mrs Park m'a appelé. Je vous ai reconnus tout de suite. Un type mal rasé et une belle blonde, m'a dit Mrs Park ! Alors comme ça, vous êtes détective ? dit-il avec envie à Nick. Et mademoiselle votre assistante, ajouta-t-il avec au moins autant d'envie.

Il les fit passer devant lui, lançant au passage à Nick un sourire voulant dire « Eh bien mon salaud, on ne s'embête pas dans ton métier ! ».

Nick tenta de placer sur son visage une attitude qui, loin de le détromper, voudrait répondre « Eh non mon pote, qu'est-ce que tu crois ? », en prenant bien garde toutefois qu'Alice ne s'en aperçoive pas. Bill les doubla par la gauche pour déplacer des chaises qui risquaient de les gêner, attrapa quelques dossiers en s'excusant du désordre, lançant avec fierté des « Monsieur est détective… » aux secrétaires occupées et peu concernées, et même un « C'est le détective ! » à un type à lunettes concentré sur sa feuille et son stylo, visiblement au courant, mais que ça n'impressionnait pas plus que cela, même s'il laissa un peu traîner le regard sur l'assistante.

— On aurait dû prévenir, glissa discrètement Nick à Alice, il nous aurait sorti le tapis rouge.

— Ne vous moquez pas, répondit Alice, les journalistes des petites villes, je les connais bien, ils sont obligés de déployer des trésors d'imagination pour passionner leurs lecteurs. Pour donner des répercussions mondiales aux querelles politiques locales. Pour faire de la fugue d'une vache le feuilleton policier de l'été. Cela demande beaucoup de talent !

Ils montèrent à la bibliothèque, au premier étage.

— Vous savez, dit Bill, on n'a pas vraiment l'habitude d'affaires de ce genre ici. On est un petit journal. Enfin, je crois tout de même que vous trouverez votre bonheur. Faites comme chez vous, et si vous avez besoin, vous appelez. N'hésitez pas à mettre le bazar, je rangerai plus tard !

— Ne vous donnez pas cette peine, ajouta Nick pendant que Bill redescendait, mon assistante s'en chargera.

Alice déforma son visage en une grimace, qu'elle termina en tirant la langue à Nick.

Si ce n'est pas une déclaration d'amour, ça, mon vieux Nick.

Alice et Nick se trouvaient devant des rayonnages qui couvraient tout le mur, emplis de journaux : au total une quinzaine d'éditions nationales, sans compter des éditions locales couvrant un bon quart des Etats-Unis.

— Eh bé, murmura Nick, ils doivent rudement s'emmerder ici pour lire autant.

— Moins que les gens des villes qui ont passé leur temps à l'écrire, tout cela.

— Bien mademoiselle… Si vous le prenez sur ce ton ! Je vous rappelle que nous recherchons les éditions des journaux du 15 au 29 avril 1964. Je propose de commencer par les plus importantes éditions régionales.

— Pourquoi ?

— Parce que c'est plus logique.

— Dans ce cas, dit Alice en attaquant une pile du *South-Paper,* le premier qui a trouvé…

— Il gagne quoi ?

— Le droit de jouer les détectives lors de la prochaine étape, et l'autre devient l'assistant.

— Si ça vous amuse, soupira Nick. De toute façon, personne ne sera dupe. Vous êtes parfaite en secrétaire personnelle, mais pas du tout en détective privé !

Alice se lança dans une nouvelle grimace, mieux réussie cette fois. Les automatismes revenaient.

Alice et Nick se plongèrent dans la lecture.

T'es pas concentré, mon petit Nick, pas du tout.

Tu comprends plus trop ce qui t'arrive, hein ? La belle Alice, ce n'est plus seulement une héroïne inaccessible. Maintenant, c'est, c'est... Comment dire... Avec ton cynisme, tu ne pensais pas que c'était possible, tomber ainsi sur une fille, pas seulement désirable, mais aussi avec qui tu te sentes... comment dire... bien, parfaitement bien. Mieux que ça même. En osmose. A force de jouer les amoureux transis, tu te donnais un air d'éternel soupirant, vaguement romantique, mais tu savais bien au fond de toi que ce n'était qu'un jeu, fait de paris, de calculs... Un jeu où tu pouvais tout te permettre puisque tu le savais perdu d'avance. De l'amour au second degré... Tandis que là, maintenant... ce n'est plus du jeu ! Avec ton esprit rationnel, tu te pensais à l'abri, vacciné, le cœur bétonné. Mais non ! Cette fille a mis un coup de bulldozer dans tes certitudes !

Il contempla Alice, concentrée sur un journal, le visage à demi dissimulé derrière ses longs cheveux blonds cascadant sur la table.

Quelle différence avec l'Alice qui est apparue il y a cinq mois dans mon bureau, si désespérée... Comme si cette quête de la vérité que nous avons entreprise, c'était aussi une quête d'elle-même. Le mystère de Lucky et d'Arlington, c'est un peu comme un puzzle représentant son cœur. Chaque vérité dévoilée lui permet d'en reconstituer un morceau. Ou plutôt d'arracher une petite partie de la croûte qui le cuirasse.

Et toi, mon vieux Nick, tu es là, depuis le début. A chaque étape de la vie de cette fleur nouvelle qui s'ouvre pétale par pétale, tu es là. Et si tu es encore là le jour où son cœur entier se libérera de son voile, qui pourra alors se mettre entre toi et elle ? Personne, Nick ! Personne ! Elle t'aime, tu le sais désormais ! Alors arrête de te boucher les yeux, elle t'aime...

Elle t'aime au moins à sa façon. C'est-à-dire que si un jour elle en aime un, ce sera toi ! Ce ne pourra être que toi.

C'est une certitude, mon vieux Nick. Ce n'est plus désormais qu'une question de patience.

Pourtant, au fond de lui-même, un pressentiment le torturait, un pressentiment que Nick n'osait pas formuler explicitement, même pas en pensée : une sensation irrationnelle lui indiquait qu'Alice ne serait jamais à lui, malgré leurs désirs présents à tous les deux, que les circonstances entre eux seraient toujours trop fortes.

— J'ai ! cria soudain Alice.

Nick releva les yeux. Ils cherchaient depuis à peine cinq minutes. Alice tenait le *South-Paper* du 18 avril 1964. Ecoutez cela, Nick : *Recherche Ralph Finn – Très important – Eléments nouveaux sur contrat de Lucky Marry – Arlington rien payé – Contacter Alan Woe – Auberge du Lac – Valentine – Iowa.*

— Nick, cria Alice, si ce n'est pas une preuve, ça ! Si seulement on pouvait retrouver Alan pour qu'il témoigne de vive voix et non par petite annonce interposée…

— C'est mieux qu'une preuve, Alice. Devinez qui est ce Ralph Finn ?

— Je n'en ai aucune idée.

— Vous voyez bien que le rôle d'assistante vous suffit. Je vais vous aider. Pendant la guerre, les malicieux petits camarades de ce Ralph Finn lui avaient trouvé un sobriquet fort spirituel.

— Ce Ralph Finn serait la Branlette ? Vous en êtes certain ?

— Presque. Ralph Finn est l'un des dix derniers membres du commando que je n'avais pas réussi à identifier. Et nous avons supposé depuis le début que la Branlette est l'un d'eux. Je pourrai vérifier, j'ai les dossiers dans la voiture, mais j'en suis sûr, je connais ces derniers noms par cœur. Et puis à quel ancien ranger Alan demanderait-il de l'aide, sinon à l'autre témoin de la bande des quatre ?

— Mouais. C'était évident… Vous m'avez simplement prise de court, Nick, mais je l'aurais trouvé… Si un jour on écrit cette histoire, je ne veux pas passer pour une idiote toujours en retard d'un raisonnement ! Dans le genre docteur Watson…

Attention, ma belle... Ce coup-ci, je joue sur mon terrain. C'est moi qui réfléchis nuit et jour depuis deux mois à cette affaire ! Et sur ce terrain-là, sans être Sherlock Holmes, je peux tout de même étaler un certain savoir-faire.

— Bien alors, je vous prends au mot, réfléchissez à cela. Comment retrouver ce Ralph Finn, plus connu dans le milieu militaire sous l'amusant pseudonyme de la Branlette, sachant qu'il fait partie de ces dix rangers dont il m'a été impossible de retrouver l'adresse ?

— Eh bien…

— Alors ?

Alice se creusait la tête, sans résultat.

— Alors, Watson ?

Grimace quasiment parfaite d'Alice.

— Eh bien, c'est élémentaire, commença Nick. Il suffit d'un peu de psychologie. Jusqu'à présent, nous avons inondé le marché de petites annonces recherchant « la Branlette », et personne n'a répondu. Pourquoi ? Parce que le gars, vingt ans après, ne tient pas, devant sa famille, le ban et l'arrière-ban, à ce que tout le monde apprenne son surnom.

— Oui, on avait déjà réfléchi à ça.

— Mais désormais, nous connaissons son nom. Alors, imaginez que l'on publie une petite annonce du genre « Recherchons Ralph Finn, dit la Branlette ». D'abord discrètement, puis en augmentant la taille de l'annonce et l'importance des journaux. Le Ralph va vite comprendre qu'il a tout intérêt à venir nous voir s'il veut conserver un minimum de dignité dans son quartier, vis-à-vis de son boulanger ou de la maîtresse d'école de ses enfants. Que pensez-vous de la méthode ?

— Disons que ce n'est pas très fair-play comme procédé, mais que cela devrait suffire à faire sortir notre témoin du bois.

Pas très fair-play... C'est la meilleure ! Du génie pur, oui. Et tu n'as encore rien vu, Alice !

— Tout ça n'était qu'enfantillage, Alice. Voici une énigme un peu plus corsée pour tester votre sagacité : comment désormais retrouver la trace d'Alan Woe ?

— Heu, les petites annonces aussi...

— Voyons, réfléchissez, Watson. Nous les essayons depuis deux mois. Et Lison depuis six mois. Sans le moindre résultat !

— C'est vrai. Eh bien...

Alice chercha vainement, et sembla même trouver le problème insoluble.

— Je n'en ai réellement aucune idée, hélas. Nick, vous auriez vraiment une idée pour retrouver Alan ?

— Bien sûr, vous douteriez de moi ?

— Non, évidemment. Je vous fais toutes mes excuses, je vous écoute, maître.

Vas-y, Nick, le grand jeu...

— Eh bien, c'est assez simple en fait. Nous allons rester ici dans cet endroit paradisiaque jusqu'à ce que nous ayons trouvé un indice. Et tant pis si cela nous prend une vie. Pour économiser, nous louerons une chambre, une seule, à l'auberge du Lac. Nous nous ferons passer dans le village pour un couple en lune de miel, afin de susciter les confidences sans éveiller de soupçons. Pour donner le change, nous devrons nous promener main dans la main et nous embrasser parfois, au soleil couchant. Mine de rien, nous enquêterons, en faisant les courses, en nous baignant, en restant des heures enlacés sur un banc public, l'air coupés du monde, mais néanmoins aux aguets.

Si c'est pas le grand jeu, ça !

— A minuit, continua Nick, de notre balcon, nous plongerons directement nus dans le lac.

— Pour interroger les poissons…

— Exactement, il ne faut négliger aucune piste. Avouez que Sherlock Holmes n'a jamais traité Watson avec autant d'empressement.

— Nick ! Soyez un peu sérieux ! C'est de ne pas avoir dormi qui vous met dans ces états ?

Méchante !

— Oui, exactement Alice, de ne pas avoir dormi. D'avoir passé la nuit à côté de vous… sans dormir.

Où tu t'en vas, là ? Ne gâche pas tout, mon vieux Nick ! On a parlé de patience, tout à l'heure !

— Nick, continua Alice faussement cassante, je serais beaucoup plus impressionnée si vous me trouviez réellement un moyen de rattraper un bout de ce fil que nous avons lâché, ce fil qui mène à Alan.

Alors tu vas être impressionnée, ma belle poupée ! Ecoute un pro !

— Bien. Puisque vous demeurez insensible à mes propositions les plus alléchantes, contentez-vous d'admirer mon raisonnement. Et sachez que si je continue à me torturer la cervelle pour rechercher Alan Woe, désormais, c'est uniquement pour Lison la belle Normande. Et non pour l'ingrate Alice (grimace absolument parfaite de l'Américaine)… Reprenons ce que nous savons tous les deux. Alan Woe quitte l'auberge du Lac le 29 avril 1964, puis disparaît pour une destination inconnue. Que va-t-il faire une fois arrivé à cette destination inconnue ?

— Choisir un hôtel.

— Et une fois qu'il a choisi son hôtel ?

— Se renseigner sur les écoles et une mystérieuse femme…

— Mais encore…

— Passer des petites annonces…

— Bien. Vous chauffez. Et que lira-t-on sur ces annonces ?

— Eh bien, qu'il recherche toujours Ralph Finn.

— Et ensuite ?

— Et ensuite ? Eh bien, l'adresse de… Oui, bien sûr, ensuite, il indiquera sa nouvelle adresse, pour la réponse, comme il a indiqué ici l'auberge du Lac ! Il suffit de tomber sur une de ces annonces. Nick, vous êtes formidable !

Elle l'embrassa sur le bout du nez. Nick fit mine de s'évanouir et s'étendit de tout son long sur la moquette de la bibliothèque.

Comme je t'aime, Alice !

— Allez, gros fainéant, dit Alice. Debout ! Nous devons rechercher une petite annonce dans trois tonnes de journaux.

Au bout d'une heure, ils n'avaient rien trouvé. Bill Bosman monta, il apportait un plateau, avec dessus des frites, des sandwichs et des Coca glacés.

— C'est la pause de midi. J'ai pris sur moi de monter quelques victuailles. J'ai une heure devant moi, je peux vous donner un coup de main si vous voulez.

Ils continuèrent donc leurs recherches à trois, tout

en mangeant, sans se soucier de leurs mains devenues noires à force d'avoir manipulé pendant plusieurs heures du papier imprimé de qualité médiocre. Ils épluchèrent tous les journaux nationaux et les grands quotidiens régionaux, sans succès. Ils s'attaquèrent alors aux journaux locaux, en procédant méthodiquement, en commençant par les Etats voisins de l'Iowa, puis en progressant par cercles concentriques.

A 2 heures, Bill les laissa, l'air désolé. Il semblait avoir compris qu'une heure de vie d'un détective privé était moins monotone à la télévision que dans la réalité.

— Je ne sais pas si cette idée géniale valait réellement un baiser, fit Alice au bout d'un moment.

Nick tenta d'imiter une des grimaces d'Alice, mais n'y parvint pas, ou très mal.

A 2 h 47, Nick ouvrit le *Saturday of Oklahoma,* presque distraitement.

Nom de Dieu !

Nick blanchit, regarda immédiatement Alice qui continuait, imperturbable, à compulser ses journaux. Il resta là, à se demander comment lui apprendre la nouvelle. Le silence dut soudain devenir pesant, Alice releva la tête presque aussitôt.

— Qu'est-ce que vous avez trouvé, Nick ?

Nick n'eut pas le courage de lui annoncer. Il fit glisser le journal vers elle.

En bas de la page, dans la rubrique faits divers, on reconnaissait distinctement le visage d'Alan Woe, une photographie de près, centrée sur son visage, les yeux clos. Au-dessus, en caractères gras, Alice lut :

Un inconnu renversé par un chauffard. L'entrefilet était court.

L'accident s'est produit le 6 mai 1964, à 5 h 30 PM, à Blue Hill, nationale 108, non loin de l'école, sous une pluie battante. L'homme est mort sur le coup. Pour l'instant, la victime n'a pu être identifiée. L'accident s'est produit sous une pluie battante. Le chauffard ne s'est pas arrêté. Jusqu'à présent, aucun témoin ne s'est manifesté, c'est Mr Purney, sept minutes plus tard, en rentrant de son travail, qui a découvert le corps. La police semble pencher pour la thèse de l'accident, la visibilité étant particulièrement réduite sous cette averse, et la nationale 108 étant réputée dangereuse. Plusieurs parents d'élèves avaient d'ailleurs déjà porté plainte. Toute personne ayant reconnu la victime ou ayant été témoin du drame est priée d'appeler la police de Blue Hill.

Alice pensa à Lison. Des phrases de sa lettre lui revenaient. Il était question de douleur à perpétuité. De destins qui se croisent, également.

Nick se rapprocha d'Alice, pour l'enlacer, sans arrière-pensées.

— Non, Nick, non, dit doucement Alice en se dégageant. J'attire la mort, je transforme en cadavre tout ce que je touche. Regardez tous ces accidents autour de moi. Toutes ces morts… Jamais naturelles… Comme une malédiction. Je ne suis faite que pour le deuil ! Fuyez-moi, Nick.

— Arrêtez cela, Alice ! Arrêtez de dire des choses pareilles. Il y avait toutes les chances pour que notre chasse s'achève ainsi. Vous le saviez. Lison le savait plus encore. Allez, il nous reste une dernière carte à retourner, Ralph Finn.

— S'il vit encore... Et s'il vit encore, par pitié, laissons-le tranquille.

— Alice ! Tout cela n'a rien d'une malédiction. Rappelez-vous la petite annonce, « Arlington n'a rien payé ». Cet accident arrange étrangement les affaires des Arlington. La mort d'Alan Woe semble un accident bien curieux. Mais à la place de Mrs Arlington, je ne serais pas rassurée, elle a désormais deux veuves sur le dos. Deux veuves déterminées...

Le regard d'Alice était vide et froid.

— Nick, j'en ai assez de votre optimisme béat ! Laissez-nous souffrir, laissez-nous hanter cette terre et allez rejoindre le monde des vivants.

Non, Nick, ne réponds pas...

Nick prit Alice par les épaules et la secoua.

Non, Nick, écrase ! Tu vas tout gâcher !

— Je compte si peu, alors ? Alice, j'ai toujours respecté votre amour pour Lucky. Il était pur et noble. Mais il vous rend si égoïste. Alice, il ne vous est jamais venu à l'esprit que moi aussi, j'étais capable d'amour, capable de souffrir par amour ? Votre amour vous a été retiré, d'accord. Le mien ne m'a jamais été donné !

Alice laissa enfin Nick lui prendre la main.

— Sortons, Nick, emmenez-moi ailleurs. Je ne veux plus voir ces quotidiens d'apocalypse.

Ils sortirent lentement, sans même regarder Bill Bosman qui ouvrit la bouche, et eut le réflexe de ne rien dire, mais pas la présence d'esprit de la refermer, et resta là, coi.

Ravine Street était presque entièrement à l'ombre. L'après-midi touchait à sa fin, il n'y avait plus guère de passants. Alice respirait lentement, elle disait :

— Ça va mieux maintenant, ça va mieux.

— Doucement, doucement, fit Nick.

Puis il y eut un bruit, comme un souffle sourd, le souffle d'un train dans un tunnel.

Nick leva les yeux et hurla aussitôt :

— Alice !

Un camion de livraison, du haut de la rue, fonçait vers eux, portière ouverte, sans aucun conducteur au volant !

Le camion broyait sur son passage chaises, tables, auvents de toile, présentoirs de cartes postales, tapis et bibelots. Sans ralentir ni dévier !

Alice demeura pétrifiée, le camion était déjà sur elle. Nick arc-bouta ses jambes sur la chaussée et poussa Alice de toute son énergie.

Comme je t'aime, Alice !

Alice passa comme une pierre à travers la vitrine du *Des Moines Valley News* ; au même instant, le camion fou souleva Nick comme un mannequin de caoutchouc et alla s'encastrer avec lui sur la vieille digue de pierre, quelques mètres plus bas.

Un livreur en blouse blanche apparut l'instant d'après, paniqué, courant derrière son camion, sprintant, le visage défiguré par la vitesse et par autre chose. Lorsqu'il reprit son souffle devant le magma de tôle, de pierre et de chair, plusieurs badauds l'avaient devancé. Le livreur, hystérique, les prit à témoin :

— J'l'avais serré, mon frein à main, faut me croire, je l'avais serré comme d'habitude. Plus fort qu'd'habitude, même, j'la connaissais la Ravine Street… J'l'avais serré ! J'buvais juste un coup chez Johnson, là-haut, puis j'ai plus vu le camion, j'suis sorti et j'ai vu le camion qui partait tout seul ! Mais j'l'avais serré, le frein à main, c'est pas moi, c'est le camion… C'est pas moi, les gars, c'est le camion… J'l'avais serré, moi…

Le livreur s'aperçut que tous les autres l'écoutaient sans rien dire. Avec pitié. Lui n'en voulait pas, de leur pitié ! Il voulait qu'on le croie ! Il aurait voulu encore leur hurler : « Je l'avais serré, bordel, ce frein à main ! », mais plus rien ne sortit de sa gorge. Il ressentait déjà cette terrible injustice : plus il le répéterait et moins on le croirait.

L'attroupement grandit rapidement. Quelques voitures s'arrêtèrent. Quelques autres passèrent, lentement. Parmi elles, une Cadillac Eldorado.

Ted Silva ralentit un peu, juste ce qu'il fallait. Il était le seul à ne pas fixer le trou dans la digue de pierre, il regardait la vitrine brisée du journal.

« Un coup pareil, ça n'est pas payé », se dit-il. L'idée du camion était pourtant un modèle du genre. Et cela après deux nuits blanches ! Trois jours de traque à attendre enfin le moment idéal : la rue en pente, le camion délaissé par le chauffeur, l'accident en pleine rue, devant des dizaines de témoins à leurs fenêtres. L'accident le plus insoupçonnable du monde, avec même un brave livreur qui se prendra maintenant toute sa vie pour un assassin. Honnêtement, ce n'était pas de chance. C'était là un coup parfait, l'un de ses plus beaux. Trois jours de traque pour rien. Putain ! Le salon fermé trois jours pour un tel résultat…

Il pensa alors à Francesco, son cousin, un petit dealer, c'était notoirement connu dans la famille. Il inondait la tribu Silva de cadeaux à chaque Noël. Ça lui coûtait un aller-retour par mois de Washington aux docks de Baltimore ! Quasiment sans risques ! Le fric tombait tout seul. Pas de traque, pas de nuits blanches, rien. Mais non, Ted Silva s'interdisait de toucher à la drogue. Cette saloperie… Il était père de famille.

L'instant d'après, malgré lui, il revit ce camion encastré dans le mur et ces gens atterrés devant. Qui était-il pour juger ce petit trafic familial de drogue ? Il se sentit brusquement pitoyable avec ses principes ridicules qu'il s'imposait pour se donner bonne conscience.

Heureusement, il le savait, ces pensées noires étaient rares, quoique de plus en plus fréquentes. De plus, il connaissait l'antidote : il se força à repenser à sa montée d'adrénaline lorsqu'il était monté discrètement dans le camion de livraison, s'était allongé pour desserrer doucement le frein à main, juste au bon moment. Puis sauter tout aussi discrètement alors que le camion commençait à peine à bouger, presque immobile encore et pourtant déjà inéluctablement lancé dans cette ruelle qui tombait à pic quelques mètres plus loin. Cela, Francesco, ce fonctionnaire du crime, ne pouvait le connaître. Ce sens de l'improvisation, cette capacité à réagir dans l'instant, à prendre sa décision en un dixième de seconde, après avoir longuement observé les conditions, le terrain, les acteurs… Personne ne pouvait le comprendre. Un jour, il l'écrirait. Et les gens se rendraient compte ! « Le camion fou » serait un beau chapitre.

Ted Silva savait toujours merveilleusement se remonter le moral.

Eh non, pensait-il maintenant, je ne suis pas encore un tueur fini, loin de là ! Oh non, je ne suis pas encore bon pour la retraite ! Désolé, Elena, tant pis les enfants. J'ai encore de beaux contrats devant moi, et tout d'abord ce contrat-ci. J'en fais désormais un point d'honneur, même gratuitement, je le terminerai ! La chance ne sera pas toujours du côté de cette Alice. Et puis il faut voir le bon côté des choses, si je n'ai pas eu la fille, je me suis au moins débarrassé du détective, la blonde n'a plus d'ange gardien maintenant. Et Mrs Arlington plus de fouineur. Cela mérite bien au moins un petit don, si la mère Arlington est de bonne foi. Pas si sûr…

Il éprouva enfin le plaisir d'appuyer sur l'accélérateur de sa Cadillac. Il fallait qu'il soit rentré dans la nuit. Il comptait bien ouvrir son salon dès demain à 8 heures. Laisser le moins de temps possible son apprentie Teresa seule avec ses clientes était sa nouvelle préoccupation. L'autoradio grésilla. Ted Silva soupira.

Bye Bye Love.

36

La volonté de deux veuves

Château-le-Diable, le 16 novembre 1964

Chère Alice,

Je vous remercie d'avoir été sincère avec moi. Même si je m'étais préparée à cette nouvelle, le choc a été si rude que je crois que je ne l'aurais pas supporté s'il m'avait prise totalement par surprise... Et puis surtout, la douleur n'emplit pas entièrement mon cerveau : la colère, la volonté de vengeance occupent une place dans mon esprit que le chagrin ne peut pas encore recouvrir. C'est ce qui me fait tenir.

C'est facile pour moi de crier, si loin, si protégée. De réclamer vengeance et justice après tous ces accidents trop nombreux, trop violents, trop anonymes... Quelqu'un les a pensés, ces accidents, quelqu'un les a organisés, quelqu'un les a commis, et ce quelqu'un est aujourd'hui comblé de notre douleur.

Vous m'avez écrit, Alice, que vous souhaitiez renoncer. Vous m'avez confié votre découragement, votre horreur devant ces morts à répétition. Oh croyez-moi, j'ai parfaitement compris que ce renoncement n'est pas de la peur, du moins pas de la peur pour vous-même. Mais c'est une crainte d'engager d'autres personnes dans cette histoire, dans ce jeu de massacre.

Si loin, je me sens un peu inutile. Mais ma colère est neuve, intacte, bouillante. Si cette colère pouvait servir un peu à pallier mon impuissance. D'ici, je peux seulement vous exhorter à continuer la lutte, à faire jaillir la vérité. C'est au fond je crois ce que vous attendez de moi... Alors je vous supplie de continuer. Vous êtes si proche de la vérité. Il y a déjà tant d'éléments, de coïncidences... Ces accidents n'auraient pas été organisés si la clé n'avait pas été si proche. Alan allait découvrir toute la vérité, il était parti aux Etats-Unis pour cela, il accusait déjà Oscar Arlington, noir sur blanc, dans ces journaux. Je ne suis pas du genre à accuser sans preuve, mais si les Arlington ont un lien quelconque avec le chauffard qui a renversé Alan, alors il faut qu'ils payent !

Le jour où Alan m'a quittée, il m'a dit qu'il reviendrait, que nous aurions un enfant. Pendant les mois qui ont suivi, un doute m'a hantée : Alan me mentait-il ? Avait-il dit cela pour se débarrasser de moi plus facilement ? Aujourd'hui je sais que non. C'est un soulagement qui ne fait qu'accroître ma douleur, qui me le fait regretter plus encore.

Que peut donc cette sénatrice contre la volonté de deux veuves qui n'ont strictement rien à perdre ?

Luttez, Alice, luttez encore. Ensuite, ou même avant si vous étiez néanmoins trop lasse, venez ici, en Normandie. Sur la plage, nous parlerons de nos morts comme deux vieilles folles.

A bientôt,

Lison

Alice relut la phrase : « Que peut donc cette sénatrice contre la volonté de deux veuves ? »

C'étaient quasiment les dernières paroles de Nick, avant l'accident. La volonté d'une veuve. Alice s'était crue si forte, si inébranlable, ayant si peu à perdre… Mais non, elle n'était pas complètement transparente. Ni un fantôme, ni une enveloppe vide.

Les éclats de la vie ne passaient pas à travers elle sans la blesser.

Elle n'avait plus envie que de rester là, cloîtrée dans sa chambre, dans le noir. Elle aurait voulu allumer la minuterie du couloir de son nouvel appartement et que tout explose, elle avec. Mais les miracles ne se produisent qu'une fois.

Désolée, Lucky, je n'ai plus la force. Je veux simplement dormir et rêver de toi, de toi avant.

37

Ramsès II

21 novembre 1964, Washington

Alice tint promesse, elle ne sortit quasiment pas de son appartement les dix jours qui suivirent, juste pour acheter à manger, poster des lettres à Lison et se rendre à l'hôpital. La force nécessaire pour lutter encore semblait l'avoir quittée.

Pourtant, presque contre sa volonté, le destin allait venir lui fournir à domicile tous les instruments de sa vengeance. Le téléphone sonna plusieurs fois chez elle pendant les dix jours.

Trois fois exactement.

La première fois le 21 novembre, à 5 heures de l'après-midi.

— Allô, Alice ? Ici Ramsès II.

— Pardon, répondit Alice surprise, qui ça ? Articulez, je ne comprends rien !

— Ramsès II ! Pas le pharaon, bien sûr. Un type qui lui ressemble. Réfléchissez…

— Vous devez vous tromper !

— Que vous ne reconnaissiez pas ma voix, c'est normal. Mais réfléchissez, par contre, Watson ! Vous en connaissez beaucoup, des hommes en bandelettes allongés dans un sarcophage ?

— Nick !

Lui-même... Il faut plus qu'un camion lancé à pleine vitesse pour que tu sois débarrassée de moi, ma belle Alice.

— Lui-même. Vous êtes excusée de ne pas avoir reconnu ma voix, je ne peux pas refermer la bouche... Alors ça ne m'aide pas à articuler.

— Nick ! Je suis allée vous voir souvent à l'hôpital. Mais vous n'étiez pas encore en état de me voir, ni de m'entendre. Ensuite, ils ont commencé la chirurgie et je n'avais plus le droit d'entrer.

— Oui, maintenant, avec les bandelettes, je suis un peu plus présentable. Et je reparle depuis deux jours.

— Vous souffrez, Nick ?

Bien sûr que non, Alice. Aurais-tu déjà oublié mon optimisme béat ?

— Non, ça va, je ne me suis jamais porté aussi bien.

— Nick ! Arrêtez...

— Si, c'est vrai, je vous jure, je n'ai plus mal aux dents, je n'en ai plus. Je n'ai plus de crampes aux bras, je ne peux plus les bouger. Je n'ai plus mal aux pieds, ni aux jambes, je ne les sens même plus. C'est comme si je n'avais plus de corps, un pur esprit. Le rêve pour un détective ! Surtout un détective comme moi, plus cérébral que physique. Je pourrais devenir un véritable héros de télé : l'homme qui résolvait les énigmes couché sur son lit. Aidé de son seul cerveau. Mieux encore : après « l'homme de fer » voici « l'homme de verre » : le détective n'était qu'un cerveau dans un bocal !

— Nick ! Comment pouvez-vous… ?

— Bon, j'arrête là. La dernière chose que vous m'ayez dite, c'est que vous en aviez assez de mon optimisme béat.

— Je m'en excuse, Nick, je m'excuse pour tout. Comment me faire pardonner ?

— Venez simplement me voir. Et ne craignez rien, mes désirs n'ont plus les moyens d'être physiques ! C'est dommage, il y a ici quelques infirmières que dans d'autres circonstances, j'aurais qualifiées de… bandantes !

Quand elles avaient vingt ans et la taille fine… C'est-à-dire bien avant la guerre…

— Nick ! Vous voulez me rendre jalouse ?

— Je n'en espère pas tant !

— Ils vous ont dit quoi, Nick, les médecins ?

— Je remarcherai, il paraît, dans un certain temps, ont-ils dit… Que j'ai eu beaucoup de chance aussi… Aucun organe vital n'a réellement été touché, à part celui destiné à satisfaire les désirs dont je vous parlais tout à l'heure, mais visiblement, ils ne le considèrent pas comme un organe vital. Donc à part ça, ils affirment qu'ils peuvent à peu près tout réparer. Ils m'ont laissé un catalogue, de bras et de pieds en plastique, plus ou moins bien imités, plus ou moins chers aussi, évidemment.

— Nick, arrêtez !

T'as découvert ta vocation, mon vieux Nick. L'humour cynico-morbide… Ça t'inspire, la momification ! C'est ton côté maso qui doit pouvoir enfin s'exprimer librement. T'arrête surtout pas sur ta lancée, je suis sûr qu'Alice adore ça ! En toute femme sommeille une infirmière.

— Mais je suis très sérieux, continua Nick sur le même ton. Et c'est pour cela que je vous appelle. Il me faut absolument une part du million et demi de dollars, maintenant. Sinon ils vont me refiler de la camelote. Des bras trop courts, des jambes en biais, des trucs récupérés sur des vieux, ou sur des monstres. Alors ça m'a motivé. Je n'ai pas chômé aujourd'hui, j'ai recommencé à travailler.

— De l'hôpital ?

— Vous pouvez le constater, je peux téléphoner maintenant. Je compose les numéros avec mon nez ! Avec ma voix, les gens me prennent un peu pour un mongolien, au début, mais avec un peu d'humour, cela s'arrange. J'ai du nouveau ! Par contre ma facture de téléphone à l'hôpital va être énorme. Je m'en fiche, je ne suis pas solvable. Ils ne peuvent même pas mettre mon corps en hypothèque. Et puis, je paye la facture en sortant. Les pauvres ne sont pas près d'être remboursés.

— Chut, Nick ! Vous disiez qu'il y avait du nouveau ?

— Ah, tout de même, je commençais à croire que vous vous fichiez de cette affaire. Vous n'allez pas laisser tomber, Alice ?

— Non, non…

— C'est pas bien enthousiaste, ça. Hé oh, c'est quand même pas à moi, l'homme-tronc, celui qui arrête les camions fous avec ses dents, de remonter le moral à la femme la plus belle et la plus aimée des Etats-Unis.

— Oui, vous avez raison, comme toujours, Nick.

— Bon, alors, écoutez-moi ça. Concernant l'accident d'Alan Woe, il n'y a eu strictement aucun témoignage. La police locale avait classé l'affaire. J'ai fait aussi tous les hôtels de Blue Hill, le bled où Alan a été renversé. Alan était arrivé la veille au Central Hotel. Ils se souviennent à peine de lui. Il n'avait même pas encore laissé son nom sur le registre. Rien d'intéressant. Par contre, en téléphonant à tous les hôtels du coin, pour trouver la trace d'un éventuel chauffard, j'ai fait une sacrée découverte. Devinez qui a dormi le même jour, à l'hôtel Hamilton, à Salisbury, c'est-à-dire à moins de six miles de Blue Hill ?

— Dites-le-moi…

— Oscar Arlington ! Du moins, il y a toutes les chances. Je l'ai décrit au gérant, il se souvient parfaitement de lui, un petit gros, des sourcils épais, des lunettes d'écaille, le front dégarni mais néanmoins les cheveux mal coiffés. Il est arrivé en fin de soirée et a dormi une nuit, le 5 mai, c'est-à-dire le soir de l'accident d'Alan. Il s'est inscrit sous un faux nom, bien sûr. Il a écrit Oliver Snow. Mais apparemment, cet Oliver Snow a rempli le registre d'une grosse écriture féminine, avec de grandes majuscules et des ronds au lieu des points sur les *i,* exactement comme celle d'Oscar Arlington. Et puis la signature du registre ne ressemble pas du tout à Snow, mais plutôt à Arlington. Pour moi, pas de doute, c'est notre homme ! De toute façon, on va bientôt en avoir la preuve, il faut simplement envoyer une photo d'Oscar au gérant de l'hôtel, et lui doit m'envoyer une photocopie du registre. Arlington est cuit. Même si ce n'est toujours pas une preuve.

— Qu'est-ce qu'il vous faut !

— Ça ne peut être qu'une coïncidence, pour un juge. Mais je vous l'accorde, cela commence à en faire beaucoup. A part ça, pas de nouvelles de la Branlette ?

— Non, répondit Alice, pensive.

— Ça ne devrait pas trop traîner, je lui fais une sacrée publicité dans les journaux : *Recherche Ralph Finn, dit la Branlette*. J'ai mis votre numéro de téléphone. A mon avis, il ne devrait pas trop tarder à remonter à la surface.

— Sans vous, Nick, j'aurais tout abandonné. Vous êtes si…

— Taisez-vous donc. Dites-moi plutôt quel est votre acteur préféré.

Prépare-toi, Alice, celle-là, ça fait deux jours que je la travaille.

— Pardon ?

— Allez-y… Sean Connery ? Cary Grant ? Richard Burton ? James Mason ?

— Je n'en sais rien… Pourquoi me demandez-vous cela ?

— Eh bien, quitte à me faire faire une nouvelle apparence physique, autant en choisir une qui vous plaise ! Puisque j'ai le choix et que nous en aurons bientôt les moyens.

— Nick !

— Bon, je vous laisse réfléchir. Si vous pouvez éviter Anthony Quinn ! A demain. Je vous laisse. Une créature de rêve déguisée en ange m'apporte ma purée et ma paille.

Qu'est-ce qu'il ne faut pas inventer, mon vieux Nick ! Cette boule de cent kilos boudinée dans sa blouse ressemble autant à un ange... que toi à Cary Grant...

Alice raccrocha, honteuse de sa velléité, Nick semblait tellement plus fort qu'elle.

Le lendemain, à l'hôpital, Nick continua de plaisanter sur son sort, de discuter avec entrain de l'enquête, d'encourager Alice à continuer la lutte.

Alice parla aux médecins. « C'est un miracle, lui précisèrent-ils. Il mettra du temps à remarcher, à retrouver l'usage intégral de ses jambes, il conservera des cicatrices, mais aucune de ses blessures n'est irréversible. Il a également la chance que son visage soit assez peu touché, mis à part la mâchoire. Il devra rester plusieurs mois à l'hôpital. Ensuite, la rapidité de sa guérison et de sa rééducation sera une question de volonté. Il pourra se contenter d'un fauteuil roulant, faire l'effort de se déplacer avec des béquilles, ou même marcher normalement s'il supporte de souffrir pour se rééduquer pendant plusieurs années. »

Alice se sentit très égoïste : elle voulait se battre, pour lui, pour sa guérison, mais n'arrivait plus à trouver la force en elle. Pour continuer, elle avait besoin de Nick valide, de son humour, de son optimisme.

Elle se sentait si peu à la hauteur de ces hommes qui l'aimaient, Lucky... Nick... Elle aurait tant aimé un destin tranquille.

38

Le dernier des quatre

23 novembre 1964, 318 Indiana Avenue, Washington

Le surlendemain, vers 4 heures de l'après-midi, le téléphone sonna une seconde fois.

— Madame Alice Queen ?

— Oui…

— Ralph Finn à l'appareil.

La Branlette, pensa immédiatement Alice. Dans le même temps, elle essaya d'organiser son esprit, de parler lentement, pour éviter à tout prix la gaffe. Nick et elle ne l'appelaient que par son surnom depuis des mois.

— Ralph, dit-elle après une hésitation. Enfin ! Cela fait longtemps que nous vous cherchons…

— Je sais. Je vais être bref. Je vous téléphone simplement pour vous dire de cesser de faire passer ces petites annonces ridicules. Vous devez vous rendre compte à quel point elles sont infamantes, si longtemps après la guerre. J'ai une femme, des enfants. Jusqu'à présent je suis parvenu, du moins je l'espère, à éviter qu'un journal ne tombe entre leurs mains. Mais il faut cesser maintenant, mademoiselle. Ce n'est pas joli ce que vous faites, j'espère que vous vous en rendez compte ?

— Excusez-nous. C'était simplement pour vous faire réagir, vous n'aviez pas répondu aux premières annonces.

— Eh bien c'est gagné, évidemment. J'ai réagi. Maintenant écoutez ceci : cessez de m'importuner ! Je ne veux plus entendre parler de cette histoire, de ce contrat. Je ne témoignerai jamais contre Oscar Arlington ! Que ce soit clair ! Je le refuse parce que je refuse qu'on affiche mon nom et ma photo en première page des journaux : « Ralph Finn, celui que l'on surnomme la Branlette, accuse de trahison le fils de la sénatrice Arlington ».

— Cela peut s'arranger, on peut très bien ne pas parler de ce surnom lors du procès.

— Non, vous ne m'aurez pas. « La Branlette », ça fait un bien trop joli titre. Vous ne pourrez pas contrôler les journalistes. Si l'on m'interroge, je dirai que je ne sais rien du tout sur cette histoire.

— Ralph… Vous ne pouvez pas réagir ainsi. Vous étiez seulement quatre à être au courant de ce contrat. Trois sont morts ! Vous êtes le seul survivant, vous êtes le seul maintenant à pouvoir rétablir la vérité.

— Oui, mademoiselle, vous avez très bien résumé la situation. Je suis le seul survivant. Et je tiens à le rester ! Les Arlington sont une famille très puissante. Pour vous le dire de façon très simple, je crois que c'est parce que je n'ai donné aucun signe de vie que je suis le seul survivant.

— Oscar Arlington est mort maintenant.

— Oscar Arlington, oui. Mais pas son clan. Sa mère, sa famille, son nom… Non, mademoiselle, il ne faut pas s'attaquer à ses gens-là ! Nous sommes trop petits, trop faibles, ils nous écraseront, comme les autres. Allez-y si vous voulez, mais sans moi ! Ne me demandez pas de mourir pour vous. De quel droit ? Pourquoi ? Continuez toute seule si vous en avez envie, mais oubliez-moi !

Alice pensa à cet instant à Nick sur son lit d'hôpital, au camion fou, à l'explosion de son appartement… Oui, la Branlette avait raison, venir témoigner était sans doute dangereux. De quel droit lui demandait-elle de risquer sa vie ? Et si elle insistait, et s'il acceptait, et si ensuite lui aussi était victime d'un accident, pourrait-elle se le pardonner ? Elle cherchait en elle la volonté pour insister.

— J'aimerais au moins que vous me racontiez, Ralph, que vous me montriez ce contrat. Il faut que je sache exactement ce qui s'est passé. Même sans témoigner contre les Arlington, acceptez au moins de me rencontrer.

— Vous ne m'aurez pas, mademoiselle. J'ai tout oublié ! Je ne sais rien. Lucky ne m'a jamais demandé d'être le témoin de ce contrat. D'ailleurs il n'y a jamais eu de contrat ! Voilà, vous êtes contente, vous savez la vérité ! Maintenant, fichez-moi la paix ! Lucky est mort, il n'a pas été le seul ce jour-là. C'était il y a vingt ans. Il faut oublier maintenant, et reprendre chacun sa vie.

Lucky mort… Comme les autres. Anonymement. Pour rien. Non, ce n'était pas la vérité ! La Branlette n'aurait jamais dû dire cela ! Ces quelques phrases suffirent à réactiver sa détermination.

— Non, Ralph, ce serait trop facile ! Lucky vous a choisi. Je ne sais pas pourquoi, mais il vous a choisi comme témoin parmi cent autres soldats. Il vous a fait confiance, vous ne pouvez pas l'oublier ! Il y a vingt ans, vous avez accepté cette confiance. Maintenant il faut assumer !

— Je vais raccrocher, mademoiselle…

— Ça ne devait pas être gai tous les jours, dans la péniche, de se faire appeler la Branlette. Ça devait être pénible, hein ? Mais si Lucky vous a choisi, c'est qu'il était votre ami, c'est que lui ne vous appelait pas la Branlette. Non, Lucky je le connais, ce n'était pas son genre. Combien il y en avait, sur la péniche, des soldats qui ne vous appelaient pas la Branlette ? A part Lucky ? Y en avait-il au moins un ? Lucky était votre ami, Ralph, souvenez-vous ! Il vous a fait confiance ! Vous n'avez pas le droit de l'abandonner aujourd'hui.

Alice sentit qu'au bout du fil, Ralph avait été ébranlé. Il fallait enfoncer le clou.

— Je suis désolé, mademoiselle, fit pourtant Ralph, je suis désolé pour Lucky. C'était un chic type, mais tant pis. J'ai une femme, des enfants… Et je tiens à ma peau. Je vais raccrocher maintenant, mes gosses vont rentrer de l'école, je ne veux pas qu'ils sachent quoi que ce soit de cette histoire.

Ralph Finn était un faible, Alice sentit à sa voix qu'il était fragile, qu'il avait simplement peur. Pour le faire parler, il suffisait peut-être de lui faire plus peur encore.

— Tant pis Ralph, nous allons continuer, alors. Continuer les petites annonces, je veux dire… Nous allons passer aux annonces radio. Puis aux annonces télé, cela coûte plus cher mais il y a 1,44 million à la clé, vous savez. Je suis déterminée. Ils écoutent la radio, vos enfants, ils regardent la télé aussi ? Oui, bien sûr, vous pouvez mettre en panne la radio et la télé, mais les copains de vos enfants, s'ils ne lisent pas les journaux, ils regardent sûrement la télé. Vous avez envie que vos enfants vivent dans la cour de l'école ce que vous avez vécu sur la péniche ?

Alice marqua une pause, pour laisser à Ralph le temps d'imaginer l'insupportable scène.

— Je ne vous lâcherai plus, Ralph. La seule façon de vous protéger, c'est de tout dire, de tout dire le plus rapidement possible à la police. Ensuite, les Arlington ne pourront plus rien contre vous, vous ne craindrez plus rien.

Ralph Finn hésitait. Dans le téléphone, derrière lui, on entendit un bruit de portes et des cris d'enfants.

— D'accord, mademoiselle, vous avez gagné. C'est si facile pour vous, de disposer ainsi des gens. Je vous rencontrerai, une seule fois, je vous dirai tout ce que je sais, et vous me jurerez de ne plus m'importuner.

— Où ? Quand ?

— Le plus tôt possible.

— Vous pouvez venir à Washington ?

— Je m'arrangerai… Je peux y être… disons vendredi prochain, l'après-midi, je ne travaille pas.

— D'accord, vendredi, 3 heures. Lafayette Square, juste devant la Maison-Blanche, il y a des flics partout. Au moins là, vous ne craindrez rien.

— Ne plaisantez pas, mademoiselle ! Je n'aime pas cela, pas du tout. Dans les films, dans ce genre de situation, le témoin principal, celui qui détient l'information capitale pour faire tomber le coupable, il se fait toujours tuer avant d'avoir craché le morceau. Il n'arrive jamais à son rendez-vous. Sinon, le film s'achèverait une heure avant la fin.

— Ce n'est pas un film, Ralph.

— C'est pire. Vous n'avez pas connu la guerre. Si vous l'aviez connue, vous sauriez qu'il n'y a qu'une chose à faire ensuite, lorsque l'on revient : oublier !

— A vendredi, Ralph. D'ici là, nous cessons toutes les petites annonces, vous avez ma parole !

39

Il repassera par là...

24 novembre 1964, 318 Indiana Avenue, Washington

Le téléphone sonna une troisième et dernière fois le lendemain, à 6 h 45. Alice dormait encore. Comme toujours, elle s'était couchée assez tard la nuit précédente.

Elle s'avança en titubant jusqu'au téléphone impatient. Dans son cerveau embrouillé, ce ne pouvait être qu'une mauvaise nouvelle.

Un nouvel accident mystérieux.

Sans savoir pourquoi, elle pensa immédiatement à la Branlette.

— Allô, Alice, c'est tata Ponnie !

— Tata Ponnie ?

Qui peut bien être cette tata Ponnie ? se demanda le cerveau assoupi d'Alice. Elle n'en connaissait aucune.

— Tata Ponnie, tu te souviens au moins ?

Alice essaya de se concentrer, afin de dissiper les brumes matinales qui enveloppaient sa mémoire ; mais non, ce nom ridicule de tata Ponnie ne lui évoquait absolument rien. Elle garda le silence.

— Tata Ponnie, la sœur de Maxime ! Le mari de Jane ! La sœur du père de Lucky. Tu m'as vue à leurs vingt ans de mariage, à Maxime et Jane, et puis à l'enterrement de l'oncle Alex. Ça y est ? Dis, tu ne m'as pas l'air très réveillée !

Alice essayait de réfléchir aussi vite qu'elle pouvait : le père de Lucky, d'accord… Jane, sa sœur, elle la voyait assez souvent, avec Maxime, ils habitaient aussi Litchfield… Ponnie ? Effectivement, Maxime avait une sœur, une femme un peu hystérique lorsqu'elle avait un verre dans le nez, qui entamait toujours les cérémonies en se levant et en chantant des chansons insupportables que tout le monde reprenait. Tata Ponnie ? Peut-être bien… C'était si loin… Mais qu'est-ce que cette femme pouvait bien lui vouloir ?

— Ponnie ! répondit néanmoins Alice en essayant d'y mettre de la conviction. La belle-sœur de Jane, bien sûr… Comment allez-vous ?

— Tu peux me tutoyer, ma chérie. J'y pense, je te réveille peut-être. Tu sais, nous ici à Litchfield, on vit tous un peu décalés. Et puis je voulais être sûre de t'avoir. J'ai suivi ton procès, Alice, tu sais, comme tous ceux du village, même si, tu m'excuses, je n'ai pas pu venir y assister, à Washington. On avait le voyage des anciens en Floride en même temps. Bon, je ne te retiens pas trop, j'ai promis à Miss Macintyre, tu te souviens, l'ancienne libraire, la pauvre elle perd complètement la boule. Enfin je lui ai promis de l'emmener au marché aux plantes, et si on arrive après 9 heures, il n'y a plus rien que des affreuses choses fanées.

— Mais tu m'appelais pour quoi, tata Ponnie ? demanda Alice en y mettant toute la courtoisie possible.

— Ah oui, c'est vrai, excuse-moi, je bavarde, je bavarde… Tu dois être occupée toi aussi ! En fait, c'est une histoire qui concerne ton affaire. Cela reste à confirmer, mais tout de même, ça doit pouvoir t'intéresser. Lundi dernier, comme une ou deux fois par an, j'ai passé la journée à Washington. Je sais, tu vas me dire, je pourrais venir te voir parfois, quand je suis à Washington. Mais je n'ose pas, une vieille comme moi, je te casserais les pieds plutôt qu'autre chose.

Alice commençait au bout du téléphone à être prodigieusement agacée, mais elle avait toujours conservé devant sa belle-famille une timidité d'adolescente. Comme si, vingt ans après la mort de Lucky, elle avait encore à prouver à sa famille qu'elle était bien la compagne idéale pour Lucky. Alice écouta donc docilement, sans une remarque.

— Donc, continuait Tata Ponnie, lundi, je règle mes petites affaires. Et quand j'ai fini, comme toujours, je vais prendre le thé chez Mrs Waters. Tu te souviens ? Non, je suis bête, ils ont quitté Litchfield bien avant que tu arrives. Enfin, c'est une ancienne voisine, qui tient maintenant un salon de thé sur Louisiana Avenue. Son mari est mort il y a quelques années. Faut dire que Mrs Waters avait pas dû le ménager, c'est comme on dit une femme de caractère. Mais mis à part ça, c'est aussi une femme toujours très bien informée. C'est un peu obligé dans son travail, tu vas me dire. C'est sûr. Si elle n'avait rien à raconter, je ne perdrais pas mon temps à m'y arrêter en venant à la capitale, alors que je n'ai même pas le temps de visiter ma propre famille. Pas vrai ? Bon, j'en arrive donc à notre histoire : devine, ma chérie, ce que Mrs Waters m'a révélé sur l'affaire Arlington ?

— Ma foi…

— Crois-moi que cela va te réveiller, ma chérie ! Cela concerne le suicide du fils Arlington. Mrs Waters tenait cela d'une cliente, une dame digne de foi, m'a-t-elle affirmé. Pas des racontars, non, ça ce n'est pas le genre de Mrs Waters. Bon, je me dépêche ou bien Miss Macintyre va croire que j'ai eu un accident en ne me voyant pas arriver. Elle est capable de prévenir la police. Donc, selon Mrs Waters, Oscar Arlington aurait laissé une lettre pour expliquer son geste, une lettre que Mrs Arlington n'aurait jamais montrée à personne.

— Et elle t'a dit ce qu'elle contenait, cette lettre ?

— Mot pour mot, ma chérie ! Le fils Arlington aurait dit que sa vie n'était que mensonges, qu'il voulait y mettre fin, qu'il devrait être mort à la place d'un autre sur une plage de Normandie. Il a écrit ça noir sur blanc !

Alice était assez excitée, mais n'avait pas une grande confiance dans son interlocutrice. Elle essaya de sonder la crédibilité de l'information, sans vexer sa tante par alliance :

— Tata Ponnie, ne le prends pas mal, mais ça ressemble beaucoup à une rumeur. Comment le contenu de cette lettre pourrait-il être ainsi connu, par n'importe qui ? Enfin, heu, je ne dis pas ça pour toi, mais tu m'as dit que Mrs Arlington n'avait montré cette lettre à personne. Alors ?

— C'est sa gouvernante qui a parlé, répondit un

peu sèchement tata Ponnie. C'est elle qui a découvert le fils Arlington, le matin de son suicide.

Alice commença à penser que, finalement, cette histoire pouvait fort bien tenir debout.

— Je te remercie, tata Ponnie. Ça valait vraiment le coup de me réveiller de si bonne heure.

— C'est normal, ma chérie. On pense tous à toi au village. Bon, je me sauve… De toute façon, on se verra aux trente ans de mariage de Ben et Goldie.

— Heu… Sans doute, répondit Alice sans avoir aucune idée de qui étaient ces gens. Merci encore…

Lorsque Alice raccrocha le combiné, il était un peu plus de 7 heures. Elle était impatiente de prévenir Nick, elle y croyait, finalement, à cette histoire de commères. Elle se retint comme elle put en tournant dans son appartement, puis l'appela vers 9 heures.

Comme elle l'avait prévu, Nick prit très au sérieux cette piste.

— Malgré les apparences, ce genre de ragot pourrait fort bien ressembler à une preuve. Enfin une ! Ça plus la Branlette, ça commence à prendre tournure. Si jamais on pouvait convaincre le juge d'effectuer une perquisition chez Mrs Arlington… Elle a forcément conservé chez elle ce message. Une mère ne met pas au feu ou à la poubelle la lettre d'adieu de son fils, même la pire des mères ne le ferait pas. Même Emilia Arlington.

Le lendemain, Nick prévint Kaplan, le juge chargé du dossier. Kaplan s'était jusque-là montré plutôt timide, cherchant ostensiblement à ne pas faire trop de vagues. Il était sur un terrain glissant. Mrs Arlington était une personnalité politique bien assise, et lui un petit juge, pas débutant mais tout de même en devenir, du moins l'espérait-il. Kaplan reçut un à un, de la bouche de Nick, les nouveaux éléments de l'enquête, les coïncidences en série.

Sans commentaires.

Le juge Kaplan ne se considérait pas spécialement comme un « justicier », un de ces juges à l'affût de toute corruption, traquant les grands, secourant les pauvres… Non, rien de tout cela. Il était un simple petit juge, à l'ambition patiente mais résolue. Jusqu'à présent, son bon sens (c'est-à-dire son sens de l'ambition) avait dicté sa conduite dans cette affaire : ménager le vainqueur probable de cette histoire tordue, donc Emilia Arlington. Mais les éléments nouveaux que lui apportait Nick semblaient montrer, jour après jour, que la tendance s'inversait. Qu'un jour ou l'autre, une preuve irréfutable ferait basculer l'affaire.

Le juge Kaplan pesa la situation. Il pouvait jouer la sécurité, continuer d'incarner le rôle du juge frileux et éviter de charger la sénatrice, mais il courait le risque, si Mrs Arlington perdait, de passer pour un juge timide, craintif, traînant la jambe face au pouvoir. Pire, pourquoi pas, pour un juge corrompu : même sans preuves, la vérité crevait les yeux ! Alors qu'il tenait peut-être là une occasion unique de gagner en une affaire des années de notoriété. Attaquer de front une sénatrice était risqué, certes. Il n'y avait toujours pas beaucoup d'éléments matériels dans cette histoire. Mais il allait devenir alors un juge médiatisé, un de ces juges dont les journalistes vantent l'intégrité. Ces juges qui vont jusqu'au bout pour faire aboutir la vérité, qui risquent tout, qui mettent leur carrière en péril.

La carrière en péril ! Tu parles !

Personne ne s'aventurerait à couvrir Mrs Arlington si les preuves devenaient trop accablantes. Et dans le cas contraire, s'il fouinait sans trouver de preuves, que pourrait-on contre lui ? Le dessaisir de l'affaire, discrètement, en lui assurant une promotion ailleurs ! En fait, pensait subtilement le juge Kaplan, dans ce pays, ce n'est pas l'honnêteté des juges qui permet à la justice de fonctionner et d'échapper au pouvoir des puissants, c'est l'ambition ! Aucun poste au soleil, aucune valise de dollars ne pourra jamais peser plus dans la balance que de lire son nom sur cinq colonnes à la une de tous les journaux du pays. Que de voir son visage à la télévision. Que d'être un héros national.

Le juge Kaplan ordonna le surlendemain, le jeudi, une perquisition surprise chez Emilia Arlington. Les policiers la surprirent le matin chez elle, déjà habillée, lisant le journal en buvant son café. La perquisition dura moins de dix minutes. Mrs Arlington, sans méfiance, conservait la lettre d'adieu de son fils dans sa table de chevet.

Quand la police s'en fut allée, la sénatrice regarda Maria en silence, et Maria sut qu'elle ne travaillerait plus jamais pour Mrs Arlington, qu'elle serait renvoyée, sur-le-champ, et même qu'elle devrait déménager avec son mari malade, partir loin, loin de Washington.

40

Lafayette Square

28 novembre 1964, Lafayette Square, Washington

Cela aurait été un bel après-midi, sans le vent violent qui s'engouffrait dans chacune des grandes avenues de Washington. Les drapeaux étoilés claquaient. Les feuilles, mégots, cannettes de Coca-Cola et détritus divers, qui en temps normal ne dérangeaient personne dans leur caniveau, couraient sur les trottoirs, forçant les passants pressés à les esquiver. Les militaires de garde devant la Maison-Blanche avaient perdu leur assurance de statues de cire et devaient tenir leur casquette à deux mains. Les touristes trouvaient cela cocasse, suffisamment en tout cas pour justifier des rires et des photographies.

Juste en face, les arbres de Lafayette Square fournissaient un certain abri.

Le parc servait de refuge à une faune diverse, mais deux espèces dominantes y régnaient : les fonctionnaires de l'administration qui se posaient ici quelques instants avant de reprendre leur course, et les sans-abri, sans-emploi, sans-famille, sans-argent mais rarement sans-couleur, qui occupaient sinon les mêmes bancs, du moins ceux d'à côté. Les uns et les autres se croisaient sans heurts, sans même chercher à s'éviter du regard.

Les bancs, les arbres et la vue sur la Maison-Blanche appartenaient à tout le monde…

Les jeunes cadres étaient occupés à lire des journaux très sérieux, même si en s'approchant, on s'apercevait qu'ils ne s'attardaient guère que sur les résultats sportifs. Ils chiffonnaient ensuite le journal dans une poubelle, ou même simplement sur le banc. Un sans-rien s'emparait alors du journal, le regardait parfois mais pas souvent, puis s'en servait pour envelopper sa bouteille. Car aux Etats-Unis, on peut afficher sa pauvreté, mais pas son alcoolisme. Et qui boit de l'alcool dans la rue doit en camoufler le contenu et le contenant. L'épais journal qui n'avait été ouvert qu'à la page des sports terminait donc comme enveloppe d'une bouteille de whisky de mauvaise qualité.

Alice était assise depuis dix minutes sur un banc du Lafayette Square, à côté d'un journal déjà abandonné mais pas encore récupéré. Un petit écureuil, du fond du parc, la fixait avec un mélange de peur et de curiosité. Alice regardait dans l'autre sens, en direction de la Maison-Blanche, que l'on devinait entre les arbres du square.

Elle semble bien misérable, cette Maison-Blanche ! pensa Alice. Elle était peut-être impressionnante, jadis, du temps de l'architecte Pierre L'Enfant, visible de toutes les avenues. Mais aujourd'hui, ce lieu où se décide le sort de la planète, ce lieu de fantasmes pour le monde entier, ce lieu de tous les mystères était la plus basse de toutes les constructions du quartier, dans l'ombre de la Treasury Annex, de Decatur House, de Blair House, du Department of Commerce, de Corcoran Art Gallery… La Maison-Blanche paraissait minuscule, comme une grand-mère ratatinée, comme un arbuste dans une forêt, entourée de ces dizaines d'immeubles cinq fois plus hauts qu'elle. De n'importe laquelle de ces centaines de fenêtres autour, il semblait possible de viser à toute heure de la journée le président.

Quant à la Maison-Blanche elle-même, elle ne semblait protégée que par cette petite grille dorée et quelques pantins. Il semblait à Alice que n'importe quel commando un peu organisé aurait pu se rendre maître des lieux. Non, ce n'était ni Versailles, ni la Cité interdite, ni le Kremlin… C'était peut-être fait exprès, après tout, pensa Alice. Pour illustrer le rêve américain. Pour symboliser ce pays où tout est possible, où les places les plus imprenables ne le sont jamais tout à fait, où les plus puissants ne sont pas intouchables.

Même les sénatrices… Même Emilia Arlington.

Une détonation retentit dans le parc. Le petit écureuil qui trouvait Alice sympathique et qui s'approchait avec méfiance depuis plusieurs minutes, centimètre après centimètre, rejoignit prestement son arbre. Alice se retourna. Son cœur s'accéléra.

Une moto pétaradante passa rapidement, lâchant une seconde puis une troisième détonation. Ce n'était rien. Le bruit s'éloigna puis se perdit dans la ville.

Alice avait eu peur. Ce rendez-vous lui collait la frousse. La frousse que quelque chose arrive à Ralph

Finn ; que quelque chose lui soit arrivé… Elle regarda sa montre, il n'était pas encore tout à fait 3 heures.

Pourquoi paniquer ?

Alice se demanda l'espace d'un instant si elle avait également peur pour elle-même. Elle le savait, il y avait toujours quelqu'un dans cette ville chargé de la faire disparaître. C'était bien elle qui était visée par ces accidents à répétition. Ce tueur, ce pouvait être n'importe qui. Elle observa le parc. Ce pouvait être n'importe laquelle de ces personnes attendant tranquillement sur un banc. Ce type jouant les poivrots, cet autre type cachant son visage derrière un journal, ce touriste bruyant derrière elle… Un assassin dans la ville, à ses trousses ? Non, décidément, cela ne la paniquait pas. Ce qui devait arriver arriverait. Ce n'était pas pour elle qu'elle avait peur. Elle regarda encore sa montre : 3 h 03. Ralph n'était pas encore en retard, pas vraiment.

Un bruit de sirène la fit sursauter une nouvelle fois. Une voiture de police blanche remontait la 17th Street pied au plancher, hurlant, prenant bien soin de s'engouffrer dans la rue en sens inverse, de ne pas s'arrêter aux feux, de déboîter au dernier moment et de se rabattre en queue de poisson. Comme pour mieux impressionner les passants.

Voir passer à vive allure une voiture de police était fréquent à Washington. Les feuilletons télévisés, par souci de crédibilité, avaient imité les pratiques du FBI ; mais désormais, à l'inverse, les policiers américains essayaient de singer ces héros de fiction. Le moindre des détectives se comportait comme s'il avait une équipe de télévision collée à ses baskets. Une voiture de police ne pouvait pas se déplacer en silence, au ralenti. Un flic ne pouvait pas en jaillir sans hurler. Cela ne dérangeait personne. Le bruit ne dérangeait personne aux Etats-Unis. Cela pimentait même le quotidien des citadins d'un parfum d'inattendu.

Alice, elle, ne s'y habituait pas. Elle ne put s'empêcher de faire le lien entre cette voiture de police et son affaire.

Elle ne se trompait pas, d'ailleurs.

Elle y voyait un mauvais présage.

Sur ce point, par contre, elle avait tort !

La voiture de police, dans un crissement de pneus, tourna à gauche et disparut dans Pennsylviana Avenue…

Vers Farraguth North.

41

Raccourci pour le paradis

28 novembre 1964, 1351 Farraguth North, Washington

La voiture de police pila juste devant le salon de coiffure de Ted Silva, se garant à cheval sur le trottoir.

Ted les vit descendre de leur véhicule à travers sa vitrine. Il avait appris à ne pas paniquer. Après tout, ils pouvaient venir pour n'importe quoi. Ils pouvaient aussi se tromper. Par chance, pensa-t-il, il n'y avait dans son salon qu'une seule cliente, une cliente « blanche », comme il disait. Heureusement pour sa réputation ! Aucun flic jusqu'à présent n'avait franchi le seuil de son salon. Il y avait aussi Teresa, mais Ted la considérait comme trop stupide pour comprendre quoi que ce soit.

Un policier de carrure imposante, du genre mâcheur de chewing-gum, mais Ted n'eut pas le temps de vérifier, le poussa en exhibant un mandat de perquisition, que Ted n'eut pas non plus le temps de vérifier. Puis ils commencèrent… Ils éventrèrent les fauteuils de cuir achetés neufs il y a tout juste deux ans, ils vidèrent dans les bacs ou à côté les bouteilles de shampooing, du Sandrelli à soixante dollars le flacon ; ils arrachèrent la moquette (Ted comptait la changer de toute façon) ; ils décapitèrent les têtes des mannequins sur l'étagère, une à une.

Ted commençait à comprendre… Ça le soulageait un peu, malgré tout.

La tête de mannequin créole aux épais cheveux noirs frisés fut à son tour jetée au sol. L'héroïne se répandit partout dans le magasin et chacun essaya de ne pas trop respirer dans le nuage.

Quelqu'un m'a donné, pensa Ted. Francesco ? Il était le seul au courant. Ou bien ce crétin avait trop parlé à un de ses clients.

Bien fait pour moi, analysa rapidement Ted. Je n'avais qu'à pas y toucher à cette saloperie de drogue, comme je me l'étais toujours juré. Je n'avais qu'à lui dire non, à Francesco !

C'était effectivement la première fois que Ted participait à un trafic de drogue. « Juste pour deux jours, avait assuré le cousin Francesco. Ton salon est la planque idéale. Plus insoupçonnable que les caves du Vatican ou les chiottes de l'ONU. » Et lui, Ted, avait fini par dire oui, même pas pour ces malheureux cinq cents dollars que Francesco lui avait promis. Plutôt pour rendre service à la famille. Aussi un peu parce que s'il avait refusé, cela aurait pu paraître louche. Francesco aurait pu penser que Ted avait quelque chose à cacher concernant son salon.

Ted Silva constata avec amertume qu'il allait tomber pour cela : de la came planquée dans une cervelle de négresse !

Quelle ironie ! Cela irait chercher au moins plusieurs années ferme ! Les juges faisaient du zèle en ce moment.

Les flics allaient l'interroger, lui faire peur, le coffrer, le chatouiller un peu, fiers, croyant tenir un petit traficoteur. Sans jamais soupçonner qu'ils tenaient entre leurs mains la clé de tant d'énigmes, d'accidents, de meurtres sur lesquels leurs collègues de la police criminelle s'arrachaient les cheveux. Ils ne feraient jamais le rapprochement… Les membres de son association Ex-voto étaient des membres fantômes, sans aucun lien apparent avec lui. Mis à part la drogue, il était blanc comme neige, même si l'expression était mal choisie.

La prison l'attendait !

Il pensa à Elena. Elle allait pleurer, se dire déshonorée, venir le voir tout de même, maudire Francesco, parler des enfants, déshonorés eux aussi, qui allaient bien, mais oui ! Qui l'embrassaient… Mais qu'est-ce qui t'a pris enfin ? Elena ! Si elle savait…

Les flics avaient fini leur ménage et toute l'héroïne avait été balayée puis versée dans un sac plastique, mêlée à des touffes de cheveux divers : cela alourdirait un peu le volume de la prise à l'heure des bilans ! Ted fit taire Teresa qui sanglotait debout et lui confia les clés du salon… Comme si on pouvait lui confier quelque chose !

Le salon était foutu, lui aussi !

Pendant qu'on lui passait les menottes et le faisait monter à l'arrière de la voiture, il pensa enfin à sa carrière, sa vraie carrière.

Foutue elle aussi. Terminée. Retraite anticipée.

Bien sûr, il sortirait de prison dans pas très longtemps. Mais tout son commerce reposait sur sa parfaite innocence, sa respectabilité. En bref, son commerce nécessitait un casier judiciaire vierge.

Personne ne confierait le moindre contrat à un escroc fiché, du moins personne parmi sa clientèle habituelle, selon sa méthode habituelle. De toute façon, par conscience professionnelle, il aurait refusé.

Fini !

Sa carrière de faiseur de miracles, d'exauceur de prières s'achevait donc là, tristement, en queue de poisson, par la faute de son sens de la famille et d'un cousin sans malice et trop bavard. Après tout, à bien y réfléchir, cela valait peut-être mieux. S'arrêter ainsi avant d'accepter le contrat de trop... Comme un pilote automobile qui stoppe sa carrière pour une blessure bénigne, qu'il maudit sur le moment, mais qui lui évite peut-être de continuer à courir jusqu'à se tuer.

Son dernier contrat resterait donc là, en plan. Tant pis pour Arlington. Tant mieux pour la petite Queen.

La voiture de police repassa hurlante et zigzaguante sur la 17th Street, laissant derrière elle la Maison-Blanche.

Tiens, au bout du compte, Ted Silva espérait en prendre pour longtemps, au moins cinq ans ! Il aurait ainsi le temps de les écrire, ses mémoires, seul, sans petits-enfants pour lui réclamer de jouer au foot, sans femme pour lui demander ce qu'il veut manger et chercher à voir par-dessus son épaule ce qu'il écrit. Tranquille, concentré à sa tâche, à l'abri des regards.

« Raccourci pour le paradis », ce sera le titre !

Le titre de l'introduction pourrait être un truc du genre : « Un miracle, c'est un sacré boulot ! » Puis je commencerais ainsi : « En ce temps-là, j'exauçais les prières de gens influents. Je réalisais des miracles pour des personnes impuissantes qui possédaient pourtant souvent tous les pouvoirs. »

Pour la première fois depuis longtemps, Ted se sentait heureux, soulagé. Tiens, la dédicace de mon bouquin pourrait être aussi un truc du genre « A ce crétin de Francesco et à son bavardage libérateur ».

42

Le sens du vent

28 novembre 1964, Lafayette Square, Washington

— Alice Queen ?

Alice se retourna.

— Oui ?

Un type assez grand, frisé, le visage pâle (mais peut-être était-ce dû davantage aux circonstances qu'à sa nature), se tenait debout devant elle.

— Ralph Finn. Désolé, je suis un peu en retard.

— Ça ne fait rien, merci d'être venu. Asseyez-vous.

Elle poussa le journal et lui fit une place sur son banc.

— Merci, murmura Ralph. Merci aussi d'avoir stoppé les annonces. Je n'ai pas trop de temps. Vous attendez quoi de moi, exactement ?

Ralph se tenait droit, il veillait à se donner une attitude d'assurance, mais Alice ne fut pas dupe : il avait peur.

— Un témoignage, noir sur blanc. Votre exemplaire du contrat, aussi.

— Bien entendu, maintenant que vous me tenez…

— Emilia Arlington est tombée, vous savez. Le juge Kaplan est avec nous, ils ont perquisitionné chez elle, ils ont trouvé des aveux d'Oscar Arlington, juste avant son suicide.

Ralph laissa transparaître un soupir de soulagement qui ne pouvait être feint.

— Alors maintenant, continua Alice, avec votre témoignage en plus… Et le contrat…

— Pour le témoignage, il faudra en discuter. Pour le contrat, il ne faut pas y compter !

— Comment ça ? Vous en avez bien un exemplaire ?

— J'en « avais » un. Il y a une nuance. Vous savez, vous avez été injuste, l'autre jour, au téléphone, en me traitant de parjure, en prétendant que je n'étais pas digne de la confiance que Lucky avait placée en moi. C'est un type qui représentait beaucoup pour moi. Un peu comme un modèle, si vous voyez ?

Alice fit oui de la tête.

— J'ai fait mon devoir de témoin, vous savez ! En 44, je suis passé à Washington, pour tout vous raconter. J'avais votre adresse. La concierge de votre immeuble, à Rock Creek, pourra témoigner, c'est elle qui m'a dit qu'il n'y avait plus aucune nouvelle de vous. Elle doit bien se souvenir de moi. C'est facile à vérifier. Vous voyez, c'est vous qui n'étiez pas à l'endroit convenu. Pas moi !

Alice resta songeuse un instant. Le petit écureuil de tout à l'heure était redescendu de son arbre et l'observait à nouveau, de loin, de son regard saccadé. Alice pensa un instant qu'il ressemblait à Ralph, aussi méfiant.

— Et vous avez fait quoi, Ralph, ensuite ?

Ralph hésita un instant. Son corps était secoué d'infimes mouvements brusques, comme l'écureuil :

— Rien ! Rien ! répéta-t-il. Qu'est-ce que je pouvais faire de plus ? Vous aviez disparu. La guerre était finie. J'habitais à cinq cents miles de Washington. Ça me désolait qu'Arlington s'en sorte comme cela, mais qu'est-ce que vous vouliez y faire ?

— Et les parents de Lucky, à Litchfield ?

— Je n'avais plus l'adresse.

— Elle était sur le contrat ! C'est du moins ce qu'on m'a dit.

— Ouais, c'est vrai, vous êtes bien renseignée. Mais justement, j'allais y venir, au contrat. Il a pas fait long feu. L'une des deux Jeeps qui devaient amener les affaires du 9e Rangers à Château-le-Diable a explosé sur la plage, au beau milieu du débarquement. Mes affaires étaient dedans. On n'a retrouvé que des cendres. Pas de chance !

— Vous n'aviez pas le contrat sur vous ?

— Réfléchissez ! Nous devions plonger dans l'eau sans savoir quelle était sa profondeur. Quand j'ai sauté de la péniche, j'ai eu de la flotte jusqu'aux épaules. Alors non, je n'avais pas gardé ce contrat sur moi ! J'étais pas si con. Enfin, au bout du compte, ça n'a rien changé ! Vous, votre adresse à Washington, je m'en souvenais à peu près, mais les parents de Lucky ! Pfuit… Et puis merde à la fin, je n'ai pas à me justifier ! La guerre était finie, j'avais fait mon boulot, vous n'aviez qu'à être là ! C'est vous qui avez foutu le camp ! Moi j'avais ma vie. Alors je n'avais qu'une envie, c'est d'oublier cette histoire, et tout le reste de la guerre avec !

Alice esquissa un brusque mouvement de dépit. L'écureuil qui s'était approché à moins de deux mètres, surpris, retourna se cacher dans son arbre. Doucement, se dit Alice, contrôle-toi. Il faut d'abord apprivoiser Ralph. Sans lui faire peur. Même sans contrat, son témoignage suffirait sans doute.

— Pourquoi n'avez-vous pas répondu aux petites annonces que nous avons passées, Ralph ? A cause de votre surnom ?

— Oui… Peut-être… Enfin, non, pour être franc, il y a autre chose ! Il y a six mois à peu près, j'ai reconnu Alan Woe.

— Une photographie dans un journal ?

— Non, à la télévision. Une émission d'appel à témoins. Parmi une dizaine d'autres morts sans nom, j'ai aperçu la photo de son cadavre ! Un accident de voiture, à ce qu'ils disaient. Même vingt ans après, il n'y avait pas de doute, c'était lui. On était assez proches pendant la guerre. Ce jour-là, j'ai compris que j'avais eu raison de faire le mort. Plutôt que de le devenir, si vous voyez ce que je veux dire ?

Il faut que je l'attrape, pensa Alice, d'une façon ou d'une autre, avant qu'il ne se sauve :

— Ralph, maintenant, accepterez-vous de témoigner ?

— J'ai le choix ?

— Pas vraiment. Votre nom est déjà sur le bureau du juge Kaplan ! Et il est brutalement devenu coriace.

— Bien joué, je suis piégé alors ? Mais je peux raconter ce que je veux, au juge comme au procès. Je tiens à ma peau, je vous l'ai dit. Je suis le seul témoin direct de ce contrat, maintenant. Emilia Arlington ne va pas aimer, si je dis la vérité !

— Et alors ? Si votre stratégie, c'est de vous cacher toujours dans l'ombre du plus fort, dans le camp du vainqueur, alors dans ce cas, il faut témoigner contre Emilia Arlington ! Ralph, quand on veut naviguer sans efforts, en se laissant simplement porter par le courant, il faut au moins sentir d'où souffle le vent. Aujourd'hui il a tourné, Ralph ! Le vent ne vient plus de la Virginie.

— Le sens du vent... C'est facile pour vous de revenir tout remuer, vingt ans plus tard. C'est facile quand on n'a rien à perdre, quand on se fiche de tout, à part peut-être 1,44 million.

Doucement, se dit Alice, ne réponds pas, pas encore, apprivoise-le.

— Je ne vous demande rien d'autre que de dire la vérité, Ralph. Une vérité dont Lucky vous a donné la responsabilité. Vous témoignerez ?

— Evidemment. Vous êtes encore pire que les Arlington. Promettez-moi simplement qu'on m'appellera Ralph Finn lors du procès, uniquement Ralph Finn. C'est important.

— Je vous le promets.

Ralph regarda Alice l'air incrédule.

— Vous me faites confiance, au moins ? ajouta Alice. Je vous proposerais bien un contrat signé, mais vous seriez capable de le perdre !

Alice s'en voulut dans l'instant d'être si agressive. Mais elle sentait que maintenant qu'elle tenait Ralph, pour qu'il coopère réellement, pleinement, il fallait qu'il la sente forte, résolue, prête à tout. Comme il l'avait dit, pire encore que Mrs Arlington !

— Vous êtes cruelle, dit Ralph. Il faut me croire, j'aimais bien Lucky.

— Moi aussi !

43

Justice !

13 janvier 1965, tribunal de Foggy Bottom, Washington

— C'est pas croyable, monsieur le juge, racontait Ralph Finn, ce qu'on peut être capable de faire, en temps de guerre. Avant la guerre ou même après, on m'aurait demandé d'escalader une maison, de quoi, quatre ou cinq mètres, j'y serais jamais arrivé. Et là, on s'est grimpé soixante mètres à pic, sous la mitraille, trempés de froid, sans la moindre trouille ! C'est un peu dingue, non ? Faut dire que quand Lucky a fait sauter le mur de béton, en passant presque à travers les balles, ça nous a donné des ailes. On a foncé sans réfléchir. Plus rien ne pouvait nous stopper.

Robin Le Gris devait le reconnaître, il s'en tirait pas mal comme témoin, la Branlette. Il avait la trouille, ça crevait les yeux, mais il s'en sortait bien. Il faut dire aussi qu'il était la *guest star* de ce second acte du procès. Personne n'avait jugé utile de convoquer à nouveau les vingt-trois témoins. C'était donc à lui que revenait toute la charge émotionnelle de l'affaire :

resituer le contexte, le fameux contexte. Il le faisait avec talent, la Branlette. Même s'il les enfonçait, lui et Mrs Arlington...

Robin Le Gris écoutait comme à son habitude, en occupant ses mains. Il avait découvert, dépassant de sa chaise recouverte de tissu écossais, un petit bout de fil vert. Le Gris s'attachait donc à entortiller ce fil autour de son index, nerveusement, très serré, pour laisser une petite marque rouge. Méthodiquement, il tirait ensuite cinq centimètres supplémentaires du fil vert, doucement, pour ne pas le casser, puis entourait de nouveau le fil autour de son doigt. Ce fil vert qui s'enfonçait dans sa chair faisait monter en lui une délicieuse petite douleur. Ça le soulageait...

Parce qu'il puait, ce procès ! Robin Le Gris s'était laissé avoir comme un bleu, sur ce coup. Le petit juge d'instruction, ce Kaplan, avait su retourner sa veste à temps. Mais lui, Robin Le Gris, l'avocat, il était coincé. Il restait sur une série de vingt-quatre procès sans échec, dont dix-sept non-lieux. Qui pouvait dire mieux sur la place ? Il choisissait toujours méticuleusement ses affaires. Mais là ! Le fiasco ! En plus, depuis peu, ce procès sentait le cadavre, et il détestait cela, les affaires de crimes... Il adorait naviguer dans les magouilles financières, les héritages, les faillites, les chiffres, à la limite les affaires de cœur, les adultères... Mais le crime violent, non, ce n'était pas son truc ! Pour couronner le tout, ce procès sentait le mensonge, et il détestait encore davantage cela ! Mrs Arlington ne lui avait pas dit la vérité ! Rien ne pouvait énerver plus Robin Le Gris...

Il serra un peu plus fort le fil vert autour de son

doigt, puis se retint, de peur de le briser. La Branlette parlait toujours.

Robin Le Gris était énervé comme jamais : c'est tout de même la moindre des choses que de dire la vérité à son avocat ! Comment peut-on travailler sérieusement sans ce minimum de confiance ? Comment un prêtre pourrait-il absoudre des péchés qu'on ne lui confesse pas ? Il était aussi consciencieux que le plus crétin des curés, il savait tenir sa langue, tout de même ! Qu'est-ce qu'elle croyait, la Arlington ?

A la barre, la guerre se terminait, le bruit des canons s'éloignait, Ralph rentrait au pays, avec ses copains héros, sous les hourras… Ça allait bientôt être à lui. L'air de rien, ce Ralph, cette Branlette les mettait dedans ! Il était le seul témoin oculaire de ce fameux contrat, il avait tout confirmé, l'échange de numéros, le million et demi de dollars, la destinataire, Alice Queen… Allez, au travail ! Sauvons ce qui reste à sauver… Il demanda la parole au juge Carteron, toujours aussi calme derrière sa barbe à la Lincoln.

Robin Le Gris se leva, cassant sans regret le petit fil vert en le tirant sèchement avec son index : il savait que la légère résistance du fil avant de se briser provoquerait une douleur un peu plus forte dans son doigt, un peu plus agréable. Ça lui donna du courage.

— Mr Finn, dit l'avocat. Vous vous rendez compte que vous êtes désormais le seul témoin direct de toute cette histoire…

— Eh bien, oui…

— Ce qui est dommage, c'est qu'une nouvelle fois, nous n'avons là aucune preuve matérielle. Seulement des témoignages vieux de plus de vingt ans.

— Je vous ai expliqué, pour le contrat, il a brûlé avec la Jeep…

— Une explosion bien miraculeuse !

Des rangers grondèrent dans la salle. Un de leurs copains était mort au volant de cette Jeep ! Le juge Carteron dut jouer du maillet : « Silence dans la salle ».

Je ne l'ai pas jouée fine, pensa aussitôt Robin Le Gris. Pourquoi ai-je dit « miraculeuse » ? Parce qu'il fallait bien dire quelque chose. Comment puis-je m'en sortir avec des circonstances pareilles et cette sénatrice qui refuse de plaider coupable ?

— Bref, continua Le Gris sans sourciller, la seule preuve que nous ayons de votre version, c'est votre bonne foi.

— Eh bien, oui…

— N'étiez-vous pas l'ami intime de Lucky Marry, sur la péniche ?

— Intime, c'est beaucoup dire. Mais nous étions amis, oui. Pourquoi ?

— A ce titre d'ami et d'unique témoin, ne trouveriez-vous pas naturel d'obtenir d'Alice Queen, disons, en dédommagement, une partie du million et demi de dollars ? N'est-ce pas ce que l'on vous a promis en échange de votre témoignage ?

On ne sait jamais, pensait Robin Le Gris. Il faut bien essayer quelque chose… Au point où j'en suis, il faut pêcher au hasard. Après tout, un tel arrangement serait fort possible, et ce trouillard de Ralph serait alors bien capable de craquer en public.

— Je… bredouilla Ralph Finn. Je n'ai jamais rien demandé de tel, moi…

La mine stupéfaite de Ralph démontrait sa sincérité.

Dommage ! pensa Le Gris.

Jonas Jones, l'avocat d'Alice, hurla qu'il s'agissait d'une accusation de corruption de témoin, scandaleuse et gratuite. Le juge Carteron acquiesça.

Robin Le Gris sourit sans se décontenancer et retourna s'asseoir.

Le juge Carteron prit alors la parole :

— Les registres que nous a communiqués le lieutenant Dean du 9e Rangers sont clairs : la Jeep 1 emportait les bagages des soldats du commando dont les noms allaient de A à Jackson ; la Jeep 2 les noms allant de Jacob à Z. C'est la Jeep 1 qui a été réduite en cendres le 6 juin par un obus allemand, sur la plage de la Pointe-Guillaume.

Ouais, repensa Le Gris, « miraculeux » était peut-être de trop.

Le juge passa ensuite à d'autres faits. Il en vint à la feuille découverte chez Mrs Arlington lors de la perquisition, les derniers mots d'Oscar. Il lut lentement :

— « Je suis un lâche. Un garçon de mon âge est mort à ma place sur une plage de Normandie. Pour la première fois de ma vie, j'ai décidé de faire preuve de courage… J'ai décidé de mettre fin à cette vie de mensonge. Oscar Arlington. »

Plusieurs experts avaient authentifié l'écriture et la signature d'Oscar. Le Gris n'avait pu dénicher aucun spécialiste acceptant de dire le contraire. Le doute n'était pas permis sur l'auteur du message.

Que dire derrière cela ? pensa Robin le Gris. Comment Emilia Arlington peut-elle encore continuer à nier les faits ?

Robin Le Gris regarda la salle, tout en essayant d'attraper, à tâtons, un quelconque bout de fil dépassant de sa chaise. Ils étaient tous venus pour le match retour, les rangers et le petit peuple de Litchfield, beaucoup plus calmes que la dernière fois.

Forcément ! Robin Le Gris avait remporté une courte victoire au match aller, mais le retour s'annonçait comme une totale Bérézina. Alors ils s'étaient tous endimanchés.

C'est vrai que cette fois-ci, la presse était là. Le petit juge Kaplan avait bien fait les choses. Alors chacun dans la salle s'était fait beau, espérant apparaître sur un coin d'écran de télé, au second plan, et même pourquoi pas derrière un micro.

« Oui, Lucky, vous pensez si je le connaissais. Il habitait à côté. Ah, une belle saloperie que tout cela ! » Espérant peut-être même un je-ne-sais-quoi du million et demi de dollars qu'Alice ne manquerait pas de toucher.

Le juge Carteron évoquait maintenant les événements de Blue Hill, l'accident d'Alan Woe.

Ça promet, pensa Le Gris. Nous voilà dans le sordide !

Le gérant de l'hôtel Hamilton avait fait le déplacement. Un type droit et sec. Il témoignait et jurait que cet Oliver Snow qui avait dormi dans son hôtel le 6 mai 1964 était bien cet Oscar Arlington qu'on lui montrait en photo. D'ailleurs, les experts avaient analysé la signature sur le registre de l'hôtel Hamilton : aucun doute là non plus, c'était bien celle d'Oscar...

Les preuves tombaient dru, toutes dans le même sens !

Robin Le Gris venait enfin de saisir un bout de fil

dans ses doigts, mais il se brisa au bout de quelques centimètres.

Putain, comment vais-je m'en sortir ? Il se retourna vers la salle, cherchant quoi regarder pour se calmer.

Il ne voyait qu'un antidote : Alice Queen ! La plaignante était toujours aussi belle, aussi digne... Pourquoi diable était-il l'avocat de cette vieille bique d'Arlington et non celui de cette blonde de rêve ? En prime, il serait en train de gagner son vingt-cinquième procès consécutif. Pourtant, il remarqua en observant plus attentivement Alice qu'elle avait l'air plus triste qu'au procès précédent, plus lointaine... Elle avait gagné pourtant, c'était certain maintenant. Peut-être sentait-elle qu'avec ce procès qui s'achevait, s'achevait aussi sa dernière raison d'exister. Peut-être...

Mais ce n'était pas son problème ! Robin Le Gris commença à répéter ses arguments dans sa tête, sans avoir rien à tripoter entre les doigts, ça l'énervait, pire, ça le déconcentrait !

Le juge récapitula les faits. Emilia Arlington ne bougea pas un cil.

L'avocat d'Alice, Jonas Jones, cogna fort tout au long de sa plaidoirie. Jonas Jones était un copain que Nick avait connu en fac de droit. Brillant mais dilettante. Il avait accepté de plaider pour rien, en souvenir du bon vieux temps, et aussi pour les beaux yeux d'Alice qui l'inspiraient et lui donnaient du cœur à l'ouvrage comme jamais auparavant. Il insista sur le contrat bien sûr, le million et demi de dollars, mais aussi sur l'accident d'Alan Woe qui selon lui était bel et bien un meurtre, commis par Oscar Arlington. Enfin, il laissa planer une suspicion sur ces mystérieux accidents à répétition dont avaient été victimes Alice et Nick. Même si, bien entendu, on ne pouvait en rendre Oscar Arlington responsable…

C'était à Robin Le Gris de jouer. Il avait pris sa décision : pour sauver ce qui pouvait encore l'être, il avait décidé de son propre chef de laisser tomber le million et demi de dollars et de se consacrer à contrer les accusations de meurtres. C'est-à-dire ce qui n'était pas prouvé. Il fallait jouer serré, jouer justement sur le fait que tout accusait Oscar. Tout, n'était-ce pas trop ?

— Oscar s'en est allé, commença Le Gris. De son plein gré… Il a laissé bien en vue une raison officielle : cette vieille dette de guerre. Mais nous ne connaîtrons jamais de cette histoire que la version des autres, tous les autres. Pas la version de l'histoire vue par Oscar Arlington. Cette histoire nous est donc racontée par tous ces soldats qui jalousaient son argent, sa famille, qui ne comprenaient pas sa différence… Bref, qui ne l'aimaient pas. Comme si, dans un tribunal, un seul des deux avocats avait le droit de parler ! Nous ne saurons donc jamais jusqu'à quel point cette histoire était vraie, ou déformée par l'inconscient collectif. L'inconscient et le temps. Nous ne saurons jamais si Oscar fut victime d'un engrenage, d'une coalition jalouse, d'une persécution… D'un chantage, pourquoi pas…

Il y eut quelques sifflets dans la salle.

— Oui, j'insiste, un environnement de soldats hostiles. Dont d'ailleurs Mr Ralph Finn, notre seul témoin, celui sur qui repose toute l'accusation, est le meilleur exemple. N'étiez-vous pas, Mr Finn, un de ces soldats hypnotisés par ce Lucky ? Son premier lieutenant, son meilleur ami... Mais aussi un soldat aigri, haineux, rancunier envers les autres. N'est-ce pas, Mr Finn ? Ou dois-je vous appeler plutôt la Branlette ?

Les rires furent rares dans le public. Les vétérans du 9e régiment trouvèrent qu'utiliser ainsi ce surnom était particulièrement infamant. Ils estimèrent même que cet avocat se conduisait comme un goujat en le révélant publiquement. Oubliant que c'étaient eux qui l'avaient inventé, ce surnom !

Robin Le Gris évita le regard de Ralph Finn et celui d'Alice Queen. Il n'aimait pas trop jouer les sadiques. Mais quand il le fallait...

— Un environnement hostile, continua-t-il, tellement hostile que, quand cette affaire revint au grand jour, Oscar fut poussé au suicide plutôt qu'à la lutte.

Il y eut des sifflets violents dans la salle. C'était le comble. C'est eux, les vétérans, qu'on allait accuser de meurtre maintenant ! Le juge toussa dans sa barbe et s'énerva. Tout rentra dans l'ordre.

— Il s'agit là de faits de guerre, continuait Le Gris visiblement content de son effet. Qui aujourd'hui, si loin de tout cela, peut les juger ? Qui peut même les comprendre ? Quel souvenir peut se prétendre objectif, après si longtemps ? Il est une autre infamie, courante hélas... Une fois la bête à terre, rattrapée par la meute, on l'accuse de tous les maux ! Elle ne pourra plus se défendre. Oscar Arlington a préféré se punir lui-même. Mais cela ne suffit pas aux chacals.

Grincements de chaises et de dents dans la salle.

— Au contraire, profitons-en, accusons-le donc de tous les crimes. Pire, de tous les accidents de la terre ! Alan Woe renversé par un chauffard ? Pas de doute, c'est lui ! Il ne viendra pas dire le contraire !

Un camion renverse un détective, trois mois après sa mort… Ne serait-ce pas encore lui, surgi du néant pour desserrer un frein à main en pleine rue ? L'invisibilité doit sans doute faciliter la tâche des fantômes… Et l'assassinat de Kennedy, c'est aussi Oscar Arlington ?

Brouhaha dans la salle. Tam-tam du juge.

— Il n'existe strictement rien qui puisse laisser penser qu'Oscar Arlington était un meurtrier. Rien ne prouve qu'il ait rencontré Alan Woe ce 6 mai 1964. Il dormit la nuit suivante à six miles de là. Comme des milliers d'autres personnes. Des milliers d'autres personnes conduisant une voiture le lendemain, sous la pluie… Et même si Oscar Arlington avait rencontré Alan Woe à Blue Hill, s'ils avaient discuté, de cette affaire, il est tout à fait possible qu'ils se soient quittés sereinement… Qu'Oscar Arlington rentre à hôtel…

— … sous un faux nom ! hurla quelqu'un dans la salle.

Le juge fit mine de s'énerver franchement.

— Qu'Oscar Arlington rentre à hôtel, continua l'avocat, et qu'Alan Woe se fasse renverser par un chauffard, sur une route réputée très dangereuse, dans des conditions climatiques exécrables. Un accident comme il s'en produit, hélas, des milliers dans ce pays chaque année. Un toutes les trois minutes en moyenne. Au moins cinq piétons sont morts dans ce pays renversés par une voiture le temps de ma plaidoirie. Qui a fait le coup ? Oscar Arlington ?

Le juge, attentif, regarda fixement les quelques braillards, Barry Monroe et quelques autres, qu'il avait fini par repérer dans le public. Il parvint ainsi à maintenir le silence. Le Gris continuait :

— Je vous le dis sincèrement. Jugez Oscar Arlington si vous le désirez, si vous vous en sentez la force, pour une promesse engagée dans des conditions qu'heureusement nous ne connaîtrons jamais et qui dépassent notre entendement. Mais n'accusez pas de meurtre un homme qui ne peut plus se défendre, simplement en reliant quelques coïncidences, un hypothétique mobile et un délit de « sale caractère ». Je vous remercie.

Le juge Carteron relâcha son attention. Le public se crut autorisé à manifester son mécontentement. Il ne s'en priva pas !

Ça prouve que j'ai été bon, se dit Robin Le Gris. Je les emmerde, ces bouseux ! Je vais le perdre, ce procès, mais il ne sera pas dit que je suis tombé sans combattre !

L'attente du verdict fut longue et pénible. Les principales protagonistes, Emilia Arlington et Alice Queen, restaient de marbre, offrant un saisissant contraste avec tous les autres, plus ou moins concernés, qui s'agitaient, s'énervaient, comme si leur vie en dépendait.

Le verdict tomba enfin. Le juge Carteron le lut d'une voix monocorde. Il était reconnu que l'échange de positions lors de l'assaut de la Pointe-Guillaume, entre Oscar Arlington et Lucky Marry, avait bien eu lieu, pour une somme de 1,44 million de dollars. En conséquence, la famille Arlington était condamnée à verser à Alice 1,44 million de dollars de dommages et intérêts, majorés du taux d'inflation depuis vingt ans. Le tribunal laissait aux autorités militaires la décision de destituer ou non Oscar Arlington de ses titres et ses décorations. Par contre, aucune des accusations de meurtre n'était retenue contre Oscar Arlington.

On ne s'en tire pas si mal, pensa Robin Le Gris.

Le public explosa. Certains se précipitèrent vers Alice, d'autres encerclèrent les parents de Lucky, quelques-uns, plus malins, sortirent dehors les premiers à la rencontre d'un micro ou d'une caméra.

1,44 million de dollars ! Majorés, en prime ! Ce n'était plus un tribunal, c'était un plateau de jeu télévisé que le public envahissait après que la candidate eut fait tomber la supercagnotte.

Un éclair lumineux passa dans le regard d'Alice, comme une joie intérieure immense, un accomplissement. Finalement, se dit Robin Le Gris, sa tristesse pendant le procès, ce n'était peut-être que de l'inquiétude. Elle avait gagné. Elle semblait soulagée.

Pas Mrs Arlington, par contre…

Après la salle hostile, pensa Le Gris, il me reste le plus dur : affronter le bouledogue !

44

La version Arlington

13 janvier 1965, tribunal de Foggy Bottom, Washington

La salle se vida petit à petit, Robin Le Gris s'approcha de la sénatrice et lui glissa quelques mots de réconfort.

— Vous avez été mauvais, lui dit sèchement Mrs Arlington. Vous avez été mauvais, Grey !

Comment cette vieille bique pouvait-elle savoir que son véritable nom était Grey, et non Le Gris ? Cela eut le don d'énerver encore un peu plus l'avocat. Sans parler de cette fichue manie de ne jamais l'appeler « maître ». Cette femme avait la faculté de toujours trouver le mot juste pour se faire détester.

— En quoi cela, madame ? parvint-il à répondre avec une retenue professionnelle.

— Vous avez été mauvais parce que vous ne m'avez pas crue. Vous considériez que je vous mentais ! Votre plaidoirie n'était pas sincère, vous n'étiez pas crédible… Ça se voyait !

— Mais, Mrs Arlington…

Les doigts de l'avocat, dans sa poche, à l'abri des regards, torturaient une boulette de papier, en l'occurrence ses notes du procès avant la plaidoirie.

— Nous étions convenus de plaider non coupable. Pour tout !

— C'est ce que j'ai fait...

— Non ! Vous avez délibérément choisi de sacrifier l'honneur de soldat de mon fils pour éviter qu'il ne soit condamné pour meurtre.

— J'ai mal fait ? L'honneur de soldat de votre fils était difficilement...

— Cela suffit, Grey !

— Mais enfin, tout le monde...

— Avec les honoraires que vous prenez, je n'attends pas de vous que vous pensiez comme tout le monde ! Et cessez de tortiller je ne sais quoi avec vos doigts comme un gamin puni. Si vous êtes nerveux, fumez, donnez-vous de l'allure !

Robin Le Gris était rodé aux joutes verbales. Il se flattait d'être capable de garder sa réserve en toutes circonstances. Mais cette teigne d'Arlington mettait ses nerfs à rude épreuve.

— C'est la première affaire que je perds depuis sept ans, répondit calmement l'avocat sans toutefois cesser de tortiller ses notes en boulette. Si vous m'aviez dit tout de suite toute la vérité...

— La vérité, Grey ? Vous êtes j'espère suffisamment malin pour la comprendre sans qu'on vous la récite ! Vous vous êtes rendu compte, j'espère, que jamais je n'avouerai publiquement qu'un Arlington ait pu se conduire lâchement lors d'une bataille... Qu'un Arlington ait pu vendre sa vie ! Même si tous les faits prouvaient le contraire, je continuerais à le nier.

C'est une question d'honneur ! Ce nom d'Arlington, Jonathan mon époux me l'a confié en mourant. Ma seule mission sur cette terre est de le garder propre ! Je peux vous dire que tous ces généraux qui viennent se rincer la pomme chez moi depuis vingt ans seront convoqués demain et qu'ils n'ont pas intérêt à essayer de déposséder mon fils de la moindre de ses décorations ! Voilà la vérité, maître Grey ! Celle que je voulais voir défendue dans ce tribunal ! Ce n'était pas très difficile à comprendre pour un esprit supérieur comme le vôtre. Cette petite vipère d'Alice Queen l'avait parfaitement compris, elle…

— Mais, se défendit l'avocat, reconnaissez pourtant, Mrs Arlington, que votre affaire était indéfendable ! A moins de corrompre tout le monde. Les faits crevaient les yeux !

— Les faits ?

Emilia Arlington sentait, fait rarissime, qu'elle commençait à perdre le contrôle d'elle-même.

— Les faits, vous dites, Grey ?

Emilia Arlington réfléchit longuement, puis sembla prendre une décision très douloureuse pour elle. Il n'y avait plus qu'eux dans le tribunal, mais personne ne leur avait demandé de sortir. L'huissier de service n'avait sans doute pas osé les déranger. La sénatrice s'assit et invita Robin Le Gris à faire de même.

— Vous auriez aimé, Grey, que je me confie à vous comme à un prêtre ?

Le Gris confirma de la tête.

— Alors vous allez la connaître, la vérité. Mais sachez que si vous parlez de cela à qui que ce soit…

Le Gris prit la menace au sérieux, mais haussa

tout de même les épaules pour signifier son professionnalisme.

— Jusqu'à présent, commença la sénatrice, tout le monde a considéré dans cette histoire de dette que mon fils Oscar n'avait jamais rien payé à Alice Queen. Et donc qu'Alice Queen n'a jamais rien touché ! C'est la clé du problème, n'est-ce pas ? Mais qu'est-ce qui nous le prouve, que c'est la vérité ?

— Eh bien…

L'avocat n'avait jamais pensé à cela.

— Eh bien, bredouilla-t-il, la parole d'Alice…

Robin Le Gris se rendait compte que le raisonnement de la sénatrice était loin d'être stupide. Il se demanda jusqu'où on pouvait le pousser.

— Oui, la parole d'Alice, et seulement elle… Si l'on considère au contraire qu'Oscar a payé sa dette en 1945, qu'il a déjà remboursé cette peste de Queen, on peut imaginer qu'elle revienne aujourd'hui pour réclamer un deuxième service non prévu dans le contrat. Doubler la mise : 1,44 million de dollars, c'est une somme !

— On peut l'imaginer… oui… mais…

— Maître Grey ! Ecoutez bien ce que je vais vous dire ! Vous êtes le premier à qui je le révèle. En 1945, mon fils a sorti 1,44 million de dollars, en liquide, de son compte personnel ! Je ne pouvais pas l'en empêcher, je pouvais simplement contrôler les comptes. 1,44 million de dollars ! Il a toujours refusé de me dire pourquoi. Il m'a raconté une histoire abracadabrante de voiture de collection, totalement fausse, j'ai vérifié depuis. Par contre, je n'ai pas eu de mal à me renseigner et à découvrir les ragots qui couraient chez les rangers. Oscar s'était conduit en lâche pendant la guerre, il avait une dette. Mais une fois rentré, il a payé sa dette à cette Queen ! C'est inscrit noir sur blanc dans nos comptes familiaux ! Vous pourrez vérifier !

Nom de Dieu, pensa Le Gris. Pourquoi irait-elle me raconter un tel truc si ce n'était pas la vérité ? Qu'a-t-elle à y gagner ? Non, il n'y a aucune raison que ce ne soit pas la vérité…

Il regarda autour de lui dans le tribunal. Personne ! Il commençait à regretter d'avoir réclamé la vérité, le fait d'être le seul à connaître les comptes secrets des Arlington ne le rassurait pas.

— Pourquoi n'en avez-vous jamais parlé ? demanda l'avocat. Au juge, par exemple…

— Reconnaître qu'Oscar avait remboursé sa dette, c'était reconnaître qu'il avait une dette. Une dette d'honneur… Une tache d'honneur sur notre famille. Cette tache, je l'ai toujours niée et je la nierai toujours, comme je vous l'ai déjà dit, Grey, même si on me collait des preuves formelles sous le nez ! Jamais je ne pourrai reconnaître publiquement qu'un Arlington ait pu vendre sa vie contre de l'argent, qui plus est en temps de guerre, qui plus est l'unique héritier des Arlington ! Mon fils ! Je ne sais pas si vous pouvez comprendre cela, Grey ?

Parce que moi, pensa l'avocat, mon véritable nom, j'en ai eu honte au point d'en changer ? C'est cela que tu veux dire, ma vieille ?

— Vous affirmez donc qu'Alice Queen a déjà touché le pactole en 1945. Cela semble…

— Essayez, Grey, de reprendre toute cette histoire en modifiant simplement ce petit détail : mon fils a bien remboursé sa dette en 1945. Ça ne complique pas l'affaire, au contraire, beaucoup de choses deviennent alors limpides. Juste après la guerre, Alice part pour plusieurs années en Australie… Curieux, non ? Pourquoi ce départ brutal ? Pourquoi fuir ainsi les parents de Lucky, tous ses amis, dans un tel moment de détresse ? N'aurait-elle pas disparu en Australie… après avoir touché 1,44 million de dollars ? Voilà une raison concrète à un départ aussi précipité. Il est plus facile de dépenser de l'argent seule. Disparaître loin, riche, pour se refaire tranquillement une autre vie, à l'abri des regards… D'ailleurs, rien ne prouve, à part ses dires, qu'elle était réellement en Australie pendant toutes ces années. Elle dépensait peut-être tout simplement son argent aux quatre coins des Etats-Unis !

La frousse disparaissait un peu. L'hypothèse commençait à intriguer délicieusement Le Gris.

— Et ensuite ?

— Quinze ans après, elle revient. Elle a vraisemblablement tout dépensé. Comment, mystère… Mais c'est le genre de fille qui doit être capable de ce type d'exploit, dépenser 1,44 million de dollars en quinze ans ! A son retour, elle s'aperçoit que, dans la famille de Lucky, personne n'est au courant de cette histoire de contrat. Les deux témoins ne se sont pas manifestés. Ils sont morts ou disparus ! Alors, pourquoi ne pas faire chanter la famille Arlington ? Une famille qui sera prête à tout pour sauvegarder son honneur, pour éviter que cette histoire ne s'ébruite, vingt ans après. Alice Queen n'est même pas obligée de présenter l'affaire comme un chantage. C'est beaucoup plus simple. Il lui suffit de jouer les ingénues, de prétendre qu'elle n'a jamais rien touché et de réclamer son dû. Elle se laisse convaincre de retourner en France, au milieu de rangers. Pourquoi y retourner sinon ? Bien entendu, lorsqu'elle déclinera son identité, on lui servira sur un plateau toute l'histoire de l'échange de numéros, et elle n'aura qu'à jouer l'étonnée, l'innocente victime. Chacun se rangera alors immédiatement du côté de la veuve trompée contre les Arlington parjures. Le coup est bien monté, sans faille. Elle connaît son charme, en plus, la vipère, elle possède un véritable don pour jouer les veuves éplorées. Les femmes si belles à consoler…

— Une telle attitude ne l'empêche pas d'être sincèrement une veuve éplorée, suggéra Le Gris. D'être une veuve ayant réellement juré la perte des Arlington. Cela expliquerait les risques qu'elle prend. Faire payer Oscar Arlington, ne jamais lui pardonner, le faire payer encore…

— Peut-être… Vous lui prêtez des sentiments bien romanesques ! N'oubliez pas, Grey, que vous aussi, vous étiez sous son charme. Ne le niez pas… Je vous ai observé au procès. Même Carteron, ce vieux cochon, lui roulait des yeux doux ! Alors ne lui trouvez pas d'excuses. Avec son physique de starlette et son destin d'héroïne, elle était capable de mener n'importe quel homme par le bout du nez. Aveuglément ! Vous auriez rampé devant elle, vous aussi, Grey… D'ailleurs, si vous avez été aussi mauvais dans ce procès, c'est sans doute à cause de sa présence !

Toujours professionnel, l'avocat ne releva pas. Il pensa mesquinement qu'il allait lui saler ses honoraires, à la vieille chouette ! Professionnel mais cher ! Ça plus le million et demi de dollars, ce procès allait se révéler ruineux pour la sénatrice !

— Non, Grey, croyez ce que vous voulez, mais moi

je la vois plutôt comme une intrigante calculatrice, une actrice habile. Une actrice patiente. Lorsqu'elle joue sa comédie en juin 1964, elle sait que tôt ou tard, on retrouvera des preuves, des témoins… Et que je nierai toujours tout, malgré tout. Qu'elle finira donc par gagner. Que je préférerai payer une seconde fois plutôt que d'avouer la faute de mon fils.

— 1,44 million de dollars… C'est une somme énorme ! En vous taisant, vous faites un sacré cadeau à votre pire ennemi.

— Nous sommes une famille assez riche, Grey… 1,44 million, ce n'est pas rien, c'est vrai. Mais c'est dérisoire face à l'honneur de notre nom !

La boulette de papier dans la poche de Robin Le Gris était désormais parfaitement lisse et dure. Il la faisait rouler dans sa paume. Ça l'aidait à penser. Cette affaire lui évoquait un tangram… Ce curieux puzzle chinois dont les pièces peuvent composer des figures différentes selon la façon dont on les emboîte. Cette histoire semblait si simple, si évidente… Mais il suffisait d'organiser les faits autrement pour trouver un autre coupable, les éléments s'enchaînant tout aussi logiquement. Il restait néanmoins une zone d'ombre dans cette version. Le pire n'avait pas encore été évoqué : les crimes, les accidents…

— Et les morts ? demanda l'avocat. Et les accidents ? C'est une histoire beaucoup plus sordide qu'un simple chantage.

— Oui, Grey, vous avez raison. Une seule chose pouvait faire échouer le plan si bien huilé d'Alice : Oscar ! Car seules deux personnes étaient censées savoir qu'Oscar avait remboursé sa dette : Oscar et Alice ! Oscar disparu, Alice possédait toutes les cartes en main. Tout laissait penser qu'Oscar n'avait jamais avoué son geste, surtout pas à sa mère. Alice ne pouvait pas prévoir que je fouillais dans les comptes de mon fils. Pour que son plan réussisse, il suffisait d'une chose : qu'Oscar disparaisse !

— Mais il s'est suicidé !

— Oui… Au moment même où Alice réapparaît pour réclamer à mon fils une dette qu'il a déjà payée, il se suicide… Etrange hasard, vous ne trouvez pas ? Ecoutez bien ceci, Grey. Je sais que mon fils ne s'est pas suicidé ! Une mère est capable de sentir ces choses-là. Oscar était un lâche, je le reconnais devant vous, la façon dont je l'ai éduqué y est peut-être pour quelque chose. Mais il ne se serait jamais suicidé. Oh non, il n'en aurait jamais eu le courage ! Jamais il n'aurait pu appuyer sur la détente tout seul. Cela je le sais, j'en ai la certitude.

La boule de papier était à présent humide dans la paume moite de Robin, humide et molle. La vieille ne mentait pas, ça crevait les yeux.

— Oscar aurait été assassiné ? Et la lettre d'aveux ?

— Une telle lettre ne ressemblait pas non plus à mon fils.

— Mais les experts sont formels, c'est bien lui qui l'a écrite ! C'est sa signature !

— Oscar était saoul, ce soir-là. N'importe qui a pu l'approcher, prendre son arme, le menacer pour qu'il écrive ces aveux, et ensuite… le suicider !

Le Gris demeurait sceptique :

— C'est étrange, tout de même… Même saoul, écrire quelque chose comme « Je vais mettre fin à cette vie », sous la menace d'un revolver, ce n'est plus rédiger des aveux, c'est rédiger une condamnation à mort en donnant l'absolution à son assassin...

— Qui sait... Considérez simplement ceci comme une certitude, Grey : mon fils ne s'est pas suicidé ! Et la seule qui avait un intérêt à l'assassiner était cette Alice. Ces aveux de mon fils étaient comme un appât... Ils voulaient dire : « Je me suis repenti, maman, cette belle blonde qui va venir te voir, elle dit la vérité... Ce million et demi de dollars qu'elle va te réclamer, il faut le lui donner. » Je suppose qu'Alice Queen pensait que toute cette histoire n'irait pas jusqu'au procès, que je craquerais avant, sous l'effet de l'annonce. Elle ne pouvait pas prévoir que je savais déjà... Mais même dans ce cas, même si les choses traînaient jusqu'à un procès, voire deux, le temps travaillait pour elle. Elle ne risquait rien, rien du tout. Nous n'étions que deux désormais à connaître la vérité, elle et moi, et elle savait que je ne parlerais jamais, publiquement au moins. Que je ne pouvais rien faire contre elle... Légalement, du moins !

« Légalement, du moins »... Les yeux de la vieille sénatrice avaient pétillé. Robin Le Gris n'avait pas compris, jusqu'à présent, pourquoi la dame de fer, Emilia Arlington, était restée si passive face aux manigances d'Alice, choisissant simplement le silence. Il avait maintenant saisi à demi-mot : « Légalement, du moins »... Les accidents autour d'Alice Queen et de Nick Hornett, c'était elle ! Quelle histoire de merde, pensa-t-il. Qu'est-ce qu'il fichait là-dedans ? La frousse le reprenait. La boulette de papier dans sa poche se déchiquetait comme du papier mâché. Il en avait plein les doigts. Tous les arguments d'Emilia

Arlington s'enchaînaient si logiquement. C'en était terrifiant. Pourtant, Robin ne parvenait pas à imaginer Alice Queen en criminelle, même par vengeance. Au fond, la sénatrice avait peut-être raison, Alice les avait tous hypnotisés ! Tu ferais mieux d'oublier tout ça, raisonna Robin. Pourtant, sa curiosité fut la plus forte.

— Et Alan Woe ? demanda timidement l'avocat.

— Je n'en sais rien. Mais on peut facilement deviner. Le fait qu'Oscar soit allé dormir une nuit à Blue Hill est troublant, mais il était facile pour Alice Queen de l'attirer là-bas, de lui conseiller de prendre un faux nom. Alan Woe était le deuxième gêneur, pour elle. Il était sans doute au courant depuis le début qu'Oscar Arlington avait bien réglé sa dette, sinon il se serait manifesté. Même de Normandie, il aurait fait un scandale ! C'était un garçon honnête et décidé ! Il n'aurait pas attendu vingt ans pour revenir brutalement aux Etats-Unis et faire passer des petites annonces où il écrit comme par hasard qu'Oscar n'a rien payé ! Pourquoi n'avoir rien dit depuis 1945 et débarquer en 1964 ? Cette idée ne tient pas debout. Et dire que c'est pourtant la thèse officielle ! Non, Alan Woe est revenu aux Etats-Unis, justement en juin 1964, juste au moment où Alice Queen a mis son plan à exécution, parce qu'il était opposé à cette idée : faire payer une deuxième fois le pactole aux Arlington. Peut-être l'a-t-il appris d'un ranger, peut-être Alice Queen a-t-elle pris soin de le contacter ? Cette vipère a sans doute essayé de le convaincre. Avec son charme. Avec son argent. Et pour finir avec son pare-chocs…

— Elle ne sait même pas conduire…

— C'est ce qu'elle prétend ! Qu'est-ce qui le prouve ?

— Et les petites annonces que faisait passer Alan Woe, qui déclaraient qu'Oscar Arlington n'avait rien payé ?

— Qu'est-ce qui prouve que c'est bien Alan Woe qui les a fait passer ? Encore une preuve, facile à fabriquer, et qui tombe à pic !

Mrs Arlington avait réponse à tout. Incontestablement, si elle avait bien dit la vérité, si Oscar avait bien remboursé sa dette en 1945, sa version était alors la seule possible.

Et Robin Le Gris était persuadé que Mrs Arlington lui avait dit la vérité. Elle n'avait aucune raison de lui mentir. Alice Queen aurait donc tiré toutes les ficelles, depuis le début. Elle avait sans doute la détermination pour cela, le charme, l'intelligence nécessaire. Pourtant, deux choses ne collaient pas avec Alice dans cette histoire : la violence et la cupidité. Il y avait sans doute autre chose.

Etrange histoire… Intéressante, c'est certain, mais décidément trop violente pour lui.

— Et maintenant, demanda l'avocat pour finir, qu'allez-vous faire ?

— Payer… puisque la justice en a décidé ainsi… Payer… puis étrangler Alice Queen de mes propres mains !

45

Le clairon des fantômes

14 janvier 1965, Hahnemann Hospital, Washington

Alice entra dans la chambre 668, celle de Nick, cachée derrière un énorme bouquet de fleurs !

— Des fleurs, Nick, pour fêter notre victoire ! Je vais vous en apporter d'autres. Des fleurs plein la chambre… Pour rendre jaloux votre nénuphar !

Nick ne sursauta pas. Il était toujours cloué sur son lit d'hôpital, mais son visage ainsi que son bras gauche étaient depuis une semaine complètement mobiles. Alice lui avait téléphoné dès la veille pour lui apprendre les délibérations du procès, mais elle n'avait pas eu la permission de le visiter avant ce matin. La chambre d'hôpital était vaste et lumineuse, avec des sanitaires cloisonnés, de grands placards. Un véritable petit appartement ! Il s'agissait de ces chambres que l'on réservait pour les clients effectuant un long séjour.

Nick semblait pensif. Il accueillit l'entrée d'Alice d'un sourire forcé.

Ça se termine, Nick... Cette belle aventure touche à sa fin. Elle finit bien. Alors souris, rayonne, irradie !

— Nick ?

Au fait, elle t'a parlé là, en entrant. De nénuphar je crois... Si si, tes oreilles en plastique ne te trompent pas. Elle a parlé de nénuphar !

— Pardon, Alice ? Quel nénuphar ?

— Vous n'avez jamais lu Boris Vian ?

— Non… Et pourtant, Dieu sait que je m'y mets, à la littérature française… Je vous assure ! L'hôpital m'a au moins servi à cela. Deux heures tous les soirs, une heure le matin. Simenon pour m'endormir, les albums de Tintin pour me réveiller. C'est pas encore Balzac ou Proust, mais je m'imprègne en douceur.

Alice sourit.

— C'est moi qui suis bête, *L'Ecume des jours* n'est sans doute pas traduit en américain. De toute façon, ce serait intraduisible. Et même si c'était traduit, ce serait incompréhensible pour un Américain.

— Essayez toujours… Je n'ai pas regardé un match de football depuis trois semaines ! Je me désintoxique lentement. Qu'est-ce que c'est que cette histoire de nénuphar ?

— Une métaphore. Une métaphore de la maladie… Selon Boris Vian, il faut apporter au malade beaucoup de fleurs pour rendre le nénuphar jaloux et l'empêcher de pousser. Le héros, Colin, se ruine en fleurs pour sauver Chloé, sa femme, qui a un nénuphar qui lui pousse dans le poumon.

— Brr… Et ça se termine comment ?

Alice hésita une seconde.

— Bien… Bien…

Elle posa l'imposant bouquet sur le bord du lit.

— Je laisse vos infirmières s'occuper de la décoration de votre intérieur, dit-elle de la voix la plus joyeuse qu'elle put. Nick, vous vous rendez compte, on a gagné !

— Eh oui ! Je ne vous l'avais pas dit depuis le début ?

— Si… Tout ça est arrivé grâce à vous ! Nick… Je peux vous payer maintenant. Demandez-moi ce que vous voulez…

Si j'osais !

— Ça ne presse pas, Alice. Ça ne presse pas… Et puis, il reste quelques mystères. Mon travail n'est pas tout à fait fini. Pourquoi Alan Woe est-il reparti aux Etats-Unis cet été 1964 ? Qui a tenté de nous assassiner, ou plutôt de *vous* assassiner, Alice ? Il reste de quoi travailler.

— Ce n'est pas essentiel, Nick.

— Non, c'est vrai. Mais cela me gêne un peu de coller ainsi systématiquement tout sur le dos du même type, Oscar Arlington.

Alice eut l'air surprise. Elle s'assit sur le lit d'hôpital entre le bouquet et Nick.

— Comment cela ?

— « Haro sur le baudet », répondit Nick avec un accent français approximatif.

— La Fontaine ? s'étonna Alice. « Les animaux malades de la peste » ! En littérature française, vous avez déjà dépassé le stade Tintin !

— Non, c'est un souvenir de jeunesse… Ma seule année de français, au lycée : une prof sadique nous faisait apprendre des poèmes entiers par cœur. Des trucs que l'on ne comprend pas sur le coup, mais qui vous restent.

Gros menteur ! Ose lui dire que tu as mis deux heures hier soir à apprendre par cœur ces quatre malheureux mots. Et que tu as néanmoins failli les oublier au moment de les sortir !

— Chapeau, Nick ! Mais il y a une chose que je ne comprends pas : nous avons mis cinq mois à coincer Oscar Arlington et maintenant, j'ai presque l'impression que vous le défendez.

Elle a raison, tu es un vrai tordu. Ce n'est plus de la conscience professionnelle, c'est de la névrose. Cherche pas, Nick, n'essaye pas de traînailler. Elle est finie, cette enquête ! Finie !

— Je sais… Mais j'aime aller au bout des choses. Ça me gêne un peu d'accabler un type qui s'est suicidé. Dans l'état actuel de mes réflexions, pour être franc, je trouve qu'Emilia Arlington s'en tire bien. Elle aura le droit à la retraite dorée d'une femme d'honneur déçue par le destin tragique de son enfant. Sans être inquiétée ! Pourtant, qui aurait pu vouloir nous assassiner, à part elle ? Je me demande jusqu'à quel point elle ne tirait pas toutes les ficelles de cette histoire, depuis le début. L'accident d'Alan Woe et tout le reste. Son fils n'était que son pantin, sans aucune volonté, tout le monde le sait. Peut-être même qu'il n'a pas eu trop le choix, le fiston, quand cette histoire à commencer à mousser… Peut-être est-ce sa mère en personne qui lui a mis le revolver de service entre les mains ce jour où il est rentré saoul chez lui.

— Nick, on s'en fiche désormais ! Un Arlington en vaut un autre. Tout ce qui m'importe, c'est que, grâce à vous, Lucky n'est pas mort pour rien : ils ont remboursé leur dette envers lui !

— Oui, je sais… C'est vous la patronne. Allez,

l'affaire Arlington est bouclée. Vous voulez bien ranger le dossier, mademoiselle, sur l'étagère, tout là-haut…

Le ton n'y était pas, Alice s'en aperçut.

— Qu'est-ce qu'il y a, Nick ?

Ben voilà, on y est…

— Qu'allez-vous faire maintenant, Alice ?

— Je ne sais pas.

Pour une fois, pour une seule et dernière fois mon amour, ne me prends pas pour un idiot !

— Si, vous savez ! Vous n'êtes pas quelqu'un qui hésite avant de prendre ses décisions. Vous savez. Vous savez, et ce qui me chagrine, c'est que vous ne voulez pas me le dire !

— Disons que je ne suis pas encore fixée. Mais Lison Munier m'a invitée en Normandie. J'aimerais bien la rencontrer. Rester là-bas un peu… Quand vous irez mieux, Nick.

Alice se leva un peu gênée et reprit finalement le bouquet de fleurs pour le mettre dans un vase, près de la fenêtre. Nick la regardait s'affairer.

Elle s'est refermée. Comme une huître. Définitivement.

L'espace d'un instant, on a pu croire qu'elle reprendrait le chemin de la vie, mais non, c'est fini les grimaces et les éclats de rire. Définitivement.

Pourquoi ? Va savoir, Nick. C'est toi le détective, le cérébral, montre la puissance de ton analyse :

Hypothèse 1 : elle était en mission extraordinaire, mais temporaire, parmi le monde des vivants, pour la mémoire de Lucky. Sa mission est terminée, elle retourne naturellement à ses fantômes. Tchao, Nickie ! Fallait pas tomber amoureux d'une extraterrestre !

Hypothèse 2 : elle était sur le chemin de la vie, lentement, elle se rééduquait. Il lui fallait du temps, du calme, pas de chocs, le doigté d'un spécialiste de la vie, toi, mon vieux Nick... Cela aurait pu fonctionner si tu n'avais pas pris un camion dans la figure et Alan une voiture dans le dos. La rechute fut brutale, fatale... Tchao, Nickie ! Fallait pas jouer les héros !

Hypothèse 3 : la belle fut, est et demeurera allergique à la vie. Elle s'est simplement forcée à distribuer quelques sourires, œillades et grimaces de façon calculée, pour prendre dans ses filets un enquêteur dévoué qu'elle abandonne ensuite. Tchao, Nickie ! Fallait pas jouer les pigeons !

Alice avait fini d'arranger les fleurs dans le vase. Elle le posa sur la tablette, devant la fenêtre, et regarda à travers la vitre le paysage triste de la banlieue nord de Washington.

Nick continuait de penser :

Non, l'hypothèse 3 est ridicule. Ouste, rejetée ! L'hypothèse 2 est séduisante... Mais je mise pourtant sur l'hypothèse 1 : désolé, mon vieux Nick, tu n'avais et tu n'auras jamais aucune chance avec elle !

— Je vais déjà mieux, vous savez, s'entendit dire Nick.

Alice se retourna et s'assit à nouveau sur le lit.

— Vous êtes libre, Alice. Enfin, si je peux dire. Parce que vous n'êtes pas libérée de vos fantômes... Cette affaire n'était qu'une parenthèse, un bref séjour parmi le monde des vivants. Ils reviennent vous chercher maintenant, vos fantômes, ils vous tirent par les pieds. Ils sonnent le clairon... Et c'est à moi maintenant de m'attacher à un être qui va disparaître.

Alice prit doucement la main gauche de Nick, la seule valide, dans la sienne.

— Nick, tous mes sourires sont forcés. Aucune de mes intonations joyeuses n'est naturelle. J'y ai cru moi aussi un instant, à cette vie qui repartait, comme le moteur d'une vieille voiture abandonnée. Mais non, elle a calé sur la première bosse. Désormais, ma gaieté ne serait qu'une comédie, si on peut dire cela… Et je ne veux pas vous mentir, Nick. On ne construit pas un amour sur des faux sentiments. Soit je vous mentirais, soit je vous rendrais malheureux. Il faut que je retrouve mes fantômes, Nick, quelque temps, au moins…

Ne retire pas ta main, Alice, laisse-moi rêver encore un peu.

— Allez-y, dit pourtant Nick. Dites bonjour à vos fantômes de la part d'un copain… Négociez des sorties de temps en temps. Faites-leur la vie dure. Ne cédez rien !

— Nick, faites-moi un sourire, un vrai. Cette affaire est finie, mais elle se termine bien, non ?

— Bien sûr, vous avez raison… C'est un sentiment bizarre à exprimer. Disons simplement que « j'ai un arc-en-ciel dans le cœur ». (Nick avait également prononcé ces derniers mots en français.)

Apprécie, Alice, c'est mon baroud d'honneur !

— C'est joli, Nick, glissa Alice en serrant un peu plus fort encore la main du détective. Un arc-en-ciel dans le cœur. Cette image de pluie et de soleil mélangés. Toujours votre prof de français sadique au lycée ?

Elle n'a jamais existé, Alice. Je l'ai inventée pour t'épater. La seule prof de français sadique que j'ai connue, c'est toi !

— Non. Mais je savais bien que je finirais par vous coincer un jour, Alice. Il faudra réviser vos classiques : « un arc-en-ciel dans le cœur », Tintin, *Le Lotus bleu*. Dernière page. Lorsque Tintin quitte Tchang.

Alice enferma doucement la main de Nick dans les deux siennes.

— Nick, quel est votre rêve le plus fou ? Votre rêve de gosse, je veux dire… Allez-y, sans réfléchir…

Ben...

— Non, sans penser avant de répondre. Pour une fois !

— Ben…

— Allez-y, vite. Sans réfléchir, je vous dis !

— Vous l'aurez voulu. C'est débile, je vous préviens. Mais ma plus vieille idée, ce serait d'ouvrir un grand cabinet international de recherche généalogique, spécialisé dans les familles les plus illustres. Une agence où princesses, stars, riches héritières, bref les célébrités du monde entier viendraient me consulter pour rechercher leur ascendance.

— Continuez…

— Devenir indispensable à ces êtres d'exception. Régner sur un grand palais de verre, un palais de secrétaires et de détectives qui m'adoreraient… Déposer ce grand palais de verre dans un monde où il ferait toujours beau, chaud, près d'une mer bleue où se baigneraient des filles bronzées et nues… Avec bien sûr une piste d'atterrissage privée, pour recevoir tout le gratin, mes clients…

— Vous l'aurez, Nick, je vous l'offre !

QUATRIÈME ÉPOQUE

1975
L'envol

46

Les deux folles

Octobre 1975, Château-le-Diable, Normandie

Les deux folles, comme on les appelait affectueusement au village, Alice et Lison, se promenaient régulièrement sur la lande.

Le mardi.

Le mardi, le musée était fermé. Elles en profitaient alors le plus souvent, quand le temps le permettait, pour se lancer dans une longue promenade. Douze kilomètres. Elles partaient du manoir du Diable, ces trois ruines réputées pour être les restes du fameux château où le duc Guillaume, enfant, aurait passé ses vacances. Un panneau en bois à l'usage des touristes officialisait d'ailleurs depuis peu la légende.

Elles s'enfonçaient ensuite vers l'intérieur, dans les talus plantés, ces chemins creux où les vaches qu'elles croisaient dans les champs semblaient les regarder perchées du haut d'un balcon. Parfois, un pur-sang du haras de la Pommeraye les accompagnait, derrière son grillage, sur quelques centaines de mètres. Au bout d'un kilomètre, elles attaquaient un court raidillon coupant perpendiculairement la petite valleuse, pour déboucher enfin sur la falaise. A quelques mètres des campagnes paisibles, les vestiges de la guerre, blockhaus et trous d'obus, dominaient toujours le paysage.

Les deux folles avaient ouvert leur musée en 1969. Oh, un musée de rien du tout… Occupant juste le rez-de-chaussée d'une petite maison de ville : un couloir, une grande pièce sur le côté droit, deux annexes servant de fourre-tout à gauche. Le nom qu'elles avaient retenu, le musée de l'Assaut, était bien présomptueux.

En fait, le musée existait déjà plus ou moins avant elles. Il s'agissait d'un bric-à-brac d'objets récupérés dans le coin après le débarquement. Des casques, des fusils, des chaussures, des cartes d'état-major griffonnées, un parachute, des maquettes d'opérations militaires de la région réalisées puis offertes par un vieux résistant en retraite, des cartes postales de Deux-Jumeaux, avant le bombardement, émouvantes, au moins pour ceux d'ici : des photos de l'église, du marché, des rues pavées, des gens en casquettes posant sur le pas de leur porte.

Le maire de Château-le-Diable, par ailleurs père de Lison, Jean Munier, avait entassé tout cela dans le grenier de la mairie. Avec l'instinct politique prémonitoire, il en était aujourd'hui très fier, que tout cela servirait bien un jour… Puis il y avait eu des subventions du département, de la région, de l'Etat, et même de l'Europe si on en connaissait les rouages, pour faire fleurir ce type de musées un peu partout. Pour attirer le touriste, lui proposer un abri intéressant pas loin des plages quand il pleuvait, ce qui n'était pas rare.

Ce musée, c'était un vieux rêve pour Jean Munier, sans doute inconsciemment honteux, avec le recul, de n'avoir pas agi davantage pendant la guerre. Un musée du Débarquement à Château-le-Diable aurait permis au faux résistant qu'il jouait encore de laver sa conscience, et au maire qu'il était de laisser derrière lui une œuvre impérissable.

Pourtant, malgré sa volonté tenace, malgré les aides, la réhabilitation de l'ancienne boucherie qu'il avait en vue, bien située au centre du village, prenait pour le maire, à l'échelle de Château-le-Diable, les proportions d'ambitions pharaoniques. Aussitôt qu'Alice fut mise au courant de ce vieux projet, elle n'hésita pas une seconde à verser quelques dizaines de milliers de francs pour boucler le budget, sans qu'il en coûte un seul centime aux Casteldiablais, qui lui en gardèrent une profonde reconnaissance.

Ils avaient perdu jadis leur Américain, ils adoptèrent avec enthousiasme leur Américaine. Millionnaire et mécène de la commune.

Autre bénéfice tout aussi important pour le budget municipal : Lison et Alice acceptèrent de garder le musée, bénévolement. Le musée de l'Assaut ouvrit donc ses portes en juin 1969, au moment même où l'avant-dernier commerce de la commune, la boulangerie, ferma. Il ne restait plus d'ouvert à Château-le-Diable que le café le Conquérant et le musée.

Les Normands vinrent un peu, au début, au moins une fois. Pour voir. Depuis, le petit musée recevait, de temps en temps, par ciel maussade, quelques Parisiens mouillés, et saisonnièrement quelques Américains, Canadiens ou Anglais nostalgiques. Et même quelques Allemands, depuis deux ou trois ans. Le tout plafonnait à moins de mille visiteurs par an.

Le taux de fréquentation déçut un peu Jean Munier, mais il se fit vite une raison : le musée ne coûtait rien à personne et en plus il occupait un minimum sa fille. Lorsqu'il croisait la silhouette triste de Lison, il repensait souvent avec mélancolie à la jeune fille énergique qu'elle était à vingt ans, à sa robe à fleurs qui volait sur son vélo lorsqu'elle pédalait rageusement dans la lande.

Alice était venue en Normandie rendre visite à Lison en avril 1965 et n'était jamais repartie. Elle avait tout simplement trouvé ici une quiétude qui lui convenait. Pouvait-elle être ailleurs plus proche de Lucky ?

Elle écrivait souvent à Litchfield, à la famille de Lucky. Elle écrivait également régulièrement, mais des lettres plus longues, à Nick.

Nick s'était installé depuis sept ans maintenant à San Sebastiano, une petite île brésilienne un peu au large de São Paulo. Son agence de recherche généalogique fonctionnait plutôt bien. Il avait très vite acquis une réputation internationale. On avait beaucoup parlé de lui, au début des années 70, dans l'affaire de la dynastie Romanov. Les descendants directs du dernier tsar de Russie, Nicolas II, cherchaient à reconstituer un arbre généalogique de leur famille le plus touffu possible. L'imposante famille s'était éparpillée dans toute l'Europe après la révolution d'Octobre, en changeant le plus souvent d'identité par souci de sécurité. Cinquante ans plus tard, le tri était devenu difficile à effectuer entre les vrais et les faux cousins !

Tout cela, d'après ce qu'Alice avait lu et ce que Nick lui avait écrit, était très compliqué, bien plus qu'une enquête classique. Il était question de prises de sang, de taille des oreilles, d'écart entre les yeux, de gènes, d'expertises graphologiques… Le tout en marchant sur des œufs ! Mais Nick ne le cachait pas non plus, pour une bonne partie de sa prestigieuse clientèle séjournant dans son petit paradis de San Sebastiano, la recherche généalogique n'était qu'un prétexte, un mode de vacances bien plus original qu'une cure ou une thalassothérapie. Entre bronzage et activités nautiques, les clients consacraient chaque semaine quelques heures amusantes à raconter leurs souvenirs d'enfance à un enquêteur ou à compulser les archives de la bibliothèque centrale. Ces séjours étaient devenus rapidement très réputés… et très chers ! Nick proposait souvent à Alice de la rembourser. Elle refusait obstinément.

Nick semblait heureux, apparemment, dans ses lettres. Il régnait sur un essaim de secrétaires affairées. Il remarchait maintenant… Boitant juste assez pour pouvoir passer à l'occasion pour un martyr, accentuant ou non son handicap selon les clients, selon son humeur.

Les lettres gaies de Nick, toujours pleines de sous-entendus, rompaient à espaces réguliers son quotidien nostalgique.

Alice continuait également à entretenir quelques détectives privés, pour poursuivre les recherches sur le mystérieux chauffard de Blue Hill, des enquêtes enlisées depuis longtemps, embourbées, comme les chaussures des deux folles sur ce chemin boueux serpentant à travers la lande qui menait à la Pointe-Guillaume.

Le bord de la falaise moisissait dans le temps triste habituel, comme trois cents jours dans l'année. Les hommes n'étaient pas parvenus à détruire les blockhaus, ils les avaient alors décorés. Sur la façade ouverte du bloc de béton, côté plage, les vacanciers pouvaient lire en lettres géantes « SONIA, JE T'AIME ».

Lison avait appris à Alice que son père avait vendu récemment trois blockhaus, avec d'immenses morceaux de lande autour. A des promoteurs suisses… Ils espéraient réaménager l'intérieur des cubes de béton et en faire des appartements meublés à louer. Avec vue imprenable ! L'idée semblait très étrange à Alice.

Les creux et bosses de la lande, formés artificiellement par les bombes au printemps 1944, servaient aujourd'hui soit de terrains de jeu aux motards du canton, soit de décharges à vieux réfrigérateurs et ailes froissées de voiture, parfois aux deux, et il y avait des accidents.

De la Pointe-Guillaume, on apercevait en théorie la baie d'Isigny et le phare de Saint-Marcouf. Aujourd'hui, on ne voyait rien ! Alice repensa à la formule favorite de Chaventré, le cousin de Lison. Si, de la Pointe-Guillaume, on voyait le phare de Saint-Marcouf, c'est qu'il allait pleuvoir ! Si on ne le voyait pas… c'est qu'il pleuvait déjà !

La première fois, cela avait fait sourire Alice. Les gens du village avaient un humour si quotidien, si naturel. Comme si le seul but de leur journée, et à force de journées accumulées, le seul but de leur vie, était simplement de rire ou de faire rire, chacun dans son registre. De placer son bon mot, de préparer son anecdote, d'y penser et repenser pendant les longues journées de travail, en silence. Comme dans le plus mondain des salons parisiens. Elle pensait avec tendresse aux coups de gueule de Chaventré, au cynisme de Fernand, aux blagues à tiroirs de Téton, aux sentences de l'instit… Alice et Lison se forçaient à passer régulièrement dans ce vieux bar que René tenait toujours, même s'il menaçait depuis plus de dix ans de le fermer, à cause de la crise et de la stupidité de sa clientèle. La clientèle du Conquérant, c'était leur famille. Une famille idéale, à géométrie variable, qui ne demandait aucun compte, qu'on trouvait là au comptoir si on avait besoin d'elle, mais qui ne venait jamais s'imposer chez vous en échange, qui ne vous demandait rien en retour. Une famille de solitaires réunis. Ils réclamaient simplement le droit de les appeler les deux folles.

Les deux vieilles folles !

Alice et Lison marchaient maintenant sur la dalle de béton surplombant la Pointe-Guillaume. Le « monument aux grappins » perpétuant le souvenir de l'exploit des rangers en juin 44 étincelait. Jean Munier l'astiquait lui-même tous les mois !

Souvent, Alice et Lison se séparaient à ce moment. Alice préférait marcher sur le sable, celui où Lucky était tombé. Lison restait à errer sur la lande, où elle avait découvert Alan, ce matin du débarquement. Elles hantaient les lieux, silencieuses, jamais plus d'une demi-heure, puis elles se retrouvaient devant le monument.

En général, elles parlaient peu de Lucky et d'Alan. Elles étaient simplement parvenues au fil des ans à accorder leurs solitudes, à vivre sur le même rythme, à éprouver ensemble des besoins d'isolement et de recueillement, à avoir envie au même moment de converser, de se confier, de se forcer mutuellement à sortir, pour aller parler aux autres du village.

Elles avaient ainsi réussi à ne pas sombrer dans une folie, ou simplement un isolement total. Même si elles avaient toutes les deux conservé ce détachement du reste du monde.

Deux fantômes de la lande… Deux fantômes certes, mais des fantômes à heures fixes. Fantômes seulement les jours où le musée était fermé. Le mardi.

Deux fantômes riches et généreux, aussi. Les dollars d'Alice fondaient, petit à petit. Une grande partie avait été absorbée par la mise en chantier du palace brésilien de Nick. Une plus petite par le musée de l'Assaut.

Dès 1966, Alice avait pris la résolution de donner à chaque guerre une part de sa fortune. A la Croix-Rouge, à des médecins, à des leaders quelconques se battant dans un coin de brousse pour une démocratie. Plusieurs dizaines de milliers de francs à chaque fois. Il y avait eu le Biafra, le Golan, la Corée, le Cambodge, le Sahara occidental, la Casamance, le Hoggar touareg, le Cachemire, le Sri Lanka, le Vietnam, l'Irlande, l'Irian Jaya, le Kurdistan, Panamá, le Salvador… Les prix internationaux, comme le prix Nobel de la paix, récompensent, largement, mais après coup, ceux qui ont souffert et se sont battus pour fabriquer avec les moyens du bord des médicaments, des pansements, des affiches, des abris, des armes aussi… Alice essayait de récompenser à l'avance ceux qui allaient en avoir besoin. Pour cela, elle lisait beaucoup, des journaux qu'elle recevait de toute la planète. En maîtrisant l'anglais et le français, elle arrivait à se faire une assez bonne idée d'ensemble. Elle essayait de défendre les causes les plus justes. Ce n'était pas toujours facile, elle avait fait plusieurs erreurs d'appréciation, elle le savait. Mais ces coups de cœur pour des causes lointaines l'aidaient à tenir.

Elle pensait, en dépensant ainsi l'argent que Lucky avait échangé contre sa vie, lui rendre l'hommage le plus symbolique qui soit. La mort de Lucky n'avait pas seulement servi à offrir vingt ans d'existence supplémentaire au gros Oscar Arlington. Elle servait désormais à sauver des centaines de vies humaines aux quatre coins de la planète !

L'automne était triste. Alice préférait l'été et ses plages bruyantes ; bruyantes et multiraciales… En dix ans, elle avait pu constater la stupéfiante transformation : en 1966, on ne croisait quasiment aucun touriste étranger. Maintenant on rencontrait sur les plages normandes peut-être plus d'étrangers que de Français. Personne ne s'en plaignait ici. Alice y voyait là un sens de l'histoire, un mélange des peuples comme jamais l'humanité n'en avait connu, un signe inexorable de la marche du monde, ou au moins de l'Europe, vers la paix !

Tant pis si cette utopie après laquelle l'humanité courait depuis sa création ne se réalisait pas dans un salon entre gens élus, mais dans des campings bondés dans une odeur de barbecue, autour d'une partie de boules, entre touristes bedonnants et casquettés.

A l'automne, il ne restait plus grand monde.

Après s'être retrouvées devant la sculpture commémorative, Alice et Lison rentraient ensuite directement au village, par le sentier bitumé qui passait devant le Conquérant.

Sur le chemin, ce mardi-là, elles croisèrent une vieille dame qu'elles ne connaissaient pas. A côté de la grand-mère, un enfant de quatre ans pédalait en zigzag sur son vélo. Une Parisienne, une des dernières survivantes de l'été.

Il y avait également de plus en plus de résidents secondaires autour du village, des Parisiens surtout. L'autoroute de Paris allait bientôt arriver jusqu'à Caen, le ministre d'Ornano l'avait promis. Après tout, les Parisiens n'étaient pas des envahisseurs bien redoutables.

S'ils étaient jeunes, ils venaient en couple, amoureux, dans une voiture si minable qu'ils avaient été contraints de choisir l'une des plages les plus proches de la capitale pour ce week-end romantique. Venise serait pour plus tard.

S'ils étaient plus âgés, ils venaient en famille, avec plein de petits parigots qui découvraient le goût des mûres et l'odeur des bouses, de papas qui expliquaient croyant savoir, de mamans heureuses. Les paysans qui moissonnaient se retrouvaient le dimanche transformés en acteurs pour des familles pique-niquantes, étonnées du spectacle.

Toute cette agitation remplissait les villages côtiers endormis depuis la guerre de rires et de cris. Le village prenait l'air irrité, mais il aimait bien ça au fond de lui, comme la grand-mère bourrue à la naissance de son premier petit-fils.

Devant les blockhaus, le musée de l'Assaut, ou les

impacts de balles dans le mur de la mairie, les petits Parisiens demandaient : « Pourquoi papa ? Pourquoi l'église, elle n'a pas de clocher ? Comment les gens faisaient pour entrer dans les maisons en cube, au-dessus de la plage, qui n'ont pas de fenêtres, pas de portes, juste des murs pas peints ? Pourquoi le seul magasin que l'on trouve ouvert ici, il vend des canons et des fusils rouillés ? »

Il était déjà généralement tard lorsque Alice et Lison, au bout du chemin, dépassaient les premières maisons de Château-le-Diable. Parfois elles rentraient directement chez elles, dans l'appartement au-dessus du Musée. Parfois, s'il ne faisait pas encore nuit, elles s'arrêtaient quelques minutes au Conquérant.

47

Visite dominicale

Dimanche 26 octobre 1975,
musée de l'Assaut, Château-le-Diable

— Guillaume ! cria Madeleine. Tu restes tranquille ! On n'en a pas pour très longtemps. Regarde les photos !

Le petit Guillaume, les photos, il s'en fichait. Elles étaient même pas en couleurs ! Lui, il voulait aller à la plage. Peu importe s'il pleuvait. On lui avait dit qu'on irait à la mer !

On n'en a pas pour très longtemps, pensait sincèrement Madeleine. En dix minutes, on en a fait le tour, de ce musée. Trois salles, remplies de casques et d'armes rouillées… Ce sera vite fait, un petit tour et hop, on rentre avant les embouteillages. Quel calvaire, quel dimanche ! Enfin, Jacques avait promis à son père de l'emmener. Depuis le temps…

Alors ils étaient là tous les deux, Madeleine et Jacques, à soutenir le vieux Léonce qui peinait à descendre les deux marches de ce musée.

Comment croire, pensait Madeleine, en le voyant

ainsi, le pauvre Léonce, qu'il a été pendant la guerre l'un des résistants les plus actifs du coin, spécialement parachuté de Londres pour organiser l'assaut de l'intérieur ? Léonce sauter en parachute ? Il parvient à peine à descendre ces deux marches !

Guillaume s'approchait d'un couteau posé à sa hauteur sur une étagère.

— Guillaume ! hurla Madeleine. Tu ne touches pas à ça. C'est tout rouillé !

Je ne peux pas lui donner la main, pensa-t-elle, il faut au moins être deux pour soutenir le pauvre Léonce. Quelle plaie, ce môme, en ce moment ! Et dire qu'on l'a appelé ainsi parce qu'avec Jacques, on s'est aimés pour la première fois ici, sur la Pointe-Guillaume. On avait fait ça dans le blockhaus ! Brr, quand j'y pense, quelle horreur ! Tu parles d'un week-end romantique… Jacques était fauché à l'époque ! Ce qu'on peut être con quand on est jeune !

Léonce glissa sur la dernière marche, elle le rattrapa comme elle put.

Et emmerdant quand on est vieux ! M'aide pas, Jacques, surtout. C'est quand même ton père ! Bon, on l'aura faite, notre B.A., depuis des années que le vieux nous bassinait avec son débarquement !

Léonce resta longtemps à déchiffrer les panneaux jaunis réalisés à partir de journaux d'époque. Souvent, il s'énervait et demandait à Jacques ou à Madeleine : « Qu'est-ce qu'il y a d'écrit, là, après : “le bombardement a fait dix-sept morts… ?” »

Ça ne va pas être long, continuait de penser Madeleine. J'ai été optimiste ! Une fois dans les lieux, le Léonce va être difficile à faire sortir. Il sait que, dans sa maison de retraite, des permissions comme celles-ci, il n'en aura plus beaucoup d'autres, alors il temporise ! Encore rusé, le vieux résistant...

— Jacques, demanda Léonce. Ramène-moi voir la carte là-bas, il y a quelque chose que je ne comprends pas. Il n'y avait pas de route en 44, pour aller aux Hauts-Poiriers. C'est là que le colonel était planqué avec les armes ! Ou alors je confonds. On ira vérifier sur la carte postale ensuite. C'est une vraie mine, ce musée, hein ?

— On s'en va quand, maman ?

Madeleine roula des yeux furieux à son fils.

— C'est que j'ai de l'école, demain, ajouta Guillaume le fourbe.

Léonce était maintenant assis devant la maquette du village, améliorée par quelques soldats en plastique et des flèches de couleurs, pour bien comprendre les manœuvres. Madeleine était allée chercher une chaise à la dame, à l'accueil, une dame charmante d'ailleurs.

Léonce ne disait plus rien, il restait là, assis, pensif, à regarder la maquette, à se dire sans doute que ces quelques semaines de 44, c'était toute sa vie. Le reste ensuite n'avait été que du remplissage. Madeleine non plus ne disait plus rien. L'atmosphère intimiste de ce musée de misère, la nostalgie de ce petit vieux qu'elle avait toujours pris pour un légume lors des visites à l'hospice, tout cela commençait à l'émouvoir à son tour.

Tant pis pour les bouchons ce soir jusqu'à Villeparisis. Sans parler du détour pour ramener Léonce à l'hospice. Pauvre Léonce ! Il n'est plus là, il est sur la maquette. Il n'est plus qu'un de ces petits soldats en plastique sur cette maquette en contreplaqué.

La rêverie de Madeleine fut brutalement interrompue par un fracas énorme, suivi d'un épais nuage de poussière et des pleurs de Guillaume. Profitant de l'inattention générale, et comprenant que malgré les promesses des adultes, l'affaire menaçait de durer, l'enfant avait entrepris d'escalader la grande étagère, apparemment soudée au mur, pour voir d'un peu plus près le pistolet là-haut qui avait l'air d'être allemand. Un Luger. Une arme qui avait surtout l'air d'être moins rouillée que les autres, et c'est peut-être pour cela qu'elle était placée si haut.

Mais l'étagère n'était pas soudée, ou si peu qu'elle ne put supporter le poids d'un Parisien de dix ans plutôt maigrichon. L'étagère entière se renversa sur Guillaume, et avec elle tout son bric-à-brac, c'est-à-dire un bon quart des trésors du musée de l'Assaut.

Jacques et Madeleine se retournèrent affolés, pour leur fils d'abord, par les dégâts ensuite. Seul Léonce se retourna à peine. Il avait des bombardements plein la tête et semblait incapable de distinguer les vrais des faux.

Alice et Lison avaient pris l'habitude de laisser les visiteurs découvrir le musée seuls, en silence, avec recueillement. Elles recevaient dans leur musée plus de pèlerins que de touristes. Elles attendaient à côté, à l'accueil ou dans leur appartement au-dessus. En entendant le bruit, elles accoururent dans l'instant qui suivit.

— Qu'est-ce qui s'est passé ?

— Guillaume, tu n'as rien… ?

— Maudite étagère, depuis le temps qu'on devait mieux la fixer…

— Maman…

Chacun se confondit en excuses. Le petit Guillaume n'avait rien mais continuait de pleurer pour retarder l'inéluctable punition. Madeleine s'excusa une nouvelle fois, Jacques sortit son chéquier, Lison et Alice assurèrent que ce n'était rien, qu'elles étaient assurées, que c'était de leur faute, cette étagère aurait dû être mieux fixée. De toute façon il fallait depuis longtemps qu'elles fassent du tri parmi tous ces vieux objets.

Traînant Guillaume et Léonce, Madeleine et Jacques repartirent, toujours confus, vers leurs embouteillages, via l'hospice.

Alice et Lison se regardèrent en souriant : elles allaient avoir du travail… Elles commencèrent par enlever le plus gros de la poussière. Elles tentèrent ensuite de déplacer une vieille cantine de fer qu'Alan avait récupérée juste après la guerre, elle leur avait d'ailleurs rarement servi. Elles l'avaient placée tout en haut de l'étagère de leur musée, simplement parce qu'elle était d'époque. La cantine était tombée de deux mètres. Heureusement, pas sur la tête du gosse. Elles parvinrent finalement à la basculer pour positionner le couvercle sur le dessus, puis à la soulever et la déplacer.

Alice eut alors l'idée de vérifier si elle s'ouvrait encore. Elle s'ouvrait ! En théorie, la cantine était vide. Alice souleva tout de même le couvercle. Elle aperçut tout de suite au fond de la cantine une plaque de fer tordue.

Le fond de la malle ?

Apparemment pas : la plaque de métal, qui s'était

légèrement déplacée sous le choc, semblait dissimuler autre chose.

Un double fond ?

Lison regarda à son tour, intriguée. Elle tira mais la plaque résista. Lison, tenace, se saisit du couteau d'assaut qui pendait dans un étui, sur le côté de l'uniforme de ranger gardant symboliquement l'entrée du musée. Elle attaqua à nouveau furieusement la plaque de métal. Au bout de dix minutes, Alice la relaya. Puis, alors qu'Alice semblait prête à abandonner, Lison revint à la charge.

Quarante minutes plus tard, vaincu par un ultime coup de couteau, le double fond métallique cédait.

Lison découvrit, posé sur le vrai fond de la malle, un portefeuille marron. Un portefeuille marron qu'elle n'avait jamais vu.

48

Pièces à conviction

Dimanche 26 octobre 1975,
musée de l'Assaut, Château-le-Diable

Cinq minutes plus tard, le contenu du portefeuille était étalé sur la nappe à fleurs de la table de la salle à manger, dans l'appartement d'Alice et Lison. Il faisait déjà sombre dans la pièce, Lison avait été obligée d'allumer l'ampoule au-dessus de la table.

Une photo.
Deux feuilles pliées.
Onze lettres.

Une photo d'Alice. Elle avait à peine vingt ans. Tout sourire, elle semblait narguer le photographe en essayant de dissimuler son visage derrière ses mèches blondes. Au dos de la photo, il était écrit : *Je t'attendrai. Alice, avril 1944.*

Alice sourit :

— C'est peut-être grâce à cette photographie

qu'Alan m'a reconnue, en juin 44. Lucky en avait emporté plusieurs.

— Tu es belle, dit Lison.

— Je l'étais… Mais, tu vois, cela n'a pas suffi pour retenir Lucky. Alan ne t'avait jamais montré ces affaires ?

— Non, jamais. C'était son secret. Il les sortait sans doute le soir, quand je dormais. Il se couchait souvent après moi.

Deux feuilles pliées en quatre…

Les deux femmes étaient assises autour de la table. Aucune ne semblait vouloir déplier les feuilles la première.

— Tu crois que ce sont les contrats ? demanda Alice.

Lison ne répondit pas.

— Qui se décide ? continua Alice.

Lison attrapa les feuilles, les déplia, sourit, et donna un exemplaire à Alice. Elles lurent :

Denton, le 5 juin 1944

Je soussigné, Lucky Marry, fou mais tant pis, accepte d'échanger mon rang de 148e relayeur, lors de l'assaut de la Pointe-Guillaume, contre celui d'Oscar Arlington, quatrième relayeur.

Je soussigné Oscar Arlington, sain de corps et d'esprit, m'engage à verser à Lucky Marry, en contrepartie de l'échange mentionné ci-dessus, 1,44 million de dollars, ceci dès mon retour aux Etats-Unis.

Si Lucky Marry venait à être tué avant la fin de cette guerre, je m'engage à verser cette même somme à sa compagne, Alice Queen, domiciliée au 144, Rock Creek Residence, Washington DC, ou chez Mr et Mrs Marry, 2621 Hobart Avenue, Litchfield, Alabama.

Si j'étais tué moi-même, je demande solennellement à ma mère, Emilia Arlington, d'honorer en ma mémoire ce présent contrat.

Une photographie d'Alice Queen sera jointe à l'exemplaire du contrat d'Oscar Arlington.

Suivaient quatre noms. Lucky Marry, Oscar Arlington, Alan Woe, Ralph Finn, et quatre signatures.

Les deux contrats d'Alice et de Lison étaient identiques.

— Le contrat de Lucky et celui d'Alan, murmura Lison. C'est bizarre, Alan ne les avait donc pas emportés aux Etats-Unis…

— La dernière preuve, continua Alice. La fameuse preuve matérielle qui manquait. Désormais, tout est bouclé, Emilia Arlington ne pourra plus jamais nier.

— Dire qu'ils étaient là, tout près.

— Et ils auraient pu y rester encore cent ans sans que personne ne les découvre. Ça me fait un peu drôle, il régnait tant de mystère autour de ce fameux contrat. Finalement, ce ne sont que quelques lignes, que nous connaissions déjà presque intégralement.

— Quelques lignes macabres… La façon dont ils ont essayé de tourner leurs phrases pour faire officiel me glace le sang. On a l'impression qu'ils échangent une voiture.

— Il reste les lettres, dit doucement Alice.

La nuit était désormais tombée sur Château-le-Diable. Plus rien ne bougeait dans leur appartement, mis à part les pétales d'un bouquet de colchiques blancs sur le buffet normand, qui se détachaient et tombaient silencieusement, à espace régulier. Les fleurs, cueillies le mardi même lors de leur promenade hebdomadaire, étaient déjà presque fanées.

Le regard de Lison fixait le sablier végétal. Elle se fit brutalement violence et décida enfin d'ouvrir les lettres.

Elle étala devant elle les onze enveloppes, toutes de la même écriture, adressées à Alan. Une écriture ronde et féminine. Le tampon de la poste indiquait leur provenance.

Les Etats-Unis.

Plus précisément, quatre lettres provenaient d'Ashland, dans le Kentucky ; trois d'Effingham, dans l'Illinois ; quatre de Valentine, dans l'Iowa…

— Ce sont ces lettres qui m'ont fait tant douter, expliqua Lison en tremblant un peu. Ces lettres envoyées par une femme. Le dernier lien entre Alan et l'Amérique… Alan n'a jamais voulu m'expliquer, me dire qui les envoyait. J'en crevais de jalousie ! Je me montais mon film, je croyais qu'un jour, il retournerait aux Etats-Unis, à cause de ces lettres, à cause de cette femme qui lui écrivait. Qui l'aimait, donc…

Alice se taisait.

— J'avais raison en fait, continua Lison. Il est parti à cause d'elle, il me l'a avoué. Pour ne jamais revenir ! Je me suis si longtemps demandé pourquoi. Qui était-elle, cette femme ? Maintenant, j'ai comme peur de découvrir la vérité.

Elle lança un rire court et forcé :

— On va enfin savoir ce qu'Alan est allé faire dans tous ces bleds perdus au milieu de l'Amérique !

Lison ouvrit la première enveloppe, postée d'Ashland.

En haut à droite, une date était inscrite : *Ashland, le 21 janvier 1946.*

En haut à gauche, Lison lut une adresse : *51b, Beecher Street, Ashland, Kentucky.*

La lettre commençait par « Cher Alan », puis les mots se brouillèrent devant les yeux de Lison. Elle glissa sur les lignes, sans lire. Elle voulait avant tout connaître le nom de cette femme qui écrivait. Elle tourna la lettre et parcourut à la même vitesse le verso.

En bas de la page, la lettre était signée.

Lison lut distinctement.

La lettre était signée Alice Queen !

Il était déjà plus de 23 heures, ce dimanche soir. Alice et Lison n'avaient pas dîné. Tout était silencieux, immobile. Plus aucun pétale de colchique ne tombait. L'ampoule sans lustre au-dessus de la table éclairait trop faiblement la pièce : les ombres des meubles prenaient des proportions démesurées, s'allongeaient en d'étranges perspectives.

Alice Queen !

Lison ne comprenait plus rien.

— Qu'est-ce qui se passe, Lison ? demanda Alice, inquiète.

Lison ne répondit pas. Elle voulait comprendre d'abord, lire la lettre. Il y avait forcément une explication. Elle lut rapidement, en diagonale.

Cher Alan,

Je vous écris pour vous rassurer, vous rassurer et vous remercier. (...) Oscar Arlington est venu hier rembourser sa dette, il n'a fait aucune difficulté, 1,44 million de dollars en billets, ça en représente un nombre incroyable. (...) Il avait l'air plutôt gêné, un peu honteux aussi. Il a fait preuve d'une certaine délicatesse, je suis bien obligée de le reconnaître, même si une voix au fond de moi me dit qu'il est responsable de la mort de Lucky. Je ne sais pas. Je ne sais plus, Lucky a choisi délibérément de jouer sa vie. Je ne devais pas l'aimer assez... Maintenant, il est trop tard. (...) Merci d'avoir écrit à Oscar Arlington, pour lui rappeler ses devoirs envers moi. C'est Oscar qui me l'a dit, c'est lui aussi qui m'a donné votre adresse, en Normandie. Oscar Arlington m'a affirmé que, de toute façon, il aurait payé sa dette : je ne sais pas s'il dit la vérité ou si ce sont vos menaces de tout révéler qui l'ont décidé. Ça n'a pas une grande importance.

Voilà, j'ai demandé votre adresse à Arlington pour vous rassurer et vous remercier. Pour vous connaître aussi... J'aimerais bien savoir davantage comment tout cela s'est déroulé, en juin 1944. Comment cette idée folle est venue à Lucky ? Vous étiez son ami, m'a dit Oscar Arlington. (...) Merci de prendre la peine de me répondre, mais si vous n'en avez pas envie, ce n'est pas bien grave, vous avez fait votre devoir de témoin. D'ailleurs, c'est pour cela aussi que je souhaitais vous écrire, si vous aviez besoin d'argent, n'hésitez surtout pas à me le demander. (...) D'ici quelques semaines, je n'habiterai plus à Washington, trop de souvenirs m'y attachent. Vous pouvez lire ma nouvelle adresse en haut de cette lettre (...), j'ai besoin d'un peu d'isolement, je pense que je vais continuer de voyager. (...) Je ne sais vraiment pas ce que je vais faire de tout cet argent, le mettre de côté, pour plus tard, si le goût à la vie me reprenait, pour si j'avais un jour des enfants.

Je ne veux pas y toucher pour l'instant, c'est tout ce qui me reste de Lucky.

Avec toute ma gratitude.

Vous aviez l'air heureux de votre nouvelle vie, dans votre lettre. Répondez-moi et oublions ensuite tout cela... J'espère qu'une vie nouvelle nous attend.

Alice Queen

Lison lâcha la lettre comme si elle la brûlait.

— Alice… murmura-t-elle avec effroi. Toutes ces années, c'était donc toi qui écrivais ! Tu n'étais pas en Australie ? Oscar t'avait payée, finalement, après la guerre… Pourquoi alors n'avoir rien dit ? Pourquoi alors avoir demandé aux Arlington de payer une seconde fois ?

Alice se leva brusquement.

— Lison, qu'est-ce que tu racontes ? Qu'est-ce que c'est que ces histoires ?

Devant le silence hébété de Lison, Alice saisit avec énergie la lettre et lut à son tour. Elle parut tout d'abord stupéfaite, elle aussi, puis se mit à réfléchir.

— Ce n'est pas mon écriture, fit Alice avec fermeté. Compare cette lettre avec toutes celles que je t'ai envoyées. Ce n'est pas mon écriture ! Je n'ai jamais écrit ça !

Lison releva ses yeux. Elle s'imaginait déjà enfermée dans une cave noire pleine de cauchemars.

Bien entendu, ce n'était pas l'écriture d'Alice ! Elle s'engouffra sans comprendre dans cette trappe lumineuse.

— C'est vrai, Alice, tu as raison. Ce n'est pas ton écriture. J'ai été stupide.

— Mais non.

— Si… Mais je ne comprends plus rien, alors. Qui est cette femme qui signe en ton nom ? Cette femme si différente de toi. Qui veut tout oublier, qui trouve Oscar Arlington presque sympathique ?

— Je ne sais pas. Il y a sans doute une explication logique.

Alice et Lison ouvrirent les autres lettres, piochant au hasard, et lurent rapidement, en diagonale.

Ashland, 18 mars 1948

Cher Alan,

Tout se passe bien, merci de vos courriers réguliers… La vie se réorganise ici. Quatre ans déjà depuis ce drame. J'ai un nouveau compagnon depuis quelques mois, je ne pensais pas que l'on puisse oublier si vite. (…) C'est étrange, tout change si vite, les Etats-Unis changent aussi, La France également sans doute. (…) Je ne pense pas y retourner un jour, trop de souvenirs, pas de très bons souvenirs. (…) Tout semble aller bien aussi, pour vous… N'hésitez pas à me donner des nouvelles.
Amicalement.

Alice Queen

Effingham, le 23 février 1950

Cher Alan,

Je suis désolée de vous avoir donné si peu de nouvelles depuis ces années, tout passe si vite. (…) Un certain nombre de vos lettres à Ashland ont dû rester sans réponse. (…) Nous continuons à nous promener dans les USA, comme vous le voyez à l'adresse. Depuis quelque temps, l'envie me vient enfin d'avoir des enfants, depuis le temps que mon compagnon me tanne avec cela (...) Et vous, toujours pas d'enfants non plus. (...) C'est si loin, tout cela, la guerre, maintenant. Vous êtes le seul lien qu'il me reste... C'est si loin la Normandie aussi.

Affectueusement

Alice Queen

Effingham, le 13 mars 1954

Cher Alan,

Dans ma dernière lettre, je vous disais que j'étais enceinte. Aujourd'hui, notre petit garçon a trois ans ! Il me prend beaucoup de temps, mais je sais que ce n'est pas une excuse pour vous écrire si peu (...) On hésite à mettre en route sa petite sœur (...) Ici, nous avons beaucoup de mal à voir la fin de l'hiver. Le coin est assez sauvage, et pour tout dire, pas très agréable. Enfin, cela ira mieux avec les premiers beaux jours (...) Et vous ? (...) J'espère voir des images de la Normandie, à la télévision, en juin, pour les dix ans du débarquement.

Meilleurs souvenirs.

Alice Queen

Valentine, 10 mai 1961

Cher Alan

Encore une nouvelle adresse ! Mais Valentine est un coin formidable, rien à voir avec Effingham. Surtout depuis ce barrage ! Je pense que nous y resterons un bout de temps. Cette fois, vos lettres ne se perdront pas (...) La vie continue ici.

Ça y est, la petite sœur de Mick est arrivée, depuis un peu moins de deux ans, elle s'appelle Jenny, elle est adorable (...) Excusez-moi, mes lettres sont toujours assez courtes, sans doute très banales, mais croyez-moi, j'y mets beaucoup de nostalgie, ce lien fragile est important, il m'aide à me souvenir. Vous aussi ?

Toujours vôtre

Alice Queen

Les autres lettres ne donnaient pas davantage de détails. La dernière était datée du 12 septembre 1963.

Lison n'attendit pas d'avoir lu l'ensemble des lettres pour s'interroger.

— Si ce n'est pas toi, demanda-t-elle à Alice, qui peut bien écrire cela ? Qui est donc cette femme ? Cette autre Alice Queen ? Une femme qui a pris ta place ? Une femme qui a touché l'argent à ta place ?

Alice réfléchit un instant.

— Non, cela me semble impossible, personne n'aurait pu toucher l'argent à ma place. Oscar Arlington avait mon adresse personnelle et ma photographie. C'est écrit dans le contrat. Il devait me remettre l'argent en main propre ! Je n'ai pas de sœur jumelle ! Il n'était pas idiot au point de donner cette somme à une inconnue. Et puis cette fille qui signe à ma place semble au courant de l'histoire dans ses moindres détails. Non, c'est autre chose…

— Ça explique au moins un mystère, remarqua Lison. Je me suis toujours demandé pourquoi Alan ne s'était jamais préoccupé de vérifier si Oscar Arlington avait bien payé sa dette, avant 1964. Tu étais en Australie, mais il aurait pu contacter les parents de Lucky à Litchfield ! Il ne l'a jamais fait… Ça ne lui ressemblait pas ! L'explication, c'était ces lettres : il croyait sincèrement que cette affaire était terminée, qu'Oscar Arlington avait payé. Il ne pouvait pas savoir que cette Alice Queen qui lui écrivait, ce n'était pas toi !

Une lueur illumina le visage d'Alice.

— Bien sûr, cria-t-elle presque. Forcément… J'ai compris, Lison ! Cet Oscar est moins stupide qu'on ne le pensait ! Alan, en 1945, écrit à Oscar Arlington pour lui rappeler sa dette, et le menacer d'un scandale s'il ne s'exécute pas. C'est ce que nous apprend la première lettre de cette femme. Quelle peut être la réaction d'Oscar Arlington à ce courrier ? Il sait qu'il doit payer, ou alors Alan fera éclater le scandale. Il sait peut-être à l'époque que j'ai disparu dans la nature sans laisser de traces, ça l'arrange, mais la morale voudrait alors qu'il verse l'argent aux parents de Lucky, qui eux n'ont jamais bougé de Litchfield. Bref, il doit régler sa dette, sinon tout le monde sera mis au courant de cette histoire. Quelles issues possède-t-il ? Corrompre ou éliminer les témoins… Ralph Finn n'est pas un problème. La Branlette n'a pas donné signe de vie. Il reste Alan : Alan est difficile à éliminer, là-bas, en Normandie. Quant à le corrompre…

— Impossible ! assura Lison.

— Oui, il doit s'en douter. Même essayer reviendrait à se condamner. Que lui reste-t-il comme choix ? S'il ne paye pas, Alan révélera l'affaire à la presse, à l'armée, à sa mère. Sans nouvelles d'Alice, Alan finira sans doute par écrire aux parents de Lucky.

Il est coincé, il faut payer ! Il n'a pas d'alternative apparemment. Il faut passer à la caisse ou affronter le scandale…

Lison suivait, impressionnée, le raisonnement d'Alice.

— Mais en réfléchissant bien, continua Alice, il existe une autre solution pour Oscar Arlington. Une seule ! Une idée simple, quasiment sans risque, qui lui permet d'éviter la facture sans faire de publicité. Alan est loin en Normandie, pour longtemps, sans doute pour toujours… Je suis disparue, pour longtemps aussi. A l'époque, l'hypothèse la plus vraisemblable était que je me sois suicidée, quelque part. Il suffisait alors à Oscar d'envoyer une lettre à Alan, une lettre signée « Alice Queen », affirmant qu'elle avait bien reçu 1,44 million de dollars, une lettre bien tournée, qui va même jusqu'à proposer à Alan une part de ce million et demi ! Un simple courrier et tout était réglé.

Tout semblait si limpide.

— Tu as raison, Alice, acquiesça Lison. Oscar Arlington n'avait pas d'autre choix. Et Alan n'avait aucune raison de mettre en doute l'origine de cette lettre.

— Non, il n'y avait pas grand risque pour Oscar Arlington. Aucun, même, si Alan restait en Normandie et si je ne réapparaissais jamais.

— Alan aurait pu écrire aux parents de Lucky.

— Oui… Sans nouvelles de moi, c'est sûrement ce qu'il aurait fait. Voilà pourquoi Oscar a continué à écrire à Alan de temps en temps, à lui donner ces adresses, à donner des nouvelles. Pour éviter qu'Alan n'aille en chercher par lui-même, auprès des parents de Lucky par exemple.

— Oui, ajouta Lison, et cela lui permettait de contrôler qu'Alan était toujours en Normandie.

Lison se sentait vidée, épuisée. Elle n'arrivait pas à mesurer si ces éléments constituaient une bonne ou une mauvaise nouvelle. Elle se leva pour faire chauffer de l'eau. Elle en proposa à Alice. A la réflexion, elle se sentait soulagée. La lecture inattendue de ce nom, « Alice Queen », au bas de cette lettre l'avait bouleversée. En quelques secondes, elle s'était imaginé des mensonges terrifiants, dont elle avait un peu honte maintenant. La solution rationnelle d'Alice la rassurait.

— Excuse-moi pour tout à l'heure, Alice, fit Lison en revenant avec l'eau chaude. Attention que je ne te brûle pas. J'ai dit des stupidités, j'ai été m'imaginer je ne sais pas quoi.

— Ce n'est rien.

Elles restèrent quelques minutes silencieuses, chacune devant leur tasse de thé qui infusait.

— C'est étrange, dit enfin Lison. Cette seconde Alice serait donc un fantôme, selon toi, créé par Oscar Arlington. Ces déménagements, ces naissances, toute cette vie racontée dans ces lettres, ce serait du vent. Tu penses qu'Oscar a écrit ces lettres lui-même ?

— Peut-être. Oscar Arlington avait une grosse écriture ronde, une écriture féminine, les experts en graphologie l'ont signalé plusieurs fois au procès. Je le vois assez bien s'inventer une seconde personnalité, une personnalité féminine.

Elle réfléchit un instant.

— Mais l'auteur, continua-t-elle, pourrait également être Emilia Arlington. Nick a toujours pensé que c'est la mère d'Oscar qui tirait toutes les ficelles. Elle est suffisamment maligne pour avoir eu l'idée de toute cette mascarade afin d'éviter le scandale.

Lison trempa ses lèvres dans le thé brûlant.

— Il faudra envoyer une de ces lettres à ton ami Nick. Il a des tas d'experts en tout genre sous ses ordres. Il nous réglera ça illico !

— Oui, tu as raison.

— Donc, pensa tout haut Lison, Alan courait après un fantôme, aux Etats-Unis, à Ashland, Effingham, Valentine, Blue Hill... Ça semble bizarre tout de même. Il est resté à chaque fois plusieurs jours sur place. Il avait pourtant une adresse précise dans chaque ville, le nom des enfants de cette fausse Alice. Si tous ces détails avaient été complètement inventés, les adresses tirées au hasard dans un annuaire et les détails locaux recopiés dans une encyclopédie, Alan s'en serait immédiatement aperçu. Et puis, lorsque Alan écrivait ses lettres à cette fausse Alice, à Ashland ou à Valentine, il y avait bien quelqu'un là-bas qui les recevait !

— Les Arlington sont puissants. Ils avaient sans doute des complices, ou bien ils utilisaient des maisons abandonnées ne servant que de boîtes aux lettres.

— Peut-être. Ou bien il existait réellement une complice qui jouait ton rôle. Une amie d'Oscar Arlington... Sa maîtresse, pourquoi pas ! En tout cas pas un fantôme, mais une vraie femme, qui aurait bien eu deux enfants, qui aurait habité Ashland, Effingham, Valentine. Sinon, pourquoi inventer tous ces détails ? C'est cette femme et ces enfants qu'Alan cherchait à retrouver. Tu me l'as dit : dans ces villages, Alan rôdait autour des écoles !

— Pourquoi pas… Mais il était pourtant plus simple pour Oscar Arlington de tout inventer.

— Oui, insista Lison entêtée. Mais Alan recherchait bien quelque chose, quelqu'un de concret ! Il l'a sans doute trouvé, d'ailleurs, sinon, on ne l'aurait pas assassiné ! Au bout de la piste, à Blue Hill sans doute, il a identifié l'auteur de ces onze lettres. Cette Alice Queen qui n'est pas toi ! Il est mort pour l'avoir découvert. Qui l'attendait au bout de la piste ? Si c'est Oscar Arlington, je peux maintenant en avoir la preuve.

Lison but d'un trait le thé brûlant, sans même grimacer. Elle partit dans un nouveau petit rire nerveux.

— Oscar déguisé en femme, comme dans *Psychose* !

Elle marqua une pause.

— Alice…

— Je sais ce que tu vas me dire, Lison. Tu aimerais reprendre la piste d'Alan.

— Oui, c'est mon mystère, celui-ci. C'est à mon tour de jouer les vengeresses ! Tu connais déjà la route d'Ashland à Valentine, Alice. Mais cette fois-ci, nous savons ce que nous cherchons : une femme, un couple avec deux enfants, Mick et Jenny… Et nous avons des adresses précises !

— Moi aussi, dit Alice en regardant Lison avec complicité, j'aimerais assez refaire cette route d'Ashland à Valentine. J'aimerais rencontrer cette autre Alice Queen. Cette Alice que je n'aurais pas pu être. Une Alice heureuse, riche, qui oublia Lucky, qui se remaria, qui fit des enfants. Cette si fausse Alice. J'ai du mal à croire qu'elle puisse exister !

— Nous remarcherons dans les pas d'Alan ! lança

Lison en se levant, soudainement excitée. Nous possédons exactement les mêmes éléments que lui lorsqu'il m'a quittée en 1964. Onze lettres, trois adresses… Nous marcherons donc exactement dans ses pas.

Alice but doucement son thé qu'elle avait laissé refroidir. Lison planifiait déjà ses recherches dans sa tête. Elle s'inquiéta soudain :

— Mais il nous manque tout de même le principal !

Alice leva la tête.

— Oui, expliqua Lison. Pourquoi Alan est-il parti brutalement en 1964 ? Qu'avait-il découvert ?

— Il a sans doute découvert la supercherie, répondit Alice. Découvert que la personne qui lui écrivait depuis vingt ans, ce n'était pas moi. Et donc que la dette de Lucky n'était pas payée, qu'il fallait qu'il retourne aux Etats-Unis, pour comprendre, pour réparer… C'est ainsi que l'on peut interpréter les petites annonces qu'il passait aux Etats-Unis, non ? Peut-être cette fausse Alice a-t-elle commis une imprudence ? Peut-être s'est-elle trahie, en se contredisant dans un courrier. Alan n'avait pas reçu de lettre juste avant son départ ?

Lison répondit par la négative.

— Non, insista-t-elle. Et tu penses bien que j'ai interrogé mille fois le facteur pour savoir s'il n'avait pas donné une lettre en douce à Alan.

— Et il ne s'est rien passé les jours précédents, rien de particulier, aucune rencontre ?

— Non, rien. J'en suis sûre, cela fait dix ans que je retourne cela dans ma tête !

Il était plus de minuit. Alice et Lison surent en même temps qu'elles avaient maintenant besoin de dormir, ou plutôt de chacune rejoindre sa chambre et sa solitude. Lison replaça les lettres dans leur enveloppe, les enveloppes dans le portefeuille. Alice prit sa photo dans sa main, la regarda avec nostalgie, la retourna, lut à nouveau : « *Je t'attendrai. Alice, avril 1944.* »

Une lueur passa sur son visage.

— Bien sûr, Lison, je sais…

— Quoi ?

— Comment Alan a compris la supercherie ! Comment il a pu savoir que je n'avais pas écrit ça ! Cette écriture, derrière la photo, cette signature, c'est la mienne, celle de la vraie Alice Queen… Elle n'a pas grand-chose à voir avec l'écriture des lettres qu'Alan a reçues ensuite. Regarde, la mienne était déjà penchée, serrée.

Lison regarda.

— Oscar, expliqua Alice, ou n'importe qui d'autre, ne pouvait pas deviner qu'Alan avait en sa possession un échantillon de mon écriture. Alan a mis vingt ans à comprendre. Il n'avait aucune raison de se méfier, de comparer les deux écritures, de faire le rapprochement. Il a dû découvrir cela par hasard, un jour où il remuait ces vieux souvenirs. Il aurait pu le découvrir dès l'instant où il a reçu ce premier faux courrier en 1946, ou bien dix ans après, trente ans après, ou bien jamais.

— Il n'a pas voulu m'en parler, glissa Lison.

— Il avait compris alors que seuls les Arlington avaient un intérêt à monter une telle imposture. Il avait compris que c'était dangereux. Il ne voulait pas te mêler à tout ça.

Les lumières des chambres, au-dessus du musée de l'Assaut, ne s'éteignirent que longtemps après, ce soir-là. Celle de Lison plus encore que celle d'Alice.

Lison pensait à des choses graves, des choses graves et simples. Toute sa vie, elle avait dit la vérité, crue, sans se soucier des conséquences, jamais bien graves d'ailleurs. Il lui arrivait encore souvent de dire ces quatre vérités à ce maire stupide qu'elle avait pour père.

Pourquoi fallait-il donc que les hommes compliquent toujours tout, mentent et cachent, par peur du ridicule ou de l'incompréhension de l'autre ?

Quelle méfiance poussait son père à croire ses électeurs obtus ?

Quel complexe avait poussé Oscar Arlington à croire sa mère incapable de lui pardonner son geste pendant la guerre ?

Quelle peur avait poussé Alan à lui faire si peu confiance ?

La vie aurait pu être si simple.

49

Le café des départs

2 novembre 1975, café le Conquérant,
Château-le-Diable

Ce matin-là sur Château-le-Diable, un beau temps clair s'annonçait. La brume du matin était déjà presque entièrement dissipée. Les clients attardés au Conquérant n'avaient même pas l'excuse de la pluie ou du froid. Alice et Lison s'étaient assises dans le coin près de la fenêtre, devant deux tasses de thé.

— Alors vous partez quand exactement, mesdemoiselles ? demanda l'instit.

— Dans une semaine, répondit Alice. Le 10 novembre. Tout est réglé…

— Tout est réglé, c'est vite dit, continua l'instit. Repartir ainsi pour une dizaine de lettres jaunies ! Deux femmes seules pour régler une telle affaire. Est-ce bien raisonnable ?

— Raisonnable ? cria Chaventré en frappant la table devant lui jusqu'à en faire rebondir le cendrier.

Raisonnable, c'est un mot qu'est pas dans leur dico, à ces deux folles !

— Nous avons télégraphié à Nick Hornett, notre détective, précisa Alice. Nous le tenons informé de tout. Nous lui avons indiqué notre itinéraire. D'ailleurs il le connaît par cœur. Il nous rejoindra aussitôt qu'il pourra.

— Vous voyez, ajouta Lison, que nous sommes raisonnables !

— Deux vieilles folles, oui, continua Chaventré. Ça vous sert à quoi de remuer encore tout ça ? Vous pouvez pas oublier une fois pour toutes !

— Non ! firent-elles toutes les deux en même temps.

Ça les fit presque rire.

— Votre malheur, faudrait pas non plus en faire un privilège ! tonna Chaventré. Vous êtes pas les seules au monde à avoir des larmes à verser. Et quand on a le pot d'avoir des yeux aussi beaux que les vôtres, je parle pour toutes les deux sans faire de distinction, faut savoir couper le robinet un jour !

Les « deux folles » connaissaient le refrain. Elles répondaient d'un sourire maintenant. C'est d'ailleurs ce que Chaventré cherchait.

— Faut pas croire, continua Chaventré, c'est pas parce qu'on raconte des conneries ici toute la journée qu'on a été épargnés par la vie. Chacun a eu droit à sa ration de malheur ! Comme tout le monde !

— Ça n'excuse pas le calva du matin, lança Fernand, mais ça l'explique…

— C'est vrai, confirma René. Tu crois pas si bien dire, Fernand. Mon café remplit une mission sociale ! En ce monde de misère, j'aide les gens à oublier leurs malheurs. Vrai ! Comme le psychiatre en ville ! Je devrais être subventionné, moi !

— Vous n'avez pas tout à fait tort, René, ajouta l'instit. Ce sont dans les zones rurales que les taux de suicide sont les plus importants. Surtout dans le bocage. Les spécialistes expliquent cela par l'isolement.

— J'aime vous l'entendre dire, l'instit, reprit René rayonnant. Je peux vous en citer à la pelle, des gars que vous connaissez qu'ont fini pendus dans le fond de leur grange ! Et partout dans des trous où il n'y avait plus de troquets ! A Château-le-Diable, vous pouvez me citer le nom d'un pendu ?

— Pas un ! cria Chaventré convaincu. Vivement le jour où chaque calva pris au bistrot sera remboursé par la sécu !

Lison et Alice sourirent à nouveau dans leur coin. Ces débats normands sans fin allaient leur manquer.

— Oh, vous êtes morbides ce matin, fit Téton que ce genre de conversation rendait nerveux.

— Parce que ça te colle pas les boules, à toi, gronda Chaventré, de voir les deux seules belles femmes du bled foutre le camp ?

— Il s'en fiche, glissa Fernand. Téton, il préfère les Hollandaises, celles qui se baignent à poil à la plage des Vaches Noires !

Téton devint écarlate. Jamais ils n'en parlaient, des Vaches Noires, d'habitude. C'était tabou ! Et il fallait qu'ils attendent le jour où Lison était là pour sortir ça ! Les salauds ! Quel souvenir de lui Lison allait-elle emporter en Amérique ?

— J'y allais me baigner avant les Hollandaises, aux Vaches Noires ! se défendit maladroitement Téton.

Il fut à moitié rassuré par le sourire indulgent de Lison.

— Et puis la consommation des Hollandaises, renchérit Fernand, c'est comme les pastèques, c'est très saisonnier. A l'automne, on trouve plus grand-chose.

— Ouais, tout fout le camp, dit René. Et les femmes partent toujours les premières. Les Hollandaises à l'été. Les Américaines à l'automne. Cet hiver moi, j'aurai mis la clé sous la porte. Voilà tout ! Il ne restait plus à Château-le-Diable que le bar et le musée. Le musée va fermer ! Pourquoi je résisterais toujours tout seul ?

50

Fernand parle anglais

3 novembre 1975, Tysons Corner, Virginie

De dos, on aurait dit un homme : la chemise à gros carreaux rouges, le blue-jean boudinant des cuisses larges, de grandes bottes de cuir montantes, le corps râblé, les mains dans le dos serrant une cravache. Le tout immobile, parfaitement immobile.

On aurait dit un homme, mais Emilia Arlington se fichait de ce que l'on disait d'elle. Elle se maquillait déjà peu lorsqu'elle était au Congrès. Alors, maintenant, si loin de tout cela, de la politique, dans son ranch de Tysons Corner, perdu au cœur de la Virginie, entourée de domestiques qu'elle avait vus petits, nus, puis gamins ; dont les parents l'avaient vue elle, petite, nue, gamine…

Elle se fichait de son allure ! La seule allure qui lui importait, c'était celle de Tennessee, son pur-sang alezan, qui s'entraînait pour une compétition décisive, dans quatre mois, à Richmond. Tennessee serait prêt, Mrs Arlington en faisait un défi. Son entorse à la cheville, il y a deux mois, n'était plus qu'un mauvais souvenir. Il serait prêt, à force de travail, matin et après-midi. Malgré ce qu'en disait son jockey, Rod Kinley, un cavalier talentueux, mais stupide, qui prétendait qu'il fallait ménager Tennessee.

Ménager Tennessee ! A quelques semaines du Grand Prix ! Ménager Tennessee, ce crétin de Rod Kinley le ferait dès qu'elle aurait le dos tourné. Sauf qu'elle ne tournerait pas le dos !

— Mrs Arlington, téléphone ! cria le jeune Davies. Téléphone ! Mrs Arlington, téléphone !

— Oui, j'ai compris ! hurla en se retournant la sénatrice en retraite. Emilia Arlington quitta malgré elle le manège des yeux, non sans avoir jeté un regard menaçant à Rod Kinley. Le regard du professeur qui s'absente un instant mais qui peut revenir à tout moment.

Mrs Arlington prit le téléphone :

— Oui ?

— C'est Fernand, Mrs Arlington, Fernand Prieur. Vous savez, le Fernand de Château-le-Diable. Vous vous rappelez, je devais vous prévenir, vous m'aviez dit, s'il se passait quelque chose…

— Eh bien ?

— Lison Munier et Alice Queen font leurs valises pour les Etats-Unis ! Elles ont retrouvé de vieux papiers, apparemment. Des trucs importants, je crois.

— Racontez-moi tout.

Fernand raconta tout, en détail, ce qu'il savait du contenu du portefeuille trouvé, précisa les dates, les adresses ; elles avaient tout laissé au village, au cas où…

— Je vous remercie, monsieur Prieur, vous avez

fait du bon travail. Tout cela confirme à merveille ce que je pensais depuis le début de cette histoire.

Il y eut un silence. Fernand crut même dans un instant de panique que l'Américaine avait raccroché.

— Madame ! cria-t-il presque.

— Oui ?

— Et pour, enfin, heu ?

— Oui ?

Mrs Arlington n'avait pas perdu son impitoyable don pour mettre dans l'embarras ceux qui se fourvoyaient pour elle, sans perdre elle-même un seul instant sa dignité.

— Ben, pour mon chèque… Enfin, ce que vous m'aviez promis.

— Votre pourboire, vous voulez dire.

— Ben oui…

— Nous ne nous étions pas mis d'accord ?

— Ben si…

— Il y a un changement ?

— Ben non…

— Eh bien alors, pourquoi le réclamez-vous ? Vous le recevrez bien évidemment, comme convenu ! Autre chose ?

— Heu non…

— Vous m'êtes d'une aide précieuse, monsieur Prieur. Si vous avez d'autres informations, n'hésitez pas.

— Non, bien sûr… Merci, Mrs Arlington. Au revoir.

Le télégramme de Nick arriva trop tard. Chaventré le reçut tout juste le lendemain du départ d'Alice et Lison. Il disait simplement que Nick trouvait formidable qu'on ait enfin mis la main sur ces fameux contrats, qu'il était actuellement sur une affaire de princes centrafricains, compliquée mais très juteuse, qu'il essayait de s'en débarrasser au plus vite et qu'il les rejoindrait alors entre Ashland et Valentine. Qu'il se rappelait la route, bien entendu, que tout son corps s'en souvenait et en frissonnait à l'avance.

51

La suite du Ramada Inn

11 novembre 1975, Washington

Lison n'avait quasiment jamais quitté la Normandie. Elle l'avoua dans l'avion à Alice. Elle était simplement montée une fois ou deux à Paris, et bien entendu descendue une fois à Lourdes. En fait, si elle n'était jamais allée rechercher Alan aux Etats-Unis, c'était par manque d'argent, bien sûr, mais peut-être aussi par peur de l'ailleurs, de l'inconnu. Lison n'avait jamais connu que Château-le-Diable et ses dix maisons. Là-bas, elle y était une reine. Mais ailleurs, elle ne se sentait qu'une petite fille perdue.

L'avion les posa en fin de soirée à Washington, au National Airport, juste à côté du Pentagone. Tout ce que vit Lison ce soir-là fut les lumières d'un aéroport, le regard hostile d'un douanier, une rue immense, le va-et-vient de voitures incroyablement longues, comme Lison n'en avait jamais croisé. Un taxi sombre qu'Alice arrêta magiquement dans la pénombre, d'un simple et presque imperceptible geste de la main. Un type, sombre aussi, qui se précipita sur les bagages. La lumière blanche de routes, aveuglantes, au-dessus, au-dessous, comme dans un manège la nuit, les ombres des grands immeubles derrière, puis soudain la lumière rouge d'un hôtel, le Ramada Inn, écrit au néon fluo. Les bagages qui suivirent. Au guichet, des types à moustaches en costumes bordeaux, tous pareils, genre disons, portoricains, c'est du moins ce que Lison aurait dit. Souriants, trop, le genre louche aussi. Lison voulait chasser cette idée de sa tête. Pourquoi louche ? Elle raisonnait comme son père quand il voyait au bout de la route se pointer les caravanes des Gitans. Elle s'en voulut, mais ne chassa pas pour autant ce sentiment d'insécurité. De la moquette partout, fuchsia, un ascenseur doré mais lent. Une petite clé avec un gros porte-clés en fer entouré de caoutchouc. Une chambre, enfin plutôt une chambre d'hôtel mais plusieurs pièces, trois exactement, avec autant de lits, autant de télévisions, autant de réfrigérateurs, plus une cuisine.

— C'est immense, Alice, dit Lison impressionnée.

— Tout est immense, ici, répondit Alice. Les Américains pour se rassurer ont besoin de tout faire en énorme. Les chambres d'hôtel par exemple. Tu verras demain au petit déjeuner sur ton plateau, la taille des tasses de café, des verres de cacao, l'épaisseur des journaux. Les Américains ont toujours peur de ne pas avoir assez, et ne finissent jamais. Gaspiller les rassure ! Tu verras demain dehors, les voitures bien sûr, mais aussi les maisons, les rues, les villes, tout est démesuré. Tu verras, les gens aussi sont trop gros !

Puis, rapidement, Lison s'endormit dans son lit plus large que long. Le décalage horaire et le reste.

Le lendemain, quand elle ouvrit un œil, elle

s'aperçut qu'Alice était déjà debout, habillée, souriante :

— Dors, repose-toi. C'est normal que tu sois fatiguée, ça fait un sacré voyage pour une petite Normande.

Lison s'étira un peu dans son lit, elle se sentait bien.

— Repose-toi, continua Alice, je vais en profiter pour aller louer une voiture, acheter une carte et retirer de l'argent. Je n'en aurai pas pour très longtemps. Je te fais monter un petit déjeuner ? En France, il est déjà midi bien passé !

Lison fit signe que oui, puis se retourna dans les draps de son immense lit. Elle se dit qu'elle prenait vite goût aux voyages, et au confort américain en particulier.

Alice sortit. On frappa à la porte cinq minutes plus tard. C'était sans doute son petit déjeuner. Lison courut vers sa valise, éparpilla ses vêtements jusqu'à trouver un peignoir qu'elle enfila et boutonna jusqu'au cou. Elle ne voulait pas apparaître comme une Française aguicheuse, surtout aux yeux d'un serveur portoricain moustachu au regard insistant.

— *Yes, yes, wait a minute !*

Lison s'épatait elle-même de son assurance. La plupart des mots d'anglais qu'elle avait appris avec Alan des années plus tôt lui revenaient ici comme par magie. Elle ouvrit enfin.

Ce n'était pas un serveur portoricain. C'était une vieille femme sévère, les cheveux tirés en arrière, le reste aussi sans doute tellement la vieille femme, malgré son âge, se tenait droite.

— Lison Munier ?

— Oui...

— Je suis Emilia Arlington. J'aimerais discuter avec vous.

Tout se bouscula dans l'esprit de Lison. Elle lui dit d'entrer.

— Vous voulez sans doute parler à Alice Queen. Mais elle est sortie, elle va revenir dans quelques heures.

— Non, c'est vous que je voulais voir, seule. J'ai attendu dans la rue qu'elle s'en aille.

— Mais…

Lison eut soudain peur.

— Comment saviez-vous que nous étions ici ? demanda-t-elle. Nous sommes arrivées cette nuit.

— J'ai l'habitude de me tenir au courant. Une vieille expérience politique. Ne craignez rien, je suis simplement venue vous parler. Je peux m'asseoir ?

Lison fit une moue méfiante. Elle ne répondit pas mais la vieille femme s'assit tout de même. Lison essayait de sortir de sa torpeur. On frappa à sa porte et cette fois-ci, c'était bien le petit déjeuner, géant comme promis, apporté par un Portoricain à l'air un peu moins sournois que celui de la veille.

— Que voulez-vous ? demanda Lison d'un ton qui se voulait ferme, une fois le serveur sorti.

— Que vous m'écoutiez, simplement. J'ai une histoire à vous raconter, une histoire que vous connaissez déjà, mais j'aimerais vous la raconter autrement.

Lison était restée debout. Elle tournait dans l'immense appartement.

— Je préfère attendre Alice.

— Ecoutez-moi, petite sotte ! s'impatienta Emilia Arlington. Qu'est-ce que ça vous coûte d'écouter ? J'ai plus de quatre-vingts ans. Vous avez peur de quoi ?

Alors cessez de suivre et de croire aveuglément tout ce que vous raconte cette Alice Queen, comme tous les autres. Cessez de vous agiter ainsi. Asseyez-vous. Déjeunez si vous le voulez, mais écoutez-moi !

C'était bien la Mrs Arlington qu'on lui avait décrite, pensa Lison. Obéissante, elle s'installa devant sa tasse de café de cinquante centilitres.

Emilia Arlington sortit alors de son vieux sac à main une feuille : une photocopie d'une page de relevé de compte bancaire, rédigée à la main, datant donc d'avant l'ère informatique.

— Observez à la onzième ligne, à la colonne « Dépenses ». Que lisez-vous, mademoiselle Munier ? 1,44 million de dollars, en liquide ! Et regardez la date : le 10 janvier 1946… Regardez le nom du titulaire du compte : Oscar Arlington !

— Et alors ? demanda Lison, sans réaction.

— Et alors, petite sotte, cela prouve qu'Oscar a payé sa dette en 1946. 1,44 million de dollars. Qu'il a bel et bien remboursé Alice Queen !

— Vous croyez me convaincre avec ce bout de papier recopié à la main ?

— L'original est à votre disposition, à la North Capitol Bank. Vous verrez, toutes les recettes et dépenses de nos comptes y sont inscrites depuis soixante-dix ans. Sans une rature ! Cette opération bancaire date bien de 1946. Une centaine de banquiers assermentés pourront vous le confirmer. Allez-y, téléphonez !

Lison ne voulait pas l'écouter, ne voulait pas entendre ses arguments. Alice l'avait prévenue. Elle était toute-puissante, tout cela ne prouvait rien.

— Votre histoire ne colle pas, Mrs Arlington…

Comment expliquer tout ce qui s'est passé il y a dix ans, si votre fils avait réglé sa dette à Alice ?

Emilia Arlington eut un petit sourire, celui du pêcheur qui a ferré le poisson.

— Vous allez le constater par vous-même, tout s'enchaîne assez logiquement.

Emilia Arlington exposa alors point par point sa version des événements, comme elle ne l'avait fait jusqu'à présent qu'une seule fois, en 1965, devant l'avocat Robin Le Gris : les doutes concernant le séjour d'Alice en Australie, sa cupidité, l'idée de faire payer les Arlington une seconde fois, sa façon naturelle d'hypnotiser son entourage par son charme et sa douleur, les stratagèmes pour ranger tous les témoins à ses côtés, le code d'honneur de la sénatrice l'empêchant de parler, le suicide arrangé d'Oscar Arlington. Elle évita simplement de parler d'Alan Woe.

— Je sais que mon fils ne s'est pas suicidé ! termina Arlington.

Lison s'était relevée, ayant à peine touché à son café. Elle essayait de raisonner logiquement.

— Alice assassinant votre fils, c'est ridicule !

— Pourquoi, vous ne la croyez pas assez déterminée ? Vous pensez qu'elle ne le haïssait pas assez ?

Lison avait en réserve d'autres arguments :

— Vous présentez Alice Queen comme un personnage cupide, aimant l'argent, ayant tout dépensé en quinze ans, en voulant encore. C'est stupide ! J'habite avec Alice depuis dix ans. Elle ne dépense quasiment rien pour elle. Elle donne tout son argent. Son rôle de veuve triste n'est pas un rôle de composition !

Arlington parut douter quelques instants.

— Peut-être qu'elle cherchait uniquement à nous faire payer, par haine, toujours plus.

— Pourquoi avoir attendu vingt ans alors ? Alice se fiche de l'argent, et vous aussi.

Arlington eut le sourire triomphant :

— Peut-être qu'au départ, Alice n'avait manigancé qu'un chantage, une histoire de mensonges… Elle pouvait même avec mauvaise foi penser qu'elle était dans son bon droit. La mort de Lucky valait plus qu'1,44 million de dollars. Pour des gens riches comme nous ! Oscar était vivant grâce à Lucky. Il pouvait bien reverser un peu d'argent à sa veuve. Et puis les choses sont peut-être allées plus loin qu'elle ne l'imaginait. Elle a peut-être rencontré mon fils et il n'a pas voulu payer de nouveau. Du chantage, on est passé aux crimes. L'engrenage ! Elle a frôlé elle-même la mort plusieurs fois, elle a engagé dans cette histoire des personnes qu'elle aimait. On ne s'attaque pas impunément aux Arlington ! Alors, peut-être qu'elle a compris qu'elle avait véritablement souillé la mémoire de Lucky Marry, que sa haine l'avait poussée trop loin. Cet argent, elle ne pouvait plus le dépenser frivolement, parce qu'elle-même n'était plus frivole. Son masque de tristesse, ce n'était plus un masque !

Lison semblait perdre pied.

— J'ai fait mon enquête, continua Arlington, Alice n'est pas quelqu'un d'aussi monolithique qu'elle voudrait bien le laisser paraître !

— Sauf que vous ne savez pas tout, cria Lison en se raccrochant à ce qu'elle croyait être un secret. Nous avons retrouvé d'autres preuves, il y a quinze jours, en Normandie. Des lettres !

— Oui, dit Arlington tranquillement, et que racontaient ces lettres ?

— Eh bien…

Lison eut à cet instant l'impression que l'ancienne sénatrice était au courant du contenu du courrier d'Alan. Comment cela était-il possible ? Elle se sentait si fragile. Pourquoi Alice l'avait-elle laissée seule, toute seule ?

— Eh bien ? Ces lettres confirment ce que je raconte, non ? triompha Arlington. Elles disent noir sur blanc que mon fils a payé sa dette après la guerre. Qui donc a signé ces lettres ?

Elle savait donc ! Cette femme était un démon.

— Alice Queen, s'entendit dire à voix basse Lison. Mais…

Lison n'avait pas encore abdiqué. Si Arlington était au courant, c'est donc qu'elle était l'auteur de ces lettres !

— Mais ces lettres sont des faux, des faux grossiers. Ce n'est pas l'écriture d'Alice ! Ces lettres, vous en êtes l'auteur, vous ou votre fils. Sinon, comment seriez-vous au courant ?

— Tous les secrets s'achètent, même en Normandie. Mais mon fils a payé en 1946, n'oubliez pas ! Téléphonez à la banque si vous en doutez encore. Par contre, qu'est-ce qui vous prouve que ces lettres sont fausses ? Peut-être que ce n'est pas l'écriture des lettres qu'Alan a reçues de 1946 à 1964 qui est maquillée, mais celle des lettres qu'Alice vous a écrites ensuite, après 1964 ! Elle a fort bien pu modifier son écriture en vous écrivant pour faire croire que les lettres précédentes étaient des faux ! Etes-vous capable de dire quelle est la véritable écriture d'Alice ? Avant 64 ou après 64 ?

— Oui, j'en suis capable ! cria Lison. L'écriture d'Alice Queen, celle qui m'a écrit à partir de 1964, est la même que celle d'une dédicace derrière une photographie que possédait Lucky, puis Alan. Cette dédicace date d'avril 1944 !

Non, Emilia Arlington ne la coincerait pas !

— Vous récitez les arguments que cette Alice vous a mis dans la tête. Réfléchissez ! Elle habite avec vous depuis dix ans. Elle a eu dix ans pour placer ces indices où elle le voulait, pour écrire cette dédicace datant soi-disant de 1944, pour tout truquer, pour préparer la découverte miraculeuse de ce portefeuille. Vous habitiez ici, vous aviez tout fouillé pendant des années, je suppose. Et vous ne l'avez jamais trouvé, ce portefeuille. Une étagère mal fixée qui tombera un jour ou l'autre. Un double fond fragile qui se fendra comme par hasard. Tout n'est que manipulation dans cette histoire !

— Pourquoi Alice aurait-elle mis au point une telle mise en scène ? Dix ans après...

— A cause des contrats, bien entendu. Tant que les contrats n'étaient pas retrouvés, l'affaire n'était pas close. J'ai toujours des détectives qui enquêtent pour moi, elle le savait.

Lison aurait voulu se boucher les oreilles. Tirer sur une corde et qu'un Portoricain accoure, vienne balancer cette sorcière par la fenêtre. Elle avait de l'argent, elle pouvait payer.

— Lison, vous ne trouvez pas curieux, continua à marteler Arlington, qu'Alan n'ait pas emporté ce portefeuille avec lui aux Etats-Unis, ou au moins ces lettres, ces lettres et les contrats ?

Si, Lison avait trouvé cela étrange. Peut-être de la prudence de la part d'Alan.

— S'il avait laissé ce portefeuille en Normandie, insista Arlington, vous l'auriez trouvé !

Lison se rappelait avoir fouillé plusieurs fois dans la cantine de fer après le départ d'Alan. Mais elle n'avait sans doute pas fait assez attention.

— Et si, fit Emilia Arlington, Alan avait emporté avec lui ce portefeuille aux Etats-Unis, comme cela paraît si logique, il est normal que vous ne l'ayez jamais retrouvé ! Quelqu'un aurait pu, disons, le récupérer sur Alan aux Etats-Unis, et le rapporter ensuite chez vous. Le remettre à sa place, en Normandie, en attendant qu'on le découvre par hasard !

Qu'elle se taise ! hurla Lison dans sa tête.

— Ce quelqu'un est l'assassin d'Alan. Qui d'autre que l'assassin d'Alan a pu récupérer ce portefeuille ? Qui d'autre qu'Alice a pu remettre ce portefeuille à sa place ? Qui d'autre donc qu'Alice a pu assassiner Alan ?

Pourquoi Alice n'était-elle pas là ? Pour se défendre, pour prouver à Arlington et Lison que tout cela n'était que des calomnies. Il devait bien y avoir une autre explication logique. Lison aurait voulu prendre ce plateau de petit déjeuner et le balancer contre le mur.

— A votre avis, demanda Emilia Arlington, pourquoi Alan est-il retourné aux Etats-Unis ?

— A cause de la dédicace sur la photo, répondit mécaniquement Lison, sans même y mettre le ton. L'écriture était différente de celle des lettres.

— Et il s'en serait aperçu vingt ans plus tard ?

Curieux hasard ! Juste au moment où Alice Queen commence à mettre son projet à exécution ! Non, la vérité est plus logique. Avec mon fils, Alan Woe était le seul à savoir que la dette était déjà réglée, à cause des lettres d'Alice. Il devait donc accepter de se taire, ou disparaître. Sous un prétexte quelconque, Alice a attiré Alan aux Etats-Unis. Un coup de téléphone, un télégramme… Elle lui a peut-être proposé de s'associer à son plan. Il a refusé d'être complice, de se taire. Alors elle l'a éliminé.

Lison jeta ses dernières forces :

— C'est votre fils qui a dormi à l'hôtel, le jour où Alan a été renversé, à quelques miles de Blue Hill ! Parce que Alan faisait passer des petites annonces précisant qu'il n'avait pas payé sa dette.

— Et vous croyez mon fils si stupide. Après avoir assassiné Alan, au lieu de rentrer directement à Washington, il dort tranquillement à l'hôtel à quelques miles de là !

— Sous un faux nom !

— Il n'y a pas plus de cinq hôtels dans le coin. Même sous un faux nom, il était certain d'être découvert. Non, une telle attitude ne tient pas debout ! Mon fils a été attiré là-bas pour porter le chapeau !

— Et les petites annonces ?

— J'ai vérifié, elles ont toutes été envoyées aux journaux par courrier. Elles peuvent avoir été rédigées par Alan, ou par n'importe qui d'autre ! Ce n'est pas très difficile de fabriquer un coupable, quand tout le monde est persuadé à l'avance qu'il est un monstre !

Lison essaya de ne pas se focaliser sur l'accident d'Alan, mais c'était difficile. Elle entendit des pas dans le couloir. Elle espéra un instant que c'était Alice qui rentrait, mais non, les pas continuèrent et elle entendit une porte voisine s'ouvrir.

— Et le camion qui a renversé Nick Hornett ? gémit Lison. Et l'appartement d'Alice qui explose ? Encore un coup monté par Alice ?

— Non !

Emilia Arlington eut un rictus effrayant.

— Non. Alice me tenait, elle savait que je ne parlerais pas ! Mais elle a tué mon fils ! J'ignore si c'est par haine ou par cupidité, mais elle l'a tué ! Il fallait bien que je défende l'honneur des Arlington. Il fallait bien que je me venge !

Lison explosa :

— Sortez, je ne vous crois pas !

— Réfléchissez, mademoiselle Munier, prenez simplement le temps de réfléchir. Seule cette version explique tout ! Bien sûr, c'est difficile à admettre, depuis dix ans, vous vivez avec la femme qui a assassiné l'homme que vous aimiez.

Emilia Arlington prit la photocopie des comptes de la North Capitol Bank.

— Je vous la laisse, conclut l'ex-sénatrice. Vérifiez par vous-même. Lorsque vous n'aurez plus de doute concernant ce détail, alors il vous faudra bien admettre tout le reste !

— Sortez !

— Une dernière chose, mademoiselle Munier. Je vous crois, je vous sais innocente. Alors retournez en Normandie ! Je suis fermement résolue à tuer cette vipère d'Alice Queen ! Et à éliminer tous ceux qui se mettront entre elle et moi. Vous êtes prévenue, mademoiselle Munier, je n'ai rien contre vous. Mais il faut savoir identifier ses véritables ennemis.

Lison prit le relevé de compte bancaire que lui tendait Emilia Arlington et le chiffonna en boule, nerveusement :

— Fichez-moi le camp !

— Réfléchissez. Calmement. Comme je l'ai fait moi-même. Et vous en arriverez à la même conclusion que moi. Une manipulation, une redoutable manipulation… Oui, je sors…

La porte de la chambre d'hôtel se referma. Lison lança rageusement sa boulette de papier, qui tomba silencieusement sur la moquette. Elle chercha alors un objet plus lourd, n'importe lequel. Elle saisit sur une table basse une des télécommandes des trois téléviseurs de la chambre et la jeta de toutes ses forces. La télécommande percuta violemment la porte, puis tomba par terre. Elle devait être solide, elle ne se cassa pas. Au contraire, dans le choc, la télécommande, aussi sensible que résistante, alluma le téléviseur panoramique du salon.

Le sinistre rire préenregistré d'un feuilleton familial résonna dans la chambre d'hôtel.

Dans l'instant, Lison crut devenir folle.

Quand Alice revint, trois quarts d'heure plus tard, elle trouva Lison en peignoir, assise dans le fauteuil du salon. La télévision ricanait toujours.

— Eh bien, dit Alice d'un ton enjoué. Tu t'y mets rapidement, à l'*American way of life*… Télévision abrutissante dès le réveil ! Petit déjeuner à peine entamé ! Peignoir jusqu'à midi…

Elle s'aperçut alors que Lison était blême.

— Ma pauvre, toujours le décalage horaire ? On

pourra s'arrêter dans une pharmacie si tu veux. J'ai la voiture, on peut décoller pour Ashland dès cet après-midi. J'espère que ça va aller pour conduire. J'ai passé mon permis en France, tu sais, mais je n'ai jamais conduit ici. Dis, Lison, tu m'entends ?

Tandis qu'elle s'approchait de Lison, son pied écrasa une boulette de papier sur la moquette. Alice se pencha pour la ramasser.

— Laisse ! hurla Lison.

Lison sauta du fauteuil, attrapa le papier avant Alice et le glissa dans la poche de son peignoir. Puis, sans dire un mot, elle se réfugia dans la salle de bains. Elle fit couler une douche et pleura longtemps dessous.

52

Laura Stern

12 novembre 1975, d'Ashland à Valentine

Alice conduisait, excitée, la Ford Fleetwood. Elle avait eu un mal fou à en trouver une à louer, c'étaient de véritables voitures de collection aujourd'hui. Mais elle y tenait !

Alice faisait sans cesse référence à cette même route, avec Nick, dix ans auparavant. Chaque carrefour lui rappelait une anecdote : la voiture qui n'avançait pas, l'autoradio qui grésillait.

Lison, à côté, ne répondait pas. Comme somnambule. Elle n'avait rien dit à Alice à propos de la visite d'Emilia Arlington et du relevé de compte. Elle faisait partie des menteuses, elle aussi, maintenant, comme tous les autres. Elle n'arrivait pas à aligner trois pensées de suite. Elle suivait Alice, docile, sans rien dire, juste oui, non, hochant la tête. Elle sentait qu'elle s'enfonçait dans des sables mouvants.

Alice assassinant Alan.

C'était ridicule, impossible, ça ne tenait pas debout une seconde ! Lison voulait s'en convaincre. Et même si cela était vrai, elle ne voulait pas l'apprendre ! Lison préférait le mensonge. Mais non, qu'est-ce qu'elle racontait ? Puisque ce n'était pas vrai ! Puisque Alice était innocente. Alors dans ce cas, pourquoi ne pas tout raconter à Alice, la visite d'Arlington, le relevé de compte ?

Parce que…

Lison se sentait minuscule, perdue dans cette grande voiture sur cette route interminable. Elle se sentait si loin de Château-le-Diable, de ses amis, les vrais, ceux qu'elle connaissait depuis toujours. L'Amérique ne lui avait apporté que des larmes, des gens qu'elle n'avait pas vus naître, dont elle ne savait pas tout, c'est-à-dire rien, qu'elle était obligée de croire sur parole. Alan, Alice… Des gens qu'elle aimait tant, pourtant. Mais il est si facile de se faire aimer quand on vient d'ailleurs. Elle n'aurait jamais dû quitter Château-le-Diable. Elle aurait dû écouter son père. Les princes charmants ne s'échouent pas sur les plages de Normandie. Elle aurait dû mieux observer son père. Elle n'était qu'une Munier. Elle n'avait pas la carrure pour toutes ces aventures. Elle aurait dû rester à l'abri des bombes, là-bas. Elle aurait dû se marier avec Téton, il ne demandait que cela. Faire des enfants, vivre et mourir là-bas.

Mourir…

Elle était là, quelque part, cette Emilia Arlington. Elle les guettait. Elle allait les tuer d'une façon ou d'une autre et tout serait terminé, tout serait bien.

Dépêche-toi, Emilia. Fais exploser cette voiture sur cette route déserte, sans nous faire souffrir. Que tout soit fini, qu'on n'ait plus à se demander qui est ami et qui est traître. Tue-nous ! Tue-moi la première si tu veux.

— Lison, tu as repéré Beecher Street, sur le plan d'Ashland ?

Lison ne répondit pas.

— Lison ? Lison ! Tu m'écoutes ! Le plan d'Ashland est dans le dossier bleu, avec la première lettre.

— Oui, répondit Lison d'un ton terne.

— Tu es malade, toi… Tu es malade depuis que tu es arrivée ! Ça ne te réussit pas, les voyages ! Je t'assure, on devrait s'arrêter dans une pharmacie, ou chez un médecin.

— Non, ça va.

Le bourg d'Ashland était devenu un immense carrefour autoroutier, dominé par une gigantesque zone d'activité de tôle et de verre. Beecher Street correspondait à un petit lotissement, en périphérie de la ville. Au 51b, un type mal rasé leur ouvrit, un bébé dans les bras.

— Vous dites comment ? Alice Queen ? Non, je ne vois pas !

— Elle aurait habité ici de 1946 à 1950, précisa Alice.

Le gars émit un sifflement.

— Ça m'étonne pas alors que ça me dise rien, on est ici que depuis trois ans. Il faudrait voir le notaire. Il habite maintenant au village d'à côté, Marridge. Vous ne pouvez pas le rater, c'est la première baraque. C'est lui qui s'occupe de la location de la maison, il a une secrétaire charmante.

Alice trouva très facilement Marridge, puis la maison du notaire. Une secrétaire effectivement charmante, chic et maquillée, les reçut. Tout fut très simple.

— Voyons, répondit la secrétaire à la demande d'Alice. Qui habitait le pavillon de Beecher Street à Ashland, entre 1946 et 1950 ? Eh bien, ça ne date pas d'hier ! Mais il n'y a pas de raison que l'on n'ait pas ça. On conserve tout ici !

Elle monta sur un petit escabeau de bibliothécaire en ondulant ses fesses serrées dans une jupe courte et moulante, fouilla un instant sur les étagères les plus hautes, derrière elle, et sortit une boîte-archives impeccable. Du carton, elle prit une chemise, puis sortit de la chemise une feuille.

— Voyons voir, année 1946. Je l'ai ! Laura Stern. Femme au foyer. Née le 25/04/1926. Elle est restée quatre ans. Je n'ai pas d'autres renseignements.

— Rien sur son mari ? demanda Alice.

— Non, on ne prend des renseignements que sur la personne qui signe le bail et qui paye. Si elle avait un mari, des enfants, ça, on n'en sait rien !

— Merci, dit Alice.

Lison hocha la tête.

Elles retournèrent traîner à Ashland, mais personne ne leur donna le moindre renseignement utile. C'était si vieux. Tout avait changé. Personne ne se souvenait, ni à l'école, ni ailleurs.

Au centre du village, le musée de la Machine

agricole tenait toujours bon. Encore plus ringard que le nôtre ! pensa Alice. Le petit parc à côté existait encore, lui aussi. Les deux enquêtrices s'arrêtèrent un instant.

— Nous marchons dans les pas d'Alan, lança Alice pour secouer sa compagne. Forcément ! Il y a dix ans, il a dû faire comme nous, l'adresse, le notaire, trouver cette même information : Laura Stern. Qui peut-elle bien être, cette Laura Stern ? Un fantôme ? Non, elle a payé son loyer pendant quatre ans ! On en saura sans doute davantage à la prochaine étape. Effingham !

Lison ne répondit pas.

— Lison, ce n'est plus le décalage horaire qui te détraque, maintenant. Alors c'est quoi ? Qu'est-ce qui se passe ? C'est toi qui voulais venir !

Lison parla doucement, lentement.

— Rien, rien. Je te laisse faire, c'est tout. Je te suis. Tu as plus l'habitude que moi des enquêtes. Et puis, tu connais le coin... Tu as l'air de tellement bien connaître le coin !

La remarque surprit Alice.

— Oui... Enfin, pas tellement, tu sais ! On n'est restés que quelques heures à chaque étape, avec Nick. Et c'était il y a dix ans.

Le soir, elles dormirent à l'hôtel Hometown, le même que Nick et Alice il y a dix ans ; la façade avait été fraîchement repeinte, et ce fut évidemment un nouveau gérant qui les accueillit.

Elles se levèrent tôt. Elles arrivèrent à Effingham en milieu d'après-midi. Effingham semblait aussi désertique qu'il y a dix ans. La statue du général Howard D. Linford gardait toujours la Grand-Place.

A l'adresse indiquée sur les lettres reçues par Alan, au 18, Highwood, il ne restait qu'une maison en ruine, du moins inhabitée depuis plusieurs années, à en juger par l'état des carreaux et du petit jardin. Alice s'aventura dans la cour.

— Pour voir de plus près, précisa-t-elle. On ne sait jamais !

Lison la suivait des yeux. Depuis deux jours, elle vivait un calvaire. Malgré elle, elle ne pouvait s'empêcher d'épier Alice. Et si Alice était vraiment l'auteur de ces lettres ? Et si Alice et Laura Stern n'étaient qu'une seule et même personne ? Ces lieux, elle faisait semblant de les découvrir alors qu'elle les avait en fait fréquentés pendant des années ! Elle jouait la surprise, pendant que des bouffées de nostalgie devaient remonter en elle. Que faisait-elle à tourner ainsi autour de cette maison abandonnée, sinon chercher des souvenirs ? Lison s'en voulait, mais elle ne pouvait lutter contre cette obsession, suivre les regards et les attitudes d'Alice, puis les interpréter. Tout à l'heure, en sortant de la rue principale, Alice avait tourné à droite sans hésiter pour se retrouver à Highwood. Rien ne lui permettait de savoir que ce n'était pas à gauche !

L'instant d'après, Lison se sermonnait. Tout cela ne voulait rien dire. A droite ou à gauche, il y avait une chance sur deux ! Si Alice avait quelque chose à cacher, elle ferait semblant de se perdre pendant une heure ! Lison se sentait devenir folle. Un instant, elle eut envie de crier « Laura », pour voir si Alice se retournerait par réflexe.

Alice ressortit du jardin sans rien avoir trouvé. Elles retournèrent alors dans la longue rue de briques menant à la place Howard D. Linford. Alice avait eu l'idée de se rendre chez la vieille tanneuse qui les avait renseignés, il y a dix ans. A l'époque, elle leur avait semblé être la mémoire la plus active du village.

La maison de la tanneuse était fermée. Une fenêtre s'ouvrit, en face. Alice et Lison se retournèrent.

Un homme d'au moins soixante ans apparut à la fenêtre. Il avait des yeux très clairs qu'il écarquilla pour dévisager les étrangers : il ne devait pas en voir passer beaucoup.

— C'est pour quoi ? demanda-t-il.

Sans attendre la réponse, il chercha ses lorgnons et les coinça au bout de son nez.

— Mais… mais, dit-il en s'adressant à Alice. Je vous reconnais, vous… C'est pas la première fois que je vous vois dans le coin ! Oh, sûr, c'était il y a bien longtemps…

Le cœur de Lison s'affola. Alice ne répondit rien.

— Ça fait bien dix ans, continua l'homme. Mais la dernière fois, vous étiez accompagnée d'un monsieur. Je me trompe ? J'ai une sacrée mémoire, pas vrai ? Qu'est-ce que vous voulez, regarder par la fenêtre, ça trompe l'ennui. Ils m'ont foutu à la retraite de la tannerie à quarante ans ! Vous imaginez ! Vous vouliez parler à Mona, comme la dernière fois ?

— Oui, dit Alice. Si Mona est la femme qui habite en face de chez vous.

— Qui habitait ! précisa le voisin. La pauvre est morte il y a trois ans.

— Oh… désolée.

— Ouais, ça fait tout drôle d'avoir en face de chez

soi un volet fermé pour voisin. Surtout quand on a eu Mona à la place du volet pendant cinquante ans ! Pour vous dire, tout le monde ici l'avait surnommée Mona à cause du sourire qu'elle avait tout le temps. Au fait, vous cherchiez quoi ?

— Quelqu'un qui habiterait le village depuis longtemps, depuis au moins vingt-cinq ans, disons…

— Vous avez moi ! J'ai toujours vécu là. Ça a pas toujours été du gâteau, mes gosses sont partis dans le Sud, ma femme s'est tirée à la ville, mais moi j'ai tenu bon ! Comme le général sur la place !

Alice exposa alors longuement l'objet de leurs recherches, une femme, Laura Stern, ayant vécu ici entre 1950 et 1958. Un garçon, Mick, né en 1951.

— Alors là, avoua, confus, le voisin de Mona, c'est la colle ! Faut dire qu'à l'époque, avant la fermeture de la tannerie en 57, il y avait trois à quatre fois plus de monde ici ! En plus, les années 50, c'est l'époque où l'on réhabilitait la tannerie, juste avant sa fermeture. Couillons de patrons ! Alors il y avait beaucoup de monde de passage, des travailleurs sur le chantier… Mais vous me dites qu'elle avait un gosse ? Alors faut aller voir Jennifer, de ma part, Jennifer Torring. Elle a été institutrice ici toute sa vie. Elle habite pas loin, une petite maison coincée entre les entrepôts, sur la zone d'activité 3. Elle n'a jamais voulu la quitter. Avant, sa maison était au milieu des champs. Maintenant, il passe devant elle plus de mille camions par jour ! Ils nous font chier avec leurs entrepôts. Des trucs dangereux en plus, genre chimique, si vous voyez ! Ils foutent ça ici parce qu'il n'y a plus personne pour gueuler, il n'y a plus que des vieux dans le coin. Plutôt que de reconstruire du neuf, ils auraient pas pu foutre tout ça dans les ruines de la tannerie Meryll ?

Un quart d'heure plus tard, elles erraient dans la poussière. Le vacarme dans la zone d'activité 3 était assourdissant de camions manœuvrant, chargeant, déchargeant, ne roulant jamais plus vite qu'au pas. Derrière les cubes de tôle, elles découvrirent effectivement un petit pavillon, une maison de poupée avec des rideaux à fleurs, des volets de couleur et du linge dehors, comme si la poussière n'existait pas.

— Entrez, entrez, ne restez pas dehors, leur dit Miss Torring en les voyant s'approcher. On est plus tranquilles dedans.

Elle avait raison, on entendait beaucoup moins les camions à l'intérieur.

Alice exposa une nouvelle fois l'objet de leurs recherches.

— Laura Stern, vous me dites ? Un enfant né en 51 ? Je vais voir.

L'institutrice monta son vieil escalier, revint aussitôt munie d'un cahier de classe rouge.

— 1956-1957… Stern, vous dites ? (Elle chercha.) Oui, je l'ai bien dans mon registre… Mick Stern, six ans… Attendez, je vais essayer de me souvenir, j'ai plutôt la mémoire des visages. Les noms, vous savez !

Elle tourna la dernière page de son cahier, où une grande enveloppe marron était scotchée. Elle sortit une photographie de classe.

— Promotion 1956-1957, dit-elle, fière, en montrant la photographie. J'ai inscrit le nom de chaque enfant au dos de la copie.

Elle regarda de plus près.

— Mick Stern, fit-elle. Ce serait donc ce petit roux ?

Jennifer Torring leur montra la photographie d'un gamin quelconque.

— Oui, continua l'institutrice. Je vois à peu près maintenant. Un petit roux. Un gamin sans histoire. Sa mère aussi était rousse, je crois me souvenir. C'est ça, non ?

— Je ne sais pas, répondit Alice.

— Une belle femme, d'après ce que je me rappelle, élancée. Je ne revois plus son visage, mais je me souviens qu'elle était jolie. Un peu comme vous, dit-elle en continuant de s'adresser à Alice. Mais en roux ! Ça me revient maintenant, les collègues, les hommes, avaient un peu tendance à flasher sur elle ! D'ailleurs, c'est elle qui venait toujours chercher son gamin. Mais elle vivait avec quelqu'un, c'est sûr. Sinon les collègues ne se seraient pas retenus !

— On avance, Lison, on avance, s'encourageait Alice à haute voix sur la route de Valentine. Une femme rousse, un enfant roux… Dis, Lison, tu dors ?

— Non, non, glissa Lison.

La nuit était déjà tombée.

— La dernière fois, continua Alice, avec Nick, moi aussi je dormais lorsqu'on avait fait la route jusqu'à Valentine. Laura Stern… Je n'aurais jamais cru que, derrière ces lettres, il y avait une femme, une vraie femme en chair et en os. Elle ne semblait pas se cacher ! Dis, Lison, tu crois vraiment qu'une femme comme cette Laura Stern, qui avait l'air plutôt séduisante, ait pu être la maîtresse d'Oscar Arlington ? Lison ? Décidément, ça ne va toujours pas, toi.

La route défilait tristement. Alice gara brutalement la Ford sur le côté.

— Lison ! cria-t-elle une fois la voiture arrêtée. Une bonne fois pour toutes, qu'est-ce qui ne va pas ? Depuis qu'on a mis les pieds en Amérique, tu n'es plus la même. On dirait que tu me caches quelque chose. Comme un secret qui pèse sur toi. Un secret terrible !

— J'espère tant que tu n'inverses pas les rôles, murmura Lison contre la portière.

— Qu'est-ce que tu dis, Lison ? Ça fait déjà près de mille miles que tu restes là prostrée contre la vitre. Dis quelque chose ! Explique-moi !

Lison se redressa, elle était à bout de nerfs. Elle regardait les papillons de nuit écrasés sur le pare-brise de la voiture.

— Qu'est-ce que tu cherches, Alice ? parvint à demander Lison.

— Comment ça, qu'est-ce que je cherche ?

— Qu'est-ce que tu cherches encore dans toute cette histoire, à courir après cette femme rousse ? Trente ans après ! De l'argent ? Tu ne sais pas quoi en faire… La vengeance, la haine ? Je te regarde, Alice, je n'en vois plus.

— Lison, qu'est-ce qui se passe ? C'est toi qui la première as voulu venir ici. Pour Alan…

Lison se sentait comme un papillon de nuit. Attirée par la lumière des phares. Un piège en vérité, un piège mortel.

— Alice, demanda-t-elle brusquement. Tu avais des amis, en Australie ? Tu n'en parles jamais ! Tu as gardé des liens ? Tu y es restée longtemps pourtant, plus longtemps qu'en Normandie.

La question parut étrange à Alice, mais comme c'était à peu près le seul sujet de conversation que Lison ait lancé depuis trois jours, elle ne voulut pas contrarier son amie

— En Australie, je fuyais, Lison. Je fuyais à chaque fois que dans un endroit, je commençais à ne plus être transparente. Quand des commerçants commençaient à me parler, quand des voisins commençaient à me questionner, quand des collègues commençaient à me proposer un dîner, alors je fuyais. Je voulais demeurer transparente, pour Lucky. Au bout de plusieurs années, ça m'est passé, un peu !

— Personne ne te connaît, alors, en Australie ?

— Non, lança Alice en souriant. J'y suis aussi mystérieuse que cette Laura Stern par ici !

La tête de Lison retomba contre la vitre. Des larmes coulèrent sur la portière.

— Si tu ne veux pas me parler, dit Alice avec douceur, ce n'est pas grave. Tu le feras plus tard. On va la remonter, cette piste, Lison. Une femme ne disparaît pas comme cela avec un enfant. On va la traquer ! Même si tu n'en as plus la force, je le ferai pour toi. Tu me sembles si perdue ici, ma Lison, si loin de ta Normandie… Là-bas, c'est toi qui m'as soutenue, pendant toutes ces années. C'est toi qui m'as forcée à fréquenter tes amis, au bar, c'est toi qui m'as promenée sur la lande ! Sans toi, depuis longtemps, je serais une vieille folle. C'est à mon tour, Lison, c'est à moi de te guider. Si tu te sens égarée, ici, laisse-moi te guider alors, ma petite Lison.

— Ne me perds pas, murmura doucement Lison.

Mais aucun son ne sortit de sa bouche, simplement un peu de buée sur la vitre.

La Ford redémarra.

Lison se sentait une petite fille perdue. Elle avait quatre ans, c'était son premier jour d'école. Maman l'avait obligée à donner la main à une dame, si grande. Elle lui voulait quoi, cette inconnue ? Puis maman était partie. Pourquoi restait-elle là toute seule dans cet endroit immense ? Pourquoi l'avait-on abandonnée là ?

Après deux heures de conduite dans l'obscurité et le silence, Alice n'eut pas le courage de continuer à rouler toute la nuit. Elles dormirent au premier hôtel.

Elles partirent tôt le lendemain matin et arrivèrent à Valentine avant midi. Valentine, sous un temps gris, n'avait plus grand-chose à voir avec la station touristique ancrée dans les souvenirs d'Alice. Les sycomores nus n'avaient rien à montrer au reflet du lac. Du coup, le soleil ne se donnait même pas la peine de briller. Il régnait plutôt une atmosphère froide et humide. Peut-être qu'Alice n'était pas objective, Valentine évoquait aussi pour elle le camion fou, maintenant.

Miss Henry, une institutrice jeune et détendue, les accueillit et leur précisa qu'à sa connaissance, la plus ancienne des institutrices nommées ici était arrivée il y a sept ans. Personne ne pourrait se souvenir. Mais il y avait les archives ! Miss Henry prit le temps d'aller avec elles ouvrir une vieille armoire qui prenait la moitié du couloir entre les classes, sans apparemment se préoccuper des enfants hurlants qu'elle laissait jouer seuls sous le préau. Tout était méticuleusement classé : un cahier, une liste de noms, une photographie. Voilà, 1962-1963, Mick et Jenny Stern, douze et quatre ans ! Voici leurs photos. Vous voulez les voir ? Deux petits enfants roux. Plutôt mignons, non ? C'est tout ce que je peux vous dire !

Le 2681 Tunlaw High, l'adresse indiquée sur les lettres, correspondait à une petite ruelle en cul de sac, sur les hauteurs, juste au-dessus du barrage. Elles purent avancer la voiture jusque dans la cour. Un couple de retraités s'occupait à désherber l'allée de cailloux.

La question posée par Alice sembla illuminer leur quotidien. Un animateur de jeu télévisé proposant des millions pour une bonne réponse n'aurait pas obtenu d'eux plus d'attention. Le vieux et la vieille avaient chacun leur façon de se concentrer. Le vieux se grattait la tête, grimaçait, se ridait, comme s'il essayait de se malaxer le cerveau en faisant bouger la peau rugueuse de son crâne. La vieille restait en prière, les yeux mi-clos, fixant à mi-hauteur un objet imaginaire

— Les gens qui étaient là avant nous ? fit le vieux. C'est ça ?

— Ben oui, répliqua la vieille. T'es gâteux ou quoi ? Ils viennent de te le dire ! On les a vus qu'une fois, on les a croisés à vrai dire. Ils déménageaient et nous on arrivait. On était un peu en avance, on était tellement contents d'avoir trouvé cette maison à louer… Juste au-dessus du lac ! On a causé, quoi ? Deux heures. On s'était assis là sur le banc derrière vous et on regardait les déménageurs. On attendait qu'ils libèrent la place, quoi. C'était il y a douze ans !

— Ça valait le coup d'attendre deux heures, ajouta le vieux. Puisqu'on est encore là depuis ! Ils avaient un sacré bordel, il faut dire… Et pas des trucs de merde ! Il y avait un piano, des tableaux, des statues de femmes à poil, des putains de meubles… Pas du toc, je vous assure.

— T'en sais quoi ? dit la vieille. T'y connais rien !

— Faites pas, attention, répondit le vieux en s'adressant à Alice et Lison. Elle perd un peu la boule.

— Mais eux, demanda Lison, ils ressemblaient à quoi ?

Grimaces et prière des deux époux.

— Des roux ! cria le vieux, jubilant d'avoir trouvé le premier.

— Une femme rousse, ajouta la vieille, sans perdre sa concentration figée. Les gosses aussi !

— Oui, je viens de le dire ! Une belle femme pour l'époque. Pas du toc, elle non plus !

— Tu te souviens de ça, toi ? s'étonna la vieille.

— Ouais ! Je me rappelle qu'elle avait un petit cul comme on n'en rencontre pas souvent. Pareil que le vôtre, madame !

Alice sourit comme elle put, visiblement gênée. Lison regardait le lac en bas. Le vide l'attirait. Elle n'avait pourtant jamais le vertige à Château-le-Diable, en haut de la falaise.

— T'es bon pour l'hospice, toi, lança sérieusement la vieille. Et je peux te dire que ce genre de réflexion aux infirmières, tu leur feras pas deux fois ! Excusez-le, madame, il est comme ça depuis qu'il peut plus…

— Ben quoi, se défendit le vieux vexé. Elles veulent des détails concrets, non ? Je dis ceux qui me reviennent ! Lui, son mec, c'était un type à peu près du même âge, banal, brun je crois. Plutôt moins bien qu'elle…

— Tu ferais mieux de te souvenir de leur nom !

— Stern ? proposa Alice.

— Ouais, Stern, dit la femme. Tout juste. C'est incroyable, je m'en serais jamais souvenue, mais maintenant que vous me le dites…

Lison, pour éloigner le vertige, se força à participer à la conversation :

— Et ils ne vous ont pas dit où ils allaient, après ?

— Si, dit le vieux.

— Non, dit la vieille, toujours concentrée.

— Si ! Ils nous l'avaient dit avant de partir. On avait causé un peu. Avec le mec… La fille, je pouvais pas… J'aurais bien voulu, remarquez, mais la furie me surveillait ! Mais le nom du bled où ils partaient, ça…

— M'étonnerait qu'ils nous l'aient dit, affirma la vieille, plissant de plus en plus les yeux.

— Sûr qu'ils nous l'avaient dit. C'était… Bordel, ça va pas revenir !

— Blue Hill, explosa la vieille. C'est à Blue Hill qu'ils allaient… Dans l'Oklahoma !

Blue Hill, murmura Lison. Forcément… C'est là que tout doit obligatoirement se terminer.

Après avoir vainement essayé de glaner d'autres renseignements à Valentine, elles dormirent à l'auberge du Lac, toujours tenue avec délicatesse par Miss Park. Le petit déjeuner français ne remonta pas le moral de Lison. Le lendemain en début d'après-midi, elles entraient à Blue Hill.

Ceux qui avaient choisi le nom de Blue Hill pour le village l'avaient sans doute fait par dérision. Le coin n'était pas vraiment bleu, et surtout immensément plat, sans aucune colline à l'horizon. Blue Hill n'était qu'une rue, une longue rue, la nationale 108 : tout le village semblait avoir été construit autour, des maisons hautes et étroites, avec des jardins derrière. On ne trouvait que de rares rues perpendiculaires, qui partaient se perdre dans les campagnes alentour.

Les habitants déployaient un arsenal d'arguments pour faire ralentir les automobilistes avant d'entrer dans le village : une porte monumentale, de bois et de lierre, enjambant la route, pour bien préciser que l'on pénétrait dans une ville ; des ralentisseurs sur la chaussée, peints en rouge, et puis un peu plus loin les mêmes traces rouges, mais sans ralentisseur cette fois, un leurre. Sur les trottoirs, des photos grandeur nature d'enfants en short, en carton, semblaient s'élancer vers la route pour la traverser et au passage se jeter sous une voiture.

Une ville de chauffards !

Et si la mort d'Alan n'était qu'un accident ? pensait Lison. Un accident de voiture banal dans cette ville de chauffards. Un accident qui arrangerait tout. Plus d'assassinat. Seulement une vulgaire question d'argent déjà réglée…

Puis rentrer pour oublier !

Mary Tanner jouait les cerbères devant la grille de l'école. Elle avait l'habitude d'empêcher toute sortie imprévue : l'école donnait directement sur la nationale 108.

Alice et Lison l'accostèrent. Elle répondit avec empressement.

— Si je me souviens d'enfants d'il y a plus de dix ans ? Dites pour voir ? Vous savez, ça fait treize ans que je garde cette grille ! Jamais il n'y a eu un seul accident. Jamais un seul enfant n'a passé cette grille lors d'une récréation. En treize ans de carrière ! Pas un ! Vous cherchez qui ?

— Mick et Jenny Stern.

— 1963-1964, répondit sans réfléchir Mary Tanner. Ils sont pas restés longtemps, mais c'était mes premières années, alors je me rappelle bien ! Deux enfants roux, gentils… La fille était pas bête, dégourdie, pour son âge. Lui, Mick, était un peu timide. Enfin rien à en dire. Leur mère était rousse aussi, elle ne travaillait pas, je crois. Je la voyais pas souvent, ils habitaient pas loin, juste derrière la place Roosevelt, le pâté de maisons qui a été rasé pour faire le cinéma. Alors les gosses repartaient à pied le plus souvent, sauf quand il pleuvait. Ça me fichait un peu les jetons d'ailleurs ! Mais enfin, Mick avait plus de douze ans.

— Vous sauriez nous décrire leur mère ? demanda Lison d'une voix hésitante.

— Pour être honnête, non. Quand je la voyais, c'était sous un parapluie ! Et puis j'avais plutôt tendance à guetter les bagnoles. Lui, son mari, enfin je ne crois pas d'ailleurs qu'ils étaient mariés, on le voyait encore moins. Il travaillait sur un chantier, pas loin d'ici. Un truc de canalisation qui s'était éternisé. Ils sont repartis à peu près quand le chantier s'est achevé. Où ? Là, je n'en sais rien. Ils ne me l'ont pas dit. Je n'ai plus jamais eu de nouvelles.

Alice et Lison reprirent la voiture et se garèrent place Roosevelt, sur un parking de terre ocre, quelques mètres en retrait de la nationale 108. Derrière le parking s'élevait un petit cinéma de campagne, le Roosevelt, peint tout en blanc, coloré simplement des deux affiches effrayantes des films diffusés : *Le Parrain II* et *Les Dents de la mer*. Quelques dizaines de pigeons et de moineaux divers se régalaient devant la porte du cinéma, dévorant le pop-corn qu'on balayait dans la salle et qu'on évacuait par l'entrée. Toute autre trace d'habitation sur cette place avait été rasée.

Alice et Lison sortirent. Elles se tinrent debout à côté de leur Ford Fleetwood de location.

— C'est trop stupide, soupira Alice. On ne va pas perdre sa piste comme ça, ici ! Elle est bien partie quelque part, ensuite, cette Laura Stern. Ses enfants avaient bien des amis…

— C'est le bout du voyage, Alice, glissa Lison. Comme pour Alan ! On croit qu'il s'agit d'un tout petit village, d'un village-rue que l'on peut traverser sans même l'apercevoir, sans ralentir, à cent à l'heure. Qui pourrait croire qu'en réalité, ce village est un cul-de-sac, un terminus… Que la nationale qui continue, après le village, c'est un décor, du carton… La fin est ici !

— Je sais ce que tu ressens, dit Alice.

Lison eut envie de hurler « Non, » mais elle n'en eut pas le courage.

Ce voyage s'achevait. Elle se sentait si lasse.

De l'autre côté de la nationale, presque en face du cinéma, s'élevait la mairie, bordée d'un petit parc composé de quelques arbres. La voiture d'Emilia Arlington était garée là, portière ouverte. L'ancienne sénatrice s'était reculée jusqu'à un arbre. Une position idéale : elle était cachée, et une branche basse lui servait d'appui. Elle posa doucement son fusil, un Garand M1. Alice se tenait presque en face, à moins de cent mètres, immobile.

Aucune chance de la rater !

Emilia Arlington avait quatre-vingt-trois ans, mais son bras ne tremblerait pas. Il n'avait pas tremblé, il y a deux mois, lorsqu'elle avait dû abattre Smoke, ce pur-sang devenu fou furieux qui menaçait de piétiner Davies dans l'écurie, qui avait même commencé un peu… Son bras n'avait pas tremblé. Elle l'avait abattu net d'une balle dans la tête, et pourtant, il ruait comme un démon. Son bras ne raterait pas une cible immobile. S'il n'avait pas tremblé pour abattre Smoke, comment pourrait-il trembler à l'instant d'éliminer ce monstre d'Alice Queen ?

Elle visa consciencieusement le cœur d'Alice. Oui, elle épargnerait la petite Normande. Elle n'y était pour rien dans tout ceci, elle l'avait bien vu.

Viser le cœur ! Voilà, et appuyer sur la détente.

53

La fin

16 novembre 1975, Blue Hill, Oklahoma

La détonation résonna sèchement dans le village.

Des dizaines d'oiseaux devant le cinéma s'envolèrent sans comprendre, délaissant leur repas à la recherche d'un arbre protecteur, laissant vide le parking ocre et son pop-corn sale.

Rien d'autre ne bougea.

Lison regarda immédiatement en direction du bruit. Cela venait de ces arbres, presque en face. Elle aperçut distinctement une silhouette voûtée et un tube d'acier brillant, une carabine…

— Là-bas, Alice !

Alice se retourna elle aussi.

La silhouette se détacha lentement de l'arbre. Alice et Lison reconnurent Emilia Arlington. Elle paraissait chercher à s'appuyer sur sa carabine. Elle semblait souffrir. Sa robe bleue était tachée, une tache rouge dans le bas de l'épaule.

Du sang !

La silhouette trembla, lâcha la carabine, tenta de

se rattraper à l'arbre, sans y parvenir, tomba lourdement.

— C'était moins une, lança une voix masculine.

Alice et Lison se retournèrent.

Une voix familière, pensa Alice.

Nick Hornett apparut alors à son tour, sortant du petit parc, visiblement essoufflé. Souriant quand même. Il avait un peu vieilli. Les cheveux du détective, devenus maintenant presque entièrement gris, faisaient ressortir encore davantage son bronzage.

— Je voudrais pas vous foutre la trouille après coup, mes chéries, lança-t-il, mais on a eu chaud ! Elle a bien failli me surprendre, la vieille... J'ai dû appuyer sur la détente moins d'une seconde avant elle...

Le détective se pencha sur Emilia Arlington, tandis que les deux femmes traversaient la nationale pour le rejoindre. La blessure de la sénatrice semblait grave, mais pas mortelle. Elle avait perdu connaissance.

— Nick, demanda Alice. Mais qu'est-ce que vous faites là ?

Toujours belle, mon Alice. Un peu pâlotte, mais toujours belle. L'air de Normandie conserve, apparemment ! Mais par contre, question bronzage... Depuis le temps que je t'attends à San Sebastiano !

— C'est vous qui m'avez prévenu, non ? répondit Nick. Vous n'avez pas reçu mon télégramme ? Vous vous doutiez bien que j'allais vous rejoindre aussitôt que je le pourrais. Me voilà...

Zorro, à ton service !

— Vous nous avez rejointes à cet instant précis, Nick ? Juste au moment où elle allait tirer ? C'est un miracle...

— Non, pas tout à fait… En fait, je vous suivais depuis plusieurs jours. Vous… et la vieille !

— Pourquoi diable nous avoir suivies, Nick, sans rien nous dire ?

Parce que je suis un pro, belle Alice !

— Un Nick averti ne se laisse pas avoir deux fois… Ravine Street m'a plutôt laissé un mauvais souvenir. Quelqu'un nous avait forcément suivis, à l'époque, de Washington à Valentine. J'ai pensé que nos ennemis ne changeraient pas une méthode qui gagne. Je ne me suis pas trompé, j'ai vite repéré que la vieille Arlington en personne vous filait le train ! Je n'avais plus qu'à attendre tranquillement pour la coincer. Je tenais à ma vengeance, je tenais à mon flagrant délit !

— Pendant tout ce temps, vous étiez donc derrière nous ?

— Oui, ce fut un plaisir pour moi de jouer les anges gardiens, de suivre votre Ford Fleetwood. Une attention très délicate, d'ailleurs, Alice ! Je suis flatté ! Quand je pense que j'ai revendu la mienne cent trente dollars, je suis sûr que ce n'est même pas le prix que vous l'avez louée !

— Pourquoi avez-vous dit alors qu'il « était moins une » ? continua Alice sans relever.

Toujours le sens du mot qui blesse, Alice…

— Maintenant, je peux vous l'avouer. J'ai failli me laisser surprendre. Le temps d'aller planquer la voiture dans ce village où il n'y a qu'une rue. Infernal pour une filature. Le temps donc de cacher la voiture au bout du village, de revenir à pied, la vieille avait disparu ! Je l'ai repérée sous les arbres de ce parc au dernier moment. Le reste n'était qu'une formalité, avec mon bras en ferraille, je peux viser sans trembler une mouche à un mile ! Voilà, c'est tout. Satisfaite, patronne ?

— Infiniment, Nick… Je ne vous ai pas présenté Lison.

Lison et Nick se serrèrent la main.

Lison tremblait encore. Comme ces pigeons apeurés devant le cinéma. Comme un oiseau à l'aile cassée qui ne pourrait pas s'envoler, se réfugier là-haut, dans l'arbre.

— Nous aurons des moments plus paisibles pour nous connaître, ajouta Nick, rassurant.

Alice alla téléphoner à une ambulance pendant que Nick et Lison portaient Emilia Arlington vers la Ford, pour l'installer à l'arrière. Nick avait visé l'épaule qui soutenait la carabine. Emilia Arlington reprit connaissance lorsqu'on la transporta jusqu'à la voiture.

— Queen, siffla-t-elle. Je me demanderai toujours pourquoi Dieu vous a protégée à chaque fois !

— Parce qu'il protège les justes et les innocents, ma vieille, répondit Nick.

— Taisez-vous, Hornett. Vous n'êtes qu'un gosse. Un enfant qui a vendu son âme au diable !

Me cherche pas, la vieille, j'ai hésité avant de viser l'épaule plutôt que le cœur !

— La ferme ! répondit Nick. Ou je vous lâche ! C'est terminé maintenant, vos salades…

Il installa sans ménagement la sénatrice dans la voiture. Elle grimaça mais ne se plaignit pas. Alice revint en marchant.

— L'ambulance sera là dans cinq minutes.

— Vous ne savez rien, Hornett ! siffla Arlington

d'une voix faible. Mais demandez à la petite Normande. Elle sait, elle… Maintenant qu'elle sait, elle se tait !

Alice et Nick se tournèrent vers Lison, étonnés.

— Qu'est-ce que vous lui avez raconté ? cria Alice à Emilia Arlington. C'est vous qui l'avez rendue ainsi ?

— La vérité. Tout simplement. Demandez-lui…

Elle ferma les yeux. Le bruit d'une sirène, d'abord lointain, s'intensifia rapidement : l'ambulance n'avait dû respecter ni les enfants en carton, ni les ralentisseurs vrais ou faux, ni les limitations de vitesse. Elle repartit presque aussi vite, emmenant la sénatrice.

Ils restèrent seuls sur le parking. Les flics n'allaient sans doute pas non plus tarder à arriver. Les regards d'Alice et de Nick fixèrent Lison avec curiosité. Quel doute la vieille Arlington avait bien pu semer dans son esprit ? Lison n'avait plus de raison de se taire, maintenant.

Elle raconta tout, d'une voix monocorde, comme si c'était Emilia Arlington qui parlait par sa bouche.

— Quelle vieille salope ! ponctuait Nick à chaque pause de Lison.

— Nick, dit doucement Alice, laissez Lison terminer.

Il la laissa donc achever son récit. Lison sortit pour finir une feuille chiffonnée : le relevé de compte de la North Capitol Bank.

Nick ne se soucia pas du papier, il regarda Lison bien en face.

— Lison, cette version ne tient pas debout ! Réfléchissez… Toute cette version n'est que du vent. Elle ne repose que sur un détail : Oscar Arlington aurait soi-disant payé en 1946. Et quelle preuve elle avance ? Un relevé de compte ! Elle croit qu'on va avaler ça. La fortune de la banque North Capitol doit reposer à 80 % sur celle des Arlington… Les banquiers et elle doivent déjeuner, dîner et jouer au golf ensemble toute la journée. Non, balancer cela comme preuve, c'est le comble ! Il ne doit pas exister en Amérique quelque chose auquel on puisse faire moins confiance que la trésorerie d'un homme politique !

Il observa le relevé de compte.

— Une page entière sans une rature, en plus… Si ça ne sent pas l'entourloupe !

Voilà, ma petite Normande, moi, je ne peux pas faire plus !

Lison sembla rassurée par la conviction de Nick. Il avait raison. Elle avait été stupide. Elle se sentait tellement honteuse devant Alice d'avoir douté d'elle. Heureusement, Alice lui parla avec une infinie tendresse :

— C'était donc cela, ma petite Lison ? Ce n'était que cela ? Ne t'inquiète pas, je te prouverai que j'étais bien en Australie, dès 1945. Que je n'ai pas pu toucher l'argent, revenir poster ces lettres, que je n'ai jamais tué personne. J'ai travaillé, là-bas, en Australie, j'ai payé des loyers… Je te fournirai des preuves.

— Quelle vieille salope ! insista Nick.

— Nick, dit Alice, soyez un peu plus constructif ! Une chose me tracasse depuis le début de cette histoire, depuis la première fois que j'ai rencontré Emilia Arlington, en réalité. Elle semble sincère ! Du moins dans sa haine contre moi ! Quand, par exemple, elle prétend que son fils ne s'est pas suicidé. J'ai l'impression étrange que cette version qu'elle a racontée à Lison, ce n'est pas une manigance de plus. J'ai la certitude qu'elle y croit vraiment !

Lison regarda Alice : c'est exactement ce qu'elle avait ressenti, c'est pour cela qu'elle avait douté !

— La vieille perd la boule, voilà tout ! simplifia Nick. Elle a fini par croire à sa version des faits. Vous trouvez cela normal, vous, pour une sénatrice, de régler ses comptes à coups de Garand M1 ? Si cela ne prouve pas qu'elle était givrée !

Nick avait encore raison. La vieille Arlington pouvait être sincère et se tromper tout de même. Lison se sentait tellement plus légère.

Un shérif local vint interrompre leur discussion. Au poste de police de Blue Hill, les explications furent longues. Le shérif finit par téléphoner à Washington, au Département d'Etat, où un fonctionnaire prudent lui conseilla de tout noter scrupuleusement et de lui envoyer ensuite tout le dossier. Sans faire de photocopies, sous enveloppe recommandée.

Alice, Lison et Nick restèrent trois jours à Blue Hill, à interroger chaque habitant de chaque maison. Très rares étaient les gens qui se souvenaient des Stern. Mais personne, absolument personne, n'avait la moindre idée de ce qu'ils étaient devenus.

« Ici, on passe, vous savez, on ne reste pas ! » Telle semblait être la devise du village.

Le bout de la piste !

— On passe nos vacances ici ? demanda Nick vers la fin du troisième jour.

Le soir, à l'hôtel, Nick semblait presque le plus déçu des trois. Il s'était effondré dans le fauteuil en rotin du salon, tandis qu'Alice et Lison essayaient de lire.

— Cette histoire aurait pu faire un bon roman, disait Nick. Vous ne trouvez pas, les filles ? Non ? Vous vous en moquez ? Le seul problème, c'est qu'il me faudrait une fin. Imaginez la tête du lecteur, si je le laisse, là, sur un fauteuil en paille qui rentre dans les fesses, perdu au beau milieu de l'Oklahoma ! Voilà, désolé mon pote, y a pas de dernier chapitre. On n'a pas trouvé ! Si t'es pas content, t'as tous les éléments en main. Si tu es si malin, tu n'as qu'à la trouver, la solution, tout seul comme un grand, et me l'écrire… J'en ferai un tome deux !

Les deux filles regardaient Nick sans savoir quoi répondre.

Le lendemain matin, ils décidèrent de rentrer à Washington. Nick, seul devant, conduisait sa voiture, une Muzzotti décapotable dont les pédales et le volant avaient spécialement été adaptés à ses handicaps, la jambe et le bras droits un peu trop raides, surtout après des heures de conduite. Alice et Lison suivaient, traînant un peu. Elles essayaient de parler d'autre chose que de cette affaire qui se terminait en queue de poisson, de se replonger dans leurs souvenirs, de refermer cette courte parenthèse.

Seul dans sa Muzzotti, Nick avait le temps de penser. Il ne s'en privait pas. Ils possédaient toutes les pièces du puzzle désormais, pas une ne manquait. Pourtant, il semblait à Nick qu'il existait une autre façon d'organiser les morceaux, pour composer un tableau, un autre tableau beaucoup plus logique.

Il fallait oser tout démonter et penser autrement !

J'ai toujours cru la vieille coupable... Coupable de tout pour éviter le scandale. Coupable de ne pas avoir payé sa dette alors qu'elle était au courant. Coupable d'avoir assassiné Alan Woe, d'avoir poussé son fils au suicide, d'avoir tenté de nous tuer, d'avoir tout sacrifié pour l'honneur de sa famille... C'était la version la plus plausible de tout ce micmac. Mais si l'on suit l'instinct des filles, et le tien aussi, ne te le cache pas, si on imagine que cette vieille Arlington est sincère, cela donne quoi ? Bien entendu, il ne faut pas alors raisonner comme la vieille. Il faut également partir du principe qu'Alice est sincère !

Alice... Dix ans plus tard... Toujours aussi belle ! Toujours aussi désirable. Toujours autant de classe. Toujours autant de complicité entre nous. Est-ce qu'au total, cela fait toujours autant d'amour ? Pas sûr, mon petit Nick. Pour l'amour, il suffit pas d'additionner les ingrédients ! Faut aussi le contexte. Il est pas vraiment mort, ton amour pour Alice... Mais c'est plus un grand feu comme avant. Pas des cendres non plus... Des braises plutôt ! Pour que ça reparte, faudrait insister un peu, quelques morceaux de bois, se donner la peine de souffler dessus...

Mais tu t'éloignes de l'enquête là, mon vieux Nick. Tu divagues ! Tu en étais à partir de l'hypothèse nouvelle que la vieille et Alice étaient sincères toutes les deux... Est-ce que c'est possible ? Qu'est-ce qui nous reste comme place, alors ? En fait, c'est assez simple, ça veut dire qu'Oscar a effectivement sorti

1,44 million de dollars en 1946, mais ne l'a pas donné à Alice, qui n'a rien touché ! Bon, ça nous mène où ?

Hypothèse 1 : Oscar refile les billets à une copine à lui. Laura Stern, par exemple, sa maîtresse qui élève ses gosses secrets peut-être. Mais alors pourquoi sortir justement 1,44 million de dollars ? Pour tromper sa mère qui le croit encore puceau. Ce serait amusant...

Hypothèse 2 : Oscar croit refiler les dollars à Alice, mais se trompe d'Alice, ou est trompé par une fausse Alice. Laura Stern, par exemple... Mais alors, première objection, Oscar dispose d'une photographie d'Alice avec son contrat. Quoique ! A bien y réfléchir, ce n'est pas une objection si insurmontable. Deuxième objection, pour jouer le rôle d'Alice et toucher le million et demi de dollars, il fallait être au courant de toute l'histoire. Ça ne nous laisse alors pas beaucoup de solutions. Mon vieux Nick, ça ne nous en laisse même qu'une seule !

Quatre heures plus tard, Nick mit son clignotant. La Muzzotti et la Ford s'arrêtèrent dans une banale aire de stationnement, soixante-dix miles avant Little Rock.

Dans la cafétéria déserte, tandis qu'Alice et Lison buvaient un thé, assises, Nick, debout, un café à la main, regardait une vaste carte autoroutière plastifiée de l'Etat d'Arkansas.

— Tiens, dit-il, on va passer à trente miles de Topeka. Vous vous souvenez de qui habitait là-bas ?

— Aucune idée, dit Alice... Elvis Presley ?

— Je précise ma pensée. Si je pose la question, c'est que cela a un rapport avec notre affaire...

— Je ne sais pas… Laura Stern ? Vous le saviez depuis le début, mais comme vous êtes un petit farceur, vous nous le dites seulement maintenant !

Nick sourit.

Souffle pas trop sur les braises, Alice. Le feu pourrait repartir ! Et ce n'est plus de mon âge de regrimper sur le bûcher…

— Votre sens de l'humour m'a manqué, toutes ces années, Alice… Mes Brésiliennes sont belles et bronzées, mais côté conversation, je ne comprends toujours pas trop les finesses de la langue portugaise ! Non, notre ami à Topeka se nomme Ralph Finn, notre bonne vieille Branlette. Du moins, il habitait Topeka, il y a dix ans, au moment du procès. Je dois avoir son adresse précise dans mon dossier, dans la voiture. Ça vous dit de passer le voir ?

— Bof, fit Alice.

— Ça ne nous coûte rien, insista Nick. Je n'ai jamais vu à quoi il ressemble, en chair et en os. Vous l'aviez rencontré seule, j'étais à l'hôpital à l'époque. Et puis, il avait été plutôt sympa finalement, lors du procès.

— Ouais, répondit Alice. On ne peut tout de même pas dire qu'il soit venu témoigner en galopant. Enfin, vous avez raison après tout, Nick, cela bouclera ce séjour nostalgique. En route pour Topeka !

Topeka était une ville mal fichue, sans organisation ni identité, comme toutes ces villes de province qui ont grandi trop vite. Ils tournèrent plus d'une heure avant de trouver Cherry West, le quartier où habitait Ralph Finn.

— Une riche idée que Nick a eue là, grognait Alice

dans la Ford. Avec notre veine, Ralph va avoir déménagé depuis sept ans !

Une dame avec un panier les renseigna, pendant que son chien salissait le caniveau.

— Le 63 ? Vous prenez à droite puis encore à droite. Au bout de l'impasse, ça doit être la dernière maison. Vous pouvez pas vous tromper !

Ils ne se trompèrent pas. Il n'y avait effectivement qu'une maison au bout de l'impasse.

Ils se garèrent.

Ils virent.

Alice et Lison ne comprirent pas tout de suite, mais elles surent à l'instant que le véritable bout de la piste se situait ici, dans cette petite impasse.

Que la réponse à tous les mystères, toutes les questions qu'elles se posaient depuis dix ans attendait là, calmement.

63 Cherry West !

Nick coupa le contact.

T'es un génie, Nick ! Un détective de génie. Un peu lent, d'accord, tu as mis dix ans à comprendre. Mais c'est le plus beau coup de ta carrière !

Devant eux, dans l'impasse, une adolescente tentait de garder son équilibre sur des patins à roulettes alors qu'une fillette la suivait sur son vélo. Leur mère surveillait les deux filles de son jardin, tout en étendant son linge.

Rien de particulier. Une impasse résidentielle banale, normale.

Sauf que la mère était rousse. Rousse comme ses deux enfants.

54

Comme une évidence

20 novembre 1975, 63 Cherry West,
Topeka, Arkansas

Alice et Lison sortirent doucement de la voiture. Elles ne comprenaient pas très bien. Le puzzle fragile de toute cette histoire venait d'exploser. Elles regardèrent Nick, sans rien dire, de peur de faire une gaffe.

Le détective avait l'air sûr de lui.

Les deux filles s'étaient arrêtées de jouer pour les regarder. La femme rousse aussi, dans son jardin. Elle leur sourit. C'était une impasse : il n'y avait qu'une maison, elle devait donc les prendre pour des touristes égarés.

Pas de gaffe, mon vieux Nick, pas maintenant !

Nick s'avança vers la femme rousse.

— Laura Stern ? demanda-t-il doucement.

— Oui, répondit-elle avec entrain, sans la moindre inquiétude.

— Je suis Nick Hornett. Voici Alice Queen et Lison Munier.

Le regard de Laura Stern se figea dans l'instant.

Son visage serein de mère de famille au-dessus de tout soupçon se mua en une seconde en celui d'un cadavre.

Brisée, brisée fut le mot.

Pendant de longues secondes, elle regarda ses enfants qui avaient recommencé à jouer, sans se soucier davantage des visiteurs. Elle baissa les yeux. Son visage était celui de quelqu'un qui vient de tout perdre, de tout perdre en un instant. D'un condamné à mort que l'on vient chercher au petit matin.

Alice et Lison remuaient toujours dans leur tête les pièces du puzzle, sans succès.

— Entrez, murmura Laura Stern. Entrez… Ne restez pas là ! Jenny, Betty, cria-t-elle d'une voix qui se voulait naturelle, qui dut au moins passer pour naturelle auprès de ses enfants. Restez là à jouer. Ne vous éloignez pas. Je rentre pour parler.

— C'est qui ? demanda la plus grande.

— Des…

Laura Stern sentit qu'elle ne pourrait finir sa phrase, que les larmes allaient monter. Elle se retourna vite et fit signe aux trois visiteurs d'entrer.

Le salon était luxueux, un luxe étrange, déplacé dans un pavillon aussi commun. Les tableaux, les meubles, les tapis, les sculptures, tout était trop beau, trop vieux, trop raffiné pour être vrai, pour être vrai ici, dans ce banal pavillon de lotissement !

Tout était authentique, pourtant. Le mobilier de ce salon valait une fortune !

Ils s'assirent tous les quatre dans un canapé d'angle vert d'eau.

— Comment nous avez-vous retrouvés ? demanda Laura Stern.

— A force de se casser les dents sur toutes les autres solutions, il a fini par n'en rester qu'une…

— Bien sûr, reprit Laura Stern. Je savais que ce jour-là arriverait. Je l'ai toujours su… Enfin presque. Pendant vingt ans, j'ai tremblé tous les jours, pour moi, pour Ralph, pour mes enfants surtout… Mais depuis cinq ans environ, je commençais à y croire. Je commençais à penser que nous avions gagné, définitivement gagné. Que tout le monde avait oublié cette histoire. Vous auriez dû venir avant ! Maintenant, c'est trop cruel !

T'avance pas trop, mon Nick. Fais-la mijoter. Elle n'a encore rien avoué ! Et toi, tu as à peine compris un dixième de cette histoire... Cuisine-la à feu doux.

— Vous n'aurez plus à avoir peur, maintenant, fit Nick.

— Oui… C'est vrai. Peut-être est-ce mieux ainsi ? C'était un secret bien lourd à porter pour des gens comme nous. Et pour quoi finalement ?

Elle regarda presque avec dégoût son salon encombré d'œuvres d'art.

— Soulagez-vous, Laura, dit doucement Nick. Racontez-nous tout.

Laura releva les yeux et dévisagea Nick. Elle sembla hésiter un instant.

Hou la... Pas si vite, Nick ! Ne lui laisse aucune issue. Ne lui montre surtout pas que tu n'es au courant de rien. Elle peut encore s'échapper, la gazelle. Il faut la paralyser. Lui prouver que tout est perdu et que fuir serait suicidaire...

Le silence s'installa, interminable. A la surprise de tous, ce fut Lison qui le rompit.

— Vous pouvez nier, madame, lança gravement Lison. Garder le silence, raconter n'importe quoi ou édulcorer la réalité. Vous parviendrez peut-être ainsi à vous soustraire à la justice de cet Etat. Mais pensez-vous que vous parviendrez à vous débarrasser de nous, Alice Queen et moi-même ? Pensez-vous avoir une chance de revivre un jour en paix ? Nous sommes déterminées. Nous n'avons plus de famille à protéger, nous ! Vous ne serez jamais tranquille ! A moins de nous avouer tout, avec sincérité, en priant que l'on puisse vous comprendre, et pourquoi pas vous pardonner.

La vache ! A feu doux, j'avais dit, Lison...

Laura Stern sembla impressionnée.

— Vous avez raison, avoua-t-elle après quelques nouvelles secondes de réflexion. Je me suis trahie lorsque vous m'avez dit vos noms. Je ne m'étais pas préparée. Maintenant, peu importe… Je ne sais pas exactement ce que vous savez, mais de toute façon maintenant, vous risquez de l'apprendre tôt au tard. Autant que ce soit de ma bouche ! Dieu sait ce que serait encore capable de faire ou d'inventer Ralph.

Autant pour moi... Je retire mes réserves sur la diplomatie normande ! Je n'ai plus qu'à aller faire un tour et laisser les filles régler leurs comptes entre elles.

— Ralph était un garçon bien, avant la guerre, commença à raconter Laura. Pas meilleur qu'un autre, mais pas pire… On avait des tas de projets, des projets de vie simple. Après la guerre, il est revenu différent. En apparence, il était toujours le même, aussi calme, aussi gentil, un peu timide. Mais en dedans, je sentais chez lui une haine, comme une colère qu'il n'avait pas avant. La guerre, sans doute, toutes ces horreurs… Il est revenu plus intelligent aussi, c'est clair. Il l'aimait bien, Lucky, Miss Queen. Il m'a tout raconté, dès son retour, le contrat avec le fils Arlington. On est alors allés à Washington, en 1945, juste après la fin de la guerre, à votre adresse, à Rock Creek. Là-bas, la concierge nous a dit que vous étiez disparue, envolée, aucune nouvelle depuis votre voyage en Normandie. Elle nous a dit qu'on racontait que vous vous étiez suicidée… Elle nous a dit également que personne, à part la famille d'Alice, n'était venu la rechercher. Encore moins cet Oscar Arlington.

« Ça a donné un coup au moral de Ralph. On est allés boire un coup juste à côté, une buvette en face du Potomac. Je m'en souviendrai toujours. Je voyais pour la première fois Ralph faire remonter cette haine en lui : "C'est dégueulasse, disait-il, cet Oscar Arlington va s'en sortir comme ça. Il ne va rien payer ! Ce sont toujours les mêmes, les riches, les puissants qui s'en sortent. Et pour les autres, nous ou Lucky, la merde !"

« J'ai tenté de lui dire qu'Oscar pourrait payer sa dette à la famille de Lucky, mais Ralph ne m'écoutait plus, il était perdu dans ses pensées. Son silence a duré à peu près une minute. Tout son plan a été pensé en moins d'une minute ! Il faut dire que c'était si simple… "Nom de Dieu, Laura, m'a-t-il dit brusquement, si on avait du cran, il y aurait un coup fantastique à faire ! Un coup sans le moindre risque ! Oscar ne connaît pas Alice Queen ! Lucky lui avait donné une photographie, avec le contrat, mais tout a brûlé dans la Jeep, mon contrat, le sien, la photo, toutes les affaires des rangers de A à J. Laura, il suffirait que tu loues l'appartement d'Alice Queen… Puisqu'il est libre ! Puis il suffit d'attendre… Un jour, Oscar Arlington se pointera avec le million et demi de dollars, sonnera et demandera : Miss Alice Queen ? Tu répondras 'Oui', il te laissera l'argent, tu broderas deux ou trois mots sur Lucky et puis il disparaîtra et ne donnera plus jamais signe de vie. Il aura trop honte de ce contrat ! "

« Plus Ralph en parlait, plus il se convainquait que ce plan était infaillible. Si Oscar Arlington ne vient pas, parce qu'il n'a pas envie de payer, ou parce qu'il a oublié l'adresse, il suffit que tu ailles le voir discrètement, pour lui rappeler ses devoirs, pour le menacer d'avertir la presse. La semaine d'après, il est dans l'appartement ! Bien sûr, il faudra garder sur la boîte aux lettres et sur la porte le nom d'Alice Queen. Personne n'y fera attention ! Qui pourrait se douter de quelque chose ? L'autre témoin, Alan Woe, est mort à la guerre en Normandie ! Alice Queen s'est sans doute suicidée ! Oscar n'ira pas raconter cela sur les toits. Les autres rangers connaissent cette histoire, mais n'ont aucune adresse, aucun détail, en tout cas aucune preuve. Des rumeurs au plus, et encore… Tout le monde va oublier cette histoire ! C'est l'occasion de notre vie !

La stupéfaction submergeait Alice, annihilant pour l'instant tout autre sentiment, de révolte, de colère ou de vengeance.

— Il faut me croire, continua Laura. Moi je n'étais pas d'accord ! Je lui ai dit qu'il était fou, qu'on allait se faire prendre, qu'on n'était pas des voleurs. « Voler à un salaud, ce n'est pas vraiment voler, m'a-t-il répondu. Ce fric, ce million et demi de dollars, Arlington le mérite encore moins que nous ! Et puis ils s'en foutent, les Arlington, d'un million de dollars. C'est rien pour eux ! Les faire payer, c'est venger Lucky. Et c'est si simple ! Merde, Laura. C'est si simple ! » Alors j'ai fini par accepter ! Et c'est vrai que ça a été très simple ! Au début au moins… Mais on n'était pas venus pour cela à Washington, il faut me croire, Alice. On voulait vous prévenir ! Tout a germé seulement quand on a appris que vous n'étiez plus là !

— Ben voyons, lança Lison, cassante. Si vous êtes allés à Washington en 1945, ce n'est sans doute pas par fidélité à la mémoire de Lucky ! Cela vous ressemble si peu. Vous vouliez certainement prévenir Alice… Contre un petit pourcentage du million et demi !

Laura haussa les épaules.

— Si nous n'avions que cette mesquinerie à nous reprocher ! Je me suis donc installée dans votre appartement de Rock Creek. Au bout d'une semaine, comme Oscar Arlington ne donnait pas signe de vie, j'ai été obligée de prendre les devants. Ça ne me plaisait pas trop. J'ai juste enfilé une perruque blonde, au cas où Oscar se serait souvenu de votre photo. Pour le reste, ça allait, je pouvais faire illusion, j'étais encore assez jolie, je crois, à l'époque. J'ai suivi Oscar Arlington et je l'ai coincé dans un magasin de Georgetown. “Je me nomme Alice Queen, lui ai-je dit. Ça vous rappelle quelque chose ? Si vous n'avez pas payé d'ici une semaine, j'alerte tout Washington. Les journalistes, les militaires, les politiques. Tout le monde ! — Je n'ai plus l'adresse", a-t-il gémi. Ralph m'avait dit qu'Oscar Arlington était un lâche, qu'il suffisait d'être agressive pour le dominer : "Essaye de te souvenir, mon gros, ai-je répondu. Fais un effort ! — Résidence Rock Creek ? a-t-il réussi à sortir. Mais je n'ai pas le numéro ! — Eh bien, tu vas creuser tes méninges, ai-je conclu. Ou bien tu regarderas sur les boîtes aux lettres ! On a dit une semaine, pas une journée de plus !"

« Oscar Arlington n'avait aucun moyen, aucune raison de se douter que je n'étais pas Alice Queen ! Le surlendemain, il sonnait à mon appartement, avec une valise de 1,44 million en liquide. Il est resté plus d'une heure. Il pleurait presque, il s'excusait, il se traitait de lâche, il me disait qu'il savait bien que cet argent ne remplacerait pas Lucky, qu'il n'avait pas eu conscience de son geste. Il m'a dit que si jamais j'avais besoin de quoi que ce soit, il serait là... Puis il m'a raconté la guerre, il m'a parlé des autres soldats sur la péniche, de leur haine, il a pris l'exemple de Ralph, sans savoir bien sûr. Tout le monde l'appelait la Branlette dans le commando. Je n'ai jamais dit à Ralph que j'étais au courant.

« C'est peut-être à cause de ce surnom qu'est née toute cette haine. Oscar Arlington, ce jour-là, a été tout sauf une ordure. Il était seulement quelqu'un qui avait eu peur de mourir, qui aurait été prêt, à ce moment-là, à échanger tout ce qu'il avait pour ne pas mourir. Comme tous les autres du commando, sans doute. Sauf que lui, Oscar, avait quelque chose à échanger ! C'est drôle, j'ai suivi cette affaire ensuite par les journaux, le procès et le reste. Aux yeux de tout le monde, Oscar Arlington est passé pour un salaud. Ça fait partie de notre crime, ça aussi…

— Cela explique le comportement de sa mère, glissa Lison. Elle connaissait son fils ! Elle savait qu'il avait regretté son geste, qu'il avait essayé de se racheter, comme il le pouvait. Qu'il avait payé ! C'est pour cela, Alice, qu'elle avait une telle haine contre toi.

Nick pouvait regarder son propre visage dans une psyché opaline placée face au canapé. Un miroir sans doute précieux mais néanmoins très kitsch.

Que j'ai été con ! C'était tellement évident ! Dix ans pour trouver ça !

— Qu'avez-vous fait ensuite ? demanda Alice. Avec l'argent, tout a dû changer ?

Laura sourit tristement.

— Changer, oui… En pire ! Cet argent, on n'y a pratiquement pas touché. Juste des babioles par-ci par-là. Tout le reste est encore à côté, dans la même valise qu'il y a trente ans. Au moins les trois quarts du magot. Nous ne voulions acheter que des choses qui ne se voyaient pas de l'extérieur… On avait peur de se trahir. Ralph a toujours gardé plus ou moins son boulot de maçon. On avait décidé de le dépenser plus tard, quand il n'y aurait plus aucun risque, ou de le garder pour les enfants. Il ne nous a servi à rien finalement, ce fric.

— Ben voyons, siffla Lison. Et Alan, quand apparaît-il dans cette histoire ?

— Oscar Arlington m'avait aussi parlé de lui. Il m'apprit alors qu'Alan n'était pas mort, qu'il était resté en Normandie, bien vivant. Grâce à vous, Lison. Qu'il avait écrit à Oscar à propos de ce contrat. Ce fut le premier grain de sable dans le plan de Ralph ! Alan Woe n'était pas mort. Un témoin de plus… J'ai eu le réflexe de demander à Oscar Arlington l'adresse d'Alan, en Normandie. Il n'y avait qu'une seule chose à faire. Toute simple, presque innocente. Lui répondre et le rassurer : écrire en signant Alice Queen, bien entendu. Sinon, il aurait sûrement remué ciel et terre pour que justice soit rendue.

Lison avait envie de se lever, de saisir une de ces statues de bronze et de s'en servir de masse pour tout casser dans ce salon, tous ces objets ruineux disposés avec tant de mauvais goût. Elle se contint et demanda :

— Pourquoi avoir continué à écrire, après ? Après avoir déménagé ?

— C'est Ralph qui voulait ! Toujours sa méfiance. Il préférait que cette fausse Alice donne des nouvelles, de temps en temps, pour qu'Alan n'ait pas un jour envie d'en prendre par lui-même, écrive aux parents de Lucky, cherche à nous retrouver… C'était préventif, comme il disait ! Et puis, moi, ça me distrayait, ces quelques lettres… Avec toute cette histoire d'argent, nous n'avions jamais d'amis, personne ne venait jamais ici. Ralph se méfiait à cause des choses que l'on avait achetées pour l'intérieur. Alors ces lettres où je racontais la naissance de Mick, l'école, les saisons qui passent, c'était une fenêtre vers l'extérieur… Avec le travail de Ralph, on bougeait beaucoup. Il travaillait souvent sur les grands chantiers, le carrefour autoroutier d'Ashland, la modernisation de la tannerie Meryll à Effingham, le barrage de Valentine.

Putain de crétin. Tu le savais que la Branlette bossait dans le bâtiment ! T'as visité tous ces bleds avec à chaque fois d'immenses chantiers et t'as jamais fait le rapprochement !

— Vous n'allez pas nous dire, lança Lison, qu'enfermée dans votre cage dorée, Alan était votre seul ami ?

— Pensez ce que vous voulez… Ça n'a pas beaucoup d'importance. Comme je vous l'ai dit, nous étions méfiants. J'ai toujours gardé mon nom de jeune fille. La plupart des papiers étaient à mon nom. Les enfants aussi portent mon nom. Sur le papier, il était impossible de faire le lien entre Laura Stern et Ralph Finn, donc entre moi et toute cette affaire ! En théorie, il ne pouvait rien nous arriver. Personne ne savait qu'un vol avait été commis, et même si quelqu'un s'en était aperçu, personne ne pouvait savoir, grâce à ma couverture, que c'est Ralph qui était derrière tout cela ! Pourtant, tout a commencé à se détraquer en 1964. D'abord, Alan est revenu aux Etats-Unis. Je ne sais pas comment, mais il s'était rendu compte, après toutes ces années, que les lettres que j'envoyais n'étaient pas rédigées par Alice.

Alice sortit de son sac sa photographie dédicacée à Lucky en avril 1944.

— Alan avait récupéré cet échantillon de mon écriture, dit-elle doucement. Il a pensé, vingt ans après, à la comparer avec la vôtre.

Laura sembla mieux respirer un court instant.

— C'était donc ça ! Cela fait dix ans qu'on s'engueule pour ça avec Ralph. Il m'accusait d'avoir commis une erreur dans une de mes lettres, écrit un truc compromettant, une contradiction. A cause de cela, il répétait souvent que tout était de ma faute, que son plan était parfait et que c'est moi qui avais tout fait foirer ! Moi j'étais certaine que non ! Mais j'avais fini par douter. Vous connaissez la suite, je pense, Alan Woe a remonté notre piste, Ashland, Effingham, Valentine, puis Blue Hill…

— Il était facile de le suivre, glissa Nick, il faisait passer des petites annonces.

— Oui, continua Laura, c'est ainsi que nous avons su qu'il nous avait quasiment retrouvés. S'il avait fait comme vous, s'il avait débarqué chez cette Laura Stern et vu son vieux copain Ralph dans le jardin occupé à tailler les rosiers, il aurait compris tout de suite ! Alors Ralph a décidé d'aller lui parler, puis il est revenu et il m'a dit que tout était arrangé… Je l'ai cru ! Il m'a dit qu'avec de l'argent, on arrivait toujours à tout. Je sais, vous n'êtes pas obligés de me croire…

— Vous n'étiez pas au courant, alors ? demanda Nick.

— Non, il m'a tout avoué plus tard. En fait, c'est à ce moment-là que Ralph est passé, disons, de l'autre côté… Du côté criminel. Il a paniqué. Alan était arrivé à Blue Hill un matin, dans notre village. Il pouvait tout comprendre dans la journée, et Ralph savait qu'il ne pourrait pas acheter le silence d'Alan. Ralph, dans l'urgence, s'est révélé machiavélique. Il a téléphoné le matin même à Oscar Arlington. Il s'est présenté comme étant Alan Woe, il lui a fait peur, ce n'était pas difficile avec les petites annonces qu'Alan faisait passer à l'époque dans les journaux : "Oscar Arlington n'a rien payé." Il a présenté son appel comme un ultimatum et lui a donné rendez-vous pour le soir même, dans un hôtel proche de Blue Hill. Ralph a même poussé le vice jusqu'à suggérer à Oscar de se faire enregistrer à l'hôtel sous un faux nom, s'il voulait que toute cette affaire reste confidentielle. Oscar sauta dans un avion, puis loua une voiture, pour finalement attendre dans cet hôtel toute une nuit, sans voir personne. Il a dû repartir le lendemain sans rien comprendre.

— Pendant ce temps-là, dit Lison d'une voix blanche, Ralph Finn renversait Alan sur la nationale.

Laura baissa les yeux.

— Ralph avait fabriqué un coupable idéal ! continua Nick. Sans jamais apparaître lui-même ouvertement. Il valait mieux, pour éloigner les soupçons. Blue Hill n'était pas très grand, et si on identifiait Alan Woe, on pouvait remonter jusqu'à lui.

— Mais on ne l'identifia pas, dit Laura. Et je ne fis pas le rapprochement entre cet inconnu écrasé sur la nationale, dont on parla le lendemain dans le village, et Alan Woe.

— Vous n'avez pas voulu le faire, ce rapprochement ! lâcha Lison.

Elle sentait que quelque chose en elle se transformait, une détermination qui la sublimait. Elle n'avait plus rien à voir avec une petite fille perdue en Amérique.

— Et ensuite ? demanda Nick.

— Ralph pensait être tranquille. Mais c'est alors que vous êtes réapparue, Alice… Et tout s'est précipité quand les vétérans vous ont mise au courant du contrat, en Normandie.

— Comment Ralph l'a-t-il su ?

— Il avait gardé des contacts avec d'anciens rangers, indirectement, par des amis d'amis. Il était toujours aussi méfiant, il ne laissait rien au hasard. Il se doutait que cela pouvait arriver.

— Donc, continua Nick, Ralph a su qu'Alice avait été mise au courant, qu'elle allait demander des comptes à Oscar Arlington. C'était évidemment la catastrophe pour vous. Oscar aurait expliqué qu'il avait remis l'argent à une autre femme… Il n'était pas évident de remonter ensuite jusqu'à vous, mais il y avait tout de même un sacré risque que l'on soupçonne Ralph…

— Oui, là encore, Ralph ne m'a pas parlé de tout ça, pas tout de suite. Il m'a juste dit qu'il était allé à Washington, qu'il avait tout arrangé avec quelques billets.

— Et vous l'avez cru ? s'étonna Alice.

— Non ! C'est là qu'il a fini par tout m'avouer. Il avait suivi Oscar pendant quelques jours, en mettant petit à petit son plan au point. Il fallait qu'il agisse avant que vous, Alice, n'obteniez un rendez-vous avec lui. Puis il y a eu cette cérémonie de remise de médailles, au Sheraton. Oscar était ivre… Ralph était dans la salle, dans un coin, pour ne pas être reconnu. Il a suivi Oscar jusque chez lui. Au début, je pense qu'il avait seulement l'intention de le tuer sans maquiller son crime en suicide. Mais en le voyant ainsi saoul, se culpabilisant, Ralph a improvisé. Quand il me l'a raconté, ensuite, il en était presque fier. J'ai eu peur, à ce moment-là, très peur ! Ralph est monté dans la voiture d'Oscar Arlington. Oscar l'a reconnu. Ralph lui a dit qu'il venait pour venger la mémoire de Lucky, il a insulté Oscar, lui criant qu'il était un être ignoble, un lâche, qu'il ne méritait pas cette médaille, que Lucky était mort à sa place, qu'il n'était qu'un salaud. Oscar répondait “Oui” à tout… Ralph lui a alors ordonné de tout avouer dès le lendemain, de tout écrire à la presse, de révéler sa lâcheté… Oscar, même s’il était saoul, n’était plus d’accord. Il disait qu’il ne pourrait jamais, à cause de sa mère. Alors, Ralph a pris l’arme de service dans la poche d’Oscar et lui a dit, en haussant encore le ton, qu’il n’avait pas le choix, qu’il fallait qu’il lui promette que le lendemain, dès qu’il aurait dessaoulé, il irait tout avouer. Oscar, le revolver collé sur la tempe, a dû dire “Oui”, “Oui, oui, demain. — Je ne te crois pas, lâche comme tu es, a continué Ralph… Une promesse, ça ne me suffit pas ! Il me faut un engagement écrit, une preuve de ta bonne foi !” Oscar tremblait, le canon du pistolet toujours contre sa tempe, il a déchiré une page de son agenda, pris un stylo. “Tu vas m’écrire une promesse d’aveux, a ordonné Ralph. Ecris, ordure !” Et Ralph a commencé sa dictée : *Je suis un lâche. Un garçon de mon âge est mort à ma place sur une plage de Normandie. Pour la première fois de ma vie, j’ai décidé de faire preuve de courage… J’ai décidé de mettre fin à cette vie de mensonge*… “Voilà, tu signes, c’est bien, mon gros !” Je ne sais pas si Oscar s’est douté de quelque chose, de la double interprétation possible de ces quelques phrases, s’il a compris qu’il signait en réalité un aveu de suicide.

— Une fois l’aveu signé, Ralph l’a abattu ?

— Oui, dit Laura en baissant encore les yeux.

— Mrs Arlington avait raison, murmura Alice. Elle le savait depuis le début. Son fils ne s’était pas suicidé !

— Oui, expliqua Nick. Mais elle est tombée dans le piège de Ralph. Il restait dans l’ombre. Qui pouvait le soupçonner ? Elle a naturellement orienté tous ses soupçons sur vous, Alice !

— J'ai appris ce suicide par les journaux, continua Laura. Ce suicide miraculeux pour nous, mais il y a bien longtemps que je ne croyais plus aux miracles. J'ai questionné Ralph. Il ne voulait rien me dire. Alors je l'ai harcelé jusqu'à ce qu'il parle. Je l'ai menacé de partir, avec les enfants. Il a fini par tout me raconter… Pour Oscar Arlington… Et pour Alan Woe… J'étais terrifiée ! Par ses actes, mais par son sang-froid aussi, sa façon d'accepter presque naturellement cet engrenage, d'évacuer tout cela d'un haussement d'épaules en prétendant que c'était la seule solution. Qu'est-ce que je pouvais faire ? Aller voir la police ? J'étais complice depuis le début. Et mes enfants ? J'étais moi aussi prise dans l'engrenage. Alors, j'ai fermé les yeux, ou plutôt non, je les ai ouverts, comme pour essayer de croire que tout cela n'était qu'un cauchemar, et j'ai essayé de ne plus penser qu'aux devoirs des petits, au repas du soir, à la poussière dans le salon… Je pensais avoir réussi. Mick, notre aîné, a vingt-quatre ans maintenant. Il a un bon boulot dans une boîte d'électronique, à New York, il ne s'est jamais douté de rien. Ça fait partie de mes petites fiertés. Je ne suis pas Bonnie Parker !

Lison la fusilla du regard.

— La gosse dehors, lança-t-elle. La petite dernière ? Betty, c'est ça ? Elle n'a pas dix ans ! Ralph vous a avoué ses crimes en 1964 ! Un monstre, vous dites ? Pourtant, vous avez pu refaire l'amour avec lui, non ? Refaire un enfant !

Nick se fit tout petit dans le canapé.

Mon Dieu, faites que je ne sois jamais la cible d'une haine féminine.

— Ces choses-là ne regardent que moi, répondit Laura d'une voix sinistre. (Elle se retenait visiblement pour ne pas s'effondrer.) Je ne pense pas que l'on puisse parler de viol entre mari et femme. Pourtant…

Face à la fureur de Lison, Alice s'était astreinte à une certaine modération. Cette retenue lui convenait, d'ailleurs. Elle se sentait lasse de toutes ces croisades. Toute cette histoire se résumait à une succession d'actes déterminés par une cause soi-disant supérieure : Laura Stern et Ralph Finn pour couvrir leur mensonge originel, Emilia Arlington pour défendre l'honneur de son nom, elle-même pour honorer la mémoire de Lucky. Maintenant Lison pour venger Alan…

— Oublier, continua Lison. C'était si facile pour vous ! Si nous n'étions pas venues vous trouver, vous auriez oublié, tranquillement, avec vos enfants, votre petite maison, vos petits bibelots, votre argent, jusqu'à la fin de vos jours ! Quel sacrifice ! Certes violée de temps en temps par votre mari, mais qui n'a pas ses petits malheurs…

— Vous vouliez la vérité, répondit passivement Laura, vous la connaissez désormais. (Elle eut un petit sourire forcé.) Que voulez-vous que je vous dise de plus ? Mon mari est un monstre… Je suis sa femme. Nous avons à peu près le même âge toutes les trois. Nous devions être à peu près aussi gaies, à dix-huit ans, avant la guerre. Trois femmes de soldats ! Trois destins ratés ! Je ne crois pas qu'au départ, j'étais pire ou meilleure que vous. C'est le sort qui a décidé… Vos hommes sont morts, le mien est un assassin. Je ne crois pas au total avoir vécu une existence beaucoup plus joyeuse que la vôtre.

— Et ensuite, demanda Nick pour ne pas laisser l'atmosphère s'alourdir davantage. Après l'assassinat d'Oscar ?

— Ensuite, répondit Laura, vous savez tout. Ralph a été obligé de répondre aux petites annonces… De toute façon, quelqu'un l'aurait dénoncé, un voisin, n'importe qui. Et puis il ne risquait plus grand-chose désormais, il était le dernier des quatre témoins de ce contrat !

— Surtout, ajouta Nick, Ralph était hors du champ de tir ! Nous pensions les Arlington coupables de tout… Emilia Arlington nous prenait pour des maîtres chanteurs voulant faire payer son fils une seconde fois. L'ayant sûrement assassiné pour cette raison. Ralph, peut-être même sans le vouloir, avait mis en place le plan parfait.

Nick s'admira dans la psyché.

Tu n'es pas si mauvais, finalement, dans le rôle du détective... Tu ne t'en sors pas si mal. Au milieu de toutes ces femmes vengeresses plus dangereuses que des poignards, tu es le seul être masculin à être resté à peu près vivant !

— D'ailleurs, demanda Laura, vous voulez peut-être que je vous montre l'argent… Tout est à côté, au-dessus de l'armoire… Sur 1,44 million, il doit rester près d'un million. Vous voyez, un sacré gâchis. Ralph n'était pas comme ça, avant la guerre… Tout est la faute de la guerre. Ensuite, les événements s'enchaînent et on ne peut plus grand-chose contre eux.

Elle se leva pour la première fois et regarda dehors. La nuit commençait à tomber.

— Ralph ne devrait pas tarder à rentrer, maintenant. Je vous conseille de téléphoner à la police, Dieu sait comment il est capable de réagir en vous voyant !

Alice resta dans le canapé. Nick s'était un peu décalé et admirait maintenant discrètement Alice dans la psyché. Lison éprouvait le besoin de bouger, de guetter le retour de Ralph… Pour l'étrangler de ses propres mains.

Laura regarda sa montre, une montre dérisoirement luxueuse.

— Je ne sais pas ce qu'il fait, d'ailleurs, il devrait déjà être ici. Excusez-moi, il faut que je dise aux enfants de rentrer…

Elle ouvrit la porte-fenêtre du salon et appela Jenny et Betty qui jouaient toujours dans l'impasse :

— Rentrez maintenant ! Papa va bientôt arriver…

— Ben, répondit Jenny, il est déjà rentré !

— Quoi ?

— Ben, oui. Il y a au moins un quart d'heure… Il a vu la voiture immatriculée à Washington. Il nous a demandé qui c'était, ces gens. Puis il nous a fait chut avec son doigt, il est rentré dans la maison par la cave et il est ressorti juste après avec la valise, la valise qu'on n'a pas le droit de toucher, au-dessus de l'armoire. Il nous a fait encore chut, il a dit qu'il partait préparer une surprise et il est remonté dans sa voiture…

— C'est tout ce qu'il a dit ? bredouilla Laura.

— Oui… Enfin, il nous a embrassées aussi… Ça m'a fait drôle ! Il ne nous embrasse pas souvent, papa.

— Moi aussi, il m'a embrassée, papa, ajouta joyeusement Betty.

— Rentrez, les enfants, rentrez vite. Il va faire froid maintenant.

Laura referma doucement la porte-fenêtre, prit même la peine de rajuster le double-rideau.

Il ne restait plus à Nick qu'à appeler la police.

Putains de vies… Cette Laura est une femme tout aussi exceptionnelle qu'Alice ou Lison. Une femme face à un destin qui a dérapé, face à une vie qui s'est effondrée devant elle. Pourtant, elle a continué de se tenir là, debout, au bord du gouffre, digne, sans trembler, sans vertige.

Les hommes cherchent toujours une falaise à gravir, ou une falaise du haut de laquelle se jeter. Mais les femmes sont capables de vivre une vie à côté de cette même falaise, au pied du mur ou au bord du gouffre, de vivre une vie coupée en deux. Elles restent ainsi, sans s'écorcher les mains ni se briser les jambes, à regarder cette ombre noire, cet homme qui s'éloigne.

Allez, Nick, fais ton office ! Puisque ton rôle dans cette histoire, c'est celui du bourreau… Pousse-la dans le vide !

Nick téléphona à la police.

Pendant ce temps, Laura serrait Jenny et Betty dans ses bras. Très fort. Trop fort, surtout devant ces étrangers. C'en était presque gênant pour les deux enfants.

55

Ce qui reste gravé

Transportée d'urgence à Oklahoma City, Emilia Arlington fut opérée avec succès. On parvint sans difficulté particulière à stopper l'hémorragie et à extraire la balle. Le chirurgien s'estima satisfait. La sénatrice en retraite était tirée d'affaire. Malgré son âge, c'était une femme d'une solidité exceptionnelle dont la résistance épata le personnel de l'hôpital. Lorsque Emilia Arlington se réveilla sur son lit d'hôpital, elle exigea de retourner immédiatement dans sa propriété virginienne de Tysons Corner. Les médecins étaient plutôt réticents, mais elle se fichait de leur avis.

Elle rentra donc chez elle dans son ranch. Tous les siens l'attendaient devant la porte avec des fleurs et des mots de réconfort. Une tonne de journaux aussi. Une tonne de journaux dont elle faisait la première page. On la surnommait « Calamity Jane » ou « Ma Dalton », elle se découvrit caricaturée, un fusil à la main. Dans certains quotidiens, on parlait de la vengeance d'une mère, ailleurs de folie meurtrière…

La blessure d'Emilia Arlington cessa de cicatriser à l'instant même où elle ouvrit le premier journal, mais elle n'autorisa plus jamais aucun médecin à pénétrer dans Tysons Corner. Seuls y parvinrent quelques journalistes, appareils photo en bandoulière, accrochés en haut d'un arbre. L'image aujourd'hui la plus célèbre d'Emilia Arlington date de cette époque : une vieille femme assise sur un rocking-chair, devant son domaine, les yeux larmoyants. C'est sans doute à cause de ces larmes, si incongrues dans le regard de la « Virginienne de fer », que la photographie fit le tour de l'Amérique !

Le paparazzi avait été habile : il ne distribua la photographie qu'en noir et blanc, pour qu'on ne distingue pas sur le cliché le nuage de poussière ocre s'élevant du manège où le pur-sang Tennessee s'entraînait... Cette poussière qui irritait les yeux de la sénatrice !

Emilia Arlington tint jusqu'au Grand Prix de Richmond. Elle quitta pour l'occasion une dernière fois son domaine de Tysons Corner et vit sans exprimer de satisfaction autre qu'intérieure Rod Kinley triompher sur Tennessee, un dimanche de mars. Puis elle rentra au ranch encore plus affaiblie.

Davies découvrit Emilia Arlington inerte sur le tapis de sa chambre le lendemain matin. Une ambulance hurla, un service entier de chirurgie d'urgence du Columbia Hospital se précipita à son secours, mais la sénatrice ne luttait plus. Elle était allongée depuis moins de sept minutes sur la table d'opération lorsqu'elle mourut, le 22 mars 1976.

On ne retrouva jamais Ralph Finn. Laura Stern paya pour lui et fut condamnée à douze ans de prison ferme, pour escroquerie et complicité de meurtre. Elle sortit de prison sept ans et trois mois plus tard, en septembre 1982.

Ses enfants avaient vieilli, Mick avait trente ans, Jenny vingt-trois ans et Betty seize. Jenny et Betty, pendant la captivité de leur mère, avaient été confiées à la sœur de Laura. Quand Laura sortit de prison, Jenny et Betty refusèrent de revoir leur mère. Pendant sept ans, la sœur de Laura leur avait expliqué que leur mère était un monstre. Jour après jour, nuit après nuit. Les filles avaient fini par le croire.

Laura insista. Elle revit un jour Betty, à travers le grillage de la cour d'un lycée. Betty, en robe, était si belle, déjà une vraie femme, avec ses longs cheveux roux qui lui tombaient sur les hanches.

Laura l'appela. Betty se retourna, regarda sa mère en silence, avec froideur et dégoût.

Puis elle se détourna et repartit rire avec ceux de son âge.

Ted Silva sortit de prison peu de temps après son arrestation. Il attendit un peu, puis alla récupérer le magot qui dormait sur le compte de l'association Ex-voto, et emmena toute sa famille à Hawaii, où ils finirent leur vie dans le plus luxueux des bonheurs. Vers le début des années 80, Ted dut faire face à deux chaudes alertes : deux crises cardiaques soudaines. Il s'empressa alors de terminer, dans le plus grand secret, le récit de sa vie qu'il avait rédigé en grande partie en prison. Il envoya ensuite le manuscrit chez un éditeur, dans une enveloppe scellée, accompagnée d'une importante somme d'argent. L'éditeur avait pour recommandation d'éditer le livre une semaine après la mort de Ted.

Ted Silva mourut un matin en se brossant les dents devant sa glace, en août 1984. En tombant, il se regarda une dernière fois, heureux, immortel : le Ted Silva, petit coiffeur de Farraguth North, mari et père de famille anonyme, se retirait pour que naisse aux yeux du monde l'incroyable Ted Silva, l'exauceur de prières.

A son enterrement, il y eut un monde fou. Des Silva venus des quatre coins de l'Amérique. Tous pleurèrent cet homme simple et dévoué.

Puis, le lendemain de l'enterrement, Elena Silva, la veuve de Ted, se rendit chez l'éditeur avec une somme d'argent encore plus importante. Elle récupéra le manuscrit de son mari et le brûla aussitôt revenue chez elle, sans même le lire. Elle avait établi depuis longtemps la relation entre les voyages précipités de son mari et les gros titres des journaux s'interrogeant sur des accidents inexplicables ; sans parler de tout cet argent, miraculeux pour un salon de coiffure pratiquement jamais plein. Elle avait deviné, mais cela ne la regardait pas, puisque Ted ne voulait pas lui en parler. Elle fermait les yeux, mis à part pour espionner Ted, un peu, comme pour ce manuscrit.

Aujourd'hui qu'il n'était plus là, par contre, c'était à elle que revenait l'éducation de ses enfants. Elle l'avait décidé : pour eux, pour tout le monde, Ted ne serait jamais qu'un coiffeur pas trop malhabile de ses ciseaux ! La réputation de la famille, la réputation de Ted également, c'était tout de même plus important que tous ces stupides rêves de gloire posthume !

Nick prit sa retraite en 1986, il avait alors soixante ans. Il continua ensuite à beaucoup voyager. Son agence tournait toute seule à San Sebastiano. Il possédait désormais des amis dans le monde entier, s'invitait de pays en pays, chez les plus grands, des princes, des présidents, des émirs, des milliardaires divers… Des gens pas toujours très recommandables, sans doute, mais souvent fort instruits, à la conversation brillante. Nick savait se faire apprécier partout, par son humour et sa simplicité.

D'aéroport en aéroport, il fréquenta pendant plusieurs années tous ces quartiers occidentaux de la planète qui se ressemblent, de Pékin à São Paulo, dans une certaine débauche de luxe… Puis un soir, dans un aéroport miteux sur l'île de Timor, en attendant un vol intérieur pour Jakarta, il croisa le regard d'une actrice indonésienne, inconnue ailleurs mais adulée dans son pays. A force d'imagination, il parvint à la séduire. Il voyagea moins alors, ayant fini par trouver quelque chose comme un accomplissement auprès d'une femme beaucoup plus jeune et beaucoup plus riche que lui. Elle avait trente-sept ans et possédait l'une des treize mille îles qui composent l'Indonésie.

Nick retourna en de rares occasions en Normandie voir Alice et Lison, trois ou quatre fois. Puis évidemment une cinquième fois, en septembre 1993, pour l'enterrement.

Lison et Alice retournèrent pour toujours en Normandie, sans rien changer dans leur rythme quotidien, l'accueil au musée, les promenades du mardi, le thé de temps en temps au Conquérant. Avec l'âge, plus personne ne se retourna dans la lande sur le passage des deux folles. Elles devinrent deux veuves sexagénaires parmi tant d'autres, deux vieilles tristes et pensives, banales à un âge où c'est la gaieté qui semble incongrue.

Des deux, Lison semblait la plus fragile. C'est à elle que la maladie s'attaqua d'abord. Mais le cancer ne faisait pas le poids contre Lison. Il eut beau revenir à l'assaut plusieurs fois, il parvint à peine à lui détraquer le pancréas. Ce n'était pas l'heure, le destin de Lison n'était pas complètement accompli.

Elle attendait. Elle attendait une dernière visite.

Alice dépensa ses derniers dollars au début des années 90. Elle envoya à l'époque beaucoup d'argent en Europe de l'Est, un peu au petit bonheur, avec moins de sérieux dans ses recherches qu'auparavant. A cette période, elle était surtout préoccupée par le projet de centrale nucléaire, à quelques kilomètres de Château-le-Diable, sur les plages mêmes du débarquement ! Du travail pour toute la région, promettait l'initiateur du projet, un député parisien parachuté fraîchement dans le coin, des taxes locales fabuleuses pour toutes les communes alentour ! Alice donna tout ce qui lui restait d'argent à l'association locale qui luttait contre la construction de la centrale. L'association triompha, grâce à l'argent, et un peu aussi parce que le député ambitieux devint, à l'occasion d'un remaniement de gouvernement, secrétaire d'Etat aux anciens combattants ! Le littoral, la Pointe-Guillaume incluse, fut déclaré zone protégée appartenant au patrimoine historique, et on essaya de construire la centrale ailleurs, dans l'Est, où les gens avaient besoin de travail et se taisaient.

C'est après ce dernier combat que le cancer, peut-être lassé de se casser les dents contre Lison, s'intéressa à Alice. Alice ne lui résista pas. Elle avait près de soixante-dix ans, dont quinze ans de vie d'orpheline, cinq ans de bonheur fou, et cinquante ans ensuite pour s'en souvenir. Cinquante ans dont le seul intérêt résidait dans ce souvenir ! Des souvenirs qui devenaient de plus en plus flous, plus lents à remonter, comme une fresque qui se lézarde et dont les couleurs passent. Se souvenir devenait compliqué pour Alice, pour son cerveau fatigué, elle en oubliait même certaines choses… Oui, elle ne parvenait plus à se rappeler certains instants de ces cinq années de bonheur… Cela, elle ne pouvait le supporter ! Alors quand la maladie frappa, Alice la fit entrer avec empressement.

Les derniers jours, Alice caressa l'espoir qu'il existait quelque chose au-delà de la vie, et que l'âme de Lucky l'attendait, ici, depuis cinquante ans, entre la plage et la Pointe-Guillaume, à l'endroit précis où il était tombé.

Alice ferma doucement les yeux pour la dernière fois le 29 septembre 1993.

Lison resta seule. Le village de Château-le-Diable, tel qu'elle l'avait connu, mourait lui aussi petit à petit, et un autre le remplaçait. René partit au début des années 80 dans le Sud-Ouest, prendre sa retraite, qu'il disait. On n'eut jamais aucune nouvelle. Un Breton reprit le Conquérant et en fit une auberge plutôt chic qui possède toujours aujourd'hui une solide réputation régionale. Fernand Prieur se présenta aux élections municipales en 1983. Il fut battu par un jeune cadre d'une société d'informatique de Caen et déménagea vexé en Charente l'année suivante. Chaventré mourut à l'hospice de Bayeux à la fin de l'année 1989. Il ne reconnaissait plus personne depuis deux ans, pas même Lison.

Le jeune maire fit construire au bord de la falaise un lotissement de trente pavillons pour des banlieusards caennais en mal de campagne. C'était ça ou la centrale nucléaire, avait-il annoncé aux habitants… après la campagne électorale ! Les habitants avaient préféré ça ! Depuis, la falaise avait un peu reculé et les propriétaires les plus proches du gouffre interdirent d'abord à leurs enfants de jouer dans le jardin, cherchèrent désespérément à revendre, tout en faisant un procès à la mairie. La plupart de ces pavillons sont aujourd'hui abandonnés, un peu comme les blockhaus.

Téton, seul survivant avec Lison, errait désormais dans son village comme un fantôme. Il doit encore être vivant aujourd'hui.

Lison resta seule. Elle attendait. Un dernier espoir la raccrochait à cette vie qui n'était plus la sienne : qu'il vienne ! Que Ralph Finn vienne un jour au musée de l'Assaut !

Une très large majorité des rangers étaient revenus au moins une fois à la Pointe-Guillaume. Le petit musée de l'Assaut était pour eux une étape quasiment obligée. Lison avait gravé en elle le visage de Ralph, un visage qu'elle avait imaginé vieilli. Elle avait réfléchi longtemps : Ralph ne l'avait jamais vue, et il n'avait aucun moyen de savoir que c'était elle, la femme d'Alan, qui tenait ce petit musée de Château-le-Diable.

Alors, s'il revenait, elle en était certaine, elle le reconnaîtrait. Alors…

L'été 1994 fut pénible, à cause du cinquantenaire du débarquement. Trop de monde, trop de monde partout, même dans ce petit musée de l'Assaut. Ce n'était pas vraiment la cohue qui dérangeait Lison, mais le fait qu'elle savait que Ralph ne viendrait pas en même temps que la foule, de peur d'être reconnu par un autre vétéran. Pour Lison, c'était un été pour rien !

56

L'envol

1er décembre 1994, la Pointe-Guillaume, Normandie

Lison reconnut Ralph Finn à l'instant où il entra dans le musée. Avec certitude. Elle s'était préparée, elle ne broncha pas. Lui ne vit qu'une petite vieille souriante, apparemment contente de voir enfin quelqu'un, à cette saison morte.

Ralph Finn traîna un peu devant les cartes postales anciennes, la maquette… Sans passion. Ce musée lui semblait minable. Qui pouvait-il intéresser mis à part les cent quatre-vingts rangers de 1944, dont moins de la moitié devaient aujourd'hui survivre ? Son tour du musée fut donc vite terminé. Lison se tenait en retrait à l'accueil, prudente.

Ralph pensait que, finalement, il ne ressentait plus rien. Il avait attendu trop longtemps avant de venir. Maintenant, c'est comme si ce gamin de vingt ans qui avait joué au soldat sur la Pointe-Guillaume, ce gamin qu'on appelait « la Branlette », était un étranger. Il avait connu d'autres émotions depuis, d'autres émotions plus fortes encore. Les images de la guerre qui lui revenaient ne le touchaient pas plus qu'un film ou un reportage dont il ne serait que le spectateur. Mais après tout, il s'emmerdait tant avec ses valises, d'hôtel en hôtel, depuis vingt ans… Qu'il s'emmerde ici ou ailleurs…

— Il y a un endroit pour manger, ici ? demanda-t-il à Lison en sortant, dix minutes à peine après être entré.

— L'auberge, au coin, répondit Lison. C'est un peu cher, mais c'est réputé… Le service n'est pas trop rapide.

— Le car ne repasse que cet après-midi. J'ai le temps…

— Vous êtes venu par le car ? demanda Lison. Vous n'avez sûrement pas poussé jusqu'à la Pointe-Guillaume, alors ?

Ralph fit non de la tête. Il traînait depuis des années cette attitude lasse.

— Ils ont sculpté là-bas un monument assez bizarre, continua Lison. Mais c'est quand même assez impressionnant. La plage, vue d'en haut… Enfin, je dis ça, je pense que vous devez vous en souvenir, non ?

La vieille paraissait plutôt sympathique à Ralph. Elle ne semblait pas trop perdre la boule. Ça devenait rare parmi ceux de son âge, ceux ayant connu la guerre.

— Ça fait loin d'ici ? demanda Ralph

— Deux bons kilomètres quand même. Un peu moins si on coupe par la lande.

— Avec mes jambes, sourit enfin Ralph, ce serait tout de même trop. Ce n'est pas très grave. Ce ne sont pas de très bons souvenirs, finalement.

Lison le laissa un peu partir, faire un pas pour sortir du musée.

Elle n'improvisait pas : Ralph, sans encore le savoir, était piégé, quoi qu'il dise. Lison avait prévu toutes ses réactions possibles, elle savait comment les contrer, comment l'amener où elle le voulait.

— Je peux vous emmener, si vous en avez envie, lui cria-t-elle juste avant qu'il ne s'éloigne trop.

Ralph ne sut pas trop quoi dire.

— Vous ne seriez pas le premier… Depuis quelques années, les vétérans qui passent ne sont plus très en forme. Et moi, ça me fait plaisir, tant que je peux conduire… ce ne sera pas long !

Lison sourit. Elle avait un sourire de vieille star de l'âge d'or d'Hollywood. Ralph n'avait plus vraiment l'habitude de voir les femmes lui faire du charme.

— Ce serait avec plaisir, accepta-t-il.

Cela avait été finalement plus simple que prévu, pensa Lison. Ralph ne s'était pas méfié une seconde.

L'instant d'après, ils se retrouvèrent tous les deux dans la petite Twingo rouge vif de Lison. Une voiture neuve qui n'avait pas mille kilomètres. Ralph trouva le « pot de yaourt » de la vieille étonnamment spacieux. Ce devait être une originale, à posséder ainsi une voiture de jeune toute neuve !

Ils partirent.

La route était goudronnée sur trois cents mètres, puis se prolongeait en un chemin moins entretenu, un peu boueux à cette époque, pour se terminer en cul-de-sac par un petit parking devant le monument commémoratif.

— Vous faisiez partie du 9e Rangers ? demanda Lison.

— Oui, répondit distraitement Ralph.

Des pensées commençaient à lui revenir, au bout du compte.

— J'ai bien connu quelques soldats qui ont participé à cet assaut, continua Lison. Un, surtout…

Le ton de sa voix avait un peu changé. Au même moment, on entra sur la partie terreuse du chemin. Lison ne ralentit pas. La Twingo se mit à vibrer. Ralph dut s'accrocher à la poignée au-dessus de la portière. Il avait du mal à se concentrer, la voiture sautait trop, ça lui torturait le dos. Spacieux mais tape-cul, ce « pot de yaourt », eut-il une dernière fois la force d'ironiser dans sa tête. En plus, la vieille conduisait comme une folle ! D'ailleurs, qu'est-ce qu'elle avait dit, la vieille ?

— Vous l'avez peut-être connu ? demanda Lison.

Elle vibrait trop, cette voiture. Pourquoi cette vieille ne ralentissait-elle pas ? Les vibrations lui faisaient mal au dos, lui poignardaient le coccyx, c'était insoutenable. Et cette vieille qui continuait à lui parler de ses souvenirs. Qu'est-ce qu'il en avait à faire, de ses souvenirs !

— Il s'appelait Alan, dit Lison de la même voix naturelle. Alan Woe.

Ralph se retourna immédiatement vers Lison, sans chercher à dissimuler quoi que ce soit.

Alan Woe ?

Lison ne regarda pas Ralph. Elle continua simplement de fixer le chemin devant elle. Elle tourna d'un coup le volant, vers la lande, sans ralentir. La Twingo se mit à bondir de bosse en bosse.

— Vous êtes Lison Munier, murmura Ralph. J'aurais dû me douter ! Mais j'ai perdu toute méfiance, maintenant…

La Twingo vibrait de plus en plus, la douleur dans le dos ankylosait Ralph. Mais il savait qu'avec un peu de volonté, il pouvait bouger. Il avait encore le temps de s'emparer du volant, ou de serrer le frein à main, ou d'ouvrir la portière et de sauter. N'importe quoi, mais il fallait faire vite, se décider tout de suite. Il avait peut-être également le temps d'expliquer à Lison Munier que toute cette histoire n'avait été qu'un engrenage, qu'il ne les avait pas voulus, ces meurtres, qu'il regrettait, qu'il avait erré comme un chien, depuis…

Il ne dit rien, il ne fit rien.

La Twingo dépassa les pavillons neufs abandonnés. La falaise ne devait donc plus être très loin.

— Je vous ai attendu longtemps, Ralph…

Le dernier rebord de la lande, avant la falaise, était un peu moins chaotique. La Twingo accéléra encore.

— Ce n'était pas ma faute, dit doucement Ralph. Alan était un type bien. Mais…

— Je sais, coupa Lison. Il m'avait promis qu'il reviendrait ici, que nous nous marierions en blanc, que nous aurions des enfants. Oui, Alan était un type bien ! Je crois que c'est pour cela que je l'ai tant aimé…

La Twingo toujours lancée rasa le blockhaus. En donnant un coup dans le volant, Ralph pouvait encore ralentir la voiture contre le mur de béton, peut-être même la stopper.

Il ne fit rien, il ne dit plus rien.

Il n'y avait plus rien devant lui, plus d'horizon, rien que le ciel.

Les trois derniers mètres de lande étaient légèrement inclinés en pente inverse de la falaise. La Twingo accéléra encore, comme pour prendre un ultime élan sur ce court tremplin d'herbe, puis s'envola au-dessus de la falaise.

Pendant quelques instants irréels, la petite voiture rouge défia dans le ciel l'immense plage déserte.

Avant de retomber comme une pierre.

Composé par Nord Compo
à Villeneuve-d'Ascq (Nord)

Imprimé en France par CPI
en août 2015

POCKET – 12, avenue d'Italie – 75627 Paris Cedex 13

N° d'impression : 3011583
Dépôt légal : octobre 2015
S25547/01